D1923446

Die Fantasy-Bücher der
Süddeutsche Zeitung Junge Bibliothek

Band 1: **Wolfgang und Heike Hohlbein – Midgard**
Band 2: **Antonia Michaelis – Das Geheimnis des 12. Kontinents**
Band 3: **Nina Blazon – Im Bann des Fluchträgers**
Band 4: **Stephen Elboz – Der Sohn des Zauberers**
Band 5: **Marianne Curley – Im Kreis des Feuers**
Band 6: **Bent Jakobsen – Der Kampf um die Nachtkristalle**
Band 7: **Gabriele Beyerlein – Der schwarze Mond**
Band 8: **Gabrielle Alioth – Das magische Licht**
Band 9: **Matt Haig – Im Schattenwald**
Band 10: **Pat O'Shea – Die Meute der Mórrígan**

Ausgewählt von der Kinder- und Jugendbuchredaktion
der Süddeutschen Zeitung

Süddeutsche Zeitung **Junge Bibliothek**

Alle 10 Bände der Fantasy-Reihe
erhalten Sie für 8,90 Euro pro Einzelband,
bei Abnahme der gesamten Reihe
bezahlen Sie nur 69,– Euro.
Erhältlich im Buchhandel
oder unter www.sz-shop.de

Wolfgang und Heike Hohlbein

MIDGARD

Wolfgang und Heike Hohlbein

MIDGARD

Eine fantastische Geschichte

Süddeutsche Zeitung Junge Bibliothek

Lizenzausgabe der Süddeutschen Zeitung GmbH, München
für die Süddeutsche Zeitung **Junge Bibliothek** 2009
© 1987 by Verlag Carl Ueberreuter, Wien

Gestaltung: Eberhard Wolf, Stefan Dimitrov
Titelillustration: Martin McKenna
Projektleitung: Marion Meyer, Sabine Sternagel
Redaktion: Roswitha Budeus-Budde, Hilde Elisabeth Menzel
Satz: vmi, Jürgen Echter
Herstellung: Hermann Weixler, Herbert Schiffers
Druck und Bindearbeiten: GGP Media GmbH, Pößneck
Printed in Germany
ISBN 978-3-86615-730-9

Inhalt

Der neue Roman von Wolfgang und Heike Hohlbein
ist ihre eigene fantastische Interpretation
der germanischen Götterwelt.
Der Sagenkreis der Edda wurde nur
als Anregung genommen.

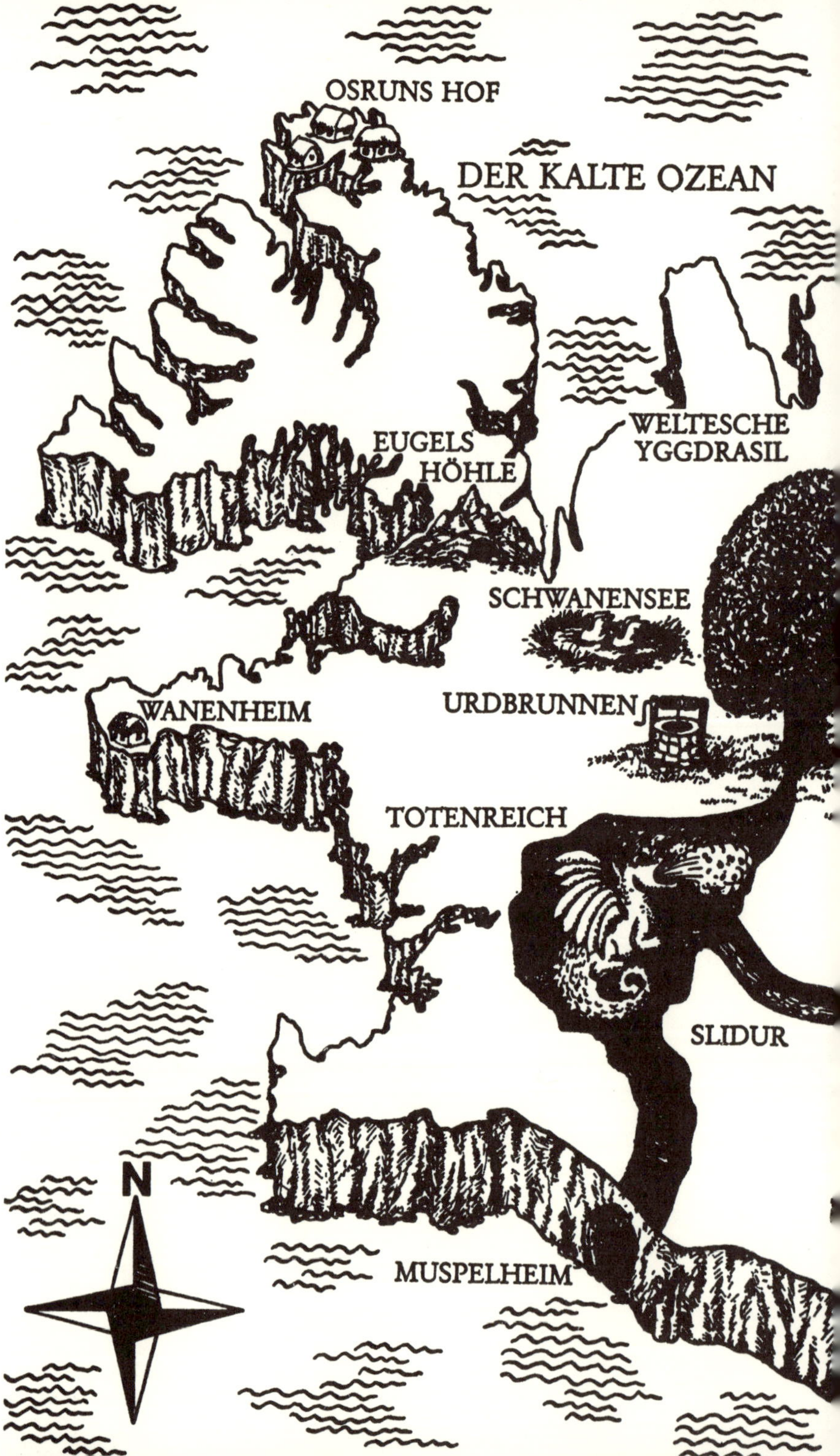
OSRUNS HOF
DER KALTE OZEAN
WELTESCHE
YGGDRASIL
EUGELS
HÖHLE
SCHWANENSEE
URDBRUNNEN
WANENHEIM
TOTENREICH
SLIDUR
MUSPELHEIM
N

JÖTUNHEIM
BIFRÖST
WIGRID
ASGARD
URDSEE
SCHWARZALBENHEIM
NORNENHÖHLE
NIFLHEIM
GJÖLLBRÜCKE
KARTE DER INSEL MIDGARD

Das schwarze Schiff

Es war der erste Tag des Fimbulwinters, der langen, letzten Dämmerung der Zeiten, der kein Frühling und kein Sommer mehr folgen würde. Aber das wusste niemand, und hätte man es jemandem gesagt, so hätte er es nicht geglaubt. Denn es war ein ganz besonders schöner Morgen: Winter zwar, der, wie immer hier oben im Norden Midgards, sehr früh gekommen war und erst spät wieder gehen würde, aber doch ein Morgen voll goldenem Licht und mit einer Luft, die von jener seltenen Klarheit war, wie man sie selbst hier nur an ganz wenigen Tagen im Jahr fand.
Lif war früh aufgestanden, noch vor den Hühnern, die ihn sonst allmorgendlich mit ihrem misstönenden Gackern aus dem viel zu kurzen Schlaf rissen, und hier herunter an die Küste gegangen, um das Erwachen der Sonne zu erleben. Er liebte Tage wie diese. Ihre Stille und der Frieden, die mit der Dämmerung gekommen waren und verschwinden würden, sobald sich oben auf dem Hof das erste Leben regte, entschädigten ihn für vieles. Lifs Leben war hart, aber das war nichts Besonderes; nichts, was ihn von irgendeinem anderen Knaben seines Alters unterschieden hätte, der auf einem der Höfe lebte, die entlang der Küste des Kalten Ozeans verstreut lagen. Aber sein Leben war auch einsam und das war etwas, was es sehr wohl von anderen unterschied, denn so rau und kalt dieses Land war, so freundlich und warmherzig waren seine Menschen. Und es lag auch nicht an ihnen, dass er einsam war, so wenig wie es an ihm selbst lag. Lif war eben ... anders. Niemand hatte es ihm je gesagt und alle, die ihn kannten, gaben sich Mühe, es ihn nicht spüren zu lassen, aber es war so

und er hatte es stets gewusst, schon als ganz kleines Kind. Oft, wenn die anderen Kinder seines Alters im Schnee tollten oder sich in den kurzen Sommermonaten auf den jäh aufblühenden Wiesen balgten, saß er allein an der Küste, hoch über der zahllose Klafter tief abfallenden Steilwand, blickte auf das Meer hinaus und träumte. Von etwas freilich, das er nicht hätte beschreiben können, hätte man ihn danach gefragt, denn es waren Dinge, die er nie gesehen, Worte, die er nie gelernt, und Länder, von denen er nie gehört hatte, in denen seine Fantasie wandelte, während er dasaß und auf das Meer schaute. Er wusste, dass keines der anderen Kinder dies tat und er wusste auch, dass sie über ihn redeten und ihn deshalb mit – freilich gutmütigem – Spott betrachteten. Aber das war ihm gleich. Lif hatte es längst aufgegeben, darüber nachzudenken, warum er so war, wie er war. Daran war eben nichts zu ändern.

Aber an all das dachte er nicht, als er an diesem Morgen dem Sonnenaufgang zusah, eng in seinen wärmenden Fellumhang gehüllt und mit angezogenen Knien in den Schutz der umgestürzten Esche gekuschelt, die wie ein gefällter Riese auf der Klippe lag und den eisigen Biss des Windes brach. Er war es einfach zufrieden, dazusitzen, dem goldenen Licht und den gleichmäßig heranrollenden Wellen des Kalten Ozeans zuzusehen und er verschwendete nicht einen Gedanken an die Vergangenheit oder gar an die Zukunft; ja nicht einmal an den anbrechenden Tag, der in wenigen Augenblicken mit dem Krähen des Hahnes beginnen und viele Stunden voll harter Arbeit bringen würde. Vielleicht war es das, was ihn am allermeisten von den anderen unterschied: Oft hatte er das Gefühl, dass etwas Großes, Gewaltiges auf ihn wartete und manchmal, wenn er hier saß und auf das Meer hinabsah, wurde dieses Gefühl zur unerschütterlichen Gewissheit. Aber genauso sicher wusste er auch, dass – was immer es war – es nichts mit seinem Leben hier auf dem Hof zu tun haben, sondern etwas bisher Unbekanntes und Überwältigendes sein würde. Es lohnte nicht, auch nur einen Gedanken an das Hüten der Herden oder überhaupt an die Arbeit auf dem Hof zu verschwenden. Lif war nicht etwa faul – im Gegenteil. Osrun, sein Ziehvater, lobte ihn oft wegen seines Fleißes und seiner Umsicht und er erledigte alle Arbeiten, die ihm aufgetragen wurden, ohne zu widersprechen. Aber der Gedanke, dass sein Leben nur darin bestehen sollte, jeden Morgen das halbe Dutzend Rinder auf die Weiden zu treiben, im nahen Wald Holz zu schlagen, die Ställe auszumisten, Netze zu flicken und was der Arbeiten auf einem Fischerhof sonst noch waren, dieser Gedanke erschien ihm einfach lächerlich. Das Leben konnte nicht nur darin bestehen, da war er ganz sicher.

Nun war Lif mit seinen vierzehn Sommern natürlich gerade in dem Alter, in dem wohl alle Knaben von Abenteuern und fernen Ländern träumen, aber zumindest in diesem Punkt hatte er – jedenfalls glaubte er das – das Recht, ein bisschen mehr vom Leben zu erwarten als die anderen, denn ihn umgab ein Geheimnis.

»Lif« bedeutete in der Sprache Midgards etwa so viel wie Leben und es war kein Zufall, dass man ihm diesen Namen gegeben hatte. Er war nicht auf dem Fischerhof geboren und Osrun und Fjella waren nicht seine Eltern, obwohl sie ihn behandelten wie ein leibliches Kind. Osrun hatte ihn eines Morgens – es war zu Beginn des Winters gewesen, aber sehr viel kälter – in einem kleinen, kunstvoll aus Holz und ziseliertem Goldblech gefertigten Nachen gefunden, den das Meer an die Küste gespült hatte, nur in ein dünnes leinenes Tuch gewickelt und mit einem Goldkettchen um den Hals, an dem eine fremdartige Münze hing. Eigentlich hätte er tot sein müssen, denn der Kalte Ozean gab selten etwas wieder heraus, dessen er einmal habhaft geworden war, und er hatte seinen Namen nicht von ungefähr. Selbst während der Sommermonate war sein Wasser so kalt, dass niemand je auf die Idee kam, darin zu baden. Zudem hatte während der ganzen vorangegangenen Woche der schlimmste Sturm gewütet, an den sich die Menschen hier an der Küste erinnern konnten. Aber das Kind lebte und es hatte nicht einmal einen Schnupfen gehabt, als Osrun es auf den Hof brachte, und so hatten sie ihm den Namen Lif gegeben. Auch später war Lif niemals krank geworden und die kleinen Wunden und Verletzungen, die man sich bei der Arbeit auf einem Hof unweigerlich zuzieht, schienen bei ihm immer viel rascher zu verheilen als bei anderen.

Später, als der Winter vorüber war und die Wege wieder begangen werden konnten, hatte Osrun damit begonnen, nach der Herkunft des Jungen zu forschen, zuerst entlang der Küste, später ließ er auch in den weiter entfernt liegenden Ansiedlungen durch Reisende und Kaufleute, die des Weges kamen, Erkundigungen einziehen. Aber niemand hatte sich gemeldet und so war Lif wie selbstverständlich in Osruns Familie aufgenommen worden. Der kleine Nachen, in dem er angespült worden war, stand heute wohl verborgen unter Decken und Fellen auf dem Dachboden von Osruns Hof, denn sein Gold mochte Diebesgesindel anlocken. Die durchbohrte Münze trug Lif noch immer um den Hals, wenngleich die Kette längst zerrissen und durch ein festes ledernes Band ersetzt worden war. Manchmal fragte er sich, ob dies vielleicht der Grund war, aus dem er so gerne hier saß und auf das Meer hinausblickte. Niemand wusste, wo seine geheimnisvolle Reise begonnen hatte, aber er war sicher, dass sein Geburtsort nicht diese Küste war; vielleicht nicht einmal Midgard, sondern eines der geheimnisvollen Länder jenseits des Kalten Ozeans, die nie eines Menschen Auge gesehen hatte.

Das krächzende Kikeriki des Hahnes drang in seine Gedanken und Lif fuhr mit einer schuldbewussten Bewegung aus seinen Träumereien hoch und sah zum Hof zurück. Die drei kleinen, mit Torfsoden gedeckten Gebäude lagen noch still unter ihrer weißen Decke da, aber er wusste, dass schon in wenigen Augenblicken die Ruhe dem lautstarken Hantieren und Lärmen aus dem Hause weichen und das makellose Weiß des frisch gefallenen Schnees schon bald von den dunklen Spuren von Mensch und Tier durchzogen sein würde. Er musste zurück. Osrun hatte ihn noch nie gescholten, wenn er hier saß und dem Sonnenaufgang zusah, aber er mochte es auch nicht besonders.

Lif stand auf, klopfte sich den Schnee aus dem Umhang und rieb die Hände aneinander, denn sie waren vor Kälte steif geworden, ohne dass er es gemerkt hatte.

Als er sich umdrehte und zum Hof zurückgehen wollte, sah er das Schiff.

Es war nicht mehr als ein Schatten, der plötzlich am Horizont erschienen war und im rotgoldenen Licht der Morgensonne auf und ab zu hüpfen schien. Und es bewegte sich viel schneller, als Lif es jemals bei einem Schiff gesehen hatte.

Verwirrt drehte er sich wieder der Küste zu, stieg über den Stamm der Esche hinweg und trat so dicht an das Kliff heran, wie er konnte. Der Wind biss in sein Gesicht, als er aus dem Schutz des umgestürzten Baumes heraus war, aber das spürte er kaum, so sehr schlug ihn der Anblick des Schiffes in seinen Bann.

Es kam rasch näher, und schon nach wenigen Augenblicken erkannte Lif ein mächtiges, prall geblähtes Segel und eine gewaltige Bugwelle, die dem Schiff vorausrollte. Rumpf und Segel waren schwarz, ein Schwarz von einer Tiefe, wie es Lif noch nie zuvor gesehen hatte, und zugleich von einem sonderbar weichen, seidigen Glanz, als bestünden sie nicht aus Holz und Segeltuch, sondern aus finsterem Perlmutt.

Und diese Farbe war nicht das einzig Unheimliche an dem Segler. Lif hatte zahllose Schiffe gesehen, während er hier oben gesessen und das Meer beobachtet hatte, aber nie eines wie dieses. Es war nicht einmal so sehr die Größe, es wirkte auf schwer zu fassende Weise wuchtig und seine Bauart ließ sich mit nichts vergleichen, was er jemals gesehen hatte. Der Rumpf war übermäßig breit und den kühn hochgereckten Bug krönte ein schrecklicher Drachenschädel wie aus einem Albtraum. Ein gezackter Rammsporn, halb so lang wie das Schiff selbst, tauchte von Zeit zu Zeit aus den schäumenden Fluten auf und die Ruder, von denen auf jeder Seite des Schiffes mehr als ein Dutzend ins Wasser ragten, bewegten sich wie große, schwarz glänzende Insektenbeine. Das Schiff schien Lif wie mit einer Aura von Düsternis umgeben, wie von einem unsichtbaren kalten Hauch, der alles Leben und alle Wärme aus seiner Nähe vertrieb und ihn schaudern ließ.

Der schwarze Segler kam immer näher. Mit einem Male wurde sich Lif bewusst, dass er hoch aufgerichtet auf der Klippe stand und von Bord des Schiffes aus gesehen werden konnte. Ohne dass er zu sagen wusste, warum, kroch plötzlich Angst in ihm hoch. Hastig wich er hinter die umgestürzte Esche zurück, duckte sich, bis nur noch sein Kopf über den weiß verkrusteten Stamm hinausragte, und versuchte das Gefühl der Furcht niederzukämpfen, das sich immer stärker in seinem Inneren breit machte.

Das Schiff hatte die Küste fast erreicht und begann einen großen, weit geschwungenen Bogen einzuschlagen. Seine Ruder arbeiteten wild, und obwohl es einen Dreiviertelkreis beschrieb und dabei für kurze Zeit sogar gegen den Wind lief, erschlaffte sein Segel kein einziges Mal, als wollte es allen Naturgesetzen spotten. Schließlich wurde es langsamer und blieb, den Bug mit dem geschnitzten Drachenkopf gegen die Küste gerichtet, reglos liegen.

Lifs Furcht wurde übermächtig. Das Schiff lag direkt unter ihm, gerade so weit von der Küste entfernt, dass er es von seinem erhöhten Versteck aus noch sehen konnte, und der schreckliche Drachenschädel an seinem Bug schien ihn geradewegs anzustarren.

Dann verschwand es.

Es ging unglaublich schnell. Die Düsternis, die das Drachenboot umgab, ballte sich zusammen, wurde finsterer und massiger – und plötzlich war das Schiff verschwunden und das Meer wieder glatt, als hätte das Schiff niemals existiert. Lif sprang auf, stolperte zum Rand der Stellklippe und ließ sich auf Hände und Knie fallen, um sich weiter vorbeugen zu können. Sein Blick glitt über den eisverkrusteten Strand am Fuße der senkrechten schwarzen Wand, tastete über das Meer und irrte immer schneller hierhin und dorthin. Aber er sah nichts außer den träge heranrollenden Wellen und kleinen weißen Schaumspritzern, wo sich die Wellen an den Riffen brachen, die dicht unter der Wasseroberfläche lauerten.

Er hatte gesehen, mit welch hoher Geschwindigkeit das schwarze Schiff durch das Meer gepflügt war. Aber selbst wenn es noch zehnmal schneller gewesen wäre, hätte es in den wenigen Augenblicken, die er gebraucht hatte, aufzuspringen und an den Klippenrand zu laufen, nicht verschwinden können. Nicht hier. Die Küste erstreckte sich nach Ost und West so gerade, als wäre sie mit der Schnur eines Maurers gezogen, und es gab meilenweit keine Bucht, keinen Felsvorsprung, der groß genug gewesen wäre, auch nur ein kleines Fischerboot zu verbergen.

Und doch war das gewaltige Schiff verschwunden, so spurlos wie Morgennebel, der unter den ersten Strahlen der Sonne dahinschmilzt.

Einen Moment lang überlegte Lif, ob es vielleicht wirklich nicht mehr gewesen war als ein Trugbild, das ihm der Nebel vorgaukelte, oder der Teil eines Traumes, der ihm in die Wirklichkeit gefolgt war. Aber er fühlte, dass es nicht so war. Das Schiff war da gewesen, so deutlich und echt wie der Felsen, auf dem er kniete.

Sein Herz begann schnell und schmerzhaft zu schlagen, als er an den schwarz glänzenden Drachenkopf über dem Bug dachte. Sein klarer Verstand sagte ihm, dass es unmöglich war, aber etwas in ihm fühlte, dass ihn die faustgroßen Augen darin mit finsterer Gier angestarrt hatten. Plötzlich merkte Lif, wie gefährlich nahe er dem Abgrund gekommen war. Vorsichtig kroch er ein Stück nach hinten, richtete sich auf und trat einen weiteren Schritt zurück. Der Wind zerrte an seinem Haar und die Kälte ließ seine Augen tränen. Sein Herz pochte noch

immer wie rasend. Er beugte sich wieder vor und blickte in die Tiefe. Aber das Meer war leer. Die einzige Bewegung war das Schäumen und Brechen der Wellen. Das Schiff blieb verschwunden.
Einen Augenblick verharrte Lif reglos, dann drehte er sich um und ging mit raschen Schritten zum Haus zurück.

Osrun, Fjella und ihre beiden Söhne Mjölln und Sven waren bereits wach und saßen beim Frühstück, als Lif das Haus betrat. Mit ihm fauchte eine Woge eisiger Luft und feinen Schnees herein, was ihm einen strafenden Blick Osruns eintrug. Der Luftzug ließ das Feuer im Herd hell auflodern, als wollte es ihn begrüßen.
Lif schälte sich aus dem Umhang, trat an die Feuerstelle, streckte die Hände über die prasselnden Flammen und rieb die Finger aneinander, bis das Leben prickelnd in sie zurückkehrte. Er hörte, wie Sven und Mjölln zu tuscheln begannen, und obwohl er nicht hinsah, glaubte er ihre Blicke im Rücken zu fühlen.
Er war froh, als er das Geräusch der Tür hörte und die alte Skalla hereingeschlurft kam, langsam und undeutlich vor sich hin murmelnd wie immer. Skalla war schon uralt gewesen, solange sich Lif erinnern konnte. Sie war wohl auch nicht mehr ganz richtig im Kopf, denn vieles von dem, was sie sagte (und manchmal auch tat), ergab keinen Sinn mehr, aber sie sorgte pünktlich für warme Mahlzeiten. Lif mied ihre Nähe, wo er nur konnte, was nicht etwa daran lag, dass er sie nicht mochte, sondern wohl eher mit ihrem Alter zusammenhing, das ihm unheimlich war. Aber in diesem Moment gab sie ihm einen willkommenen Vorwand, sich vom Feuer abzuwenden und zu seinem Platz am Tisch zu gehen, denn Skalla begann regelmäßig zu keifen, wenn nicht alle pünktlich zum Essen erschienen. Osrun sah ihm stirnrunzelnd zu und für einen Moment hatte Lif das bestimmte Gefühl, dass er irgendetwas sagen wollte. Aber dann setzte Skalla mit einem Knall den Tonkrug mit

heißer Milch auf den Tisch und Osrun runzelte nur abermals die Stirn und schwieg.

Lif beeilte sich, zuzugreifen und die nächsten Minuten so zu tun, als wäre er voll und ganz damit beschäftigt, sein Brot zu brechen und in die heiße, mit Honig gesüßte Milch zu tunken, aber seine Hände zitterten und er spürte immer deutlicher, wie ihn die anderen anstarrten. Mjölln und Sven redeten fast ununterbrochen und trieben ihre rauen Scherze wie jeden Morgen und doch fühlte Lif, dass sie ihn ansahen, wenn sie glaubten, er merkte es nicht.

Schließlich hielt er es nicht mehr aus. »Ich war an der Küste«, sagte er.

Osrun sah von seiner Schale auf und blickte ihn mit einer Mischung aus Neugier und Missbilligung an. »So?«

Lif nickte. »Ich . . . ich habe ein Schiff gesehen«, sagte er stockend. Hinter seiner Stirn wurde eine warnende Stimme laut, die ihm zuflüsterte, dass es wohl besser wäre, den Mund zu halten, aber er musste einfach über sein unheimliches Erlebnis reden.

»Was für ein Schiff?«, fragte Sven. »Seit Wochen wagt sich niemand mehr auf das Meer hinaus, Lif. Die Stürme waren schlimm. Und sie sind noch nicht vorbei.«

»Es war kein Schiff aus Midgard«, antwortete Lif. Osruns Stirnrunzeln vertiefte sich, aber er schwieg noch immer, wenn er auch sein Brot sinken ließ und aufhörte zu kauen.

»Kein Schiff aus Midgard?«, wiederholte Sven. »Woher denn sonst?«

»Das weiß ich nicht«, antwortete Lif. »Aber es war kein Schiff, wie ich es je gesehen habe. Es war . . . unheimlich.«

»Aha«, sagte Mjölln. Er lachte leise. »Was war denn daran so unheimlich? War es vielleicht ein Schiff voller Riesen und Ungeheuer, oder stand Odin selbst am Ruder?«

»Mjölln!« Osrun hob die Hand und brachte seinen älteren Sohn mit einer ärgerlichen Geste zum Verstummen. Dann wandte er sich wieder an Lif.

»Ein Schiff, das nicht aus Midgard stammt, sagst du?«
»Jedenfalls . . . jedenfalls habe ich niemals ein solches Schiff gesehen«, antwortete Lif stockend. »Es war groß und schwarz und unglaublich schnell.«
Osrun blickte ihn an, schob plötzlich seine Schale zurück und stand auf. »Ich werde es mir ansehen«, sagte er. »Möglich, dass seine Besatzung Hilfe nötig hat.«
»Das hat keinen Sinn«, sagte Lif hastig.
Osrun, der schon halb um den Tisch herumgegangen war, hielt mitten im Schritt inne. »Warum nicht?«
»Weil es . . . nicht mehr da ist«, gestand Lif widerstrebend. »Es ist verschwunden.«
»Weitergefahren, meinst du?«, vergewisserte sich Osrun.
Lif schüttelte den Kopf und wich seinem Blick aus. Er schalt sich in Gedanken einen Narren, überhaupt von dem Schiff berichtet zu haben; schließlich hätte er sich denken können, dass niemand ihm glauben würde. Aber jetzt war es zu spät und obwohl er am liebsten unter den Tisch gekrochen wäre, um unsichtbar zu sein, musste er Osrun Rede und Antwort stehen. »Es . . . es ist nicht weitergefahren«, sagte er. »Es ist einfach verschwunden. Von einem Augenblick auf den anderen. Gerade war es noch da und im nächsten Moment nicht mehr.«
Osrun atmete scharf ein, aber der erwartete Zornesausbruch blieb aus. Nur Mjölln stimmte ein leises Kichern an, verstummte aber sofort wieder, als ihn Osruns Blick traf. »Ich . . . ich sage die Wahrheit!«, stammelte Lif. »Ich habe es ganz deutlich gesehen, das schwöre ich. Es war riesig und so finster wie die Nacht und sein Segel war gebläht, selbst als es gegen den Wind lief.«
»Und dann ist es verschwunden?«, fragte Sven hämisch. »Einfach so, wie?«
»Es wird wohl ein Geisterschiff gewesen sein«, fügte Mjölln spöttisch hinzu.
»Schluss, habe ich gesagt!«, fuhr Osrun scharf dazwischen. »Das gilt auch für euch. Ich will nichts mehr hören.« Er setz-

te sich wieder, brach ein Stück Brot ab und tunkte es in die Milch, ehe er Lif wieder ansah. »Und auch du wirst den Mund halten, Lif«, sagte er streng.
»Aber ich sage die Wahrheit!«, begehrte Lif auf.
»Es wird das Nagelfar sein, das der Junge gesehen hat«, brabbelte Skalla. »Ich sage ja schon lange, dass . . .«
»Genug!«, unterbrach Osrun und in seiner Stimme lag ein so drohender Unterton, dass selbst Skalla, die sonst durch nichts in der Welt zum Schweigen zu bringen war, jäh verstummte.
»Kein Wort mehr!«, fuhr Osrun ärgerlich fort. »Von niemandem. Ich will nichts mehr von schwarzen Schiffen und dummen Ammenmärchen hören. Esst weiter. Wir haben schon genug Zeit vertrödelt und die Arbeit erledigt sich nicht von selbst.«
Lif beugte sich noch tiefer über seine Schale und aß gehorsam weiter, obwohl er überhaupt keinen Hunger hatte und ihm vor Zorn – auf sich selbst – und Enttäuschung beinahe übel war. Er verstand nicht, warum er so dumm hatte sein können, mit einer Geschichte zu beginnen, die er im umgekehrten Fall auch nicht geglaubt hätte. Aber er verstand auch nicht, warum Osrun so ärgerlich geworden war. Der Rest des Frühstücks verlief in gedrücktem Schweigen und nicht nur Lif war heilfroh, als Osrun endlich seine Schale zurückschob und damit für alle das Zeichen gab, aufzustehen und mit dem Tagewerk zu beginnen. Aber er hatte sich kaum erhoben, da gab ihm Osrun mit der Hand ein Zeichen zu warten, bis die anderen gegangen waren. Mjölln und Sven tauschten schadenfrohe Blicke und Fjella seufzte hörbar, wagte es aber nicht, ihrem Mann zu widersprechen. Lif trat unruhig von einem Fuß auf den anderen und warf einen sehnsüchtigen Blick zur Tür, aber Osrun blieb weiter sitzen, und er schwieg auch beharrlich, bis seine beiden Söhne und auch Fjella ihre Umhänge übergeworfen hatten und hinausgegangen waren.
»Setz dich«, sagte er endlich.
Lif gehorchte, wich Osruns Blick aber aus. Seine Finger spielten nervös an der Brotschale, die vor ihm auf dem Tisch stand.

»Ich muss mit dir reden«, begann Osrun.
Lif nickte. »Ich habe das Schiff wirklich gesehen«, begann er, wurde aber sofort von Osrun unterbrochen.
»Es geht nicht um das Schiff. Möglich, dass du wirklich etwas gesehen hast. Darum geht es nicht, Lif. Ich wollte schon lange mit dir reden und habe es immer wieder hinausgeschoben, aber nun muss es wohl sein.«
Lif sah auf. In Osruns Stimme war ein sonderbarer, etwas trauriger Unterton, den er nicht verstand, der ihn aber beunruhigte; und als er in seine Augen blickte, erkannte er einen Ausdruck darin, der seine Beunruhigung noch vertiefte.
»Es geht so nicht weiter mit dir, Lif«, sagte Osrun schließlich. Lif spürte, wie schwer es ihm fiel, zu sprechen. Plötzlich schien es Osrun zu sein, der nicht mehr die Kraft hatte, seinem Blick standzuhalten, denn er sah weg und sprach dann sehr viel leiser weiter. »Du weißt, dass Fjella und ich niemals ein Wort darüber verloren haben, wenn du nicht wie die anderen gespielt oder dich für Dinge interessiert hast, für die sich Kinder nun mal interessieren. Wir haben immer gehofft, dass du dich eines Tages von selbst ändern würdest, aber du wirst älter und es wird immer schlimmer, Lif.«
»Ich verstehe nicht«, murmelte Lif hilflos.
Osrun nahm ein Stück Brot, aß aber nicht davon, sondern malte ein Muster in den kleinen Rest Milch, der noch auf dem Boden der hölzernen Schale war. »O doch, Lif, ich glaube, du verstehst sehr gut, was ich meine«, sagte er. »Du bist nicht dumm. Du sitzt draußen und starrst auf das Meer und deine Gedanken sind weit fort. Ich habe dich beobachtet, ohne dass du es bemerkt hast. Du träumst von fernen Ländern und Abenteuern, nicht wahr?«
Lif sagte nichts, aber das war auch nicht notwendig, denn Osrun beantwortete seine Frage selbst mit einem Nicken und fuhr fort: »Du sitzt draußen und träumst, während das Leben an dir vorüberfließt. So geht das nicht weiter Lif. Es wird Zeit, dass du erwachsen wirst.«

»Was ist denn so schlimm daran, zu träumen?«, fragte Lif.
»Nichts«, sagte Osrun. »Solange man seinen Träumen nicht erlaubt, zu mächtig zu werden. Du bist alt genug, das zu begreifen, Lif. Träume sind gut und wichtig, denn ohne sie hätten wir nicht die Kraft, die Wirklichkeit zu ertragen. Aber sie können auch schaden, wenn man mit ihnen nicht umzugehen weiß.«
»Du . . . du glaubst, dass ich mir das Schiff nur eingebildet habe«, sagte Lif stockend.
»Das glaube ich«, sagte Osrun leise. »Heute ist es ein Schiff, morgen vielleicht ein Drache, übermorgen . . .« Er seufzte, schüttelte den Kopf und sah Lif nun doch an. »Ich kann dich so gut verstehen, mein Junge«, sagte er sanft. »Unser Leben ist hart und es ist leicht, in Träume zu fliehen. Aber es ist der falsche Weg. Glaube nicht, dass ich nicht wüsste, was du jetzt fühlst. Keinem von uns macht es Spaß, von Sonnenaufgang bis Sonnenuntergang zu arbeiten, nur um im Sommer gerade genug und im Winter oft zu wenig zu essen zu haben. Aber so ist es nun einmal auf der Welt, und wenn du die Augen davor verschließt und wegzulaufen versuchst, machst du es nur schlimmer.«
Lif presste die Lippen aufeinander. »Du meinst, ich soll nicht mehr zur Küste hinuntergehen«, sagte er.
Osrun nickte. »Das meine ich«, sagte er. »Niemand will dir deine Träume nehmen, Lif, aber wenn du ihnen erlaubst, Gewalt über dich zu erlangen, dann werden sie dich verderben.«
Lif antwortete nicht. Es hätte vieles gegeben, was er hätte sagen können, aber er wusste auch, dass es sinnlos gewesen wäre. Osrun war dieses Gespräch nicht leicht gefallen, das fühlte er und er wusste auch, dass Osrun schon lange mit ihm reden wollte. Lif hatte ihm mit seiner Geschichte nur einen Anlass gegeben, sein Vorhaben auszuführen.
Nach einer Weile stand Lif auf, versuchte mühsam seine Selbstbeherrschung zu bewahren und fragte: »Kann ich jetzt gehen? Die . . . die Kühe müssen auf die Weide.«

Osrun blickte ihn ernst an, ehe er antwortete. »Du kannst gehen«, sagte er. »Denke über meine Worte nach. Du kannst jederzeit zu mir kommen, wenn du mit mir reden willst.«
Lif fuhr herum, griff nach seinem Umhang und stürmte aus dem Haus. Erst sehr viel später, als er bereits die Kühe aus dem Stall gescheucht hatte und sie den Hügel hinauf und auf die Weide trieb, merkte er, dass Tränen seine Wangen hinabliefen und im eisigen Wind gefroren.

Der Sturm

Lif blieb bis lange nach der Mittagsstunde auf der Weide, obwohl es nicht notwendig gewesen wäre, denn das Vieh würde nicht fortlaufen und es gab so spät im Jahr auch keine Raubtiere mehr, die die Herde gefährdet hätten. Der erste Schnee des Jahres hatte die Wölfe zurück in den Süden getrieben und Bären und andere Räuber kamen niemals in diesen Teil des Landes. Die Winter waren zu lang und zu kalt, als dass sie ausreichend Nahrung gefunden hätten, und die Sommer zu kurz, um den Weg aus den fruchtbaren Wäldern des Südens zu lohnen. Das raue, unwirtliche Klima, unter dem die Bewohner der Küste nur zu oft litten, schützte sie auch zugleich. Nein – es gab keinen stichhaltigen Grund für Lif, Stunde um Stunde mit angezogenen Knien auf einem Baumstumpf zu hocken und den Kühen zuzusehen, die den Schnee auf der Suche nach einem übrig gebliebenen Grashalm zerwühlten. Zudem häufte sich auf dem Hof die Arbeit, wie in jedem Herbst. Bald würden die Winterstürme losbrechen und das kleine Gehöft für Wochen, wenn nicht Monate, von der Außenwelt abschneiden. Jede Hand wurde jetzt dringend gebraucht. Aber er konnte nicht zurückgehen; nicht jetzt, nicht nach dem, was geschehen war.

Osrun schien das zu wissen und zu respektieren, denn Lif sah ihn ein paar Mal unten vor dem Hof auftauchen und zu ihm heraufblicken, und obwohl er ihn sehr deutlich sehen musste, wie er in seinem rotbraunen Fellumhang vor dem weiß gefärbten Wald saß, kam er nicht herauf, um ihn zu schelten. Er winkte nicht einmal. Lif empfand ein kurzes, heftiges Gefühl

der Dankbarkeit, als ihm klar wurde, dass es kein Zufall war, dass auch Mjölln und Sven kein einziges Mal in seine Nähe kamen, weil Osrun sie offenbar von ihm fern hielt.
Es waren nur wenige Sätze gewesen, die Osrun gesagt hatte, und doch hatten sie so viel zerstört. Lif wusste sehr wohl, dass seine Träume nichts mit der Wirklichkeit zu tun hatten. Er hatte schon früh begriffen, dass das Leben zum größten Teil aus harter Arbeit und Entbehrungen bestand. Die wirklichen Abenteuer waren das tägliche Heimtreiben der Herde, die jährlichen Ernten auf den Feldern und die sommerlichen Fahrten mit dem Fischerboot, die Gefahren bestanden aus einem überstandenen Schneesturm oder in der Flucht vor einem Wolf. Er war sogar einsichtig genug gewesen, sich einzugestehen, dass die Kämpfe und Taten, von denen die Heldenlieder sangen, in Wahrheit wohl nur aus Blut und Schmerzen und Leid bestanden und nur so lange faszinierten, wie man sie eben nicht in Wahrheit bestehen musste.
Aber Osrun hatte mit seinen wenigen Worten sehr deutlich gemacht, was er von Lif erwartete: nämlich endlich erwachsen zu werden und sich dem Leben zu stellen. Sollte erwachsen werden wirklich bedeuten, dass Lif nicht mehr träumen durfte? Sollten nur die Kinder das Vorrecht haben, sich in Träume zu flüchten? Wenn das so war, dann wollte er niemals erwachsen werden.
Der Wind frischte auf und zu allem Überfluss drehte er sich auch noch, so dass er nun direkt vom Meer heraufblies und einen eisigen Hauch von der Wasseroberfläche mitbrachte. Lif zog den Mantel enger zusammen und drehte das Gesicht aus dem Wind, aber die Kälte war in den Stunden, die er reglos dagesessen und gegrübelt hatte, durch seine Kleider gekrochen und er merkte plötzlich, dass er ganz erbärmlich fror. Vielleicht, überlegte er, war es doch besser, die Herde sich selbst zu überlassen und zum Haus zurückzugehen. Die Nähe eines wärmenden Feuers würde ihm helfen, Mjöllns und Svens Spott zu ertragen. Und seine Finger und Zehen waren so durchgefroren, dass sie bereits wehtaten.

Er stand auf, zählte gewohnheitsmäßig die Tiere, wandte sich zum Haus, blieb plötzlich stehen und zählte noch einmal.
Eines der Tiere fehlte.
Lif vergaß seinen Kummer von einem Moment auf den anderen, alles, was er noch fühlte, war ein tiefes Erschrecken. Er hatte neun der großen zottigen Kühe hier heraufgetrieben, aber jetzt waren es nur noch acht und es wurden auch nicht mehr, obgleich er sie noch viermal hintereinander zählte.
Lifs Entsetzen begann zur Panik anzuwachsen, während er zwischen den Tieren umherging und sie noch einmal durchzählte, wobei er jedem einzelnen die Hand auf den Hals klatschen ließ, als müsste er sich durch Anfassen davon überzeugen, dass sie auch wirklich da waren. Er wagte gar nicht, daran zu denken, was geschehen würde, wenn er zum Hof zurückkam und Osrun beichten musste, dass ihm eine Kuh fortgelaufen war, nur weil er mit offenen Augen geträumt hatte. Die Kühe stellten – neben dem Fischerboot und den drei großen Netzen – Osruns gesamten Reichtum dar. Der Verlust auch nur einer einzigen Kuh würde eine Katastrophe bedeuten.
Lifs Blick irrte über die weiten verschneiten Wiesen, aber die Tiere hatten die weiße Decke auf ihrer Suche nach Gras und Wurzeln überall zerwühlt; es war hoffnungslos, eine Spur finden und ihr folgen zu wollen. Er blickte zum Hof zurück, aber der Wind war noch stärker geworden und wirbelte den feinen Schnee auf, so dass er wie Nebel zwischen der Weide und dem Hof lag und die Gebäude zu verschwommenen Schatten machte.
Plötzlich fiel ihm auf, wie dunkel es geworden war. Über dem Meer hatten sich finstere Wolken zusammengeballt, die wie schwarze Dämonenpferde zur Küste gerast kamen. Der Wind wurde immer eisiger. Manchmal wetterleuchtete es im Inneren der Wolkenfront und jetzt, als er darauf achtete, hörte er, dass das dumpfe Grollen und Tosen vom Meer her längst nicht mehr nur das Geräusch der Brandung war.

Ein Sturm! dachte er entsetzt. Er war so in Gedanken versunken gewesen, dass er nicht einmal gemerkt hatte, wie sich draußen über dem Meer einer der gefürchteten Winterstürme zusammenbraute.
Einen Moment lang war Lif hin- und hergerissen zwischen der Furcht vor dem herannahenden Sturm und der Furcht, ohne die verlorene Kuh zum Hof zurückkehren zu müssen. Aber er sah schnell ein, dass er auch noch die übrigen acht Tiere verlieren würde, wenn er die Herde nicht sofort zurücktrieb. Hastig hob er seinen Stock auf und begann die Tiere den Hang hinabzutreiben. Er musste sich nicht einmal sehr anstrengen dabei, denn die Kühe hatten das Nahen des Unwetters schon lange vor ihm gespürt. Sie waren nervös und ängstlich und liefen von selbst in die einzige Richtung, von der sie wussten, dass sie dort Schutz und Sicherheit finden würden – dem Hof und dem Stall zu.
Als er den Fuß des Hanges erreicht hatte, tauchten Mjölln und Sven aus den tanzenden Schneeflocken auf. Sven begann sofort die Herde schneller anzutreiben, wobei er wild mit den Armen gestikulierte und schrie, während Mjölln Lif grob bei der Schulter packte und schüttelte.
»Was ist in dich gefahren?«, brüllte er. Sein Gesicht war rot vor Zorn. »Bist du plötzlich blind und taub geworden, oder hast du wieder mit offenen Augen geträumt, dass du den Sturm nicht heraufziehen gesehen hast?«
Lif riss sich mit einer wütenden Bewegung los. Mjölln fuhr fort, ihn zu beschimpfen, aber das Heulen des Windes wurde lauter und riss ihm die Worte von den Lippen, ehe Lif sie verstehen konnte. Der Schnee wirbelte immer stärker und die Welt schien plötzlich nur noch aus kochenden weißen Schwaden und dem immer lauter und drohender werdenden Wimmern und Brüllen des Sturmes zu bestehen. Die Kühe und Mjölln und Sven wurden zu schwarzen Schemen und selbst der Hof war nur noch als halb aufgelöster Schatten zu erkennen. Lif fühlte plötzlich ein schwaches, dann kraftvoll wer-

dendes Beben unter den Füßen und er wusste, dass es die Wogen des Kalten Ozeans waren, die nun haushoch gegen die Küste rollten und sich mit Urgewalt am schwarzen Fels des Kliffs brachen.

Der Sturm raste heran, und obgleich es nur mehr wenige Schritte bis zum Hof waren, wurden sie zu einem verzweifelten Wettrennen mit dem Orkan, der sich entschlossen zu haben schien, die drei Menschen zu verschlingen.

Mjölln und Sven merkten nicht, dass Lif immer weiter zurückblieb, und als es ihnen auffiel, war es zu spät. Lif sah, wie Mjölln plötzlich anhielt und sich erschrocken umsah; dann rief er etwas und begann heftig mit den Armen zu rudern und auch Sven hielt mitten im Schritt inne und drehte sich um.

Aber es war zu spät. Lif wich hastig ein paar Schritte zurück, bis er sicher war, hinter den brodelnden Schneewolken unsichtbar geworden zu sein, dann drehte er sich um und rannte den Weg zurück, den sie gekommen waren. Er musste die Kuh finden. Er würde Osrun und den anderen beweisen, dass er nicht der dumme Träumer war, für den sie ihn hielten.

Der Sturm war heran, als er den Waldrand beinahe erreicht hatte. Eine unsichtbare Riesenfaust schien die Erde zu ergreifen und umzukippen. Lif taumelte und fiel der Länge nach in den Schnee. Sofort versuchte er aufzuspringen, aber der Sturm packte ihn und schleuderte ihn erneut und mit noch größerer Macht zu Boden. Diesmal stieß sein Gesicht gegen einen kantigen Stein, der unter dem Schnee verborgen gewesen war; er keuchte vor Schmerz, fühlte warmes Blut über seine Stirn laufen und kroch weiter, den linken Arm schützend vor das Gesicht haltend. Für einen Moment hielt der Sturm inne, als müsse er Atem schöpfen. Die weißen Schwaden vor Lif rissen auf und er erkannte nur wenige Schritte entfernt den Waldrand mit seinem Unterholz und Gestrüpp. Er wagte nicht aufzustehen, sondern kroch weiter, so schnell er konnte. Als er den rettenden Waldrand beinahe erreicht hatte, schlug der Sturm zum zweiten Mal zu.

Lif hatte gedacht, es könnte nicht schlimmer werden, aber er hatte sich getäuscht. Der Sturm fiel mit einem Brüllen, als ginge die Welt unter, über ihn her und presste ihn in den Schnee, dass er Angst hatte zu ersticken. Die Welt war nur noch weiß, weiß und eisig und brüllend, der Schnee schien zu brodeln und der Wald hüpfte vor ihm auf und ab, als bebte die Erde. Mit verzweifelter Kraft stemmte sich Lif auf die Knie, fiel abermals nach vorne und schlug sich die Hände auf, raffte sich noch einmal zusammen und kam taumelnd auf die Füße.

Das Heulen des Sturmes steigerte sich zu einem irrsinnigen Kreischen. Lif fühlte sich gepackt und in die Höhe gehoben wie ein welkes Blatt. Schnee traf sein Gesicht und erstickte seinen Schrei und plötzlich schien der Waldrand wie eine gewaltige Faust nach ihm zu schlagen; er sah einen Baum auf sich zurasen, versuchte noch die Arme vor das Gesicht zu reißen und spürte, dass er zu langsam war.

Der Anprall ließ ihn benommen zu Boden sinken und sekundenlang mit dunkler Bewusstlosigkeit ringen. Der Sturm heulte mit ungeheurer Kraft weiter und überschüttete ihn mit Schnee und Kälte und kleinen spitzen Eiskristallen, die wie scharfe Messer in seine Haut schnitten, und er spürte, wie eine neue, tödliche Woge von Kälte in seinen Körper kroch. Sie ließ ein Gefühl von Betäubung und beinahe wohliger Schwere zurück.

Plötzlich wusste Lif, dass er sterben würde, wenn er hier liegen blieb.

Er hatte davon gehört, dass die Stürme einen Menschen in wenigen Augenblicken umbringen konnten, aber er hatte nicht geglaubt, dass es so schnell ging. Er war schon vorher bis ins Mark durchfroren gewesen und der furchtbare Schlag, den er erhalten hatte, tat ein Übriges. Wenn er jetzt der Verlockung der Müdigkeit nachgab, würde er erfrieren, lange bevor der Sturm zu Ende war.

Der Gedanke gab ihm noch einmal neue Kraft. Zitternd stemmte er sich auf Hände und Knie hoch, biss die Zähne zu-

sammen, als dorniges Gestrüpp sein Gesicht zerkratzte, und kroch tiefer in den Wald hinein. Der Sturm erreichte ihn auch hier, denn der Wald war licht, und das dünne Unterholz konnte seine Kraft nicht brechen, aber er wusste, dass es in der Nähe einen Erdbruch gab, nicht viel höher als ein Mann, aber mehr als eine Meile breit. Wenn er ihn erreichte, war er in Sicherheit.
Blind vor Angst und Schmerz kroch er weiter. Seine Hände waren schon nach wenigen Augenblicken blutig und aufgeschürft und auch über sein Gesicht lief wieder Blut und gefror auf halbem Wege, aber es war gerade dieser Schmerz, der ihm die Kraft gab, weiterzukriechen und den wütenden Hieben des Orkans zu trotzen. Bäume tauchten wie Riesen aus dem weißen Chaos auf und ihre tief hängenden Äste schienen wie braune Hände mit tausend Fingern nach ihm zu greifen, verkrallten sich in sein Haar und seinen Umhang und zerrten an seinen Armen und Beinen. Aber Lif kroch immer weiter, dachte an nichts anderes als daran, eine Hand vor die andere und ein Knie vor das andere zu setzen und weiterzukriechen, nur fort, fort vom Waldrand und dem fürchterlichen Sturm, der einzig zu dem Zweck heraufgezogen zu sein schien, ihn zu töten.
Plötzlich griff seine Hand ins Leere. Das brodelnde weiße Inferno vor ihm riss auf und er sah den Erdbruch, braun glitzernd vor Eis, die lotrechte Wand durchbrochen von gefrorenen Wurzeln, die wie eisige Schlangen aus der Erde ragten. Er beugte sich vor und versuchte mit den Händen Halt zu finden, aber seine Finger waren steif vor Kälte; er fiel, prallte auf dem steinigen Boden auf und verlor endgültig die Besinnung.

Er konnte nicht lange bewusstlos gewesen sein, denn als er wieder zu sich kam, heulte der Sturm mit ungebrochener Kraft weiter, das Schneegestöber war ebenso dicht wie vorhin.
Und er war nicht allein.
Das Gefühl kam ganz plötzlich und mit solcher Wucht, dass er nicht eine Sekunde daran zweifelte. Irgendetwas war in seiner Nähe.

Langsam richtete sich Lif auf und sah sich um. Er lag im Windschatten der Böschung; vor ihm ein vielleicht zehn Schritte breiter Streifen Wald, während alles, was jenseits lag, hinter einer geschlossenen, weiß glitzernden Wand verborgen war. Der Schnee, auf dem er erwacht war und der seinen Aufprall gedämpft hatte, trug keine Spuren. Und trotzdem wusste er, dass er nicht allein war.
Es war kein angenehmes Gefühl. Im ersten Moment weigerte sich Lif, es sich selbst einzugestehen, aber es war genau das gleiche Gefühl, das er am Morgen beim Anblick des schwarzen Drachenschiffes gehabt hatte: das Gefühl, von etwas Finsterem, ungemein Bösem belauert zu werden, etwas, das nicht lebte, aber auch ganz und gar nicht tot war, sondern ... Einen Moment lang glaubte Lif, sich an etwas zu erinnern. Etwas, von dem er nicht wusste, was es war, und an das er sich gar nicht erinnern konnte, weil er es nie erlebt hatte. Der Gedanke verschwand, ehe er ihn richtig fassen konnte, aber er ließ eine dumpfe Bedrückung zurück.
Über ihm heulte der Sturm erneut auf, als brüllte er seine Wut darüber hinaus, dass ihm sein Opfer entkommen war; und plötzlich fiel Lif auf, wie fürchterlich dieser Sturm war. Er hatte schon zahllose Stürme erlebt, denn sie kamen in jedem Jahr mit dem Winter, und viele waren schlimm gewesen. Manche hatten Tage gedauert und mehr als einmal hatten sie alle zitternd um das Kaminfeuer gesessen und gebetet, dass das Haus standhalten und das Meer nicht bis zum Hof heraufschwappen würde, um alles hinwegzuspülen – denn auch das war, wenn auch vor Lifs Zeit, gelegentlich vorgekommen. Aber niemals hatte er einen Sturm wie diesen erlebt. Sein Heulen und Toben klang, als wären alle Dämonen losgelassen. Ein heller, unheimlicher Laut schwang im Kreischen der Sturmböen mit, ein Geräusch wie das Heulen eines Wolfes ... Lif erstarrte. Es musste ein ungeheuer großes Tier sein, der Gewalt seiner Stimme nach. Der Schreck ließ ihn Kälte und Schmerz vergessen. Er sprang auf und wich zurück, bis er mit dem Rücken an der Böschung

stand. Seine Blicke bohrten sich in die kochende weiße Wand, die sein Versteck von allen Seiten umgab.

Das Heulen erscholl erneut und Lif schauderte, als er den wütenden, gierigen Ton darin vernahm. Es war ein Wolf, er war jetzt ganz sicher – und er kam direkt auf ihn zu! Lif blickte sich verzweifelt nach etwas um, das er als Waffe benutzen konnte, bückte sich nach einem Ast, den der Sturm abgebrochen hatte, und wich wieder an die Böschung zurück. Zum dritten Mal erklang das Heulen des Wolfes und plötzlich gewahrte er einen Schatten, der durch das Schneegestöber auf ihn zutorkelte.

Aber es war kein Wolf, sondern ein Mensch. Ein Mann, der sehr groß war, aber vor Erschöpfung und Schwäche taumelte, und der sich immer wieder im Laufen umsah. Lif atmete erleichtert auf, trat dem Fremden einen Schritt entgegen – und erstarrte ein zweites Mal.

Der Mann hatte ihn bemerkt, er blieb stehen und sah ihn an. Es war ein Mann, wie Lif ihn noch nie zuvor gesehen hatte. Jetzt, als er hoch aufgerichtet dastand, erkannte Lif erst, wie groß er war; noch um Haupteslänge größer als Ole, der Sohn des Nachbarn, der bereits als Riese galt. Der Mann hatte blonde, schulterlange Locken, die unter einem gehörnten Goldhelm hervorsahen, und sein Gesicht war von Erschöpfung und zahllosen kleinen Wunden gezeichnet: Es war ein kraftvolles Gesicht, aber ohne den brutalen Ausdruck, den Lif oft auf den Gesichtern besonders großer Männer gesehen hatte. Und auch die Kleidung des Mannes war mehr als seltsam: Helm, Harnisch und ein Rock, der mit goldenen Schlangen aus Metall verziert war, dazu trug er einen Schild, der fast so groß wie Lif sein musste, und in der Rechten ein Schwert, das ein normal gewachsener Mann wohl kaum hätte heben, geschweige denn als Waffe führen können.

Im Gesicht des Fremden ging eine sonderbare Veränderung vor, als er Lif sah. Im ersten Moment las Lif nichts als Erschöpfung im Blick seiner dunklen Augen, dann einen jähen

Schreck – und dann ungläubiges Staunen, das Lif sich nicht erklären konnte.
Gleich darauf geschah etwas, womit Lif in diesem Moment am allerwenigsten gerechnet hätte. Der Fremde trat einen Schritt auf ihn zu, starrte ihn an, und langsam begann ein höllisches Feuer in seinen Augen aufzuglühen. Sein Gesicht verzerrte sich vor Hass.
»Du?«, keuchte er. »Du?«
Plötzlich sprang er vor, riss sein Schwert in die Höhe und schwang die Klinge zu einem gewaltigen Hieb, der Lif wohl glattweg in zwei Teile gehauen hätte. Doch im gleichen Augenblick erscholl das Wolfsheulen erneut und ein ungeheurer Schatten brach aus dem Wald hervor und prallte von hinten gegen ihn. Der Riese taumelte, fiel auf die Knie, kam aber mit einer schnellen Bewegung wieder auf die Füße. Seine Klinge blitzte auf, zeichnete eine flirrende Spur aus goldenem Licht in die Luft und zielte nach dem Ungeheuer, das ihn angesprungen hatte. Der Wolf heulte schrill, sprang mit einem Satz aus der Reichweite des tödlichen Stahles und schleuderte dabei Lif mit einem Hieb seiner Rute zu Boden.
Lif fiel, rollte durch den Schnee und richtete sich benommen wieder auf. Seine Augen wurden rund vor Staunen, als er den bizarren Kampf sah, der wenige Schritte neben ihm tobte.
Der Mann war wieder aufgesprungen und hatte Schild und Schwert erhoben, und Lif sah jetzt, dass er wirklich ein Riese war. Aber sein Angreifer war auch der größte Wolf, den Lif jemals gesehen hatte, und sein Gebiss, das in einem fürchterlichen Schädel bleckte, war sicher kräftig genug, einen Mann mit einem einzigen Biss zu töten. Seine Pfoten zerwühlten den Schnee wie die Tatzen eines Bären. Knurrend begann er den Riesen zu umkreisen, ohne dass der Blick seiner kleinen, boshaft funkelnden Augen auch nur eine Sekunde von der Gestalt seines Gegners wich. Geifer tropfte aus seinem Maul und sein Schwanz peitschte nervös hin und her. Lif sah, dass der Riese noch immer vor Erschöpfung keuchte und seine Hand, die

das Schwert hielt, ein wenig zitterte. Aber er schien einzusehen, dass es keinen Sinn mehr hatte, vor dem Ungeheuer davonzulaufen, und er schien ebenso entschlossen, den Kampf jetzt und hier zu Ende zu bringen.

Lif sah die Bewegung im letzten Augenblick und schrie dem Fremden eine Warnung zu, aber sein Ruf kam zu spät. Der Wolf sprang mit einem schrillen Heulen los, prallte mit den Vorderpfoten gegen den gewaltigen Schild des Mannes und schnappte gleichzeitig nach seinem Gesicht. Der Fremde taumelte unter der Wucht der Bestie. Sein Schwert zuckte vor und grub eine lange, blutige Spur in die Schulter des Tieres, aber die fingerlangen Reißzähne des Ungeheuers hackten fast im selben Moment in seine Schulter.

Mensch und Bestie taumelten auseinander, beide vor Schmerz keuchend. Der Wolf sprang abermals vor, wich im letzten Moment zur Seite und versuchte, hinter den Rücken seines Gegners zu gelangen, aber der Mann fuhr herum, trat ihm vor die Schnauze und führte das Schwert plötzlich wie einen Speer. Diesmal trug der Wolf eine tiefe, blutende Wunde an der Flanke davon. Aber er wich nicht zurück, sondern sprang mit neuerlichem Aufheulen vor, brachte seinen Gegner durch die ungestüme Wucht seines Angriffes zu Fall und grub den Fang in seine Seite. Lif hörte ein fürchterliches Knirschen, als die Zähne des Ungeheuers den Harnisch des Riesen durchbohrten.

Der Fremde schrie auf, warf sich herum und schlug dem Wolf die Kante seines Schildes zwischen die Ohren. Der Wolf wich zurück. Seine Hinterläufe zuckten und das Fell an seiner rechten Seite begann sich dunkel zu färben. Blut troff von seinen Lefzen und rötete den Schnee. Aber auch der Riese wankte. Sein linkes Bein knickte unter ihm weg, als hätte es plötzlich nicht mehr die Kraft, das Gewicht seines Körpers zu tragen, und unter seinem Harnisch lief Blut in breiten Strömen hervor. Doch die beiden ungleichen Gegner gönnten einander keine Pause. Der Wolf begann wieder zu knurren; ein tiefer, unglaublich düsterer Laut, der den Wald zum Erzittern zu bringen schien. Er senkte die Schnauze und begann seinen Feind zu umkreisen. Der Riese machte die kreisenden Bewegungen des Wolfes mit. Die Spitze seines Schwertes folgte jedem Schritt des Ungeheuers und den Schild hatte er so weit erhoben, dass nur noch seine Augen über dem Rand hervorsahen. Dann griff der Wolf wieder an. Und diesmal versuchte er nicht, seinen Gegner zu unterlaufen oder eine Lücke in seiner Deckung zu finden, sondern verließ sich ganz auf seine gewaltige Körperkraft. Ein jäher Schmerzenslaut entrang sich seiner Kehle, als das Schwert tief in seinen Vorderlauf fuhr, aber der Anprall brachte auch den Riesen zu Fall. Er stürzte, verlor seinen Schild und überschlug sich drei-, vier-, fünfmal. Dann war der Wolf über ihm. Lifs Schreckensschrei vermischte sich mit dem Brüllen des Mannes, als sich das Maul des Ungeheuers um seine linke Hand schloss und Blut an seinem Arm herabfloss.

Der Anblick ließ Lif alle Furcht vergessen. Ohne auch nur an die Gefahr zu denken, in der er selbst war, sprang er auf die Füße, schwang seinen Knüppel und war mit einem einzigen gewaltigen Satz bei den beiden ineinander verbissenen Gegnern. Sein Knüppel sauste mit aller Macht herab und krachte auf den struppigen Schädel des Wolfes, genau zwischen seine Ohren. Der Ast zerbrach.

Der Wolf fuhr zusammen – wohl mehr vor Schreck als vor Schmerz -, wirbelte mit einem Heulen herum und fegte Lif mit einem wütenden Prankenhieb zu Boden.

Der Schlag trieb Lif die Luft aus den Lungen und ließ ihn zurücktorkeln, ehe er rücklings in den Schnee fiel. Sofort wollte er aufspringen, aber der Wolf setzte ihm mit einem gewaltigen Sprung nach, stieß ihn mit einer seiner riesigen Tatzen wieder zu Boden und riss das Maul auf.

Aber der furchtbare Schmerz, auf den Lif wartete, kam nicht. Stattdessen erstarrte der Wolf mitten in der Bewegung, die tödlichen Zähne nur mehr wenige Zentimeter von Lifs Kehle entfernt. Langsam, das Maul noch immer geöffnet, nahm er

die Pfote von Lifs Brust, trat einen Schritt zurück und starrte ihn an. Sein Atem ging schnell und schwer.
In diesem Moment richtete sich der Mann in der goldenen Rüstung mühsam wieder auf und griff nach seinem Schwert.
»Komm her, Bestie!«, schrie er. »Lass es uns zu Ende bringen!«
Der Wolf fuhr mit einem zornigen Knurren herum und begann auf den Riesen zuzugehen. Seine Pfote hinterließ eine tiefe, blutige Spur im Schnee. Aber auch der Fremde schwankte und schien sich nur mit letzter Mühe auf den Beinen zu halten. Seine linke Hand, die er eng gegen den Körper presste, war über und über mit Blut bedeckt. Lif verstand nicht mehr, woher die beiden Gegner noch die Kraft nahmen, den Kampf fortzusetzen.
Aber keiner von ihnen führte seinen Angriff zu Ende, denn in diesem Moment geschah etwas Unheimliches. Plötzlich, von einer Sekunde zur anderen, verstummte der Sturm. Das weiße Wabern und Wogen über dem Wald erstarrte und mit einem Mal war es so still, dass Lif seine eigenen Atemzüge hören konnte. Nichts rührte sich und selbst der Schnee hing plötzlich reglos in der Luft, als wäre jede einzelne Flocke an ihrem Platz angefroren.
Und plötzlich stand eine alte Frau auf dem Weg, genau zwischen dem Mann und dem Wolf. Lif wusste nicht zu sagen, wo sie hergekommen war – für eine Sekunde hatte die Luft zwischen den beiden riesigen Gegnern geglitzert und geleuchtet, als ob ein Stern aus dem Nichts aufgetaucht wäre, und dann stand die alte Frau da.
Sie war in ein einfaches graues Leinenhemd gekleidet und trug trotz der beißenden Kälte nicht einmal Schuhe. Es war die älteste Frau, die Lif jemals gesehen hatte. Ihr Haar war grau und zu einem strengen Knoten nach hinten gekämmt und ihr Gesicht war voller Falten. Aber ihre Stimme war kräftig wie die einer jungen Frau, als sie sprach.
»Genug!«, sagte sie streng. »Was erdreistet ihr euch, euren Streit hierher zu tragen, in das Land der Menschen, die nichts

mit euch zu schaffen haben?« Ihre Augen flammten vor Zorn. Wütend trat sie auf den riesigen Mann zu und stieß mit einem dürren Zeigefinger wie mit einem Dolch nach seinem Gesicht. »Du!«, sagte sie ärgerlich. »Dieser Knabe, der sein eigenes Leben riskierte, um das deine zu retten, ist nicht der, den zu töten du ausgezogen bist!«

Der Mann fuhr unter ihren Worten zusammen wie unter einem Hieb und senkte den Blick und die Alte wandte sich und trat mit einer herrischen Bewegung auf den Wolf zu.

»Und du, elende Kreatur!«, fauchte sie. »Wer hat dir erlaubt, deine blutigen Spiele nun auch hier zu spielen? Scher dich zurück nach Utgard, wo du hingehörst, widerliches Gezücht der Hel!«

Der Wolf begann zu winseln, klemmte die Rute zwischen die Hinterläufe und kroch wie ein geprügelter Hund rücklings durch den Schnee, während sich die alte Frau abermals umwandte und nun auf Lif zukam. Das zornige Glitzern in ihren Augen verwandelte sich in einen Ausdruck von Güte, als sie vor ihm stehen blieb und die Hand hob. Ihre Finger berührten Lifs geschundenes Gesicht und wo sie seine Haut streichelten, da erlosch der Schmerz und das Brennen der Kälte war wie fortgezaubert.

»Wer . . . wer seid Ihr?«, stammelte er. »Was ist . . .«

Die Alte brachte ihn mit einem sanften Kopfschütteln zum Verstummen. »Frag nicht«, sagte sie, »denn ich dürfte dir nicht antworten. So wenig, wie du diese beiden unglückseligen Geschöpfe hättest sehen dürfen. Du wirst alles erfahren, wenn die Zeit reif ist.« Sie lächelte. »Wir werden uns wiedersehen, Lif.«

Lif blinzelte verstört. Er wollte die alte Frau fragen, woher sie seinen Namen wusste, aber in diesem Moment berührten ihn ihre Finger wieder an der Stirn. Er fühlte noch, wie seine Knie weich wurden und die Alte ihn auffing und sanft in den Schnee bettete. Dann fiel er in einen tiefen, traumlosen Schlaf.

Der Aufbruch

Lif lag auf seiner Bettstelle, als er erwachte, und Fjella saß neben ihm und kühlte seine Stirn. Seine Glieder fühlten sich taub und schwer an und als er die Hand unter der Decke hervorzuheben versuchte, konnte er es nicht. Ein scharfer Schmerz schoss durch seine Brust. Draußen heulte der Wind und unter seinem Ansturm schien das ganze Haus zu ächzen.
Das feuchte Tuch, mit dem Fjella bisher über seine Stirn gefahren war, verschwand plötzlich und dafür tauchte Fjellas Gesicht über dem seinen auf. Ihr Blick spiegelte Sorge, aber auch eine tiefe Erleichterung wider. »Du bist wach«, sagte sie. »Endlich.«
Lif wollte antworten, aber sein Gaumen fühlte sich so taub und trocken an, dass er keinen Ton hervorbrachte.
»Warte«, sagte Fjella. Sie stand auf und verschwand für einen Moment aus seinem Blickfeld. Lif hörte sie mit jemandem flüstern, der auf der anderen Seite des Bettes stand, dann kam sie zurück, eine Schüssel mit dampfender Suppe in der Hand. »Iss das. Es wird dich kräftigen nach all der Zeit.«
Lif verstand nicht, was sie mit ihren Worten meinte, aber er setzte sich gehorsam auf und hielt still, bis Fjella eine Decke gefaltet und so hingelegt hatte, dass er sich dagegenlehnen konnte. Jede kleine Bewegung kostete ihn Mühe und als er nach der Suppenschale griff, zitterten seine Finger so sehr, dass Fjella nur stumm den Kopf schüttelte und ihn kurzerhand fütterte. Lif ließ es geschehen, obwohl er das normalerweise entschieden zurückgewiesen hätte. Aber er fühlte sich viel zu schwach und zu müde, um sich Stolz noch leisten zu können.

Die warme Suppe tat gut. Sie vertrieb zwar nicht die Schwere aus seinen Gliedern, wandelte sie aber nach und nach in eine wohltuende Müdigkeit um und mit jedem Löffel spürte er mehr, wie hungrig er gewesen war.
Während er aß, kamen die anderen herein: Osrun, in einen dicken, eisverkrusteten Pelz gehüllt und mit weiß gefrorenem Bart, kurz darauf Mjölln und Sven. Skalla war schon im Haus gewesen; mit ihr hatte Fjella geflüstert, bevor sie ihm die Suppe gebracht hatte.
Keiner der fünf sagte auch nur ein Wort, während Lif geduldig die Suppe schluckte, aber ihm fiel auf, wie sonderbar sie ihn alle ansahen. Osruns Gesicht blieb unbewegt, aber es war ein seltsamer Ernst in seinen Augen und in den Zügen von Mjölln und Sven glaubte er eine Mischung aus Erleichterung und schlechtem Gewissen zu erkennen. Wahrscheinlich hatte Osrun sie zur Rede gestellt, als er nicht mit ihnen zurückgekommen war. Lif wusste nicht, ob er sich darüber freuen sollte. Mjölln war manchmal recht nachtragend.
Als Lif zu Ende gegessen hatte und Fjella die Schale wegtrug, trat Osrun an sein Bett. Sein Haar war nass und eine fühlbare Welle der Kälte ging von ihm aus.
»Wie fühlst du dich?«, fragte er.
Lif nickte schüchtern. Er hatte es bisher vermieden, Osrun direkt anzusehen, aber nun, als sein Ziehvater ganz dicht an sein Bett herantrat und auf ihn herabsah, hatte er wohl keine andere Wahl mehr, als sich dem Donnerwetter zu stellen, das nun unweigerlich folgen würde. »Gut«, sagte er leise. »Nur . . . ein bisschen müde. Und mein Kopf schmerzt.«
»Du hattest Fieber«, sagte Osrun.
»Fieber?« Lif sah erstaunt auf. »Aber ich war doch noch nie krank.«
»Du bist auch noch nie eine halbe Nacht im Schnee gelegen«, antwortete Fjella an Osruns Stelle, schob ihren Mann kurzerhand zur Seite und ließ sich wieder neben Lifs Bettstelle nieder. Lif hatte das bestimmte Gefühl, dass sie das absichtlich tat,

um als Schutz zwischen ihm und Osrun zu dienen. Sie lächelte, beugte sich vor und legte für einen Moment die flache Hand auf seine Stirn. Ihre Finger fühlten sich kühl an, aber vielleicht kam das daher, dass Lifs Haut so heiß war.

»Nun?«, fragte Osrun.

»Das Fieber ist beinahe fort«, antwortete Fjella. »Aber er braucht noch ein paar Tage Ruhe.«

»Ein paar Tage?« Lif fuhr auf, aber er verstummte sofort wieder, als er Osruns Blick begegnete. Osruns Erleichterung wich einem Ausdruck von Zorn, den Lif nur zu gut kannte. Nun – was hatte er anderes erwartet?

Fjella, die das heraufziehende Donnerwetter wohl ebenso deutlich spürte wie Lif, wandte sich um und warf Osrun einen flehenden Blick zu, aber ihr Mann beachtete sie gar nicht.

»Du dummer, ungelehriger Bengel«, sagte er. Das war eine Wortwahl, die weitaus weniger heftig war, als Lif erwartet hatte. Und doch erschreckte sie ihn bis ins Mark, denn er spürte, dass Osrun gerade so sprach, weil er zornig war wie niemals zuvor. »Wie oft habe ich dich gewarnt, dass es gefährlich ist, sich bei Sturm aus dem Haus zu wagen? Wie viele Male habe ich dir gesagt, dass du sofort zum Haus zurückkommen sollst, wenn sich auch nur eine Wolke am Himmel zeigt? Weißt du überhaupt, was du getan hast?«

»Ich . . . ich wollte doch nur die Kuh holen!«, verteidigte sich Lif. »Ich hatte nur Angst, dass du . . .«

»Wegen der Kuh?« Osrun schrie fast. »Du bist wegen der Kuh in den Sturm hinausgelaufen? Bist du von Sinnen oder einfach nur dumm, Lif? Hast du nicht daran gedacht, dass du nicht nur dein eigenes Leben in Gefahr gebracht hast? Mjölln wäre fast gestorben, als wir dich im Sturm gesucht haben, und Sven hat sich die Hand verstaucht und wird zwei Wochen nicht arbeiten können. Und alles wegen der Kuh, die dir wahrscheinlich deshalb fortgelaufen ist, weil du wieder in den Tag hinein geträumt hast!«

»Lass ihn in Ruhe, Osrun«, sagte Fiella scharf. »Er ist krank.«

»Unsinn!«, fauchte Osrun. »Ein bisschen Fieber wird ihn nicht umbringen und er ist alt genug, für seine Fehler einzustehen.« Er wandte sich wieder an Lif. »Du wirst den Winter über doppelt arbeiten, bis du die Kuh ersetzt hast; und weil du ja so gerne früher als die anderen aufstehst, werde ich mir noch ein paar Sonderaufgaben für dich einfallen lassen.«
»Aber nicht jetzt«, sagte Fjella scharf. »Lass ihn endlich in Frieden! Er wird liegen bleiben, bis er vollkommen gesund ist. Solange der Sturm tobt, kann er ohnehin nichts tun.«
»Ich finde, er hat sich lange genug ausgeruht«, sagte Sven leise. »Eine Woche reicht doch wohl, oder?«
»Eine Woche?« Lif setzte sich kerzengerade im Bett auf. Die jähe Bewegung verursachte ihm Schwindel. »Hast du gesagt, eine Woche?«
Osrun nickte. »Du hast fast sechs Tage im Fieber dagelegen«, sagte er, und in den zornigen Ton seiner Stimme mischte sich leise Sorge. »Eigentlich dürftest du gar nicht mehr leben, wenn man es recht bedenkt. Hättest du dich nicht in der Baumhöhle verkrochen, wärst du zehnmal erfroren, bis wir dich gefunden haben.«
»In welcher Baumhöhle?«, fragte Lif verwirrt.
Osrun presste die Augen zu schmalen Schlitzen zusammen. »Die hohle Eiche, oben beim Wasserfall«, sagte er. »Sven hat dich darin gefunden. Du erinnerst dich nicht?« »Die Baumhöhle?«, wiederholte Lif noch einmal. Er kannte die riesige, innen ausgehöhlte Eiche, von der Osrun sprach. Aber sie war Meilen vom Erdbruch und der kleinen Lichtung entfernt, sie lag nahezu in der entgegengesetzten Richtung!
»Aber ich war nicht dort«, sagte er hilflos.
»So?«, mischte sich Sven spöttisch ein. »Wo denn sonst?« »Beim . . . beim Erdbruch«, murmelte Lif. »Ich bin hingelaufen, um dem Sturm zu entgehen.«
»Das kann nicht sein«, sagte Osrun. »Sven hat dich in der Eiche gefunden, halb erfroren und verletzt. Den Weg vom Erdbruch dorthin hättest du niemals geschafft. Nicht bei diesem Sturm.«

»Vielleicht haben die Götter ihm geholfen«, mischte sich Skalla ein.
Osruns Miene verdüsterte sich. »Halt den Mund, Skalla«, sagte er streng. »jetzt ist nicht der Augenblick für deine Geschichten.« Er wandte sich wieder an Lif. »Du bist zum Erdbruch gelaufen?« Lif nickte und Osrun machte eine zustimmende Handbewegung. »Das war klug. Wahrscheinlich hast du im Sturm die Richtung verloren und bist zufällig zur Baumhöhle gelangt. Du hast mehr Glück als Verstand gehabt.«
»Aber ich war nicht in der Baumhöhle!«, protestierte Lif. »Ich war beim Erdbruch! Die alte Frau muss mich . . .«
Er verstummte. Am liebsten hätte er sich selbst geohrfeigt, dass ihm diese Worte herausgerutscht waren.
»Welche alte Frau?«
»Die . . . die Frau, die kam, als der Riese und der Wolf miteinander kämpften«, antwortete Lif flüsternd.
»Riese?«, wiederholte Osrun. »Wolf? Was soll das heißen?«
»Warum lässt du ihn nicht in Frieden, Osrun?«, sagte Fjella rasch. »Du siehst doch, dass er fantasiert.«
Aber Osrun brachte sie mit einer herrischen Geste zum Schweigen. »Lass mich, Fjella«, sagte er. »Das interessiert mich. Er soll alles erzählen.« Er kam näher, blickte streng auf Lif herab und machte eine auffordernde Handbewegung. »Also?«
Lif zögerte eine Weile, während er sich in Gedanken immer heftiger dafür verfluchte, nicht den Mund gehalten zu haben. Osruns Laune war schon übel genug, und er wusste sehr gut, dass er ihm kein Wort glaubte. Aber er wusste auch, dass er jetzt keine Ruhe mehr geben würde, und so begann er zu erzählen, zuerst stockend, dann, als seine Worte die Erinnerung immer deutlicher werden ließ, flüssiger und schneller.
Osrun hörte schweigend zu und sein Gesicht war wie aus Stein. Auch als Lif zu Ende gekommen war, schwieg er noch eine ganze Weile. Schließlich war es Fjella, die das bedrückende Schweigen brach, das sich nach Lifs Erzählung im Raum ausgebreitet hatte.

»Er fantasiert«, sagte sie überzeugt. »Das Fieber muss seine Sinne verwirrt haben.«
Osrun starrte sie an. »Du weißt sehr wohl, dass er nicht fantasiert«, sagte er. »Das ist wieder eine seiner Geschichten. Vielleicht glaubt er, auf diese Weise der Strafe zu entgehen.«
»Aber es ist doch nur . . .«
»Schweig!«, donnerte Osrun, und einen Moment schien es, als würde sich sein Zorn nun über Fjella entladen, anstatt über Lif. »Hast du plötzlich dein Gedächtnis verloren, Fjella? Oder fällt dir wirklich nicht auf, wen er da beschrieben hat? Es sind Baldur und Fenris, die er gesehen haben will. Und die alte Frau ist niemand anders als die Norne Skuld!« Mit einem Mal schrie er. »Habe ich dir nicht befohlen, diese Geschichten nicht in seiner Gegenwart zu erzählen? Träumt er nicht ohnehin genug in den Tag hinein, auch ohne dass man ihm alte Legenden und Märchen vorschwatzt? Wer hat sie ihm erzählt?« Er fuhr herum. »Du, Skalla?«
Die alte Frau legte trotzig den Kopf in den Nacken. »Ich war es nicht«, sagte sie.
»Natürlich nicht!« fauchte Osrun böse. »Dann hat er sich das alles wohl selbst ausgedacht, wie?«
»Und wenn nicht?«, fragte Skalla, ohne sich im Mindesten von Osruns Wutschnauben beeindrucken zu lassen. »Wenn alles wahr ist? Hast du die Lieder vergessen und das, was . . .«
»Kein Wort mehr!«, schrie Osrun. Seine Augen funkelten zornig, als er sich zu Lif umdrehte. »Und das gilt auch für dich!«, fuhr er ihn an. »Ich will keine deiner Geschichten mehr hören. Nie mehr!«
»Aber ich habe es mir nicht ausgedacht!«, sagte Lif. »Es war so, wie ich gesagt habe, ich schwöre es!«
Osrun hob die Hand, als wollte er ihn schlagen. Aber dann ballte er nur wütend die Faust, drehte sich auf der Ferse herum und stürzte aus dem Haus. Nach kurzem Zögern folgten ihm Mjölln und Sven.
»Was . . . was hat er denn?«, fragte Lif erschrocken. Er begriff Osruns Zorn nicht. »Ich habe doch die Wahrheit gesagt! Und

selbst wenn er mir nicht glaubt, ist das doch kein Grund, so wütend zu werden.«

»Ich fürchte, das wirst du nicht verstehen«, sagte Fjella traurig. »Und du brauchst es auch nicht zu verstehen. Es ist nicht deine Schuld.«

»Was ist nicht meine Schuld?«

»Nichts.«

»Was hat er gemeint?«, beharrte Lif. »Was sind das für Namen, die er da genannt hat? Baldur und Fenris und Skuld? Wer soll das sein?«

»Weißt du das wirklich nicht?«, krächzte Skalla mit ihrer fistelnden Altfrauenstimme.

»Nein«, sagte Lif. »Ich habe diese Namen nie gehört.«

»Wie könnte er auch«, sagte Fjella leise. »Du weißt, dass wir ihm niemals davon erzählt haben.«

»Dann tu es jetzt!«, verlangte Skalla.

Fjella erschrak. »Das kann ich nicht«, sagte sie hastig. »Osrun hat es verboten und nicht erst heute. Und du weißt auch, warum.«

Lif folgte der Unterhaltung der beiden Frauen mit immer größerer Verwirrung. Er begriff nicht, worum es ging, und er fühlte sich hilflos und zornig. Aber als er etwas zu Fjella sagen wollte, schüttelte sie nur den Kopf, drehte sich plötzlich um und ging aus dem Raum, so dass er allein mit Skalla war.

»Hilf du mir, Skalla«, flehte er. »Sag mir, was das alles zu bedeuten hat.«

»Ich darf es nicht«, antwortete Skalla. »Du hast es gehört. Osrun hat es verboten.«

»Aber warum denn? Wer waren dieser Mann und die alte Frau?«

Aber Skalla antwortete nicht, sondern starrte ihn nur an. Lif schauderte. Ihr Blick machte ihm Angst.

Der Sturm dauerte an. Von Osrun hatte Lif erfahren, dass er nicht aufgehört hatte seit dem Morgen, an dem sie ihn im

Wald gefunden hatten. Er hörte auch in der folgenden Woche nicht auf, sondern verlor nur manchmal ein wenig an Kraft, so dass sie das Haus verlassen und die dringendsten Arbeiten erledigen konnten. An manchen Tagen wurde es so schlimm, dass sie es nicht einmal wagten, die wenigen Schritte bis zum Stall hinüberzulaufen, um die Kühe und Schweine zu füttern.
Lif erholte sich schnell. Schon am nächsten Tag war er aufgestanden und hatte begonnen, wie ein Besessener zu arbeiten, um den Schaden, den er angerichtet hatte, wieder gutzumachen. Schließlich wurde es selbst Osrun zuviel und er befahl ihm, sich noch ein wenig zu schonen. Keiner von ihnen sprach noch einmal über sein Erlebnis und Lif wagte es nicht, die Sprache darauf zu bringen.
Aber er vergaß es auch nicht.
Eine sonderbare Unruhe hatte von ihm Besitz ergriffen und unzählige Male hatte er Osruns und Skallas Worte in Gedanken wiederholt und sich vergeblich nach ihrem Sinn gefragt.
Und dazu kamen die Träume. Er hatte schon früher oft und lebhaft geträumt, aber nie so wie jetzt. Immer wieder sah er den Kampf zwischen dem Riesen und dem gewaltigen Wolf und manchmal – und das waren die schlimmsten Träume, aus denen er zitternd und schweißgebadet aufwachte – sah er auch das schwarze Drachenschiff, dessen rot glühende Augen ihn anstarrten wie die einer Bestie, die nach seinem Blut gierte.
Acht Tage nach seinem Erwachen und mithin mehr als zwei Wochen nach Beginn des Unwetters klarte der Himmel ein wenig auf, wenn sich auch im Norden bereits neue schwarze Wolken zusammenballten, sodass auch dies wohl nur ein kurzes Atemholen war, ehe die Elemente mit neuer Wut zuschlugen. Aber die Zeit wollte genutzt sein – alle, selbst die alte Skalla, entwickelten eine geradezu fieberhafte Geschäftigkeit. Sie nahmen sich nicht einmal genug Zeit zum Essen. Der Hof war in einem erbarmungswürdigen Zustand. Sie mussten sich darauf beschränken, wenigstens die schlimmsten Schäden zu beseitigen und dafür zu sorgen, dass nicht neue hinzukamen,

wenn der Sturm wieder losbrach. Lif half Sven dabei, das beschädigte Dach des Kuhstalles in Ordnung zu bringen, führte die Tiere, die nach zweiwöchiger Gefangenschaft halb verrückt geworden waren, auf die Weide und mistete den Stall aus. Anschließend lief er mit Osrun hinunter zur Küste, um nach dem Boot zu sehen.
Es war ein vergeblicher Weg. Der eiserne Pfeiler, den Osrun tief in den Fels geschlagen hatte, um das Boot daran zu befestigen, war verbogen, die Kette zerrissen und von dem kleinen Fischerboot war keine Spur zu sehen.
Osrun sagte kein Wort, als er die zerrissenen Kettenglieder in die Hand nahm und auf das Meer hinausstarrte. Aber Lif konnte sich vorstellen, wie es jetzt in ihm aussah. Das Leben hier an der Küste war auch so schon hart genug; ohne das Boot, mit dem sie im Sommer so manchen Fisch gefangen hatten, würde sich der Hunger einstellen, sobald der nächste Winter kam. Und sie hatten nicht genug Geld, ein neues Boot in Auftrag geben und bezahlen zu können. Er wollte etwas sagen, irgendein Wort des Trostes, aber er konnte es nicht und so wandte er sich mit einem Ruck um und sah weg.
Draußen auf dem Meer bewegte sich ein Schatten. Es ging ganz schnell und er war auch sofort wieder verschwunden, aber Lif hatte ihn trotzdem deutlich gesehen. Den Schatten eines Schiffes.
Eines gewaltigen, nachtschwarzen Schiffes mit Rudern in der Form dürrer Insektenbeine und einem glutäugigen Drachenkopf am Bug.
Lif brachte keinen Ton hervor; auch nicht, als Osrun sich nach einer Ewigkeit umdrehte und den steilen Pfad zum Hof wieder hinaufstieg.

Der Tag endete so, wie er begonnen hatte: mit sehr viel Arbeit und einem verzweifelten Wettrennen mit dem Sturm, der pünktlich mit Einbruch der Dämmerung mit neuer Kraft losbrüllte und sie alle ins Haus zurücktrieb. Lif sprach mit nie-

mandem über sein neuerliches Erlebnis, aber als sie gegessen hatten und um das Feuer saßen, hielt er es beinahe nicht mehr aus. Er musste einfach mit jemandem reden; über das Schiff und alles andere.
Aber mit wem?
Osrun? Diesen Gedanken verwarf er ebenso schnell wieder, wie er gekommen war. Osrun war in den letzten Tagen immer reizbarer geworden. Auch Mjölln und Sven verboten sich von selbst. Und Fjella? Er war sicher, dass Fjella ihm auch diesmal nicht oder allenfalls mit einem traurigen Lächeln antworten würde. So blieb als Letzte nur Skalla.
Aber mit der Alten war es sonderbar – erst jetzt, als er darüber nachdachte, fiel es Lif auf. Die wenigen Worte, die er an jenem Morgen nach seinem Erwachen mit ihr gewechselt hatte, waren die letzten gewesen. Seither war er niemals allein mit Skalla gewesen; stets waren Fjella oder einer der anderen dabei. Es war, als hätte man absichtlich verhindert, dass sie allein blieben. Vielleicht, weil Osrun Angst hatte, sie könnte ihm mehr erzählen, als er wollte. Er würde mit Skalla reden, sobald die anderen schliefen.
Lif musste nicht lange warten. Sie alle waren rechtschaffen müde nach der schweren Arbeit, die der Tag ihnen abverlangt hatte, und legten sich schon bald nach dem Dunkelwerden nieder. Auch Lif kroch unter seine Decken, aber er blieb mit offenen Augen liegen und lauschte auf die Atemzüge Mjöllns und Svens, die neben ihm schliefen. Er war müde und es fiel ihm immer schwerer, die Augen offen zu halten. Seine Glieder waren wie Blei und das an- und abschwellende Heulen des Sturmes begann ihn einzulullen. Schließlich schlief er doch ein und als er nach Stunden wieder hochschreckte, war es mitten in der Nacht. Er würde Skalla wecken müssen. Er hoffte nur, dass die Alte dabei nicht zu viel Lärm machte, denn sie litt es nicht gerne, aus dem Schlaf gerissen zu werden.
Vorsichtig stand er auf und schlich auf Zehenspitzen zu der Leiter, die zum Dachraum führte, wo Skalla schlief. Die mor-

schen Latten knarrten unter seinem Gewicht. Er rechnete jeden Augenblick damit, Osruns erbostes Gesicht vor sich zu sehen.
Aber er hatte Glück und kam unbehelligt oben an. Skalla hatte ein kleines Talglicht brennen lassen und das Licht reichte gerade aus, ihr Bett zu finden, ohne irgendwo anzustoßen. Skallas Körper zeichnete sich schmal unter der Decke ihres Bettes ab. Sie lag auf der Seite, in der Haltung eines schlafenden Kindes. Als er die Hand ausstreckte, um sie an der Schulter zu berühren, hoben sich die Lider der alten Frau und sie sah ihn an. Lif erschrak und trat unwillkürlich einen halben Schritt zurück. »Du . . . du bist wach?«
»Du hast ja genug Lärm gemacht, oder?«, fragte Skalla spitz. Sie setzte sich auf, zog die Decke heran und schlang sie fröstelnd um die Schulter. Auch Lif spürte, wie kalt es hier oben war, direkt unter dem Dach. Er fragte sich, wie sie die Kälte aushielt, Winter für Winter.
»Außerdem habe ich auf dich gewartet«, fuhr Skalla fort. »Ich habe eher mit dir gerechnet.«
»Gewartet?«, wiederholte Lif verwirrt. Es war verrückt – er war hier heraufgekommen, weil ihm tausend Fragen auf der Zunge brannten, aber jetzt, als er die Gelegenheit hatte, bekam er kaum einen Ton heraus.
Skalla ließ ein Geräusch hören, das wohl ein Lachen sein sollte. »Ich wusste, dass du kommst«, sagte sie. »Ich bin zwar alt, aber nicht dumm. Osrun ist dumm, zu glauben, dass du dich damit zufrieden geben würdest, alles zu vergessen. Er kann es ja selbst nicht.« Sie seufzte. »Du willst wissen, was das alles bedeutet, nicht wahr? Aber ich weiß nicht, ob ich dir antworten kann.«
Lif fuhr sich nervös mit der Zungenspitze über die Lippen. Skallas klare Ausdrucksweise überraschte ihn, denn normalerweise brabbelte sie nur vor sich hin, sodass man die Fragen meistens einige Male wiederholen musste, ehe man eine Antwort bekam.

»Ich . . . habe das Schiff wieder gesehen«, sagte er.
Skalla sah auf. Es war zu dunkel im Zimmer, als dass er ihre Gesichtszüge genau erkennen konnte, aber für einen Moment war er sicher, ein rasches Erschrecken über ihre Züge huschen zu sehen. »Nagelfar?«, fragte sie.
Lif zuckte die Schultern. »Ich weiß nicht, wie es heißt«, sagte er.
»Es muss Nagelfar sein«, sagte Skalla. »So, wie du es beschrieben hast. Es gibt nur ein solches Schiff.«
Lif trat näher an ihre Bettstelle heran. »Was bedeutet das alles, Skalla?«, fragte er. »Ich verstehe das einfach nicht. Was hat es mit diesem Schiff auf sich und wer war dieser Mann, den ich gesehen habe?«
Skalla seufzte. »Das sind zu viele Fragen auf einmal, Lif. Wenn es das Schiff Nagelfar war, bedeutet es Unglück, und ich fürchte, es ist schlimmer, als Osrun eingestehen will.« Sie hob den Kopf. »Hörst du den Sturm?«
Lif nickte.
»Seit zwei Wochen rennt er gegen die Küste Midgards«, fuhr Skalla fort. »Und er wird immer weiter toben. Es ist kein normaler Sturm.«
»Kein normaler Sturm?«, wiederholte Lif. »Aber was dann?«
»Das fragst du noch, du dummes Kind?« Plötzlich wurde Skallas Stimme laut vor Zorn. Aber sie beruhigte sich so schnell, wie sie aufgefahren war und lächelte sogar. »Du kannst es ja nicht wissen, du armes Kind«, sagte sie. »Sie haben dir ja nie etwas gesagt.«
Und plötzlich tat sie etwas, was sie noch nie zuvor getan hatte – sie hob die Hand unter der Decke hervor und streichelte Lifs Wange.
Lif musste an sich halten, um nicht unter der Berührung ihrer dünnen pergamenttrockenen Haut zu erschauern. Ihr Streicheln war ihm unangenehm und Skalla schien dies zu spüren, denn sie zog die Hand wieder zurück.
»Du fragst, wer der Mann war, der mit dem Fenriswolf gekämpft hat«, sagte sie. »Es war Baldur, niemand anders. Bal-

dur, der Lieblingssohn Odins und Bruder des Thor. Oh, du weißt nicht, was all diese Namen bedeuten, denn dein Lebtag lang haben dich Osrun und Fjella sorgsam vor den alten Legenden und Geschichten beschützt, so, wie dir Osrun selbst das Träumen verbieten wollte, weil er wohl Angst hatte, dass sich dir in einem Traum die Wahrheit offenbaren könnte.« Sie lachte ganz leise. »Ich habe es immer gesagt«, sagte sie. »Das Schicksal lässt sich nicht betrügen. Du kannst ihm ein Schnippchen schlagen, ihm ein paar Jahre abtrotzen, aber am Ende wird sich der Ratschluss der Götter erfüllen.«
»Aber warum sagt Osrun dann, ich hätte mir alles nur eingebildet, wenn es doch wahr ist?«, fragte Lif.
Skalla lächelte. »Fjella und Osrun sind gute Menschen, hörst du?«, sagte sie. »Sie fanden dich im Meer und nahmen dich auf wie ein eigenes Kind und du darfst ihnen nicht zürnen, weil sie dich belogen haben.«
»Belogen?«, wiederholte Lif verstört.
Skalla nickte. »Sie haben dir erzählt, dass niemand wüsste, wer du bist und woher du kommst«, sagte sie. »Aber das stimmt nicht.«
»Du ... du weißt, wer ich bin?«, stammelte Lif. »Du weißt, wo ich geboren wurde und wer ...«
Skalla unterbrach seinen Redefluss mit einer Handbewegung. »Niemand weiß das«, sagte sie. »Doch es gibt eine Legende. Die Legende zweier Kinder, die eines Tages, ehe der Fimbulwinter hereinbricht und Ragnarök, die Götterdämmerung, kommt, auf Midgard erscheinen sollen, die Menschen zu warnen. Es heißt, dass das Meer den Knaben Lif und seinen Zwilling Lifthrasil an Land spülen wird und dass es in der Hand derer liegt, die ihn finden, was aus ihnen wird und wie sich das Schicksal der Welt entscheidet. Denn es heißt auch, dass sich Lif und Lifthrasil am Ende der Zeiten, wenn Ragnarök beginnt, mit dem Schwert in der Hand auf der Walstatt gegenüberstehen werden und dass die Zukunft des Menschengeschlechtes in ihrer Hand liegt.«

Lif schwieg verstört. Skallas Worte hatten ihn mit einem tiefen Schreck erfüllt. Vielleicht, weil er spürte, dass mehr Wahrheit in ihnen war, als er selbst zugeben wollte. »Aber das ... das ist doch nur eine Legende«, stammelte er.

»Nur eine Legende?«, fragte Skalla. »Glaubst du das wirklich, nachdem du das Schiff Nagelfar gesehen und den Atem des Fenriswolfes gefühlt hast?«

Lif antwortete nicht und plötzlich stand Skalla auf und hüllte sich in ihre Decke. »Dann komm«, sagte sie. »Aber leise, damit niemand aufwacht.«

Sie stiegen aber nicht nach unten, wie Lif erwartet hatte, sondern wandten sich nach rechts, von der Leiter fort und dem niedrigeren Teil des Raumes zu, in dem die Vorräte und das Saatgut aufbewahrt wurden. Dort war es so finster, dass Lif kaum die Hand vor den Augen sah und schmerzhaft mit dem Kopf gegen einen Dachbalken stieß. Als Skalla plötzlich stehen blieb, wusste er, wohin sie ihn geführt hatte.

Skalla kniete vor einem mit Fellen verhüllten Gegenstand von der Größe einer kleinen Truhe nieder, winkte ihm ungeduldig, es ihr gleichzutun, und zog die Felle mit einem Ruck zurück.

Obwohl Lif ganz genau gewusst hatte, was es war, erschrak er. Der kleine Nachen war mit dünnem Goldblech verkleidet und schimmerte in einem geheimnisvollen Licht, fast als glühe er von innen heraus. Das fein gewebte Tuch in seinem Inneren sah so neu aus wie am ersten Tag, obwohl es nahezu anderthalb Jahrzehnte auf diesem staubigen Dachboden gelegen hatte.

Skalla sagte kein Wort, aber ihr dürrer Zeigefinger deutete auf den Bug des Schiffchens, und als Lifs Blick der Geste folgte, schien sein Herz für einen Moment auszusetzen.

Unter dem Bug, der die Form eines Schwanenkopfes hatte, blinkte ein kleines, sonderbar geformtes Symbol: ein senkrechter Strich, von zwei diagonalen Linien durchkreuzt:

Lif hatte es tausendmal gesehen, denn es war das gleiche Symbol, das sich auch auf der Rückseite der Münze wiederholte, die er um den Hals trug. Aber er hatte sich nie etwas dabei gedacht, sondern es für eine Verzierung gehalten. Jetzt, als Skalla mit bedeutungsschwerer Miene darauf wies, begriff er, dass es mehr war.

Und dann erschrak er zum zweiten Mal, denn er sah noch einmal den riesigen Krieger vor sich, sein von Erschöpfung gezeichnetes Gesicht, seinen Harnisch, seinen Helm und den großen Rundschild, auf dem sich das Symbol wiederholte, das auf dem Bug des kleinen Nachens und auf Lifs Münze glänzte. Seine Hände begannen zu zittern. »Was ... was bedeutet das?«, fragte er.

»Es ist Hagal«, antwortete Skalla düster. »Die Rune des Schicksals. Wer sie auf dem Schild und im Wappen trägt, der entscheidet über Wohl oder Wehe der Menschen Zukunft.«

Lif wollte widersprechen, wollte sagen, dass es Zufall war, dass es unmöglich sein konnte, dass er, Lif, der Träumer, eine solche Rolle in den Geschicken der Welt spielen sollte, aber er brachte keinen Laut hervor.

»Ich habe es immer gesagt«, fuhr Skalla mit krächzender Stimme fort, »aber niemand wollte auf mich hören, denn ich bin ja nur eine närrische alte Frau. Du bist Lif, dessen Kommen Ragnarök ankündigt. Sie haben nicht auf mich gehört und jetzt ist es zu spät. Der Fimbulwinter ist gekommen und das Schiff Nagelfar ist erschienen, um dich und alle, die das Unglück haben, in deiner Nähe zu sein, zu verderben.«

»Das ist nicht wahr!«, schrie Lif so laut, dass Skalla zusammenfuhr. »Das kann nicht sein. Ich bringe niemandem Unglück!«

Skalla antwortete nicht, aber das war auch nicht nötig. Hatte nicht Osrun eine Kuh verloren und sein Boot, hatte der Sturm nicht bereits jetzt die Arbeit von Jahren zunichte gemacht? Hatte sich Sven nicht die Hand verstaucht und waren nicht Streit und Zorn bei ihnen eingekehrt, seit er das schwarze Schiff zum ersten Mal gesehen hatte?
»Dieser Sturm ist kein Zufall, mein Junge«, sagte Skalla. »Es ist der niemals endende Sturm, der das Schiff Nagelfar treibt, und er ist gekommen, dich zu verderben, denn die Mächte Utgards wissen, dass du es sein wirst, der über die Zukunft von Menschen und Göttern entscheidet. Du und dein Zwilling.«
»Weißt du, wo . . . wo er ist?«
»Lifthrasil?« Skalla schüttelte den Kopf. »Das weiß niemand. Doch ich fürchte, er ist bereits in die Fänge des Bösen geraten. Erinnerst du dich, was Baldur tat, als er dich sah? Er wollte dich töten.«
Lif nickte. Es war so einfach, so klar, dass er sich fragte, wie um alles in der Welt es ihm gelungen war, die Augen bisher vor der Wahrheit zu verschließen. Baldur, der Sohn Odins, hatte ihn töten wollen, und der Fenriswolf hatte sein Leben verschont, obwohl er ihn hätte vernichten können. Es gab nur eine einzige Erklärung dafür: Sie beide – der Sohn des Gottes und der finstere Bote des Bösen – hatten ihn für jemanden gehalten, der er nicht war. Für Lifthrasil, seinen Zwilling.
»Ich werde ihn suchen«, sagte er leise.
Skalla nickte, als hätte sie nichts anderes erwartet. »Das musst du tun«, sagte sie. »Und schnell, denn es heißt, der Fimbulwinter dauere drei Jahre und drei Jahre sind genug, das Schicksal Midgards und aller anderen Welten zu bestimmen.«
Wieder hob sie die Hand und streichelte Lifs Wange, und diesmal schauderte er nicht unter der Berührung, sondern ließ es geschehen.
Nach einer Weile – Minuten, die Lif wie Stunden vorkamen – standen sie auf. Skalla deckte das Boot sorgsam wieder zu und sie verließen den Raum. Sie sprachen kein Wort mehr miteinander.

Der nächste Morgen brachte Sonnenschein und einen flüchtigen Hauch von Wärme. Das Meer war wieder glatt. Zum ersten Mal seit mehr als zwei Wochen zeigten sich keine schwarzen Wolken am Horizont. Selbst der Wind verstummte und die Küste lag so friedlich da, als hätte es niemals einen Sturm gegeben. Osrun und die seinen atmeten auf und für eine ganze Weile standen sie am Rand des Kliffs, blickten auf das Meer hinab und dankten den Göttern, dass sie auch diese Prüfung überstanden hatten.
Erst als sie ins Haus zurückgingen und Skalla das Morgenmahl auftischte, fiel ihnen auf, dass ein Platz leer geblieben war. Lif war fort. Und er kam auch nicht wieder.

Eugel

Der Sturm folgte ihm. Hätte Lif noch einen Beweis für Skallas düstere Prophezeiung gefordert, das wäre er gewesen. Über der Küste, die im Laufe des Tages zuerst zu einem schmalen Strich, dann zu einer Linie und schließlich zu einem kaum mehr zu erkennenden Schatten wurde, schien wieder die Sonne, aber über ihm ballten sich die Wolken weiter zusammen. Der Himmel war schwarz und so niedrig, dass er manchmal glaubte, nur den Arm ausstrecken zu müssen, um die Bäuche der Wolken zu berühren. Unentwegt zuckten Blitze auf die Erde nieder und einmal – es war bereits spät am Abend – sah er in der Ferne einen roten Schein. Feuer, wahrscheinlich von einem Blitz entfacht, das in einem Wald wütete.

Lif wanderte beständig nach Süden; den ganzen Tag, den Abend und selbst bis weit in die Nacht hinein. Er wusste nicht, was er dort tun sollte oder wohin er zu gelangen hoffte, er wusste nur, dass er nicht auf Osruns Hof bleiben konnte, wollte er nicht Tod und Unheil über die Familie seines Ziehvaters bringen.

Während der ersten beiden Tage traf er auf keinen einzigen Menschen, aber das machte ihm nichts aus, im Gegenteil. Er mied die Höfe und Dörfer, die er kannte, und auch später, als er weiter in den Süden vordrang und ihm die Gegend immer fremder wurde, ging er jeder Spur menschlicher Besiedlung vorsichtig aus dem Weg.

Am vierten Tag seiner Wanderung überquerte er einen Fluss und sah die grauen Schatten schneegekrönter Berge vor sich. Der Anblick gab ihm wieder ein wenig Zuversicht, denn in den Bergen würde er wenigstens Schutz vor dem Sturm finden. Den ganzen Tag dienten ihm die grauweißen Schemen als Wegweiser und als die Nacht kam, suchte er Unterschlupf zwischen hohen, geborstenen Felsen, die ein wenig abseits des Weges standen. Drei von ihnen bildeten, gegeneinander geneigt und durch Zufall so angeordnet, dass ihre grauen Flanken den Sturm brachen, eine Art steinernes Zelt, das ihm zwar keinen Schutz vor der Kälte, wohl aber vor dem Biss des Windes bot. Er war müde, denn er hatte in den letzten Nächten kaum geschlafen. Seine Beine schmerzten, und seine Glieder waren schwer wie Blei. So drückte er sich eng in den hintersten Winkel seines steinernen Hauses, rollte die Decke aus, die er mitgenommen hatte, und aß ein wenig von dem trockenen Salzfleisch, das seinen gesamten Vorrat bildete. Es war lächerlich, aber es ging ihm nicht aus dem Kopf, dass er Osrun bestohlen hatte: Fleisch und einen Laib Brot, dazu ein Messer und Osruns beste Axt, die Decke und noch einige Kleinigkeiten, die er auf seiner langen Wanderung ins Nirgendwo brauchen würde. Als ob Osrun, wenn er sein Verschwinden bemerkte und – was er sicher tun würde – die richtigen Schlüsse daraus zog, über ein verschwundenes Beil und ein paar Lebensmittel jammern würde.

Und dennoch machte ihm sein schlechtes Gewissen so zu schaffen, dass es ihn bis in seine Träume hinein verfolgte. Es waren die gleichen Träume, die er auch in der Woche zuvor gehabt hatte – üble Träume vom Fenriswolf, von Sturm und Eis und einem schwarzen Schiff, dessen aufgerissener Rachen immer wieder nach ihm schnappen wollte, aber jetzt kam auch noch Osrun hinzu, der ihn strafend ansah und ihn einen Träumer schalt, der sie alle in Gefahr gebracht hatte, nur weil er sich weigerte, erwachsen zu werden und sich der Wirklichkeit zu stellen. Spät in der Nacht wachte er auf, zitternd vor Kälte und das Heulen des Sturmes im Ohr. Der Wind hatte sich gedreht, sodass er jetzt direkt in sein Versteck hineinblies, und es war so eisig, dass sein Hals beim Atemholen schmerzte.

Schnee wirbelte durch den Eingang herein und füllte die Felsenhöhle mit tanzenden weißen Flocken. Und da war noch etwas.
Lif war benommen vom Schlaf und so dauerte es einen Moment, bis ihm klar wurde, dass es nicht der Sturm und die Kälte allein waren, die ihn geweckt hatten. Unter dem an- und abschwellenden Singen und Jammern des Windes hörte er ganz deutlich einen anderen Laut; ein Geräusch, das er zu kennen glaubte, ohne dass er sofort sagen konnte, woher.
Behutsam richtete er sich auf, streifte die Decke ab und kroch auf Händen und Knien zum Eingang hin, hielt dann aber noch einmal inne und nahm die schwere Axt in die Hand, ohne zu wissen, warum.
Er kroch weiter, bis er zwischen den gegeneinander geneigten Felsen hindurch ins Freie hinausschauen konnte. Im ersten Moment sah er nichts, denn die Nacht war finster und die unablässig zuckenden Blitze verschlechterten die Sicht eher noch. Der Sturm ließ den Schnee tanzen. Und dann hörte er es ganz deutlich – durch das Heulen des Sturmes klang ein schweres, schnelles Hecheln, begleitet von den knirschenden Lauten, mit denen schwere Pfoten den Schnee niederdrückten.
Jetzt wusste Lif, was dieses Geräusch zu bedeuten hatte, denn es war ein Laut, den niemand, der ihn jemals gehört hatte, wieder vergaß. Wölfe!
Wölfe, die irgendwo ganz in seiner Nähe umherschlichen.
Der Schreck lähmte ihn für Augenblicke. Die Tiere mussten trotz des Sturmes und des unaufhörlich fallenden Schnees seine Witterung aufgenommen haben – und sie kamen näher, wenn auch langsam, denn selbst für ihre feinen Nasen musste es sehr schwer sein, seine Spur zu verfolgen.
Lif überlegte nicht länger. Hastig kroch er zurück, raffte Decke und Essen zusammen und verschnürte alles zu einem Bündel. Es war ihm ein Rätsel, woher die Wölfe kamen, denn selbst während des Sommers wagten sie sich selten so hoch in den Norden hinauf. Die Tiere mussten halb wahnsinnig vor

Hunger sein. So schnell er konnte, warf er sich das Bündel über die Schulter und kroch zwischen den Felsen hervor.
Als er sich aufrichtete, stand er einem Wolf gegenüber.
Im ersten Augenblick dachte er, es wäre das schreckliche schwarze Ungeheuer, das mit Baldur gekämpft hatte; der Fenriswolf selbst. Aber schon auf den zweiten Blick erkannte er, dass es nur ein ganz normaler Wolf war, ein graues, ausgemergeltes Tier, in dessen Augen der Hunger brannte.
Er wusste nicht genau, wer erschrockener war – er oder der Wolf –, denn das Tier erstarrte für einen Moment und blinzelte verwirrt zu ihm hoch. Dann setzte es mit einem tiefen Knurren zum Sprung an, aber Lif sprang zur Seite, schwang seine Axt und hieb dem Tier auf die Schnauze. Aus dem Sprung des Wolfes wurde ein ungeschicktes Stolpern und sein wütendes Knurren verwandelte sich in ein gepeinigtes Winseln. Er wand sich im Schnee, fuhr sich mit den Vorderpfoten über die blutige Schnauze und schrie vor Schmerz. Dann wurden seine Bewegungen langsamer und erstarben schließlich ganz.
Lif rannte los, so schnell er konnte. Wölfe traten fast nie einzeln, sondern immer in großen Rudeln auf, das wusste er und er machte sich nichts vor – dass er den Wolf getötet hatte, war wohl eher ein Zufall. Einen wirklichen Kampf gegen einen oder gar mehrere Wölfe würde er nicht überleben.
Wie um seine Worte zu unterstreichen, hörte er in diesem Augenblick ein neuerliches schrilles Heulen und als er sich im Laufen umdrehte, sah er eine Anzahl großer, dunkler Schatten durch die Schneewehen heranhetzen.
Lif rannte schneller, aber die Schatten kamen trotzdem immer näher. Er hörte ihren hechelnden Atem und das Tappen harter Pfoten. Ein Felsen tauchte aus dem Schneegestöber auf, zu rund und zu glatt, um hinaufzusteigen, dann ein zweiter, dritter. Lif sah sich im Rennen um und was er erblickte, ließ ihn seine Geschwindigkeit erhöhen. Die Wölfe waren bis auf ein Dutzend Schritte herangekommen. Es waren vier – riesige Ungeheuer, deren Augen ihn wie kleine glühende Kohlen an-

starrten. Und sie kamen rasend schnell näher. Trotz ihrer Größe und ihres ausgemergelten Körpers waren ihre Bewegungen von erstaunlicher Leichtigkeit und Lifs Vorsprung schmolz erschreckend rasch dahin.
Noch einmal versuchte er schneller zu laufen, aber seine Kräfte reichten nicht mehr. Er stolperte, prallte gegen einen Felsen und fiel. Verzweifelt versuchte er wieder auf die Beine zu kommen. Die Wölfe stießen ein triumphierendes Jaulen aus und kamen näher.
»Junge! Duck dich!«
Lif gehorchte dem Befehl, ohne zu denken. Blitzschnell ließ er sich zur Seite fallen, im selben Moment, in dem der vorderste Wolf mit einem schauerlichen Aufheulen auf ihn zusprang und den Rachen aufriss.
Ein Schatten sirrte eine Handbreit über Lifs Rücken hinweg, bohrte sich mit einem dumpfen Geräusch in den Hals des Wolfes und riss ihn herum. Das riesige Raubtier stürzte in den Schnee und blieb zuckend liegen. Kaum eine Sekunde später sirrte ein zweiter Pfeil heran und tötete einen weiteren Wolf.
Aber die beiden überlebenden Tiere kamen unbeirrbar näher. Lif sah einen gewaltigen Schatten über sich aufragen, wälzte sich mit einem Schrei herum und schlug blindlings mit seiner Axt zu. Die Schneide schrammte über die Schnauze des Wolfes und grub eine tiefe blutige Furche hinein, aber der Schmerz steigerte noch die Wut des Tieres. Es schleuderte Lif zurück, schnappte nach seiner Kehle, verfehlte sie und warf Lif allein durch seinen Anprall abermals zurück. Die Axt wurde ihm aus der Hand gerissen und flog in die Dunkelheit.
Lif schrie vor Schreck auf, stieß den Wolf mit einer Kraft, die ihm die Todesangst gab, von sich und kroch rücklings durch den Schnee davon. Das Untier setzte mit einem fürchterlichen Knurren und Geifern nach, schnappte nach seinem Bein und grub die Zähne tief in seinen Fuß.
Irgendwo hinter Lif erscholl ein wütender Ruf und plötzlich bäumte sich der Wolf auf, brach auf die Hinterläufe zusam-

men und begann wie wild nach dem gefiederten Pfeil zu beißen, der aus seiner rechten Schulter ragte.
»Liegenbleiben!«, schrie die Stimme. Lif gehorchte, und kaum einen Atemzug später flog ein weiterer Pfeil über ihn hinweg; so dicht diesmal, dass er den scharfen Luftzug des Geschosses fühlen konnte. Der Wolf verendete mit einem schrillen Jaulen. Das letzte verbliebene Raubtier fuhr mitten in der Bewegung herum und suchte sein Heil in der Flucht, aber es kam nur wenige Schritte weit. Noch einmal peitschte die Bogensehne und plötzlich verwandelte sich der flüchtende Wolf in einen grauen Ball aus Pelz, der sich ein paar Mal überschlug und dann reglos in den Schnee sank. Lif wollte sich aufsetzen, aber als er es versuchte, schoss ein fürchterlicher Schmerz durch seinen rechten Fuß. Er schrie auf, sank zurück und zog wimmernd das Bein an den Leib. Tränen des Schmerzes schossen ihm in die Augen. Als er aufblickte, stand sein Lebensretter vor ihm.
Es war ein Mann in einem braunen, bis auf die Knöchel reichenden Mantel. Es war ein sehr kleiner Mann; ganz aufgerichtet reichte er selbst Lif, der für sein Alter nicht sehr groß war, nur bis zum Kinn. Sein Gesicht, das fast vollständig unter der weit nach vorne gezogenen Kapuze seines Mantels verschwand, war grau und zerfurcht. Aber der Blick seiner Augen war durchaus freundlich, obwohl auch ein tadelnder Ausdruck darin stand, der Lif nur zu gut bekannt war. Er trug einen Bogen, der ein gutes Stück größer war als er selbst.
»Bist du verletzt?«, fragte er.
Lif schüttelte tapfer den Kopf, stöhnte aber dann vor Schmerz auf. »Mein Fuß«, sagte er. »Er hat meinen Fuß erwischt.«
Der kleine Mann schürzte die Lippen, kniete nieder und untersuchte den Fuß so grob, dass Lif aufschrie.
»Das sieht nicht gut aus«, sagte sein Retter. »Ich kümmere mich darum. Aber lass mich erst sehen, ob noch mehr von diesen Biestern hier sind.« Er stand auf, legte einen frischen Pfeil auf die Sehne und verschwand mit raschen Schritten im Schneetreiben.

Mühsam richtete sich Lif auf, biss die Zähne zusammen und zog das verletzte Bein heran. Sein Schuh hing in Fetzen und der Fuß darunter war voller Blut, sodass er nicht erkennen konnte, wie schlimm die Wunden waren. Er wusste sehr gut, dass er im Grunde noch Glück gehabt hatte. Ein ausgewachsener Wolf hätte ihm auch glattweg das Bein abbeißen können. Bedachte er die Kräfte, die diese Ungeheuer besaßen, so hatte ihn der Wolf eigentlich nur gezwickt.

Aber auch ohne diesen Vorfall, dachte er finster, hatte seine Wanderung wohl ein ziemlich unrühmliches Ende gefunden. Bis hierher zu kommen, hatte ihn fast seine ganzen Kräfte gekostet. Mit einem verwundeten Fuß kam er niemals über die Berge.

Sein Retter kam zurück, den Bogen jetzt nicht mehr in der Hand, sondern auf dem Rücken hängend. »Das waren alle«, sagte er. »Wir haben Glück, Junge. Wären es mehr gewesen, hätten wir nicht so leichtes Spiel mit ihnen gehabt.« Er runzelte die Stirn und deutete mit der Hand in die Richtung, aus der er gekommen war. »Da hinten liegt noch eines von den Biestern. Hast du ihm den Schädel eingeschlagen?«

Lif nickte, was den kleinen Mann zu einem anerkennenden Nicken veranlasste. »Kannst gut mit der Axt umgehen, wie?«, fragte er. »Trotzdem bist du ein Narr. Warum bist du nicht liegen geblieben, wie ich dir gesagt habe? Ich hätte die Biester erwischt, ehe sie dir auch nur nahe gekommen wären.«

»Du hast mir das Leben gerettet«, sagte Lif leise. »Ich danke dir.«

»Ich hasse dieses Wolfspack«, antwortete sein Gegenüber. »Ich hätte sie auch erschossen, wenn du nicht da gewesen wärst. Aber du hast wohl Recht, was die Lebensrettung angeht. Merke es dir. Ich habe etwas bei dir gut.«

»Wer bist du?«, fragte Lif.

»Mein Name ist Eugel«, antwortete sein Lebensretter.

»Und was bist du?«, fragte Lif. »Ein Zwerg?«

»Ein Zwerg?« Eugel schnaubte. »Ich gehöre zu den Schwarzalben, du Bengel«, sagte er zornig. »Willst du mich beleidigen?

Jeder Blinde kann Schwarzalben und Zwerge auseinander halten.«
»Verzeih, Eugel«, sagte Lif. »Ich wollte dich nicht kränken. Ich . . . ich habe noch nie zuvor einen Zwerg gesehen – oder einen Schwarzalben«, fügte er hastig hinzu, als Eugel schon wieder die Stirn runzelte.
Eugel seufzte, kniete vor Lif nieder und begann unsanft, den zerrissenen Schuh von seinem Fuß zu schneiden. Lif biss die Zähne zusammen.
Sein sonderbarer Retter schüttelte den Kopf, als sein Fuß frei war und er die Wunden genau betrachten konnte. »Das sieht nicht gut aus«, sagte er. »Es scheint nichts gebrochen zu sein, aber du wirst eine Weile nicht laufen können.« Er sah auf und runzelte die Stirn. »Was treibt ein Knabe wie du überhaupt hier draußen, im Sturm und Meilen von der nächsten Stadt entfernt?«
»Ich war . . . unterwegs nach Süden«, antwortete Lif ausweichend.
»Nach Süden, so?«, wiederholte Eugel. »Du hast dir keinen besonders guten Zeitpunkt ausgesucht, mein Junge. Wer bist du überhaupt?«
»Mein Name ist Lif«, antwortete Lif.
Eugel sah abermals auf. »Lif?«, wiederholte er. Lif nickte.
»Ein . . . eigenartiger Name«, murmelte Eugel. Lif hatte dabei das Gefühl, dass er in Wahrheit etwas ganz anderes hatte sagen wollen. Dann aber schüttelte er nur den Kopf und beugte sich wieder über seinen Fuß.
Lif konnte nicht erkennen, was er tat, aber es war sehr schmerzhaft, und als der Zwerg fertig war, war alles Gefühl aus seinem rechten Bein gewichen.
»So«, sagte Eugel zufrieden. »In ein paar Augenblicken kannst du wieder aufstehen. Aber sehr weit kommst du mit dem Bein nicht mehr.« Er lehnte sich gegen einen Felsbrocken, hob langsam die Hände und schlug seine Kapuze zurück. »Und jetzt erzähle«, sagte er. »Wer bist du und was tust du hier, mutterseelenallein und bei diesem Wetter?«

Lif wich seinem Blick aus. Vorhin, als Eugel zu ihm zurückgekehrt und ihn wegen des erschlagenen Wolfs gefragt hatte, hätte er ihm ohne Umschweife seine ganze Geschichte erzählt. Aber er hatte Zeit genug gehabt, zu überlegen. Eugel würde ihm wahrscheinlich kein Wort glauben. Ganz abgesehen davon, dass er vollkommen fremd für ihn war und Lif nicht wusste, was von diesem sonderbaren Zwerg, der behauptete, kein Zwerg zu sein, überhaupt zu halten war. Schließlich hatte er selbst gesagt, dass er die Wölfe nicht nur seinetwegen getötet hatte. »Ich fürchte, ich habe mich verirrt«, sagte er ausweichend.

Eugel nickte. »Das scheint mir auch so«, sagte er. »Wo wolltest du denn hin?«

»Nach Süden«, sagte Lif. »Über . . . über die Berge und . . . und . . .« Er stockte. Es würde ihm schwer fallen, Eugel eine überzeugende Antwort zu geben. Er wusste nicht, was hinter den Bergen war. Bis zu diesem Morgen hatte er ja nicht einmal gewusst, dass es sie gab.

»Und?«, fragte Eugel misstrauisch, als er nicht weitersprach, und sah Lif aus eng zusammengekniffenen Augen an. »Ich glaube, du belügst mich, mein Junge«, sagte er.

»Das ist nicht wahr!«, protestierte Lif, aber Eugel schien seine Worte gar nicht zu hören.

»Willst du wissen, was ich denke?«, fragte er. »Ich denke, du bist von zu Hause fortgelaufen und hast dich verirrt. Und jetzt weißt du nicht mehr, wie du wieder zurückkommst. Habe ich Recht?« Lif schwieg. »Ich will dir doch nur helfen, Junge«, sagte Eugel. »Wenn du weiter in diese Richtung gehst . . .«, er deutete nach Süden, ». . . findest du höchstens den Tod. Von hier bis zu den Bergen gibt es keine einzige Ansiedlung mehr. Und mit dem Fuß da kommst du ohnehin nicht weit. Warum sagst du mir nicht einfach die Wahrheit?«

»Du . . . du würdest mir nicht glauben«, sagte Lif.

Eugel runzelte die Stirn. »Warum versuchst du es nicht?«, fragte er.

Aber Lif schwieg weiter, und nach einer Weile gab Eugel es auf und wechselte das Thema. »Weißt du, dass du großes Glück gehabt hast?«, fragte er. »Ich bin bloß durch Zufall hier, musst du wissen. Ich habe die Spuren der Wölfe gesehen und bin ihnen gefolgt.«
»Wäre es nicht so, wäre ich jetzt tot«, sagte Lif hastig, froh, über etwas anderes reden zu können.
Eugel nickte. »Ja«, sagte er. »Sie sind wie toll. Der Hunger macht sie rasend. Sie greifen alles an, was sich bewegt, selbst Menschen. Normalerweise tun sie das nicht, musst du wissen. Sie sind nicht feige, aber zu klug, sich mit Menschen oder Alben einzulassen. Selbst wenn sie töten, ist der Preis meist zu hoch.«
Lif war nicht ganz sicher, ob der Hunger wirklich der einzige Grund war, weswegen die Wölfe ihn angegriffen hatten. Im ersten Moment hatte er das auch geglaubt, aber je länger er darüber nachdachte, desto mehr zweifelte er daran. Er musste immer wieder an den anderen riesigen Wolf denken, den er vor wenigen Tagen gesehen hatte. Der Blick, mit dem ihn der Fenriswolf angestarrt hatte, ließ ihn noch jetzt schaudern. Aber auch davon sagte er nichts.
»Ich verstehe nicht, was sie hier im Norden suchen«, fuhr Eugel fort und schüttelte den Kopf. »Sie finden nichts zu fressen hier.«
»Vielleicht haben sie sich verirrt?«, schlug Lif vor.
»Verirrt?« Eugel lachte. »Wölfe und verirrt? Du redest wirres Zeug, Junge. Die verdammten Viecher waren hinter etwas ganz Bestimmtem her.«
Lif schwieg. Er hätte Eugel sagen können, was dieses ganz Bestimmte war; aber er hatte das sichere Gefühl, dass er sich nur weiteren Ärger einhandeln würde, wenn er dem Schwarzalben seine Geschichte erzählte.
»Aber lass sie nur kommen«, fuhr Eugel fort. Er schien es gewohnt zu sein, mit sich selbst zu sprechen und seine eigenen Fragen zu beantworten. Wahrscheinlich war er oft allein.

»Lass sie nur kommen, diese Biester. Treffgut wartet nur auf sie.«
Lif sah sich um. »Treffgut?«
Eugel grinste. »Mein Bogen«, sagte er. »Er lechzt nach ihrem Blut. Je mehr, desto besser.«
»Du hasst die Wölfe wohl sehr«, sagte Lif.
Eugel riss die Augen auf. »Hassen?«, wiederholte er. »Was redest du, Knirps? Woher kommst du überhaupt, dass du so dumme Fragen stellst? Jedes Kind weiß, dass Alben und das Wolfspack Feinde sind, seit die Welt besteht.«
Lif seufzte. Eugels Zornesausbruch brachte ihm mit schmerzhafter Deutlichkeit zu Bewusstsein, wie wenig er doch im Grunde über die Welt wusste, in die er aufgebrochen war. Natürlich hatte er einiges aufgeschnappt, wenn Skalla gesprochen hatte, ohne zu merken, dass er zuhörte. Aber diese Dinge hatte er ins Reich der Märchen und Legenden geschoben. Der Gedanke, dass das wahr sein sollte, wollte ihm einfach nicht eingehen.
»Na, ich sehe schon, wir werden viel miteinander zu bereden haben«, sagte Eugel, als Lif nicht antwortete, sondern ihn nur betroffen ansah. »Aber jetzt lass uns von hier verschwinden. Ich kenne eine Höhle, nicht sehr weit von hier, in der wir für den Rest der Nacht sicher sind. Ich werde ein Feuer machen. Ihr Menschen friert ja immer so leicht. Kannst du aufstehen?«
Lif nickte, stemmte sich in die Höhe und fiel prompt der Länge nach über den Zwerg. Eugel begann ungehemmt in einer fremden Sprache zu fluchen.
Lif war froh, dass er die Worte nicht verstand.

Der Wolfsreiter

Sie verbrachten den Rest der Nacht in der Höhle, von der Eugel gesprochen hatte. Es war nur ein kleines Loch in einem Felshügel, kaum hoch genug, dass Lif aufrecht darin stehen konnte (aber dazu war er sowieso nicht imstande), und nachdem er sich auf dem Lager aus Reisig und Laub, das Eugel ihm zuwies, niedergelassen hatte, verbarrikadierte der Albe den Eingang mit kleinen Felsbrocken, die überall herumlagen. Lif fiel auf, dass die Feuerstelle noch warm war, und auf seine Frage hin erklärte der Zwerg, dass er schon seit zwei Tagen hier übernachtete, denn er war den Wölfen schon lange auf der Spur, überhaupt erwies sich Eugel als recht redselig, wie man es oft bei jemandem findet, der die meiste Zeit allein ist und jede Gelegenheit beim Schopfe ergreift, sich zu unterhalten. Allerdings legte Eugel dabei eine recht eigentümliche Art an den Tag: Er ging kaum auf Lifs Fragen ein, stellte sich aber oft selbst welche und beantwortete sie auch gleich selbst und Lif konnte sich immer weniger des Eindrucks erwehren, dass er ebenso gut und ausdauernd mit einem Stein gesprochen hätte. Aber das war ihm nur recht. Es gab sehr viel, was er erfahren wollte, und umgekehrt hielt Eugels ununterbrochenes Geschnatter ihn auch davon ab, zu viele Fragen an Lif zu stellen, deren Beantwortung ihn in arge Verlegenheit gebracht hätte. Immerhin erfuhr er auf diese Weise in wenigen Stunden mehr über die Welt als in fast vierzehn Jahren auf Osruns Hof. Eugel erzählte von der Erschaffung der Welt, vom ewigen Streit zwischen den Asen und den Riesen, deren einziges Trachten es war, Unheil über die Welt der Menschen und Götter zu

bringen, und von der Rolle, die die Alben darin spielten. Und schließlich – vor dem Eingang wurde es bereits wieder hell – kam Eugel auf die Wölfe zu sprechen.
»Ich verstehe einfach nicht«, sagte er kopfschüttelnd, »was sie dazu bewogen hat, hierher zu kommen. Noch dazu bei diesem Sturm.« Er sah Lif scharf an. »Von einem Knirps wie dir einmal abgesehen, finden sie hier kaum etwas zu fressen, musst du wissen.«
Es kam Lif ein bisschen seltsam vor, dass Eugel – der ein gutes Stück kleiner war als er – ihn unentwegt Knirps nannte, aber er glaubte auch zu spüren, dass der Spott des Zwerges durchaus gutartiger Natur war. »Vielleicht hat der Sturm sie aus ihren angestammten Jagdrevieren vertrieben«, vermutete er.
Eugel dachte einen Moment über seine Worte nach, dann schüttelte er wieder den Kopf. »Nein«, sagte er. »Obwohl er schlimm war.« Er nickte bekräftigend, sagte noch einmal: »Schlimm«, ergriff einen Ast und stocherte damit im herunterbrennenden Feuer herum. »Ich bin jetzt über vierhundert Jahre alt«, fuhr er kopfschüttelnd fort. »Aber einen Sturm wie diesen habe ich noch nicht erlebt.«
Lif keuchte. »Vier . . .«
». . . hundertelf Jahre, sieben Monate und neun Tage, um genau zu sein«, führte Eugel den Satz zu Ende. »Du weißt ja wirklich nichts über die Welt, wie?«
»Aber vierhundert Jahre ist . . .«
»Nicht besonders alt, ich weiß«, fiel ihm der Zwerg ins Wort. Aus irgendeinem Grunde schien er sich zu ärgern. »Du brauchst es nicht zu sagen. Die anderen hänseln mich sowieso immer, dass ich noch so jung bin. Aber was kann ich dafür?« Er beugte sich vor und warf den Ast in die Glut. »Für einen Knirps wie dich ist das freilich nicht leicht zu begreifen«, fuhr er fort. »Ich habe nie verstanden, wie ein so kurzlebiges Volk wie ihr jemals überleben konnte. Ständig seid ihr in Hetze und Eile, und verliert ihr irgendwo einen Monat oder gar ein Jahr, so schreit ihr schon Zeter und Mordio.« Er seufzte, lehnte sich mit dem

Rücken gegen die Felswand und verschränkte die Hände hinter dem Kopf. Der Sturm heulte um den kleinen Hügel.

»Du hättest wirklich nicht von zu Hause fortlaufen sollen«, sagte er, ohne Lif dabei anzublicken. »Hat man dir nicht gesagt, dass es der schlimmste Sturm seit Menschen-, ach was sage ich, seit Albengedenken ist? Der Winter ist viel zu früh gekommen. Und er wird hart. Das spüre ich in den Knochen.«

»Ich weiß«, sagte Lif. »Es ist der Fimbulwinter.«

Eugel fuhr zusammen und richtete sich kerzengerade auf. »Was sagst du da?«

Nicht zum ersten Mal in der letzten Zeit hatte Lif das Gefühl, dass es besser gewesen wäre, den Mund zu halten. Und nicht zum ersten Mal merkte er, wie unmöglich es war, einmal Gesagtes wieder rückgängig zu machen.

»Nichts«, sagte er hastig. »Die . . . die alte Skalla hat gesagt, dass . . . dass der Fimbulwinter bevorsteht.«

»So, hat sie das?«, fauchte Eugel. »Das ist wieder einmal typisch für euch Menschen. Ihr schnappt etwas auf und plappert es nach, ohne den geringsten Gedanken daran zu verschwenden, welchen Schaden ein unbedachtes Wort anrichten kann!«

»Was ist denn so schlimm an diesem Wort?«, fragte Lif harmlos.

»Was so schlimm daran ist?« Eugel kreischte fast. »Das will ich dir sagen, du ahnungsloses Kind. Der Fimbulwinter kündigt das Ende der Welt an, das ist so schlimm daran, denn bricht er einmal herein, dann ist Ragnarök nicht mehr aufzuhalten!«

»Aber . . .«, begann Lif, wurde aber sofort wieder von Eugel unterbrochen, der ihm mit einer zornigen Geste das Wort abschnitt. »Es ist leicht, Unheil herbeizurufen, aber verdammt schwer, es abzuwenden, wenn es einmal da ist.« Wütend schüttelte er den Kopf, stand auf und stieß die glimmenden Äste der Feuerstelle mit dem Fuß auseinander.

»Es wird Zeit«, sagte er ärgerlich. »Sehen wir, dass wir weiterkommen . . . Kannst du aufstehen?«

Lif versuchte es. Die Bewegung bereitete ihm große Mühe, und sein Fuß tat erbärmlich weh. Aber er würde gehen können, wenn auch nur langsam und unter Schmerzen.

Eugel musterte ihn einen Moment lang, schien aber halbwegs zufrieden, denn er sagte kein Wort, sondern nickte nur und begann den Eingang wieder freizuräumen. Die Leichtigkeit, mit der er kopfgroße Felsen zur Seite schob, erstaunte Lif. Trotz seiner Kleinwüchsigkeit musste der Albe über erstaunliche Körperkräfte verfügen.

»Wohin gehen wir?«, fragte er, als sie die Höhle verlassen hatten und ihnen der Wind wie eine eisige Hand ins Gesicht schlug.

Eugel blickte einen Moment in die Runde, als müsste er selbst erst darüber nachdenken. »Am besten wohl weiter nach Süden«, sagte er mit einem Seitenblick auf Lif. »Es gibt einen kleinen Hof, nur wenige Meilen von hier. Dort findest du Unterschlupf und Essen, bis dein Fuß wieder geheilt ist. Wenn es dir nichts ausmacht, für Speise und Trank zu arbeiten, heißt das.«

»Sagtest du nicht, dass es keine Menschen mehr gibt zwischen den Bergen und hier?«, fragte Lif.

Eugel schnaubte. »Habe ich gesagt, dass Menschen auf diesem Hof leben?«

Lif sagte vorsichtshalber gar nichts mehr.

Der Hof brannte. Wären der Sturm und das Schneetreiben nicht gewesen, hätten sie die fettigen schwarzen Rauchwolken, die aus dem zerborstenen Dach quollen, sicher schon von weither gesehen. Rings um das kleine, von einem halb niedergebrochenen Weidenzaun umgebene Bauernhaus war der Schnee zertrampelt und dunkel und aus den offen stehenden Fenstern stoben immer wieder Funken oder kleine, gelbrote Flämmchen, die im Schnee verzischten.

Lif duckte sich und versuchte, durch die wirbelnden Schwaden mehr Einzelheiten zu erkennen, aber er konnte es nicht. Die weißen Wolken gaukelten ihm Bewegung vor, wo keine war,

aber andererseits mochten sie auch wirkliche Bewegung verbergen. Er hatte Angst.
»Du bleibst hier«, befahl Eugel. »Rühr dich nicht von der Stelle, bis ich zurück bin!«
Er richtete sich auf, nahm Treffgut vom Rücken, legte einen Pfeil auf die Sehne und begann lautlos wie ein Schatten den Hügel hinunterzuhuschen. Schon nach wenigen Schritten hatte ihn der tanzende Schnee verschluckt.
Lif sah ihm mit klopfendem Herzen nach. Erst jetzt, als der Zwerg verschwunden war, spürte er, wie sicher und behütet er sich in Eugels Nähe gefühlt hatte. Der Zwerg mit seinem Bogen, der offenbar niemals sein Ziel verfehlte, hatte ihn beinahe vergessen lassen, in welcher Gefahr er sich befand.
Mehr als zwei Stunden waren sie durch den Schneesturm gewandert. Eugel hatte nicht übertrieben; der Hof war nicht sehr weit. Aber sein verletzter Fuß hatte Lif mehr zu schaffen gemacht, als er zugeben wollte. Eugel hatte ihm einen Stock gebracht, auf den er sich stützen konnte. Trotzdem war die letzte Meile für ihn zu einer Qual geworden und er hatte es nur geschafft, weil er die Sicherheit des Hofes vor sich sah.
Nun, mit dieser Sicherheit war es nicht weit her, wie ihnen auf ziemlich drastische Weise klar geworden war, kaum dass sie den letzten Hügel überwunden hatten und das Gehöft unter ihnen lag.
Der Sturm heulte eintönig weiter und lud Schnee und kleine eisige Kristalle auf Lif ab. Die Kälte begann ihm jetzt stärker zuzusetzen, da er sich nicht mehr bewegte, und die Zeit, bis Eugel zurückkam, wurde ihm lang. Er fragte sich, wer den Hof dort unten angezündet haben mochte und warum. Keine der Antworten, die ihm in den Sinn kamen, gefiel ihm.
Schließlich hielt Lif es nicht mehr aus. Er kroch rücklings durch den Schnee davon, bis die Hügelkuppe zwischen ihm und dem Hof war, dann stand er auf, stützte sich schwer auf seinen Stock und begann den Weg zurückzugehen, den sie ge-

kommen waren. Am Fuß des steilen Hügels gab es ein paar Felsen, die ihn vor dem Sturm schützen würden.
Er hatte sie kaum erreicht, da trug der Wind einen neuen Laut mit sich heran: das Heulen eines Wolfes und kurz darauf Waffengeklirr und das Knarren von hartem Leder. Erschrocken presste sich Lif zwischen die Felsen und blinzelte in den Sturm hinaus.
Er musste nicht lange warten. Schon nach ein paar Augenblicken trat ein gewaltiger, struppiger Wolf aus dem Schneetreiben, dann ein zweiter, dritter, vierter. Lif saß mit angehaltenem Atem da, während der Sturm immer mehr und mehr der grauschwarzen Körper ausspie. Es mussten mehr als zwei Dutzend sein, die schließlich am Fuße des Hügels Halt machten, kaum eine halbe Pfeilschussweite von seinem Versteck entfernt!
Und dann . . .
Im allerersten Moment zweifelte Lif an seinem Verstand, denn aus den weißen Schwaden trat ein gigantischer Wolf hervor, eine schneeweiße Bestie, beinahe so groß wie der Fenriswolf und ebenso wild, denn auch in ihren Augen, die klein und rot wie glühende Kohlen waren, brannte das gleiche, höllische Feuer. Das Ungeheuer war gesattelt wie ein Pferd. Auf seinem Rücken saß ein Reiter.
Der riesige weiße Wolf kam näher. Für einen schrecklichen Moment schien sich der Blick seiner Flammenaugen direkt auf Lifs Versteck zu richten, und Lif rechnete schon damit, dass er mit einem wütenden Knurren losspringen und ihn zwischen den Felsen hervorzerren würde. Aber kurz bevor er seine Deckung erreichte, riss der Wolfsreiter grob an den Zügeln des Tieres und lenkte es zum Hügel hin, wo der Rest der Meute wartete.
Lif betrachtete den Mann mit einer Mischung aus Neugier und Entsetzen. Er war nicht sehr groß und die Rüstung aus schwarzem glänzenden Leder ließ ihn massiger erscheinen, als er war. Er hielt den Kopf so, dass Lif sein Gesicht nicht erkennen konnte, aber er sah, dass er blondes Haar wie er selbst

hatte, das in winzigen Löckchen unter dem Rand seines Hörnerhelms hervorquoll. An seiner Seite blitzte ein Schwert aus nachtschwarzem Eisen und auf dem Schild, das er wie den Panzer einer Schildkröte auf dem Rücken trug, prangte ein verschlungenes Symbol in feuerroten Farben, das Lif erst beim zweiten Hinsehen als das Bild einer gewaltigen, feuerspeienden Schlange erkannte.
Plötzlich fiel ihm ein, dass Eugel ja jeden Moment zurückkehren konnte – und dass er nichts von der Gefahr wusste, die auf dieser Seite des Hügels auf ihn wartete! Erschrocken richtete er sich auf und blickte zum Hügelkamm empor.
Der Wolfsreiter hatte mittlerweile die Meute erreicht und Lif sah, wie sich die Tiere duckten, als die weiße Bestie und ihr Reiter näher kamen. Der Mann in der schwarzen Lederrüstung hob den Arm und deutete auf den Hügel, dann in die Richtung, aus der er gekommen war. Er sagte etwas, was Lif nicht verstand, und mit einem Mal kam Bewegung unter die Wölfe. Eine Gruppe von vier, fünf Tieren verschwand lautlos über den Hügel und auch die anderen schwärmten aus. Der Wolfsreiter selbst blieb zurück.
Sie suchen jemanden! dachte Lif erschrocken. Und schon im nächsten Moment wurde ihm auch klar, wen sie suchten – nämlich ihn!
Seine Hände begannen zu zittern. Alles in ihm schrie danach, einfach aufzuspringen und wegzulaufen, so schnell er nur konnte. Aber er war auch gleichzeitig wie gelähmt vor Schreck. Und vermutlich war es dieser Schreck, der ihm das Leben rettete, denn schon im nächsten Augenblick tauchte eine ganze Abteilung schwarz gepanzerter Riesen aus dem Schneegestöber auf und versammelte sich auf dem freien Platz vor dem Hügel.
Es waren Giganten; Männer in den gleichen, schwarz glänzenden Lederrüstungen, wie sie der Wolfsreiter trug, aber mehr als doppelt so groß, mit finsteren, wie aus grobem Fels gehauenen Gesichtern und Schwertern, die größer als ein normal ge-

wachsener Mann waren. Sie ritten Pferde, keine Wölfe, aber es waren Albtraumpferde, enorme schwarze Ungeheuer mit geschuppten Hälsen und lodernden roten Augen. Ihre Hufe waren Krallen, die tiefe Löcher in den Schnee gruben, und das Schlagen ihrer Schwänze klang wie Peitschenhiebe.
Langsam näherten sich die Riesen dem Mann auf dem weißen Wolf, stiegen einer nach dem anderen aus den Sätteln und knieten vor ihm nieder.
Der Reiter begann zu sprechen. Lif konnte nicht verstehen, was er sagte, denn er bediente sich einer Sprache, die er noch nie gehört hatte. Aber es war klar, dass er den Riesen Befehle gab wie zuvor den Wölfen, denn schon nach kurzer Zeit saßen sie wieder auf und verschwanden in verschiedenen Richtungen. Diesmal begleitete sie der Wolfsreiter. Als er fort war, war der Platz vor dem Hügel leer, als wäre alles nur ein Spuk gewesen.
Lif blieb weiter zwischen den Felsen hocken. Er war in Schweiß gebadet und seine Finger umklammerten den Stock, auf den er sich gestützt hatte.
Dann, als hätte es so lange gebraucht, um an sein Bewusstsein zu dringen, schlug das Entsetzen mit aller Macht zu. Wie von Furien gehetzt sprang er auf und begann den Hügel hinauf- und auf der anderen Seite wieder hinabzuhumpeln. Der Sturm peitschte ihm zu Eis gewordenen Schnee ins Gesicht. Mehr als einmal stolperte er und fiel hin, aber er sprang immer wieder auf und hetzte weiter, getrieben von einer Angst, die alles überstieg, was er jemals erlebt hatte. Als das brennende Haus vor ihm auftauchte, schlug sein Herz so schnell, als wollte es jeden Moment zerspringen.
Eugel trat ihm entgegen, als er die Hand nach der Tür ausstreckte. Im ersten Moment erschrak der Albe, dann verdunkelte Zorn sein faltiges Antlitz.
»Was tust du hier?«, fauchte er. »Habe ich dir nicht gesagt, du sollst dort oben bleiben, bis . . .« Er verstummte mitten im Satz, als er sah, in welchem Zustand sich Lif befand.
»Was ist passiert?«, fragte er.

Lif wollte antworten, aber er konnte es nicht. Er wankte, griff haltsuchend nach dem Alben, verfehlte ihn und wäre gestürzt, hätte Eugel ihn nicht blitzschnell aufgefangen.
»Was ist geschehen?«, fragte Eugel aufgeschreckt. »So sprich doch, Junge!«
»Wölfe!«, keuchte Lif. »Auf der . . . anderen Seite . . . des Hügels. Wölfe!«
Eugels Hand schloss sich fester um den Bogen. Eine Sekunde lang verzerrte sich sein Gesicht vor Hass. »Wie viele?«, fragte er. Behutsam ließ er Lifs Hand los und wollte sich umwenden, aber Lif hielt ihn hastig zurück.
»Geh nicht, Eugel«, sagte er. »Es sind Dutzende. Und Riesen und ein Mann auf einem weißen Riesenwolf.«
Eugel starrte ihn an. »Du machst Scherze.«
Lif schüttelte heftig den Kopf. Allmählich kam er wieder zu Atem und plötzlich sprudelten die Worte nur so aus ihm hervor. Er erzählte Eugel alles, was er gesehen hatte, und der Albe hörte schweigend zu, ohne ihn ein einziges Mal zu unterbrechen. Nur seine Miene wurde immer düsterer.
»Du hast dir das nicht nur alles ausgedacht, nein?«, fragte er, als Lif mit seinem Bericht zu Ende gekommen war.
»Geh doch hin und sieh dir die Spuren an!«, erwiderte Lif. Eugel schüttelte den Kopf. »Das brauche ich nicht«, sagte er düster. »Was ich im Haus gesehen habe, reicht.« Er lächelte, aber es wirkte sehr gezwungen und war eigentlich nur eine Grimasse. »Es tut mir Leid. Ich wollte dich nicht beleidigen.«
Lif sah ihn einen Moment ernst an, dann richtete er sich auf, trat an dem Alben vorbei und wollte ins Haus gehen, aber diesmal war es Eugel, der ihn zurückhielt.
»Geh nicht hinein«, sagte er leise. »Es ist kein schöner Anblick.«
Lif schluckte. »Waren das . . . dieselben Männer, die ich gesehen habe?«, fragte er stockend.
Eugel ballte die Faust. »Ja. Sie und ihr verdammtes Wolfspack. Wie ich sie hasse!« Er starrte einen Moment lang aus brennen-

den Augen zum Hügel hinüber und fuhr mit einem Ruck herum.

»Wir müssen weg«, sagte er. »Hier sind wir nicht sicher. Sie werden wiederkommen, das weiß ich. Sie scheinen hinter jemandem her zu sein.« Er sah Lif scharf an. »Du hast nicht zufällig eine Idee, wer das sein könnte?«

Lif sah zur Seite. »Nein«‹ antwortete er. »Ich habe sie zum ersten Mal im Leben gesehen. Wohin willst du gehen?«, fügte er hastig hinzu, um Eugel abzulenken.

Eugel seufzte. »Eine gute Frage. Ich wollte, ich wüsste die Antwort. Wäre ich allein, dann würde ich ihnen zeigen, was es heißt, den Freunden Eugels etwas anzutun. Aber so . . .«

Lif senkte betreten den Blick. »Ich bin eine ganz schöne Last für dich, wie?«, fragte er.

Eugel nickte. *Das kann man wohl sagen. Aber das Problem bist nicht du, dein Fuß ist es. In den Bergen können sie uns suchen, bis sie schwarz werden, aber so, wie es aussieht, haben wir keine große Aussicht, überhaupt hinzukommen. Es ist ein Wunder, dass sie dich nicht schon dort unten gewittert haben.«

»Lass mich zurück«, sagte Lif. »Ich komme schon irgendwie durch. Und ohne mich bist du vielleicht schnell genug, ihnen zu entkommen.«

Eugel schüttelte den Kopf und bedachte ihn mit einem langen, beinahe mitleidigen Blick. »Das meinst du nicht ernst.«

Lif lächelte: »Nein«, gestand er.

»Dann solltest du es auch nicht sagen«, fuhr Eugel fort. »Es mag Leute geben, die auf deinen Vorschlag eingegangen wären, weißt du? Aber das ist das Problem bei euch Menschen. Ihr redet zu viel. Und zu schnell.« Er schulterte seinen Bogen und warf Lif einen auffordernden Blick zu. »Komm, Knirps. Wir haben noch einen weiten Weg vor uns.«

Am Schwanensee

Als der Abend kam, erreichten sie die ersten Ausläufer der Berge. Das Gelände war immer schwieriger geworden, immer karger und steiniger, bis sie schließlich durch eine Welt wanderten, die nur noch aus hartem Gestein und glitzerndem Eis zu bestehen schien. Der Sturm jagte mit unverminderter Heftigkeit darüber hin.

Eugel hatte ihm kaum eine Pause gegönnt. Lifs verwundeter Fuß hatte wieder zu bluten begonnen und pochte so unerträglich, dass Lif bei jedem Schritt einen kleinen, wimmernden Schmerzenslaut hören ließ, aber nicht einmal darauf hatte der Albe Rücksicht genommen. Unbarmherzig trieb er ihn vorwärts, und zwei- oder dreimal, als Lif nicht weiterkonnte, hatte er sich ihn auf den Rücken gepackt und ihn ein Stück getragen.

Im letzten Licht des Tages erreichten sie eine Schlucht. Der Berg klaffte vor ihnen auseinander und gewährte Lif einen Blick in eine enge, von nahezu senkrechten Wänden gebildete Klamm, auf deren Grund das weiße Band eines gefrorenen Baches glitzerte. Nebel hing wie graue Spinnweben in der Luft.

»Was ist das?«, fragte er.

Eugel warf einen Blick über die Schulter zurück, ehe er antwortete. »Vielleicht unsere Rettung«, sagte er. »Aber nur, wenn wir uns beeilen und keine unnötige Zeit mehr vertrödeln. Sie kommen näher.«

Das Gehen wurde ein wenig leichter, als sie den Grund der felsigen Klamm erreichten und Lif dicht hinter Eugel auf den zugefrorenen Bach hinaustrat. Das Eis knirschte unter seinen Füßen und er glaubte ein sanftes Beben zu fühlen, aber das Eis hielt.

Der Eingang der Schlucht verschwand schon bald hinter ihnen und ein sonderbares graues Halbdunkel nahm sie auf, durchdrungen von einem Licht, das sich auch nicht änderte, als in dem schmalen Streifen wolkenverhangenen Himmels über ihren Köpfen die Sonne unterging. Es war, als leuchtete der Felsen von innen heraus. Ein paar Mal gewahrte Lif ein helles Funkeln und Gleißen an den Wänden und er war sich nicht ganz sicher, ob es nur Eis und nicht etwa faustgroße Edelsteine waren. Lif beeilte sich, Eugel einzuholen. »Was ist das hier?«, fragte er. »Gehört diese Schlucht zum Zwergenreich?«

»Ich sagte dir schon, ich bin kein Zwerg«, sagte Eugel. »Und außerdem – nein. Schwarzalbenheim liegt viel weiter im Osten. Du müsstest hundert Tage gehen, um es zu erreichen.« Er schüttelte den Kopf, warf wieder einen Blick über die Schulter zurück. »Sie haben unsere Spur aufgenommen«, sagte er und deutete nach vorne. »Aber dort sind wir in Sicherheit. Wenn wir schnell genug sind.«

»Was ist dort?«

»Ein Ort, an den ich dich gar nicht bringen dürfte, ginge es mit rechten Dingen zu«, antwortete Eugel. »Aber wie es aussieht, haben wir keine andere Wahl.«

Beinahe eine halbe Stunde lang folgten sie dem erstarrten Bach, dann traten die Wände enger zusammen; die Schlucht wurde schmaler und schließlich standen sie vor einer steilen, geröllübersäten Böschung. Borstiges Gestrüpp, von dem bizarre Gebilde aus Eis herabhingen, glitzerte zwischen den Steinen. Lifs Mut sank, als er den haushohen Hang betrachtete. Schon in ausgeruhtem und gesundem Zustand wäre es ihm sicher schwer gefallen, hinaufzusteigen. Jetzt, mit seinem verwundeten Fuß, schien ihm dieses Unterfangen geradezu unmöglich.

»Dort hinauf?«, sagte er zweifelnd. »Das kann ich nicht.« Eugel schürzte die Lippen, sagte aber kein Wort. Stattdessen

drehte er sich um, berührte Lifs Arm und deutete in die Richtung, aus der sie gekommen waren.
Das Ende der Schlucht war längst in der Dunkelheit verschwunden, aber hinter den schwebenden grauen Nebelschwaden begann sich eine Anzahl Schatten abzuzeichnen, groß und wuchtig und drohend. Sie waren noch zu weit entfernt, als dass Lif sie wirklich erkennen konnte, aber er sah sie deutlich vor sich . . . Wölfe.
Und es waren Wölfe; mindestens ein Dutzend, wenn nicht mehr. Und an ihrer Spitze raste ein gewaltiges weißes Tier heran, über dessen Hals sich ein schlanker Reiter in schwarzem Leder duckte.
Das ließ Lif seinen schmerzenden Fuß und seine Erschöpfung vergessen. So schnell er konnte, begann er den Hang hinaufzusteigen. Die Felsen waren glatt wie Eis und immer wieder löste sich Geröll unter seinen Händen und Füßen und rutschte polternd in die Tiefe. Wäre Eugel nicht gewesen, dessen Hand ihn stützte und weiterzog, hätte er es sicher nicht geschafft. Aber auch so war er restlos erschöpft, als sie den Hang überwunden hatten und auf das schmale Felsband sanken, das daran anschloss. Eugel deutete mit Treffgut auf einen finsteren Höhleneingang, nur ein paar Dutzend Schritte entfernt, aber Lif schüttelte den Kopf. Er hatte keine Kraft mehr. Er musste einige Augenblicke ausruhen.
Eugel runzelte die Stirn, entgegnete aber zu Lifs Erstaunen nichts, sondern drehte sich um und blickte in die Schlucht hinab.
Die Wölfe hatten mittlerweile den Hang der Geröllhalde erreicht und waren stehen geblieben. Der schwarz gekleidete Reiter auf dem riesigen Schneewolf sah zu ihnen hinauf. Lif konnte in der Entfernung sein Gesicht nicht sehen, aber für einen Moment hatte er das Gefühl, den Blick seiner Augen direkt in den seinen zu spüren. Es war kein gutes Gefühl.
»Weiter!«, befahl Eugel und diesmal gehorchte Lif.
Aber auch der Reiter bewegte sich. Seine Linke machte eine rasche, befehlende Geste und plötzlich begann einer der Wöl-

fe den Hang hinaufzuklettern, schlitternd, aber sehr schnell. Eugel fluchte, nahm einen Pfeil aus dem Köcher und erlegte das Tier.

Aber der Wolfsreiter verhielt sich anders, als Eugel und auch Lif gehofft hatten. Er richtete sich ein wenig im Sattel auf und deutete plötzlich direkt zu ihnen hinauf.

»Lif!«, schrie er. »Gib auf! Dieses Tal ist eine Falle, aus der du nicht mehr herausfindest! Komm herunter und ich verspreche dir, dass dir nichts geschieht. Und deinem kleinen Freund auch nicht.«

»Hel!«, keuchte Eugel. »Woher kennt der Bursche deinen Namen?«

Lif antwortete nicht, aber Eugel hätte vermutlich ohnehin nicht zugehört. Wütend richtete er sich auf, legte einen neuen Pfeil auf die Sehne und spannte den Bogen.

»Verschwinde!«, schrie er den Schwarzgekleideten an. »Nimm dein Wolfspack und geh oder du liegst gleich neben deiner Kreatur!«

Der Reiter lachte. »Du weißt nicht, was du redest, kleiner Mann!«, antwortete er. »Ich könnte dich vernichten, mit einer einzigen Bewegung meiner Hand.«

»Wie du willst«, knurrte Eugel – und ließ den Pfeil fliegen. Das Geschoss jagte mit tödlicher Sicherheit auf den Wolfsreiter herab.

Der Schwarzgekleidete hob mit einer fast gemächlichen Bewegung sein Schwert und schlug den Pfeil beiseite.

Eugel keuchte. »Das ist Zauberei!«, rief er. Mit fliegenden Fingern legte er einen neuen Pfeil auf die Sehne. Aber diesmal hatte er nicht auf den Reiter gezielt, sondern auf sein schreckliches Tier.

Der Reiter bemerkte die Gefahr den Bruchteil einer Sekunde zu spät. Er versuchte noch, den Pfeil mit dem Schwert abzuwehren, aber seine Klinge verfehlte das Geschoss und der Pfeil durchbohrte den Hals des mächtigen Wolfs. Das Tier brach mit einem schrillen Jaulen zusammen und begrub seinen Reiter unter sich. Eugel stieß einen triumphierenden Schrei aus, nahm einen Stein vom Boden und warf ihn in hohem Bogen in die Tiefe. Der Brocken prallte auf halber Strecke auf dem Hang auf, riss einen weiteren Stein mit sich, hüpfte in die Höhe, prallte wieder auf – und plötzlich ergoss sich eine donnernde Lawine aus Felstrümmern und Eis und staubfein wirbelndem Schnee auf die Wolfsmeute.

»Schnell jetzt!«, rief Eugel. »Wir müssen weg, ehe sie sich von ihrem Schreck erholen. Und danach wirst du mir einiges erklären müssen, Junge!« Er fuhr herum, versetzte Lif einen Stoß, der ihn lostaumeln ließ, und lief an ihm vorbei auf die Höhle zu.

Sie erreichten den Eingang und Lif blieb keuchend stehen, aber Eugel ergriff ihn bei der Hand und zerrte ihn weiter, so schnell, dass seine Füße kaum mitkamen.

Im Inneren des Berges war es stockfinster, aber Eugel schien die Augen einer Katze zu haben, denn er rannte in unvermindertem Tempo weiter, auch als der Gang Kehren und Wendungen zu machen begann. Sie stolperten grob gehauene Stufen hinauf, durchquerten eine Höhle, die sehr groß sein musste, denn ihre Schritte erzeugten hier helle, lang hallende Echos – und standen mit einem Mal vor einer massiven Felswand.

Lif ließ Eugels Hand los und sank auf die Knie herab. In seinen Ohren rauschte das Blut und sein Herz hämmerte so laut, dass er glaubte, das Dröhnen müsste selbst draußen vor der Höhle noch deutlich zu hören sein, aber all diese Geräusche waren nicht laut genug, um das wütende Jaulen zu übertönen, das weit hinter ihnen erscholl. Die Wölfe kamen näher. »Wohin . . . jetzt?«, fragte er schwer atmend.

Eugel gebot ihm mit einer ungeduldigen Geste still zu sein, blickte an der Wand empor und blieb einen Moment mit geschlossenen Augen stehen. Ganz langsam hob er die Arme, spreizte die Finger, so weit er konnte, und begann leise, unverständliche Worte zu murmeln.

Lif sah sich angstvoll um. Spielten ihm seine Nerven einen Streich oder sah er die Schatten der Wölfe tatsächlich schon heranjagen? Ihr Hecheln und Jaulen wurde immer lauter und dazwischen hörte er jetzt das Tappen schwerer Pfoten auf eisverkrustetem Fels. »Eugel!«, flehte er »Was immer du tust – beeil dich!« Eugel achtete nicht auf seine Worte, sondern fuhr fort, Unverständliches vor sich hin zu murmeln.

Und plötzlich begann der Stein von innen heraus zu glühen. Ein blaues, gleichzeitig mildes und unglaublich helles Licht sickerte wie leuchtendes Wasser aus winzigen Rissen und Spalten, floss hierhin und dorthin – und bildete die Umrisse eines hohen, gewölbten Tores! Immer heller und heller strahlte das Licht, bis sein Glanz Lif die Tränen in die Augen trieb und er wegsehen musste. Eugel ergriff ihn unsanft bei der Hand und riss ihn auf die Füße, direkt auf die Felswand zu. Aber wo vor Augenblicken noch massiver Felsen gewesen war, war jetzt nur noch strahlendes blaues Licht, durchsetzt von zahllosen winzigen, funkelnden Sternen. Lif verspürte ein angenehmes Kribbeln auf der Haut und plötzlich war unter seinen Füßen kein harter Fels mehr, sondern Erdreich und weiches Moos.

Lif fiel der Länge nach hin, als Eugel seine Hand losließ. Er blieb sekundenlang benommen liegen, ehe er es wieder wagte, die Augen zu öffnen und den Kopf zu heben.

»Wo . . . wo sind wir?«, fragte er stockend. Die finstere Höhle war verschwunden. Über ihnen erstreckte sich ein strahlend blauer, wolkenloser Himmel, und unter seinen Füßen war Moos und saftiges grünes Gras, so weit das Auge reichte. In einiger Entfernung gewahrte er ein paar Bäume, die einen kleinen See umstanden. Ein schmaler, aber sehr stark bewegter Fluss entsprang am gegenüberliegenden Ende des Sees und verschwand im Norden. Es war noch immer kalt, aber der eisige Sturm fehlte. Die Stille war nach dem Heulen und Wimmern der letzten Tage beinahe unheimlich.

»Wo sind wir?«, fragte Lif noch einmal.

»In Sicherheit«, knurrte Eugel. »jedenfalls, was mich angeht.«

Lif sah auf. »Was . . . meinst du damit?«, fragte er zögernd. In Eugels Stimme war plötzlich ein Klang, der ihm nicht gefiel.

»Damit meine ich«, sagte Eugel drohend, »dass du gut daran tun würdest, ein paar sehr plausible Ausreden bei der Hand zu haben, Bürschchen. Du bist also von zu Hause fortgelaufen . . .«
»Das habe ich nie gesagt!«, unterbrach ihn Lif, aber Eugel sprach unbeirrt weiter.
». . . und hast auch keine Ahnung, wer diese Männer sind, die das Wolfspack anführen, wie? Du wirst mir jetzt die Wahrheit sagen und danach überlege ich, ob ich dir weiterhin helfe oder dich einfach hier lasse!«
Lif starrte den Alben an. »Es . . . es tut mir Leid«, sagte er stockend.
»Was tut dir Leid?«, fauchte Eugel. »Dass wir beide fast umgebracht worden wären, nur weil du mir nicht die Wahrheit gesagt hast? Du wirst mir jetzt alles erzählen und wehe dir, wenn du mich auch nur ein einziges Mal belügst!«
Lif gehorchte. Er erzählte Eugel die ganze Geschichte, beginnend mit dem Moment, in dem er das schwarze Schiff Nagelfar zum ersten Mal am Horizont gesehen hatte. Er schilderte seine Begegnung mit Baldur und dem Fenriswolf und schloss mit seinem nächtlichen Gespräch mit Skalla. Er ließ nichts aus und erzählte auch von seinen Ängsten und seiner Verwirrung. Als er geendet hatte, war der Zorn von Eugels Zügen verschwunden und hatte einer Mischung aus Schrecken und Trauer Platz gemacht. »Das alles hier wäre nicht geschehen, hättest du mir nur alles anvertraut«, murmelte der Albe. »Ich hätte gehen und meine Freunde warnen können, damit sie vor den Riesen und ihren Wölfen fliehen!«
Lif starrte ihn betroffen an. »Es . . . es tut mir Leid, Eugel«, flüsterte er.
»Das macht sie auch nicht wieder lebendig«, seufzte Eugel, riss ein Grasbüschel aus und schleuderte es wütend von sich. Dann beruhigte er sich wieder.
»Aber es ist ja nicht deine Schuld«, sagte er. »Ich hätte wohl kaum anders gehandelt an deiner Stelle. Und das Jammern

macht die Toten nicht wieder lebendig.« Er stand auf, schulterte seinen Bogen und beugte sich zu Lif hinab.
»Jetzt komm«, sagte er. »Es wird Zeit, dass wir uns um deinen Fuß kümmern.« Er deutete zum See. »Kannst du das Stück noch gehen oder soll ich dich tragen?«
Lif schüttelte den Kopf und stand aus eigener Kraft auf, griff dann aber nach der Hand, die Eugel ihm hinhielt, um sich darauf zu stützen.
»Wo sind wir hier überhaupt?«, fragte er, als sie sich dem See näherten.
»Auf der anderen Seite der Berge«, antwortete Eugel. »In Sicherheit.«
»Auf der anderen Seite der Berge?«, wiederholte Lif verwirrt. »Aber wie kann das sein? Gerade waren wir doch noch ...«
»Vor einer Felswand, ich weiß.« Eugel grinste und wurde sofort wieder ernst. »Ich hoffe, deine struppigen Freunde haben sich die Schnauzen daran blutig gerannt. Das wird sie lehren, dass ein Schwarzalbe ein wenig schwerer zu fangen ist als ein Kaninchen. Oder ein Mensch«, fügte er spitz hinzu.
Sie erreichten den See, und Lif ließ sich mit einem dankbaren Seufzer an seinem Ufer nieder. Der See war größer, als es von weitem den Anschein gehabt hatte, und er musste sehr tief sein, denn in seiner Mitte schimmerte das Wasser fast schwarz. Ein Stück vom Ufer entfernt wuchsen Schilf und grünes Wassergras und als Lif und der Albe herankamen, schwammen sechs nachtschwarze Schwäne hinter dieser kleinen Insel hervor und kamen neugierig näher, hielten jedoch in sicherem Abstand vom Ufer an.
Lif betrachtete die Tiere mit Interesse. Sie waren sehr groß und er hatte niemals Schwäne von solchem Schwarz gesehen. Ihr Gefieder glänzte wie aus schimmerndem Eisen geschmiedet und ihre kleinen Augen blickten ihn und den Alben gutmütig an.
Eugel kniete sich neben ihn, ergriff seinen Fuß und begann den Verband zu lösen. Die Wunden waren wieder aufgebro-

chen und der grobe Stoff klebte von Blut, was die ganze Sache sehr schmerzhaft machte, aber Lif wagte nicht, auch nur einen Laut von sich zu geben.
»Jetzt steck den Fuß ins Wasser«, sagte Eugel, als er fertig war. Lif zögerte. Eugel sagte ungeduldig: »Jetzt mach schon. Die Wunde muss gesäubert werden.«
»Aber ich . . .«
»Willst du jetzt gehorchen oder soll ich dich ganz hineinwerfen?«, grollte Eugel. »So wie du aussiehst, täte dir ein Vollbad ganz gut.«
Die Schwäne stimmten ein zustimmendes Geschnatter an und Lif beeilte sich, den Fuß ins Wasser zu stecken.
Der See war eisig. Lif hielt den Atem an, als er den Fuß bis über den Knöchel ins Wasser tauchte. Die Kälte ließ seine Haut brennen und kroch in Blitzeseile sein ganzes Bein empor; aber sie betäubte auch den Schmerz und nach wenigen Augenblicken schon machte sich eine fast wohltuende Taubheit in seinem Fuß breit.
»Lass ihn noch einen Moment drin«, sagte Eugel, als Lif das Bein wieder zurückziehen wollte. »Das Wasser dieses Sees stammt aus dem Urdbrunnen, musst du wissen. Man spricht ihm heilende Wirkung zu.«
Lif wusste nichts über den Urdbrunnen, aber er vertraute dem Alben und war auch viel zu müde, ihm zu widersprechen. So ließ er sich zurücksinken, stützte sich mit den Ellbogen ab und sah den Schwänen zu, die in einiger Entfernung vom Ufer auf und ab schwammen und zu ihm und Eugel herüberäugten. Das Geschnatter, das sie dabei hören ließen, klang beinahe so, als unterhielten sie sich, fand Lif.
Er lächelte über seinen eigenen Gedanken, richtete sich wieder auf und zog seinen Fuß aus dem Wasser.
Die Wunde war verschwunden.
Einen Augenblick lang starrte Lif aus runden Augen auf seinen rechten Fuß, bis er begriff, dass das, was er sah, tatsächlich wahr war. Das eisige Wasser des Sees hatte nicht nur Blut

und Schmutz von seinem Fuß gewaschen, sondern die Wunde geschlossen.
»Aber das ist doch . . . unmöglich!«, rief er.
Eugel grinste. »Habe ich dir nicht gesagt, dass das Wasser heilende Wirkung hat?«
»Aber wie kann das sein?«, murmelte Lif verstört. Behutsam stand er auf und belastete sein rechtes Bein. Der Fuß war noch ein wenig taub von der Kälte, aber der Schmerz, der ihn den ganzen Tag über gequält hatte, war verschwunden.
»Das ist Zauberei!«, sagte er leise.
Eugel lächelte. »Du redest schon wieder von Dingen, von denen du nichts weißt, Lif«, sagte er. »Nimm es einfach hin, dass dein Fuß wieder gesund ist.« Er hob in beschwörender Geste die Hände hoch und streckte sie über das Wasser. Einen Augenblick lang geschah nichts, aber dann begann sich in der Mitte des Sees, dort, wo das Wasser so schwarz wie Tinte war, die Oberfläche zu kräuseln; kleine, kreisförmige Wellen entstanden und verliefen sich wieder, als hätte jemand Steine ins Wasser geworfen. Und plötzlich, von einer Sekunde auf die andere, trieb grauer Nebel über dem Wasser, wurde dichter und dichter und breitete sich immer mehr aus, bis der ganze See unter einer grauweißen Wolke verschwunden war.
Eugel scheuchte die Schwaden mit hastigen Handbewegungen zur Seite und trat ein Stück zurück. Schatten bewegten sich im Nebel und dann kam eine Gestalt aus der brodelnden Wolke heraus, geradewegs so, als wäre sie über das Wasser gekommen.
Lif keuchte, als er die gebückt gehende Gestalt erkannte. Es war die alte Frau, die er an dem schicksalsschweren Tage gesehen hatte, als er auf Baldur getroffen war. Skuld, die Norne, die ihn vor dem Fenriswolf gerettet hatte!
Die alte Frau kam näher, betrachtete ihn eine Weile und wandte sich dann an Eugel.
»Du hast ihn also gefunden«, sagte sie. »Du kommst spät.«
Eugel senkte demütig das Haupt. »Verzeiht, Herrin«, sagte er.

»Ich wusste nicht, wer er war. Er . . . hat es mir erst vor kurzer Zeit gesagt.«
»Seit wann ist ein Schwarzalbe auf das angewiesen, was er gesagt bekommt?«, fragte Skuld mit sanftem Tadel.
»Ich . . . wollte ganz sichergehen«, antwortete Eugel kleinlaut. »Wir wurden verfolgt. Surturs Mannen hatten seine Spur bereits aufgenommen.«
»Das stimmt«, mischte sich Lif ein. »Eugel kann nichts dafür. Er hat mir das Leben gerettet.«
Skuld schloss für einen Moment die Augen und wandte sich an Lif. »Zu früh«, sagte sie. »Viel zu früh. Du dürftest nicht hier sein, denn hier droht dir Gefahr.«
»Aber wieso . . .«, begann Lif, wurde aber sofort von Eugel unterbrochen, der ihm in scharfem Ton ins Wort fuhr:
»Schweig! Niemand spricht zu einer Norne, es sei denn, er würde dazu aufgefordert!«
Skuld machte eine besänftigende Geste und lächelte. »Lass ihn, Eugel«, sagte sie. »Er weiß es ja nicht. Und vielleicht ist es gut so, denn die Dinge entwickeln sich schneller, als ich gehofft habe. Viel schneller. Surturs Mannen, sagst du?«
Eugel nickte und der Ausdruck in Skulds greisen Zügen wurde noch ernster. »Dann ist es vielleicht gut, dass er hier ist«, sagte sie. »So bringt er wenigstens kein Unglück über die, die sich seiner angenommen haben. Aber hier kann er nicht bleiben.«
»Ich kann ihn mit mir nehmen nach Schwarzalbenheim«, schlug Eugel vor.
Skuld dachte einen Moment über seine Worte nach, schüttelte aber dann den Kopf. »Nein. Surtur würde ihn finden. Das Volk der Schwarzalben hat keinen Teil am Streit der Götter, Eugel. Es steht uns nicht an, es mit hineinzuziehen. Es gibt nur einen Ort, an dem er sicher wäre, bis der Tag der Entscheidung gekommen ist.«
»Aber ich will nirgendwohin!«, begehrte Lif auf. »Ich will meinen Bruder suchen. Ich will . . .«

»Lifthrasil?« Skuld lächelte verzeihend. »Das ist unmöglich, Menschenkind. Es ist bestimmt, dass ihr euch treffen sollt, wenn der Tag der Entscheidung gekommen ist, nicht eher und nicht später.« Sie wandte sich an Eugel. »Du wirst ihn nach Asgard bringen, wo er sicher ist.«

»Asgard?«, Eugel erschrak. »Aber Ihr wisst, dass der Weg dorthin uns Alben verboten ist. Und Surtur würde uns auflauern.«

Skuld lächelte. »Mein Schiff Skidbladnir wird euch sicher hinbringen«, sagte sie. »Sage, dass Skuld, die Norne, dich geschickt hat und nenne den Namen dieses Knaben. Niemand wird dich dann noch abweisen.«

»Aber ich will nicht nach Asgard oder sonst wohin!«, protestierte Lif. »Ich habe nichts mit Asen und Riesen zu schaffen ...«

»Aber sie mit dir, Menschenkind«, unterbrach ihn Skuld sanft. Sie lächelte. »Mehr, als du jetzt schon weißt. Ich kann deine Ungeduld verstehen, aber es wäre ein großer Fehler, würdest du jetzt schon auf Lifthrasil treffen. Du wirst alles erfahren, sehr bald. Doch jetzt musst du gehorchen und tun, was ich sage. Eugel wird dich begleiten.« Lif starrte die alte Frau zornig und verzweifelt an. Er wollte nicht nach Asgard oder sonst wohin. Alles, was er wollte, war, seinen Bruder zu finden. Und endlich zu wissen, wer er war.

»Du bist zornig«, sagte Skuld plötzlich, als hätte sie seine Gedanken gelesen. »Ich kann das verstehen. Und doch kann ich dir die Fragen nicht beantworten, die dir auf der Seele brennen, mein Junge. Auch wir wissen nicht, woher du kommst oder dein Bruder. Aber du wirst es erfahren. Bald.«

Damit verschwand sie. So schnell, wie sie gekommen war, drehte sie sich herum und verschmolz mit dem Nebel, noch ehe Lif auch nur eine einzige Frage stellen konnte. Die grauen Wolken trieben langsam auseinander. Lif hörte einen hellen, singenden Laut aus der Richtung, in der die Norne verschwunden war, und aus dem Nebel tauchten die sechs Schwäne wieder auf, aber nicht mehr in verspieltem Durcheinander wie bisher, sondern hintereinander und gezäumt mit dünnen goldglänzenden Schnüren, an denen ein kleines, schwarz und golden glänzendes Schiffchen hing. Rasch näherten sich die sechs Tiere dem Ufer und hielten flügelschlagend an. Das Boot kam zur Ruhe, gerade so, dass Lif mit einem Schritt hineintreten konnte, ohne auch nur nasse Füße zu bekommen.

Aber er zögerte, das Schiffchen zu betreten. »Das ist Skidbladnir?«, fragte er zweifelnd. Das Boot war kaum größer als der Nachen, in dem er vor so langer Zeit an Land getrieben war. Der Gedanke, dass der Zwerg und er in dieser Nussschale auch nur eine Meile zurücklegen sollten, erschien ihm lächerlich.

Eugel lächelte geheimnisvoll. »Du bist enttäuscht?«, fragte er. »Warum steigst du nicht einfach ein? Du wirst schon sehen.«

Lif trat mit einem großen Schritt in das Boot hinein und streckte erschrocken die Arme aus, als das kleine Schiffchen unter seinem Gewicht gefährlich zu schaukeln begann.

»Geh zurück!«, rief Eugel fröhlich. »Ich komme.« Damit nahm er Anlauf und sprang mit einem gewaltigen Satz zu Lif in das Boot.

»He!«, schrie Lif. »Bist du verrückt? Der Kahn wird . . .« Er sprach nicht weiter, denn im gleichen Moment, in dem der Albe mit einem federnden Satz neben ihm landete, ging eine fantastische Veränderung mit dem winzigen Schiffchen vor sich. Das Boot erzitterte, aber es war nicht Eugels Sprung, der es beben ließ. Es begann zu wachsen. Der Rumpf streckte sich, wurde breiter und tiefer, ein hoher Mast wuchs in seiner Mitte empor und mit einem Mal wölbte sich eine mächtige, von goldenen Schilden bekränzte Reling neben ihnen.

Aus dem kleinen Nachen war ein gewaltiges, goldglänzendes Schiff geworden, stolz und schön und von einem großen, goldenen Schwanenkopf gekrönt. Ein Dutzend mannsdicker Ketten waren an seinem Bug befestigt und als Lif dorthin sah, wo die sechs schwarzen Schwäne gewesen waren, stockte sein Herz ein zweites Mal, denn anstelle der Tiere schwammen nun sechs riesige goldene Seedrachen auf dem Wasser.

»Na?«, sagte Eugel mit einem Augenzwinkern. »Ist dir das Schiff jetzt immer noch zu klein?«
Selbst wenn Lif hätte antworten wollen, hätte er es in diesem Augenblick nicht gekonnt. Es dauerte lange, bis er überhaupt wieder fähig war, ein Wort zu sprechen.

Die Midgardschlange

Das Meer erstreckte sich vor ihnen wie eine unendliche Ebene aus gehämmertem Goldblech. Der Himmel war blau und in seinem Zenit leuchtete eine Sonne, die so warm und gleißend strahlte, als hätte es niemals Sturm und Winter gegeben. Skidbladnirs gewölbter Bug pflügte die Wellen, und die goldglänzenden Zugtiere legten sich so ins Zeug, dass das Schiff fast über das Meer zu fliegen schien. Weiße Gischt schäumte unter den schlagenden Flügeln der Drachen hoch. Die Ketten, die die Tiere mit dem Nornenschiff verbanden, summten vor Anspannung. Lif stand am Bug. Der Fahrtwind peitschte sein Gesicht und das hochspritzende Wasser durchnässte seine Kleidung, aber das machte ihm nichts aus; er spürte es kaum. Skidbladnir raste seit Stunden über das Meer und noch immer faszinierte ihn der Anblick des prachtvollen Schiffes und seiner riesigen Zugtiere wie im allerersten Augenblick. Manchmal, wenn das Schiff über ein Wellental schoss, bebten die Planken unter Lifs Füßen und von Zeit zu Zeit stieß einer der Seedrachen ein mächtiges Brüllen aus und schlug mit den Flügeln. Dann schien es, als höbe sich das ganze Schiff aus den Wellen heraus und flöge für ein kurzes Stück über sie hin, ehe es schäumend wieder eintauchte.

Lif war wie betäubt. Alles um ihn herum war wundervoll und aufregend wie in seinen Träumen, aber es war echt: Er spürte die Planken des Schiffes unter seinen Füßen, das goldbeschlagene Holz der Reling unter den Fingern und den nach Salzwasser riechenden Fahrtwind im Gesicht. Es war, als hätten sich all seine Träume mit einem Schlag in Wirklichkeit verwandelt.

Aber warum war er dann traurig? Anfangs, als die Drachen Skidbladnir den Flug hinunter und dann ins offene Meer gezogen hatten, hatte sein Erstaunen alle anderen Gefühle verdrängt; er war unfähig gewesen, auch nur einen einzigen klaren Gedanken zu fassen. Aber nach und nach hatte sich ein sonderbarer Hauch von Trauer in seine Gedanken gemischt. Er konnte sich aber nicht erklären, warum.

Lif sah auf, als er Schritte neben sich hörte. Es war Eugel, der herangekommen war, aber im Windschatten des Schwanenbugs stehen blieb, um nicht wie Lif von den Wasserfontänen getroffen zu werden. Auf seinen faltigen Zügen lag ein ernster Ausdruck.

»Wie lange willst du hier noch stehen und dich bis auf die Haut nass spritzen lassen?«, fragte er. »Du wirst dich erkälten.«

Lif schüttelte den Kopf. »Ich werde nicht krank«, sagte er.

Eugel seufzte. »Ach ja. Ich vergaß, wer du bist.«

Etwas an der Art, in der er die Worte aussprach, gefiel Lif nicht, obwohl er nicht gleich sagen konnte, was. Er legte den Kopf auf die Seite, sah den Alben prüfend an und trat einen Schritt zurück. Dann begriff er.

»Aber es ändert sich doch nichts, oder?«, fragte er ängstlich. »Ich meine, jetzt, wo du weißt, wer ich bin.«

Eugel versuchte zu lächeln, aber es gelang ihm nicht ganz, und plötzlich schüttelte er den Kopf. Lif hatte sich bisher nichts dabei gedacht, dass der Albe – was ganz und gar nicht seine Art war – in den letzten Stunden kaum drei Worte geredet hatte, aber mit einem Mal fiel ihm auf, wie sehr sich Eugels Verhalten seit seinem Gespräch mit Skuld geändert hatte. Obwohl er Eugel erst wenig mehr als einen Tag kannte, hatte er seine geschwätzige Art doch lieb gewonnen. Für ihn war Eugel ein netter, vielleicht ein wenig griesgrämiger kleiner Mann gewesen und umgekehrt bedeutete Lif für Eugel wohl nicht viel mehr als ein Menschenkind, das dumm genug gewesen war, sich im Sturm zu verlaufen, und das er irgendwie nach Hause bringen musste.

Und plötzlich war alles anders. Mit einem Mal war er, Lif, nicht mehr der Knabe, den der Schwarzalbe aus höchster Not gerettet hatte, sondern Lif, der das Ende der Zeiten ankündigte und in dessen Händen die Entscheidung über die Zukunft der ganzen Welt lag. Bisher war der Albe wichtig und Lif nur eine Last gewesen. Jetzt war es umgekehrt.

»Aber es ändert sich doch nichts«, sagte er noch einmal.

Diesmal lächelte Eugel nicht. »Mach dir nichts vor, Knirps«, sagte er, bewusst grob, um seine Verlegenheit zu verbergen. »Was denkst du? Alles ändert sich.«

»Aber du . . . du bleibst doch bei mir?«, fragte Lif schüchtern.

»Wozu? Ich bringe dich nach Asgard und dann gehe ich wieder meiner Wege. Hast du Skulds Worte vergessen? Die Alben haben keinen Anteil am Streit der Riesen und Götter. Sollen sie sich doch die Schädel einschlagen«, fügte er finster hinzu. Aber das meinte er nicht ernst, Lif spürte es genau.

Eugels Verlegenheit wirkte ansteckend und plötzlich fühlte sich auch Lif sehr unbehaglich in seiner Haut. Außerdem wurde ihm allmählich kalt. Er drehte sich wieder zum Bug, schlang die Hände um die Oberarme und sah aufs Meer hinaus.

»Wie weit ist es noch?«, fragte er.

»Bis Asgard?« Eugel zog die Augenbrauen zusammen, als er neben ihn trat und nun ebenfalls von Wind und Wassertropfen überschüttet wurde.

»Ich weiß es nicht«, sagte er. »Skidbladnir ist schnell wie der Wind und doch ist der Weg zur Burg der Götter sehr weit.« Er zuckte mit den Schultern. »Manche haben sie ihr Leben lang vergeblich gesucht.«

»Wo liegt sie?«, fragte Lif. »Hinter dem Kalten Ozean?« »Asgard?« Eugel schüttelte heftig den Kopf. »Nein. Im Herzen Midgards, Lif, dort, wo alle Wege enden. Auf dem Gipfel des höchsten Berges der Welt.«

»So?«, fragte Lif verdutzt. »Und warum fahren wir dann nach Osten?«

»Es gibt tausend Wege, Asgard zu erreichen«, antwortete Eugel geheimnisvoll. »Wem es erlaubt ist, den Sitz der Asen zu finden, der gelangt auf jedem Weg dorthin. Aber die meisten dieser Wege sind nicht mehr sicher, seit Surturs Schergen durch Midgard streifen.«
»Aber warum hat uns Skuld dann nicht dorthin gezaubert, wenn es so gefährlich ist?«, fragte Lif verwundert.
Eugel blickte ihn verblüfft an, dann begann er schallend zu lachen. »Ich sehe, in einem Punkt. hast du mir wenigstens die Wahrheit gesagt, Knirps«, sagte er. »Du weißt wirklich nichts. Auch die Macht der Götter ist begrenzt, Lif.«
»Aber wenn sie doch zaubern können . . .«
»Zaubern, Unsinn!«, unterbrach ihn Eugel. »Ich sage es ja immer wieder: Ihr Menschen redet und redet und redet, und ihr wisst nichts! Wo kämen wir hin, könnte jeder nach Herzenslust zaubern, wie er gerade will? Die Ordnung der Dinge wäre in Gefahr und Midgard würde wieder im Chaos versinken, aus dem es einst entstand.«
»Das verstehe ich nicht«, gestand Lif.
»Du verstehst es nicht?« Eugel setzte sich mit untergeschlagenen Beinen in den Windschatten des Bugs und schlug mit der flachen Hand neben sich auf den Boden. »Setz dich«, sagte er. »Ich erkläre es dir.« Lif hatte plötzlich das ungute Gefühl, dass es ein Fehler gewesen war, in Eugels Gegenwart zuzugeben, dass er irgendetwas nicht verstand. Aber es war zu spät. Ergeben ließ er sich neben dem Alben auf die Planken sinken und rutschte in eine halbwegs bequeme Stellung.
Irgendwann, viel, viel später fielen ihm die Augen zu und das sanfte Auf und Ab Skidbladnirs schaukelte ihn in den Schlaf.

Eine Hand rüttelte ihn an der Schulter wach. Lif versuchte sie wegzuschieben und rollte sich auf die andere Seite, aber die Hand ließ nicht locker, sondern rüttelte und zerrte immer gröber an ihm herum, bis er mit einem widerwilligen Seufzer die

Augen öffnete und verschlafen in Eugels Gesicht blinzelte, das wie ein ovaler Faltenmond über ihm hing.

»Warum lässt du mich nicht schlafen?«, murmelte er übellaunig. »Ich bin müde, Eugel. Was ist los?«

»Das weiß ich selbst nicht«, antwortete der Albe. »Irgendetwas stimmt nicht mit Skidbladnir, Lif.«

Lif drehte sich wieder auf die andere Seite und schloss die Augen. »Dann frag doch die Norne«, sagte er verschlafen. Eugels Antwort hörte er schon nicht mehr, denn er hatte kaum das letzte Wort ausgesprochen, da war er auch schon wieder eingeschlafen. Allerdings nur für einen Moment.

Im nächsten Augenblick fuhr er kerzengerade in die Höhe, rang nach Atem und spuckte Salzwasser aus, das Eugel ihm ins Gesicht geschüttet hatte. Kaltes Salzwasser! »Bist du von Sinnen, Eugel?«, keuchte er. »Willst du mich umbringen?«

»Bist du jetzt wach?«, fragte Eugel und stemmte die Hände in die Seiten. »Oder willst du noch mehr? Es ist genug davon da.«

Lif schluckte ein paar Mal, rieb sich das Wasser aus den Augen und blickte vorwurfsvoll an seiner nassen Kleidung herab. »Weckst du deine Freunde immer so?«, fragte er.

Eugel schüttelte den Kopf. »Nein«, sagte er mit unbewegter Miene. »Sonst bin ich weniger sanft. Was ist nun? Willst du mir jetzt zuhören?«

Lif beeilte sich zu nicken.

»Was ist passiert?«, fragte er.

Eugel seufzte. »Wenn ich das nur wüsste«, sagte er. »Aber irgendetwas stimmt nicht. Ich . . . fühle es.« Er setzte seinen Eimer zu Boden, sah sich um und sagte noch einmal: »Etwas ist nicht in Ordnung hier.«

Auch Lif blickte aufmerksam über das mächtige, schwarz und golden gemusterte Deck des Skidbladnir. Ihm fiel nichts Außergewöhnliches auf. Skidbladnir flog weiter wie ein Pfeil über die Wogen, das gewaltige goldglänzende Segel über ihren Köpfen blähte sich, dass die Taue sangen, und vor dem Bug spritzte die Gischt haushoch.

Und doch …
Eugel hatte Recht, dachte er schaudernd. Irgendetwas hatte sich verändert, auch wenn er nicht sagen konnte, was. Aber es war keine Veränderung zum Guten hin. Es war nichts Sicht- oder Hörbares, nichts, worauf er mit dem Finger deuten oder das er in Worte fassen konnte, trotzdem …
»Die Drachen sind unruhig«, sagte Eugel plötzlich.
Lif schrak zusammen und war mit ein paar schnellen Schritten am Bug.
Er sah sofort, was der Albe gemeint hatte. Die sechs mächtigen, goldglänzenden Tiere zogen das Schiff weiter mit Windeseile über das Meer, aber aus ihrem Dahingleiten war ein unruhiges Hasten geworden. Das Wasser schäumte unter ihren Leibern, als kochte es, und die gewaltigen gerippten Schwingen peitschten die Luft. Das Schreien der Tiere vermischte sich mit dem Geräusch des Wassers und dem Heulen des Windes zu einer Furcht einflößenden, düsteren Melodie.
»Sie haben Angst«, murmelte Eugel. »Aber wovor?«
Lif zuckte die Achseln. Er hatte weder im Umgang mit See- noch sonstigen Drachen irgendeine Erfahrung, aber selbst ihm fiel auf, wie verzweifelt sich die goldenen Tiere gegen die Ketten stemmten, die sie hielten. Skidbladnir war schneller geworden, viel schneller. Die See schien nur so an ihnen vorüberzurasen und noch immer strengten sich die Tiere an, ihr Tempo zu erhöhen.
Plötzlich stieß Eugel einen keuchenden Laut aus und ergriff ihn so fest am Arm, dass Lif vor Schmerz zusammenzuckte. Er fuhr herum und starrte in die Richtung, in die Eugels ausgestreckter Arm wies.
Vor und über ihnen war der Himmel noch immer von strahlendem, wolkenlosem Blau, denn Tag und Nacht hatten auf diesem sonderbaren Ozean, den sie befuhren, ebenso ihre Macht verloren wie Winter und Kälte. Aber im Westen ballten sich schwere dunkle Wolken zusammen und zwischen dem Horizont und dem Himmel war ein grauer, spinnwebfeiner Schleier erschienen, der Regen und Sturm verriet.

Und am Horizont, so klein und noch so weit entfernt, dass es in regelmäßigen Abständen in den Wellentälern verschwand und wieder auftauchte, hockte ein schwarzes, glänzendes Ding.
Vor Lif erhob sich das Bild eines nachtschwarzen Schiffes mit einem gewaltigen Drachenkopf, in dem zwei fürchterliche Flammenaugen lohten.
»Nagelfar«, murmelte er.
Eugel erstarrte. Seine Augen schienen vor Schreck ein Stück aus den Höhlen zu quellen.
»Was sagst du da?«, entfuhr es ihm.
Lif nickte. »Diesmal weiß ich, wovon ich rede, Eugel«, sagte er ernst. »Ich habe dieses Schiff schon einmal gesehen.«
»Das kann nicht sein.« Eugel schrie fast. »Du musst dich irren, Lif! Es . . . es kann nicht Nagelfar sein. Weißt du denn nicht, dass niemand die Begegnung mit diesem Schiff überlebt?«
»Ich schon«, sagte Lif düster, ohne den Blick von dem schwarzen Punkt zu wenden. »Aber vielleicht kommt es jetzt, um das Versäumte nachzuholen.«
»Nagelfar!«, stöhnte Eugel. »Wir sind verloren, Lif. Wir sind des Todes. Surtur wird uns in die tiefsten Verliese Muspelheims werfen. Er wird uns bei lebendigem Leibe häuten lassen. Er wird . . .« Eugel rang die Hände, starrte abwechselnd Lif und das Schiff Nagelfar an und begann plötzlich nervös im Kreis zu laufen, dabei unentwegt jammernd und sich immer neue schreckliche Todesarten ausdenkend, die Surtur ihnen zukommen lassen würde. »Ach, ich unglückseliger Albe!« jammerte er. »Warum musste ich mich auch in Dinge mischen, die mich nichts angehen? Wäre ich doch in meiner warmen Höhle in Schwarzalbenheim geblieben und hätte Götter Götter und Ragnarök Ragnarök sein lassen!«
Lif hörte ihm eine ganze Weile zu, aber schließlich wurde es ihm zu viel. »Hör endlich auf, Eugel!«, sagte er wütend. »Noch sind wir nicht tot. Was soll schon so Schlimmes an diesem Schiff sein? Ich bin ihm zweimal entkommen, und Skidbladnir ist das schnellste Schiff, das es gibt.«

»Das glaubst du!«, jammerte Eugel. »Was weißt du schon von Nagelfar?«
»Nichts«, gestand Lif. »Nicht viel jedenfalls.«
Eugel nickte. »Das ist es ja. Du weißt nichts. Entkommen! Er spricht davon, Nagelfar zu entkommen, der Narr!«
»Noch hat es uns nicht eingeholt«, erwiderte Lif ungeduldig. »Und wenn, werden wir uns unserer Haut wehren wie bei den Wolfsreitern.«
Eugel lachte schrill. »Kämpfen?«, rief er. »Nagelfar ist das Schiff des Bösen und es wird von den Seelen der Verdammten gesegelt. Niemand hat es je gesehen, um von einer Begegnung mit ihm zu berichten.«
»Woher weißt du dann davon?«, fragte Lif ruhig.
Eugel schnaubte, antwortete aber nicht auf seine Frage. »Surturs Kreaturen haben an seiner Vollendung gearbeitet, solange die Welt besteht!«, fuhr er aufgeregt fort. »Es heißt, dass es mit dem ersten Tag des Fimbulwinters erscheint . . .«
»Dann kommt es zu spät«, sagte Lif, aber wieder hörte Eugel ihm gar nicht zu, sondern fuhr, heftig mit beiden Armen gestikulierend, fort: ». . . und es wurde aus den Finger- und Zehennägeln Verstorbener erbaut, die Schuld auf sich geladen haben und denen der Zugang zur Walhalla verwehrt wurde. Und gegen dieses Schiff willst du kämpfen?«
Lif antwortete nicht, sondern starrte gebannt auf das gewaltige Schiff. Es näherte sich rasch. Von ferne war schon das dumpfe Krachen und Rollen des Sturmes zu hören, der das schwarze Segel blähte, und Lif fragte sich selbst, wieso er so ruhig bleiben konnte, während der Albe, dessen Gelassenheit und Nervenkraft er bisher stets bewundert hatte, vor Schreck fast den Verstand zu verlieren schien. Vielleicht war es in diesem Moment sein Glück, dass Nagelfar trotz allem für ihn nicht mehr als ein Schiff war. Er kannte den Schrecken nicht, der sich hinter diesem Namen verbarg.
»Können wir nicht fliehen?«, fragte er. Eugel starrte ihn an.

»So wie in den Bergen«, erklärte Lif. »Als die Wölfe hinter uns her waren. Da hast du doch auch einen Weg gefunden.«
»Sicher«, sagte Eugel gereizt. »Gib mir einen Berg oder einen Felsen, und ich bringe uns von hier fort. Hast du zufällig einen in der Tasche?«
Für die nächste halbe Stunde sprachen sie kein Wort mehr miteinander.
Der Sturm und das schwarze Schiff, das er vorwärts trieb, kamen beständig näher. Es wurde kälter, und nach einer Weile spürten auch sie den ersten eisigen Hauch der Orkanböen, die Nagelfars Segel blähten. Auf den Wellen erschienen kleine weiße Schaumkronen, und das Meer begann sich erst dunkelgrün, dann grau zu färben. Die Drachen wurden immer unruhiger, und aus dem pfeilschnellen Dahingleiten des Skidbladnir wurde ein rasendes Schwanken, sodass sich Lif manchmal kaum mehr auf den Füßen halten konnte.
Und Nagelfar kam näher. Nicht sehr schnell, aber unaufhaltsam. Schon bald konnten sie seinen Bug mit dem hässlichen Drachenhaupt über den sturmgepeitschten Wogen erkennen, und das Klatschen seiner wirbelnden Ruder durchdrang das Heulen des Sturms wie düsterer Trommelschlag.
Eugel nahm Treffgut von der Schulter, zog einen Pfeil aus dem Köcher und legte ihn auf die Sehne. Seine Lippen waren zu einem dünnen Strich zusammengepresst, als er die Waffe auf das riesige schwarze Schiff anlegte.
»Was hast du vor?«, fragte Lif. »Hast du nicht selbst gesagt, es wäre sinnlos, zu kämpfen?«
Eugel nickte. »Das habe ich«, sagte er. »Aber ich sterbe lieber mit der Waffe in der Hand, als lebend in Surturs Klauen zu geraten.«
Der Sturm erreichte sie zuerst. Das Wasser rings um Skidbladnir schien mit einem Mal zu kochen. Das Segel spannte sich mit einem Knall bis zum Zerreißen, die gewaltigen Planken knirschten und die Seedrachen schrien angsterfüllt und schrill auf.
Dann war Nagelfar heran.

Skidbladnir zitterte wie ein waidwundes Tier, als sich der gewaltige Rammsporn Nagelfars eine Handbreit unter der Wasserlinie in seinen Rumpf bohrte. Die Erschütterung warf Lif und Eugel um und ließ sie haltlos über das Deck rollen. Lif kreischte vor Schreck, aber sein Schrei ging in dem gewaltigen Krachen und Bersten unter, mit dem die Planken tief unter seinen Füßen barsten. Für einen Moment legte sich das Schiff so stark auf die Seite, dass er Angst hatte, schon dieser erste Anprall Nagelfars würde sie kentern lassen. Aber dann brüllten die Drachen auf und stemmten sich noch einmal mit verzweifelter Kraft gegen die Ketten. Skidbladnir kam frei und schoss mit einem gewaltigen Satz davon, einige von Nagelfars schrecklichen Insektenbeinen dabei glattweg zerschmetternd.
Jetzt war es Nagelfar, das wie unter einem Hammerschlag erbebte. Durch einen Vorhang aus hochspritzendem Wasser sah Lif, wie sich das schwarze Schiff aufbäumte. Sein gezackter Rammsporn brach schäumend durch das Meer, als sich der Dämonensegler auf die Seite legte und mit schlagenden Rudern versuchte, sein flüchtendes Opfer einzuholen.
Lif richtete sich mühsam auf. Nagelfar kam bereits wieder näher, und Skidbladnirs Vorsprung war geradezu lächerlich klein. Trotzdem schien es ihm, als wären die Bewegungen des schwarzen Schiffes plötzlich nicht mehr so schnell. Eine verzweifelte Hoffnung machte sich in ihm breit, als er sah, wie die Ruder Nagelfars in rasendem Takt ins Wasser peitschten.
»Die Ruder!«, keuchte er. »Eugel – es sind die Ruder! Skidbladnir ist schneller, wenn es ums Segeln geht!«
Eugel fuhr hoch. Einen Moment lang starrte er Lif an, dann das schnell näher kommende Schiff und plötzlich sprang er auf die Füße, hetzte mit ein paar gewaltigen Sprüngen zum Bug hin und machte sich an den Ketten zu schaffen, die die Drachen hielten. Lif wollte ihm helfen, aber noch bevor er den Alben erreichte, entspannten sich zwei der starken Ketten mit einem peitschenden Knall. Ein gellender, erleichterter Schrei aus zwei Drachenkehlen übertönte den Sturm.

Eugel sprang einen Schritt zurück, bildete mit den Händen einen Trichter vor dem Mund und schrie mit vollem Stimmaufwand Worte in einer Sprache, die Lif nicht verstand.
Aber die Drachen verstanden ihn. Durch den kochenden Nebel aus Schaum und Regen konnte Lif erkennen, wie zwei gewaltige goldene Schemen aus der Formation der Tiere ausscherten, in einer engen Kurve herumfuhren und sich flügelschlagend und schreiend auf den Dämonensegler stürzten. Ein schreckliches Krachen und Splittern übertönte das Toben des außer Rand und Band geratenen Meeres. Nagelfar erzitterte. Seine Ruder hoben sich aus dem Wasser und begannen wie wütende Spinnenbeine nach den Drachen zu schlagen, aber die beiden Tiere achteten gar nicht darauf, sondern schlugen mit Krallen und Schwingen auf die schwarz geschuppten Ruder ein. Ihre riesigen Mäuler klafften auf und zerbissen die mannsdicken Stämme wie dünnes Reisig.
Und langsam, ganz, ganz langsam begann Nagelfar zurückzufallen. Sein Segel war weiter gebläht, und der Bug zerteilte noch immer schäumend die Wogen, aber seine Geschwindigkeit sank mit jedem Ruder, das die Drachen zerstörten, weiter; der Abstand zwischen ihm und Skidbladnir schmolz nicht länger zusammen, sondern blieb eine Weile gleich und begann dann ganz allmählich zu wachsen. »Lif, du hattest Recht!«, keuchte Eugel. »Auf diese Art und Weise könnten wir ent-«
Der Rest des Satzes ging in einem gewaltigen Donnern unter und Lif und der Albe wurden ein weiteres Mal von den Füßen gerissen.
Zwischen Nagelfar und Skidbladnir schien das Meer zu explodieren. Schaum, kochend und brüllend wie ein Geysir, der geradewegs aus der Unterwelt kam, schoss doppelt so hoch wie die Masten der beiden Schiffe in den Himmel und dann erschien inmitten dieser brodelnden Wolke ein ungeheuerliches, hässliches Etwas, gigantisch und schwarz und böse; ein Schlangenhals wuchs aus dem Meer empor, höher und höher und höher. Faustgroße Augen starrten auf Lif und den Alben

herab, und dann bäumte sich das Ungeheuer zu seiner vollen Größe auf, stieß einen Schrei aus, der selbst den Himmel zum Erzittern brachte, und versank wieder im Meer.
»Eugel!«, schrie Lif. »Was ist das?«
Aber der Albe antwortete nicht. Wie gelähmt hockte er da, das Gesicht grau vor Schreck, den Mund halb geöffnet. Seine Hände umklammerten den Bogen so fest, dass das Holz knirschte.
Plötzlich begann das Meer erneut zu kochen, jetzt aber nahe der schwarzen Flanke Nagelfars, und dann erschien der fürchterliche Schlangenkopf wieder. Brüllend zuckte er auf den ersten der beiden Golddrachen herab und riss ihn in der Luft in Stücke. Wenige Sekunden später klaffte das schreckliche Maul wieder auf, schoss auf den zweiten Drachen herunter und tötete ihn mit einem einzigen Biss. Kaum einen Atemzug später versank das Ungeheuer abermals in den brodelnden Fluten.
»Was ist das, Eugel?«, flüsterte Lif. »Was ist das für ein Ungeheuer?«
»Es ist Jörmungander, die Midgardschlange selbst. Wir sind verloren, Lif.«
Wieder begann das Meer zu brodeln, diesmal auf der anderen Seite, fast direkt vor dem Bug Skidbladnirs. Lif fuhr mit einem halb erstickten Schrei herum und hob die Hände, aber es war nur eine Geste der Furcht. Hilflos musste er zusehen, wie die gigantische Schlange zwischen den vier verbliebenen Drachen auftauchte und mit einem einzigen wütenden Zuschnappen ihres Maules gleich zwei der stolzen Tiere vernichtete. Die beiden Verbliebenen begannen in wilder Panik an ihren Ketten zu zerren und mit den Flügeln zu schlagen, aber auch sie konnten ihrem Schicksal nicht mehr entrinnen. Die Midgardschlange tauchte unter und riss dabei den dritten Drachen mit sich, und einen Augenblick später begann da, wo das vierte Tier war, der Ozean zu schäumen. Als sich die Wogen verliefen, war von dem goldenen Seedrachen keine Spur mehr zu sehen.

»Das ist das Ende«, flüsterte Eugel noch einmal. »Wir sind verloren.« Mit einem wimmernden Laut sank er in sich zusammen, schloss die Augen und wartete auf den Tod.
Aber es war noch nicht zu Ende. Im Gegenteil.
Es begann erst.
Einige Sekunden lang beruhigte sich die See und selbst der Sturm schien in seinem Wüten innezuhalten.
Dann traf ein furchtbarer Schlag das Schiff.
Skidbladnir schrie auf wie ein lebendes Wesen, als die Midgardschlange aus dem Meer schnellte und gegen seine Flanke krachte. Handbreite, gezackte Risse erschienen in seinem goldenen Rumpf. Die Taue zersprangen. Das Segel erschlaffte, spannte sich noch einmal knatternd und zerriss von oben bis unten. Wie ein schwarzer Dämon wuchs die Midgardschlange aus den Wogen empor, schlug ein zweites Mal gegen das Schiff und zerschmetterte mit einem einzigen Hieb ihres Schweifes den goldenen Schwanenbug. Lif schrie auf, wälzte sich herum und barg das Gesicht in den Händen, vermochte den Blick aber trotzdem nicht von der fürchterlichen Erscheinung zu wenden. Eugel brüllte irgendetwas, das Lif nicht verstand, suchte mit gespreizten Beinen Halt auf dem schwankenden Deck und schoss Pfeil auf Pfeil auf die riesige Schlange, aber seine Geschosse prallten von ihrer geschuppten Haut ab, ohne ihr auch nur einen Kratzer zuzufügen. Die Midgardschlange stieß ein grässliches Zischen aus, zerschmetterte fast die Hälfte der Reling mit einem Zucken ihres Leibes und begann sich um den Mast zu winden. Ihre faustgroßen Augen starrten hasserfüllt auf Lif und den Alben herab, während ihr Schwanz unablässig hin- und herschnellte und das Schiff in Stücke schlug.
Dann, als Lif schon glaubte, das Grauen würde niemals ein Ende finden, hörte ihr Toben auf. Mit einem letzten bösartigen Zischen zog sie auch den Rest ihres Leibes auf das Deck hinauf und schlang sich enger um den Mast, dass das dicke Holz ächzte.

Lif blieb noch einige Zeit reglos liegen, ehe er es endlich wagte, sich aufzurichten.
Das Schiff bot einen Anblick des Schreckens. Kein Teil schien von der tobenden Schlange verschont geblieben zu sein; wohin er auch sah, erblickte er nur Zerstörung: zersplittertes Holz, in Fetzen gerissenes Tauwerk und Segeltuch, mannsdicke Balken, wie dünne Strohhalme geknickt.
Eugel, der seinen letzten Pfeil verschossen hatte, sank neben ihm auf die Knie und legte den Bogen aus der Hand. Seltsamerweise war auf seinen Zügen keine Spur von Entsetzen mehr zu erkennen. Sein Gesicht war zu einer Maske erstarrt. Auch Lif fühlte sich wie gelähmt.
Nach einer Zeit, die ihm wie eine Ewigkeit vorkam, erblickte Lif einen Schatten auf der anderen Seite des Schiffes und wandte den Kopf.
Es war Nagelfar, das wieder aufgeholt hatte und sich dem Wrack Skidbladnir näherte, bis sein Rumpf scharrend gegen die zersplitterte Reling des Nornenschiffes stieß. Aber Lif empfand nicht einmal jetzt etwas.
Auch nicht, als die Midgardschlange mit einem drohenden Zischen ihr schreckliches Haupt senkte und den Alben und ihn zwang, an Bord des Schiffes Nagelfar zu gehen.

Muspelheim

Niemals zuvor hatte Lif eine solche Dunkelheit erlebt.
Das Verlies, in das man ihn gesperrt hatte, war nicht einfach nur finster. Hier war etwas anderes, etwas körperlos Düsteres und Böses, das wie lichtschluckender schwarzer Nebel zwischen den grob behauenen Felswänden hing und ihm das Atmen schwer werden ließ. Es war warm, unerträglich warm und die Luft war so trocken und staubig, dass Lifs Hals schmerzte. Es musste eine Woche her sein, seit die Midgardschlange Skidbladnir zerstört hatte; vielleicht ein paar Tage mehr, vielleicht weniger. Lif wusste es nicht. Das schwarze Dämonenschiff hatte sie in Windeseile zurück nach Westen und um die Insel herum nach Süden getragen, und als Sturm und Dunkelheit wichen, waren die schwarzen Felsen einer himmelhohen, zerrissenen Steilküste vor ihnen aus dem Meer gewachsen. Ein Dutzend schweigender, in schwarzes Leder gekleideter Riesen hatte den Alben und ihn von Bord des Nagelfar geholt und durch einen finsteren Stollen ins Innere der Erde geführt. Eugel und er waren getrennt worden und seither hatte Lif weder ihn noch sonst irgendein Lebewesen zu Gesicht bekommen. Selbst das Essen wurde ihm nur durch eine kleine Klappe in der eisernen Tür gereicht, die seinen Kerker verschloss.
Er hatte versucht, die verstrichenen Tage anhand der Mahlzeiten zu berechnen, die er bekommen hatte, dieses Vorhaben aber rasch wieder aufgegeben. Das Essen kam nicht regelmäßig und manchmal war es so wenig, dass es seinen Hunger eher schürte, manchmal so viel, dass er zweimal davon essen konnte. Lif hatte den Sinn dieses Tuns schnell durchschaut.

Seine Kerkermeister wollten ihn verwirren, seinen Widerstand brechen, seinen Verstand täuschen, indem sie ihn nicht nur von Licht und Geräuschen trennten, sondern nach und nach auch sein Zeitgefühl zerstörten.
Hätte man Lif erzählt, dass er bereits seit einem Jahr in diesem finsteren Loch saß, hätte er es zweifellos geglaubt. Es war ihnen jedoch nicht gelungen, seinen Willen zu brechen. Im Gegenteil. Die dumpfe Betäubung, die Lif nach der Zerstörung Skidbladnirs befallen hatte, war nach und nach gewichen und hatte einer hilflosen – und dadurch nur um so heißeren – Wut Platz gemacht.
Was ihn aber letztlich bei Verstand erhielt, waren seine Träume. Nicht die, die kamen, wenn er auf dem nackten harten Felsboden schlief. Die waren düster und voller geifernder Ungeheuer, gegen die er sich nicht wehren konnte, sodass er oft schweißgebadet und schreiend erwachte. Es waren die anderen, die Wachträume, in die er sich flüchtete, wenn er im Dunkeln dasaß und in die Finsternis starrte. In diesen Träumen verlief der Kampf gegen die Midgardschlange anders, in diesen Träumen sprengte er sein Gefängnis und entkam den Kerkermeistern und manchmal – das waren die Träume, die er am liebsten hatte – kehrte er mit einem Heer strahlender, goldgepanzerter Reiter zurück und zerschlug das finstere Reich der Riesen.
Nach einer Ewigkeit hörte er das Geräusch des Riegels an seiner Kerkertür – ein Laut, auf den er nicht mehr zu hoffen gewagt hatte. Es war kurz nachdem man ihm sein Essen gebracht hatte, einen fade schmeckenden, kalten Brei, und Lif war ganz froh, dass er ihn nicht auch noch sehen konnte. Die mannshohe Eisentür seines Kerkers schwang knarrend nach außen und rotes Fackellicht blendete Lifs an immer währende Schwärze gewöhnte Augen. Die breitschultrige Gestalt eines Riesen trat gebückt in die Kammer, stieß mit dem Fuß die Schale mit dem Brei beiseite und bedeutete Lif mit einem Grunzen, aufzustehen.

Lif gehorchte, aber seine Beine gaben nach, er taumelte, prallte mit der Schulter gegen die Wand und bekam einen derben Knuff in die Rippen, als er dem Riesen nicht schnell genug gehorchte.
Mühsam wankte er durch die Tür und wandte sich nach rechts, wohin der Riese deutete. Das flackernde Licht der Pechfackeln trieb ihm mit stechendem Schmerz das Wasser in die Augen. Er erkannte seine Umgebung nur unscharf, aber er sah zumindest, dass sie nicht den gleichen Weg nahmen, auf dem man ihn hergebracht hatte. Der Riese stieß ihn vor sich her, immer wenn er langsamer ging, aber Lifs Beine gewöhnten sich rasch wieder an die Bewegung und nach einer Weile hörten auch seine Augen auf zu tränen und er konnte wieder halbwegs sehen.
Nicht etwa, dass ihm das, was er sah, auch nur im Geringsten gefiel.
Sie legten eine sehr große Strecke zurück, ohne dass Lif auch nur einen Schimmer von Tageslicht gesehen hätte. Er erinnerte sich der gigantischen schwarzen Wand, die vor dem Drachenbug des Nagelfar aufgewachsen war, und allein der Gedanke daran ließ ihn schaudern. Die gesamte Küste musste ausgehöhlt sein; ein Teil der finsteren Stollen und Gänge reichte wohl auch bis unter die Meeresoberfläche hinab, denn ein paar Mal glaubte er ein sanftes Beben der Decke und der Wände zu fühlen und ein entferntes Geräusch zu hören, das ihn an das regelmäßige Donnern erinnerte, mit dem sich gewaltige Wogen an Fels brachen.
Tiefer und tiefer ging es hinab in die Erde. Und es wurde beständig wärmer. War es in Lifs Gefängnis schon stickig gewesen, so stieg die Temperatur jetzt so sehr, dass ihm am ganzen Leib der Schweiß ausbrach. Seine Glieder wurden schwer und das Atmen bereitete ihm große Mühe.
Nur wenige lebende Wesen begegneten ihnen. Zwei- oder dreimal kreuzten andere Riesen ihren Weg, ohne Lif auch nur eines Blickes zu würdigen, und einmal sah er am Ende eines

Ganges, an dem sie vorbeikamen, eine ganze Gruppe kleiner, in Fetzen gehüllter Gestalten. Männer von Eugels Volk, die mit Ketten aneinander gebunden waren und mit Hacken und Schaufeln Stollen in den Fels trieben, von finster dreinblickenden Riesen bewacht und mit Peitschenhieben angetrieben. Ein anderes Mal gingen sie über einen schmalen Sims, unter dem sich eine gewaltige, von rotem Licht erfüllte Höhle erstreckte, in der Menschen, Riesen und angekettete Alben schwere Arbeit verrichteten, ohne dass er genau erkennen konnte, was sie taten. Ein beständiges Klingen und Schlagen verriet Schmiedearbeit, aber das Licht war zu hell und zu blendend; die Gestalten lösten sich darin in konturlose Schemen auf.

Als Lif schon glaubte, nicht mehr weiterzukönnen, erreichten sie eine verschlossene Eisentür, zu der eine Anzahl für Riesenbeine gemachte Stufen emporführten. Auf jeder Seite der Tür standen drei Krieger Wache, bewehrt mit Schild und Speer, und als sie näher kamen, schwang eine Hälfte des Tores wie von Geisterhand bewegt nach innen. Sein Bewacher versetzte ihm einen letzten, rüden Stoß, der Lif die Treppe hinauf und durch die Tür wanken ließ.

Lif fiel auf die Knie, blieb einen Moment benommen in dieser Stellung und hob ängstlich den Blick.

Er war allein. Vor ihm erstreckte sich eine gewaltige Höhle, von Dutzenden blakenden Fackeln und großen, mit glühenden Kohlen gefüllten Becken erhellt. Genau gegenüber dem Eingang stand ein gewaltiger Stuhl, den er im ersten Moment für einen Thron hielt, bis er begriff, dass es ein ganz normaler Stuhl war, nur eben wie alles andere hier für Riesen gefertigt. Ein Stück daneben gewahrte er einen Tisch, um den sich ebenfalls riesenhafte Stühle gruppierten.

Bis auf einen. Auch er war enorm, aber auf ganz andere Art gebaut, so, als wäre er für einen normalen Menschen gemacht, hoch genug, ihn zwischen den Riesen sitzen zu lassen, aber so eingerichtet, dass er ohne Mühe hinaufsteigen und Platz nehmen konnte.

Lif überzeugte sich davon, dass er wirklich allein war, dann ging er zum Tisch hinüber, zögerte einen Moment und bestieg schließlich den Stuhl.
Auf dem Tisch stand eine silberne Schale mit Wasser, und plötzlich spürte Lif, wie durstig er war. Ohne zu zögern beugte er sich vor, löschte seinen Durst und schöpfte anschließend einige Handvoll Wasser, um sich das Gesicht zu kühlen.
Sein Blick traf auf sein eigenes Spiegelbild, das auf dem bewegten Wasser hüpfte und immer wieder in Stücke zerbrach, und er erschrak.
Sein Gesicht war eingefallen und unter seinen Augen lagen schwarze Schatten. Seine Haut sah krank und grau aus, und seine Lippen waren aufgesprungen und dick verkrustet. Grind und starrender Schmutz hatten sein blondes Haar grau gefärbt, und seine Augenwinkel waren vereitert. In diesem Moment flog die Tür hinter seinem Rücken auf und eine gigantische Erscheinung betrat den Raum.
Lif wusste sofort, dass er niemand anderem als Surtur, dem Feuerriesen, gegenüberstand, obwohl er ihm noch nie zuvor begegnet war.
Selbst mit den anderen Riesen verglichen wirkte Surtur groß und grob und so hart wie ein Berg, der zu düsterem Leben erwacht war. Sein Haar war von flammend roter Farbe, das Gesicht breit und von tiefen Linien durchzogen und seine Hände waren so groß, dass sich Lif unwillkürlich vorstellen musste, wie sie eiserne Ketten zerbrachen.
Hastig schob er die Schüssel zurück, kletterte von seinem Stuhl herunter und wich vor dem rothaarigen Giganten zurück, bis er mit dem Rücken gegen die Wand stieß. Surturs Blick folgte jeder seiner Bewegungen. Seine Augen waren hell und straften den grobschlächtigen Eindruck Lügen, den sein Gesicht auf den ersten Blick machte.
Einen Moment lang blickte ihn Surtur schweigend an. Es war ein Blick, unter dem sich Lif immer unbehaglicher zu fühlen begann, denn die großen, wasserklaren Augen des Feuerriesen

schienen direkt bis auf den Grund seiner Seele zu starren. Kein noch so geheimer Gedanke schien ihrem Blick zu entgehen. Lif kam sich nackt und schutzlos vor. Auch das letzte bisschen Mut, das er noch zusammengerafft hatte, schmolz unter Surturs Blick dahin.

»Du bist Lif«, sagte Surtur plötzlich. Seine Stimme war tief, aber sehr viel weicher, als Lif erwartet hatte. Er nickte.

Surtur drehte sich um und klatschte in die Hände. Ein Riese trat durch die Tür, ein zappelndes Etwas in den gewaltigen Pranken, das ununterbrochen heisere Verwünschungen ausstieß und alle Schrecken der Unterwelt auf das Haupt des Riesen herabbeschwor. Der trug seinen widerspenstigen Gefangenen vor Surtur hin, setzte ihn zu Boden und hielt ihn mit zwei Fingern der Linken, während er sich demütig vor dem Feuerriesen verbeugte.

Jetzt erkannte Lif den Gefangenen. »Eugel!«, rief er. »Du lebst!«

Der Albe blickte kurz in seine Richtung, schien ihn aber gar nicht wahrzunehmen. Seine Augen waren trüb und glanzlos und in seinem Gesicht waren neue dunkle Linien, die der Schmerz eingegraben hatte. Er hatte kaum mehr die Kraft, auf seinen eigenen Beinen zu stehen. Für einen Moment flammte heißer Zorn in Lif auf, als er sah, in welch erbärmlichem Zustand der Albe war. Aber die Wut erlosch sofort, als er wieder zu Surtur aufblickte.

Der Feuerriese bewegte die Hand und Eugels Wächter ließ seinen Gefangenen los und wich bis zur Tür zurück, um mit verschränkten Armen davor stehen zu bleiben. Surtur ging zu seinem Stuhl und setzte sich. Sein Blick wanderte zwischen Lif und dem Alben hin und her, aber auf seinen Zügen war nicht die mindeste Regung zu erkennen.

Schließlich überwand Lif seine Furcht, lief zu dem Alben hin und sank neben ihm auf die Knie. Eugel war vor Entkräftung zusammengebrochen, kaum dass der Riese ihn losgelassen hatte, und als Lifs Hand ihn berührte, fuhr er erschrocken zusammen und schlug die Arme vor das Gesicht.

»Eugel«, murmelte Lif hilflos. »Was haben sie dir getan? Was ist mit dir?«

Eugel sah auf und erkannte ihn. Sein Blick flackerte. Seine Lippen waren so geschwollen, dass er nur schwer sprechen konnte. »Nichts«, flüsterte er. »Es ist . . . nichts. Ich bin nur . . . nur müde. Lass mich.« Er versuchte Lifs Hand beiseite zu schieben, aber nicht einmal dazu reichten seine Kräfte aus.

Lif sah auf, und für einen Moment vergaß er seine Angst: »Was habt ihr mit ihm gemacht?«, fuhr er Surtur an.

»Gemacht?« Surtur lächelte. »Nichts, du kleiner Narr. Nicht mehr jedenfalls als mit allen anderen, die sich gegen mich stellen.«

»Du hast ihn foltern lassen!«, behauptete Lif.

»Das ist ein närrischer Gedanke, Lif. Er zeigt, wie wenig du von den Dingen weißt, in die du dich eingemischt hast.«

Lif war so erregt, dass ihm erst nach Sekunden auffiel, dass nicht Surtur auf seine Worte geantwortet hatte, sondern eine andere, viel hellere Stimme hinter ihm. Mit einem Ruck fuhr er herum – und erschrak zutiefst.

Unter der offen stehenden Tür war eine schwarz gekleidete, schlanke Gestalt erschienen, viel, viel kleiner als die Riesenkrieger, ja selbst kleiner als ein normal gewachsener Mann. Kopf und Gesicht verbargen sich unter einem schwarzen, hörnergekrönten Lederhelm mit Visier. Trotzdem erkannte Lif den Fremden sofort wieder. Es war der Wolfsreiter, der Mann, der Eugel und ihn um ein Haar gestellt hätte.

»Wirklich«, fuhr der schwarz Gekleidete fort. »Du solltest es besser wissen. Surtur hat es nicht nötig, irgendjemanden foltern zu lassen. Nicht einmal«, fügte er mit einer verächtlichen Geste auf Eugel hinzu, »einen so jämmerlichen Zwerg wie den da.«

Lif richtete sich auf, trat dem Fremden einen Schritt entgegen und blieb wieder stehen, als er sah, wie sich der Riese neben der Tür wie zum Sprung spannte. »Wer . . . wer bist du?«, fragte er.

Der Mann mit der Ledermaske lachte leise. »Jemand, der genauso lange nach dir gesucht hat, wie du nach ihm«, sagte er. Und damit hob er die Linke, löste den Kinnriemen seines Helmes und klappte das schwarze Ledervisier nach oben.

Lifs Herz machte einen schmerzhaften Sprung bis in seine Kehle hinauf.

Sie waren einander nicht vollkommen gleich. Das Gesicht unter dem wuchtigen Hörnerhelm schien ein wenig schmaler als sein eigenes, die Augen waren eine Spur größer und Lippen und Kinn weicher. Und trotzdem war es, als blickte Lif in einen Spiegel.

»Du hast lange genug nach mir gesucht«, sagte Lifthrasil lächelnd. »Also – willst du mich nicht umarmen, Bruder?« Seine Stimme troff vor Hohn und in seinen Augen war ein hartes, böses Glitzern.

»Du?«, flüsterte Lif. »Du warst . . . der Wolfsreiter?«

Lifthrasil nickte. »Du siehst, du hättest dir eine Menge Ärger ersparen können, wärest du zu mir gekommen, statt vor mir davonzulaufen. Ich habe seit Jahren auf dich gewartet.«

»Hier?«, murmelte Lif, als hätte er seine Worte gar nicht gehört. »Du bist . . . hier? Du . . . du stehst auf . . . auf der Seite der Riesen?«

»Wie du auf der der Asen«, sagte Lifthrasil. »Auch wenn du es selbst nicht weißt Bruder. Was überrascht dich so? Hat man dir nicht gesagt, dass wir uns eines Tages mit der Waffe in der Hand gegenüberstehen werden?«

»Genug«, mischte sich Surtur ein. Er sprach nicht sehr laut, aber schon dieses eine Wort hatte einen so befehlenden Klang, dass sich Lif und Lifthrasil gleichzeitig umdrehten und sich dem hölzernen Thron des Feuerriesen zuwandten.

»Herr«, sagte Lifthrasil demütig.

»Ich habe nachgedacht«, begann Surtur und blickte Lifthrasil an. »Über deine Worte, aber auch über das, was geschehen ist.« Er wandte sich an Lif. »Ich nehme an, du kennst die alten Prophezeiungen.«

Lif nickte und schüttelte gleich darauf den Kopf.

Surturs Gesicht verdüsterte sich, aber in diesem Moment stemmte sich Eugel auf die Knie hoch und zog die Aufmerksamkeit des Feuerriesen mit einer Handbewegung auf sich. »Er weiß nichts, Surtur«, sagte er mühsam. »Die Menschen, bei denen er aufwuchs, haben ihm nie von den alten Legenden und Prophezeiungen berichtet, aus Angst.«

»Das war sehr dumm von ihnen«, sagte Surtur. »Aber es ändert nichts. Im Gegenteil. Vielleicht wäre er zu einer Gefahr für uns geworden, hätte er eher gewusst, wer er ist. So ist der Sieg nur um so sicherer unser.« Er lehnte sich zurück und musterte Lif scharf.

»Ich nehme an, die Frage, ob du zu uns übertreten und an meiner und der Seite Lifthrasils gegen die verfluchten Asen kämpfen willst, erübrigt sich.«

Lif antwortete nicht, aber sein Schweigen war Surtur Antwort genug. »Dann wirst du sterben«, sagte er ruhig.

»Herr!«, begehrte Lifthrasil auf, verstummte aber sofort wieder, als ihn ein zorniger Blick aus den Augen des Feuerriesen traf. Hastig beugte er den Kopf, wich ein paar Schritte zurück und sank demütig auf das rechte Knie.

»Das kannst du nicht!«, sagte Eugel. Obwohl seine Stimme vor Schwäche bebte, hielt er im Gegensatz zu Lifthrasil dem Blick Surturs stand.

»Wer oder was sollte mich daran hindern«, fragte Surtur lauernd, »dieses Menschenkind ebenso zu töten wie dich, Zwerg?«

»Du kannst mich umbringen«, sagte Eugel, »aber nicht Lif. Du würdest Mächte gegen dich aufbringen, denen nicht einmal du gewachsen bist, und du weißt es!«

Er hob den Arm und deutete auf Lif und seinen Bruder. »Es heißt, dass diese beiden Menschenkinder die Entscheidung herbeizwingen werden, nicht du, nicht deine Riesen oder Odin und seine Asen. Auch du kannst nicht das Schicksal ändern!«

»Das käme auf einen Versuch an«, grollte Surtur, aber in diesem Moment mischte sich Lifthrasil ein, wenngleich seine Stimme vor Furcht bebte.

»Der Zwerg hat Recht, Surtur«, sagte er. »Ihr wisst, was die alten Lieder sagen. Es wäre ein Fehler, alles aufs Spiel zu setzen, was wir bisher erreicht haben.«

Surturs Augen wurden schmal. »Was spricht da aus dir, mein kleiner verräterischer Freund?«, sagte er lauernd. »Kluge Überlegung und Voraussicht oder etwa ein Herz, das plötzlich die Liebe zu seinem Bruder entdeckt hat?«

»Nur die Umsicht, Herr«, beeilte sich Lifthrasil zu versichern. »Es wäre ein Fehler, alles aufs Spiel zu setzen –«

»Schweig!«, unterbrach ihn Surtur. »Meine Entscheidung ist getroffen! Der Zwerg und das Menschenkind werden sterben, zusammen mit diesem Hund Baldur, der es wagte, in mein Reich zu kommen und mich zu verhöhnen. Sind diese drei tot, dann kann nichts mehr unseren Sieg abwenden. Das Schiff Skidbladnir ist zerstört, Mjöllnir, der Zermalmer, für immer in den Tiefen der Unterwelt verloren. Schon bald wird der Drache Nidhögger die erste Wurzel der Weltesche Yggdrasil durchnagt haben und die Wehrmauern Asgards sind unvollendet, durch den Verrat der Asen selbst. Was, mein lieber, kluger, kleiner Lifthrasil, sollte uns noch aufhalten, wenn auch dein Bruder tot ist, dazu noch Baldur, Odins stärkster Kämpe, und Eugel, der König des Albenvolkes?«

Lif sah überrascht auf. König? dachte er. Eugel ein König? Hatte er ihm nicht selbst erzählt, dass ihn die anderen Alben immer hänselten, weil er zu jung war? Und doch war er ihr König?

»Es ist beschlossen«, sagte Surtur noch einmal. »Ich habe deinem Wunsch, die beiden vor mein Antlitz zu führen, entsprochen. Aber ich spüre nichts von der Macht des Schicksals in diesem Knaben. Alles, was ich sehe, sind Angst und Schwäche.« Er schürzte verächtlich die Lippen. »Das Schicksal!«, sagte er. »Wessen Schicksal, Lifthrasil? Unseres oder das der Asen, die uns die Macht stahlen und sich zu Göttern über eine Welt aufschwangen, die von Rechts wegen uns gehörte?« Er deutete auf Lif, dann auf Eugel. »Morgen, sobald die Sonne

untergegangen ist, werden diese beiden getötet und du selbst wirst sie zum Richtplatz führen.«
Lifthrasil sah auf und zum ersten Mal erblickte Lif etwas anderes als Spott oder Herablassung auf seinen Zügen: Entsetzen.
Surtur lachte; ein Laut, der die Schalen auf dem Tisch beben ließ. »Das schreckt dich wohl?«, sagte er. »Nimm es als Beweis meines Vertrauens, Lifthrasil. Und beweise auch du mir, dass du dieses Vertrauens würdig bist. Du warst mir bisher ein treuer Diener. Aber es ist leicht, Treue zu versichern. Jetzt zeige, ob sie echt ist.«
Lif starrte seinen Bruder an und obwohl Lifthrasil sich alle Mühe gab, in eine andere Richtung zu sehen, schien er seinen Blick zu fühlen, denn Lif sah, wie er immer nervöser wurde.
»Überlegt es Euch noch einmal, Herr«, flehte er. »Der Zwerg hat Recht. Es steht geschrieben, dass . . .«
»Wo steht es geschrieben?«, unterbrach ihn der Feuerriese. »Wo, Lifthrasil? Ich will es dir sagen: in den Büchern der Menschen und Asen. In den Prophezeiungen und Märchen, die sie sich selbst zurechtgereimt haben, um nicht zugeben zu müssen, dass sie feige und schwach sind und Diebe dazu! Es ist entschieden, dass sie sterben müssen. Du weißt, dass Fenris Anspruch auf Baldurs Blut hat. Warum soll er nicht gleich noch einen Zwerg und eine« – er lachte böse – »lebende Prophezeiung mit dazu bekommen? Oder auch gleich zwei?« Die beiden letzten Worte hatte er mit deutlich veränderter Stimme gesprochen und Lif sah, wie Lifthrasil bei ihrem Klang erbleichte. Er widersprach nicht mehr.
»So sei es«, sagte Surtur. Er gab dem Riesen, der neben der Tür wartete, einen Wink. »Bring den Knaben und den Alben zu Baldur. Mögen sie bis morgen Abend gemeinsam über ihr Schicksal jammern.«

Zwei schweigende Riesen brachten sie in die finsteren Eingeweide Muspelheims zurück. Ihr neues Gefängnis war größer als der Raum, in dem Lif die vergangene Woche zugebracht hatte, aber in weit schlechterem Zustand. Verfaultes Stroh lag auf dem Boden und als einer ihrer beiden Begleiter die Tür öffnete, floh eine ganze Meute fast katzengroßer Ratten vor ihnen in die Dunkelheit. Ein Übelkeit erregender Gestank schlug Lif entgegen und nahm ihm den Atem. Lif fiel auf die Knie, raffte sich wieder auf und konnte gerade noch rechtzeitig herumfahren, um Eugel aufzufangen, der von den Riesen grob in die Zelle hineingestoßen wurde. Mit einem dumpfen Knall fiel die Tür ins Schloss, aber es wurde nicht vollkommen dunkel. Ein grünes, unheimliches Licht, das wie faules Wasser aus den Wänden zu sickern schien, erhellte das Verlies.

Lif ließ den Alben behutsam zu Boden gleiten, raffte eine Handvoll feuchtes Stroh zusammen und legte es wie ein Kissen unter seinen Hinterkopf. Eugel versuchte sich zu wehren, aber seine Bewegungen waren ohne Kraft, und nach einem Moment ließ er Lifs Hilfe geschehen und lächelte sogar dankbar.

»Siehst du?«, sagte er schwach. »Jetzt kannst du dich bei mir bedanken. Gute Taten lohnen sich eben doch.«

»Für dich nicht«, sagte Lif leise. »Hättest du mich den Wölfen überlassen, wärest du jetzt nicht hier.«

»Unsinn«, widersprach Eugel. »Du bist ein ebenso großer Narr wie Surtur, wenn du glaubst, dem Schicksal eine Nase drehen zu können. Alles kommt, wie es kommen muss. Es steht nicht in unserer Macht, die Zukunft zu ändern, Lif.«

»Ist das wahr, was Surtur gesagt hat?«, fragte Lif. »Dass du der König der Schwarzalben bist?«

Eugel lachte. »Muss es wohl sein«, sagte er. »Denn wer hätte je gehört, dass Surtur gelogen hätte?«

»Warum hast du mir nichts davon gesagt?«, fragte Lif vorwurfsvoll. »Ich hätte doch . . .«

»Was?«, unterbrach ihn Eugel. »Mich mit großen Augen angestarrt und dich noch ungeschickter benommen, weil du vor lauter Ehrfurcht auch dein letztes bisschen Verstand vergessen hättest?« Er schüttelte den Kopf. »Nein. Es ist schon gut so, wie es gekommen ist.«

»Sie werden uns töten«, murmelte Lif.

Eugel nickte. »Das werden sie wohl. Aber das ist nicht so schlimm, wie du glaubst, kleiner Menschenjunge. Und wer weiß, vielleicht ist es gut so. Vielleicht vernichtet sich Surtur selbst, wenn er dich umbringen lässt.« Er lachte leise. »Schon so mancher hat seine Finger bei dem Versuch verloren, in das Rad des Schicksals zu greifen.«

Er stemmte sich hoch, richtete sich mühsam in eine halb sitzende, halb liegende Stellung auf und sah Lif ernst an. »Fürchtest du dich vor dem Tod?«

Die Frage verwirrte Lif. Er hatte niemals darüber nachgedacht, obgleich der Tod im rauen Norden, in dem er aufgewachsen war, als fester Bestandteil des Lebens zählte. Aber er war zu jung, um wirklich begriffen zu haben, was das hieß: Tod.

Dann schüttelte er den Kopf. Nein. Er fürchtete den Tod nicht. Alles, wovor er Angst hatte, war das Sterben.

Draußen auf dem Gang wurden die stampfenden Schritte von Riesen laut, näherten sich der Tür und verstummten. Klirrend wurde der Riegel zurückgeschoben, dann ging die Tür auf und zwei von Surturs riesigen Kriegern schleiften eine an Händen und Füßen gefesselte Gestalt herein, die kaum weniger groß war als sie selbst.

»Baldur!« Eugel fuhr in die Höhe und fiel gleich darauf wieder auf die Knie, kroch aber sofort weiter und blieb, zitternd vor Schreck und Erregung, neben dem blondhäuptigen Riesen hocken. »Baldur!«, keuchte er immer wieder. »Was ist Euch, Herr! So sprecht doch!«

Odins Sohn öffnete langsam die Augen, blickte den Alben an und zwang sich zu einem Lächeln. »Eugel! Wie froh ich bin, dich wieder zu sehen, alter Freund. Ich wünschte nur, die Umstände wären ein wenig günstiger.« Er wälzte sich herum, setzte sich mit einem kraftvollen Ruck auf und zerrte prüfend an den Fesseln, die seine Hände aneinander banden. Lif sah,

wie sich seine gewaltigen Muskeln unter der Haut spannten wie dicke knotige Stricke. Sein Gesicht verzerrte sich vor Anstrengung. Die schwarzen Eisenringe um seine Handgelenke knirschten.
Aber sie hielten den Titanenkräften des Asen stand.
»Strengt Euch nicht an« sagte Eugel düster. »Es ist Albeneisen, aus dem sie gefertigt sind. Nicht einmal Eure Kräfte können diese Fesseln sprengen.«
Baldur runzelte die Stirn, bedachte die beiden täuschend schmalen Eisenringe mit einem finsteren Blick und ließ die Arme sinken. Er nickte. »Ich weiß«, sagte er düster. »Surtur hat mir die Männer deines Volkes gezeigt, die für ihn arbeiten müssen, Eugel.« Er seufzte. »Aber ich hätte nicht gedacht, auch dich selbst hier zu sehen. Wie kommt es, dass er den König der Schwarzalben einfangen konnte, von dem man doch sagt, dass er selbst seinem eigenen Schatten davonlaufen kann?«
Eugel lächelte matt und schüttelte den Kopf. »Es ist viel geschehen, seit wir uns das letzte Mal gesehen haben, Baldur«, sagte er. »Und das wenigste davon ist gut. Surturs Macht wächst.«
»Das muss sie wohl, wenn er selbst mich fangen konnte«, knurrte Baldur. »Und dich dazu.« Er sah auf, blinzelte in Lifs Richtung und zog fragend die Augenbrauen zusammen, als erblickte er ihn jetzt zum ersten Mal. »Dich kenne ich doch, Bursche«, murmelte er. »Aber woher?«
Lif hätte ihm gern geantwortet, aber seine Stimme versagte. Der Mann dort vor ihm, der jetzt gefesselt und wie Eugel und er von tagelanger Gefangenschaft gezeichnet war, war Odins Sohn, der Bruder Thors und der stärkste Kämpfer der Asen.
»Ihr kennt diesen Knaben wahrhaftig, Herr«, sagte Eugel, als Lif keine Anstalten machte, auf Baldurs Frage zu antworten. »Und ich fürchte, Ihr kennt auch seinen Bruder.«
Baldur riss die Augen auf. »Natürlich!«, keuchte er. »Das . . . das ist der Bursche, den ich für Lifthrasil hielt. Du musst Lif sein!«
Lif nickte.

»Aber wie kommst du hierher?«, fragte Baldur. »Als ich dich das letzte Mal sah, warst du hoch im Norden – und drauf und dran, dich vom Fenriswolf fressen zu lassen«, fügte er hinzu. Er drehte den Kopf und sah Eugel an. »Was ist geschehen, Eugel? Berichte.«
»Wir wurden gefangen«, sagte Eugel. »Ich fand diesen Knaben, als er von Lifthrasil und seinem Wolfspack gehetzt wurde, und brachte ihn in Sicherheit. Die Norne Skuld sandte uns Skidbladnir, damit ich ihn nach Asgard und zu Eurem Vater bringe.«
»Und warum hast du es nicht getan?«, fragte Baldur.
»Ich habe es versucht«, antwortete Eugel. »Aber ich habe versagt. Das Schiff Nagelfar folgte uns. Wir haben gekämpft und verloren.«
Baldur erbleichte. »Verloren?«, wiederholte er schließlich. »Soll . . . soll das heißen, dass Skidbladnir zerstört ist?«
»Ich fürchte es«, sagte Eugel. »Es ist gesunken, nachdem uns Jörmungander gezwungen hat, auf Nagelfar überzusetzen. Es ist alles verloren, Herr.«
»Unsinn«, knurrte Baldur. »Du bist eine alte Memme, Zwerg. Nichts ist verloren, solange wir noch leben.«
»Aber das werden wir nicht mehr lange«, sagte Eugel leise.
Baldur starrte ihn an. »Was meinst du damit?«
»Wir werden sterben«, sagte Eugel. »Morgen, wenn die Sonne untergeht, soll der Fenriswolf erst Euch und dann Lif und mich töten.«
»Aber das ist Unsinn!«, protestierte Baldur. Er versuchte zu lachen, aber es klang nicht überzeugend. »Surtur weiß so gut wie du und ich, dass er diesen Knaben nicht töten darf!«
»Eugel spricht die Wahrheit, Herr«, sagte Lif. Baldur wandte mit einem Ruck den Kopf und starrte ihn an, und wie zuvor bei Surtur war es ein Blick, der Lif bis auf den Grund seiner Seele traf und ihn erschauern ließ. Trotzdem hielt er ihm stand. Sein Gaumen war trocken vor Erregung, als er weitersprach.

»Surtur selbst hat es befohlen, ehe wir hierher gebracht wurden. Ich habe es gehört.«

Baldur schwieg eine ganze Weile. Als er schließlich weitersprach, war ein wenig von der unerschütterlichen Kraft und Überzeugung, die Lif noch vorher im Klang seiner Stimme gehört hatte, verschwunden.

»Das kann ich nicht glauben«, sagte er. »Surtur ist kein Narr! Er würde die Mächte des Schicksals selbst gegen sich aufbringen, ließe er den Knaben töten.«

Eugel schwieg und Baldur schüttelte noch einmal den Kopf und sah Lif vorwurfsvoll an. »Warum konntest du nicht bleiben, wo du gewesen bist?, fragte er. »Niemand wusste, wo du zu finden warst, und niemand hätte es erfahren, hättest du dich nicht eingemischt.«

»Aber das ist nicht wahr!«, protestierte Lif. »Ich sah Nagelfar, ehe ich Euch begegnete, Baldur. Es hat mich gesucht!«

Eugel sah ihn erschrocken an, dass er es wagte, in einem solchen Ton mit dem Asen zu reden, aber Baldur lächelte und hob die gefesselten Hände. »Das ist richtig«, sagte er. »Es ist richtig, dass Surturs Schiff nach dir suchte. Aber jemanden zu suchen und ihn zu finden sind zwei verschiedene Dinge. Wärest du geblieben, hätten wir dir helfen können, denn ich habe meinen Vater wissen lassen, dass du nicht mehr sicher warst.«

»Ich konnte nicht bleiben«, sagte Lif heftig. »Osrun und Fjella wären in Gefahr gewesen.«

»Osrun und Fiella?« Baldur überlegte. »Deine Pflegeeltern, nehme ich an.«

Lif nickte, und der Ase fuhr mit einem ergebenen Seufzen fort: »Ich weiß, was du sagen willst, kleiner Lif. Du hattest Angst, dass das Schiff oder Surturs Wölfe wiederkommen, um dich zu suchen. Und du hattest Angst, dass den Menschen, die dich an Kindes statt angenommen haben, ein Leid zustieße.«

Lif nickte.

»Ich kann dich verstehen«, sagte Baldur. Plötzlich wurde seine Stimme sanft. »Und trotzdem war es ein Fehler. Vielleicht wären sie gestorben, aber es waren nur zwei Menschen.«
Lif erstarrte. Baldur fuhr fort: »Es gibt Dinge, die mehr wert sind als das Leben eines Menschen. Wenn Surtur gewinnt, Lif, werden nicht nur Osrun und Fjella zu Grunde gehen, sondern alle Menschen Midgards. Du hattest nicht das Recht, zu Gunsten zweier Menschen die Zukunft der Welt auf die Waagschale zu werfen.«
»Er wusste es nicht, Herr«, sagte Eugel.
»Ich weiß«, sagte Baldur. »Und ich trage ihm nichts nach. Aber es war ein Fehler.«
Lif fühlte sich, als hätte er eine Ohrfeige bekommen. Konnte man Menschenleben gegeneinander aufrechnen, als zählte man Vieh? Er starrte in Baldurs Augen und plötzlich konnte er bis auf den Grund seiner Seele blicken. Sein Zorn schlug in Trauer um, denn er begriff, dass es einen Unterschied zwischen Asen und Menschen gab, der kaum zu verstehen war. Die Asen und die Menschen waren nicht einfach nur Herrscher und Beherrschte, nicht nur sterbliche und unsterbliche Wesen, die einander ähnelten, nicht nur Mächtige und Machtlose. Sie waren verschiedener Art. So sehr sie sich auch äußerlich ähneln mochten, so verschieden waren ihre Seelen; die der unsterblichen Beherrscher Asgards auf der einen und die der schwachen, verwundbaren Menschen Midgards auf der anderen Seite.
Und als hätte dieser Gedanke noch einen zweiten, tiefer greifenden geweckt, der bisher wohl behütet auf dem Grund seines Bewusstseins geschlummert hatte, begriff Lif in diesem Moment auch das letzte Geheimnis; vielleicht als erster Mensch überhaupt, seit die Welt erschaffen worden war.
Er begriff, dass die Asen Götter waren. Aber nicht die Götter der Menschen.

Die Flucht

Spät am Abend wurde die Zellentür aufgestoßen und ein in Lumpen gekleideter Albe brachte ihnen Brot und eine Schale mit Wasser und entfernte sich schweigend wieder. Baldur und Eugel aßen, aber Lif saß nur stumm in seiner Ecke, starrte zu Boden und rührte sich auch nicht, als der Ase das Brot in die Höhe hob und ihn fragend ansah. Schließlich stand Eugel auf, kniete sich neben ihn hin und zwang ihn mit sanfter Gewalt, ihm ins Gesicht zu blicken. »Du musst etwas essen, Lif«, sagte er mit dem Versuch zu scherzen. »Es stirbt sich schlecht mit leerem Magen.«

Lif schob seine Hand, die ihm ein Stück Brot entgegenhielt, beiseite. »Ich bin nicht hungrig.«

»Doch, das bist du«, widersprach Eugel. »Und du bist traurig, nicht wahr? Und wütend, weil dich das, was du gehört hast, verwirrt hat.«

»Wieso weißt du das?«, fragte Lif.

»Auch für mich war es ein Schock, begreifen zu müssen, dass Asen und Alben nicht nur verschieden groß sind. Glaube mir, Lif, ich weiß genau, was du fühlst. Ich habe das Gleiche erfahren, auch wenn es lange her ist. Aber es hat keinen Zweck, sich gegen das Schicksal aufzulehnen. Nicht einmal die Götter sind stark genug dazu – glaubst du, dann könntest du es?«

Lif starrte ihn an. »Ich kann dieses Gerede von Schicksal und allgewaltigen Mächten nicht mehr hören!«, sagte er heftig. »Wenn du daran glauben willst, bitte.«

»Wer sagt, dass ich es will?«, fragte Eugel sanft. »Ich habe nur lernen müssen, dass es so ist.«

»So?«, fragte Lif böse. »Vielleicht musst du noch mehr lernen, Eugel. Es gibt nämlich nicht nur zwischen Asen und Alben einen Unterschied, sondern auch zwischen Alben und Menschen. Wir Menschen versuchen, unser Schicksal selbst in die Hand zu nehmen.«
»Jetzt klingst du beinahe wie Surtur«, sagte Eugel.
Lif senkte betreten den Blick. »Verzeih«, sagte er. »Ich wollte dich nicht verletzen. Aber es . . .«
»Es tut weh zu erkennen, dass man machtlos ist«, sagte Eugel sanft. »Ich weiß. Und nun iss. Es ist noch lange bis zum Sonnenuntergang und du hilfst niemandem, wenn du hungerst.«
Lif griff nach dem Brot, das Eugel ihm hinhielt. Eugel lächelte zufrieden, stand auf und ging zu Baldur zurück, der die Zeit genutzt hatte, ebenso ausdauernd wie zwecklos an seinen Ketten zu zerren.
Schon nach dem ersten Bissen meldete sich Lifs Hunger, und er aß das Brot bis auf den letzten Krümel auf. Eugel brachte ihm Wasser, das er gierig hinunterschüttete.
Lif versuchte zu schlafen, aber trotz seiner Müdigkeit fand er keine Ruhe. Immer wieder schreckte er hoch und einmal, als er endlich in einen unruhigen Schlummer versunken war, rüttelte ihn Eugel an der Schulter wach, weil er im Schlaf gestöhnt und geschrien hatte.
Es dauerte lange, bis er wieder einschlief, und als er Stunden später erwachte, hatte er einen üblen Geschmack auf der Zunge und die dumpfe Erinnerung an einen bösen Traum. Er war in Schweiß gebadet.
Später wurde ihnen wieder Essen gebracht. Weder Lif noch einem der beiden anderen fiel irgendetwas Besonderes auf, als der Albe hereinkam, aber dann, als er das Brot und die flache Schüssel mit Wasser abgesetzt hatte, ging er nicht wieder schweigend hinaus wie am Tage zuvor, sondern huschte zur Tür, lugte einen Moment durch den schmalen Spalt auf den Gang hinaus und kam zurück.

Baldur sah auf und setzte dazu an, etwas zu sagen, aber der Albe hob rasch die Hand und machte eine mahnende Geste. Dann kniete er vor dem Asen nieder und streckte die Hände nach seinen Fesseln aus. Lif fuhr hoch. Unter der braunen, weit in die Stirn gezogenen Kapuze des Mantels war kein faltiges Albengesicht, sondern das seines Bruders!

»Lifthrasil!«, rief er. »Was . . .«

Sein Bruder fuhr herum, brachte ihn mit einer erschrockenen Geste zum Schweigen und sah angstvoll zur Tür. »Nicht so laut«, flüsterte er. »Wenn sie uns hören, ist alles verloren!«

»Was bedeutet das?«, fragte Eugel, weniger laut als Lif zuvor, aber in scharfem, misstrauischem Tonfall.

Lifthrasil wandte sich wieder Baldur zu und machte sich erneut an seinen Fesseln zu schaffen. »Das seht ihr doch«, antwortete er unwillig. »Ich befreie euch.«

»Aber warum?«, stammelte Lif. »Das verstehe ich nicht.«

Lifthrasil sah für einen Moment auf und runzelte die Stirn. »So ganz verstehe ich es wohl selbst nicht«, gestand er. Dann lächelte er. »Aber ihr dürft nicht sterben. Wenigstens nicht du, Lif.«

»Dann hast wenigstens du erkannt, dass es Dinge gibt, an die man nicht rühren darf«, sagte Eugel.

Lifthrasil zog eine Grimasse. »Surtur ist ein Narr«, sagte er. »Die Siege, die er errungen hat, haben ihn verblendet. Lif darf nicht sterben – wenigstens jetzt noch nicht.«

Lif blickte seinen Bruder an und ein bitteres Gefühl von Enttäuschung machte sich in ihm breit. Für einen Moment hatte er gehofft, dass es Einsicht und Reue waren, die aus dem Handeln seines Bruders sprachen. Aber natürlich stimmte das nicht. Lifthrasils letzte Worte bewiesen eindeutig, dass selbst das, was er jetzt tat, nichts als Berechnung war. Ihm lag so wenig an Lifs Leben wie an dem Eugels oder Baldurs.

»Wie kommen wir hier heraus?«, fragte Baldur. Lifthrasil presste ärgerlich die Lippen zusammen und zerrte und rüttelte

stärker an Baldurs Handfesseln. »Wenn ich diese Dinger nicht aufbekomme, gar nicht«, sagte er. »Aber keine Sorge. Einer der Zwergenschmiede hat mir ihr Geheimnis verraten.«
»Und dann?«, fragte Baldur. »Der Gang ist voller Wachen.«
Lifthrasil erschrak. »Ihr dürft noch nicht fliehen!«, sagte er heftig. »Nicht jetzt. Ihr würdet nicht weit kommen und Surtur würde meinen Verrat bemerken und mich zur Verantwortung ziehen.«
»Und davor hast du Angst, wie?«, fragte Eugel abfällig. »Surtur hatte schon Recht – du bist ein verräterischer Mensch.« Er schüttelte den Kopf. »Ich kann es kaum glauben, dass ihr Brüder sein sollt.«
»Was heißt das schon?«, fragte Lifthrasil. »Wir sind vielleicht von Geburt her Geschwister, aber das ist auch alles.«
»Und trotzdem hilfst du uns?«, fragte Lif.
Lifthrasil stieß einen abfälligen Laut aus. »Dir«, sagte er betont. »Nicht euch. Die beiden hier befreie ich nur, weil du allein keine Aussicht hättest, auch nur zehn Schritte weit zu kommen.«
»Begleite uns!«, sagte Lif plötzlich. »Zusammen können wir es schaffen.«
»Begleiten?«, Lifthrasil lachte hässlich. »Wohin wohl? Surtur würde mich jagen und finden, ganz egal, wo ich mich auch verstecken würde. Ich habe keine Lust, das Leben eines gehetzten Tieres zu leben.«
»Komm mit nach Asgard!«, sagte Lif aufgeregt. »Ich bin sicher, die Asen werden dir vergeben, wenn du dich von Surtur lossagst.«
Lifthrasil blickte ihn einen Moment nachdenklich an, dann Baldur, dann wieder ihn, und schließlich schüttelte er den Kopf. »Nein«, sagte er. »Selbst wenn ich es wollte, es würde nicht gehen.«
»Lifthrasil hat Recht«, sagte Baldur sanft. »Er wäre willkommen bei uns, aber es würde nicht gehen, Lif. Er kann so wenig auf unserer Seite stehen wie du auf der Surturs.«

»Woher wollt Ihr das wissen?«, begehrte Lif auf. »Gebt ihm doch wenigstens die Möglichkeit, es zu versuchen.«
»Hast du einen Augenblick daran gedacht, Surturs Angebot anzunehmen und auf seine Seite zu wechseln?«, fragte Baldur anstelle einer direkten Antwort.
»Das war etwas anderes!«, behauptete Lif. »Wir . . . wir sind doch Brüder!«
»Aber du gehörst zu uns«, sagte Eugel, »und er zu Surtur, Lif. Sieh das endlich ein.«
»Der Albe hat Recht«, sagte Lifthrasil scharf, »bis vor wenigen Tagen wusstest du nicht einmal, dass es mich gibt! Was heißt das – Brüder? Was hat dein Leben mit meinem zu tun?«
»Aber du kannst nicht so anders sein!«, sagte Lif verzweifelt. »Komm mit uns, Lifthrasil. Sage dich von Surtur los und kämpfe auf der Seite des Guten!«
Plötzlich war Lifthrasils Zorn verflogen und sein Gesicht wurde traurig. »Des Guten?«, wiederholte er. »Das glaubst du wirklich?«
Lif nickte. »Was denn sonst?«
»Dann will ich dir sagen, was ich davon halte«, antwortete Lifthrasil. »Das, was du für gut hältst, nenne ich Schwäche. Du bist bei einfachen Leuten aufgewachsen und du meinst, sie wären gut zu dir gewesen.« Er lachte. »Ich kenne deine Zieheltern nicht«, sagte er, »aber ich kann mir vorstellen, wie es war. Sie haben dich großgezogen und dich gelehrt, von morgens bis abends zu arbeiten und damit zufrieden zu sein, einen vollen Bauch und ein warmes Bett zu haben. Manchmal.«
»Aber reicht denn das nicht?«, fragte Lif verstört.
»Nein!«, antwortete Lifthrasil heftig. »Das reicht nicht, Lif, wenigstens mir nicht.« Seine Augen blitzten. »Ich hatte es nicht so gut wie du, kleiner Bruder. Die Menschen, die mich aufnahmen, waren hart. Ich hatte kein ordentliches Lager und jeden Tag eine Schüssel voll warmer Milch, sondern den Stallboden und manchmal ein Stück verschimmeltes Brot. Ich habe nie etwas geschenkt bekommen wie du. Aber sie haben mich gelehrt,

dass man um alles, was man haben will, kämpfen muss.« Er richtete sich ein wenig höher auf und ballte die Faust. »Das hier ist die wahre Macht, Lif! Nur der Starke kann überleben, nur der, der sich nimmt, was er haben will, statt darum zu betteln. Darum bin ich zu Surtur und seinen Riesen gegangen, Lif. Aber das wirst du nie verstehen.«

»Das will ich gar nicht verstehen!«, sagte Lif wütend.

»Schluss jetzt!«, sagte Baldur scharf. »Lifthrasil hat Recht Lif. Du kannst ihn nicht verstehen, so wenig wie er dich. Die Zukunft wird weisen, wer von euch beiden auf der richtigen Seite steht.«

Ein leises Klirren erscholl, Baldurs Handfesseln waren gelockert. Lifthrasil erhob sich mit einem erleichterten Seufzer und auch Baldur richtete sich auf und streckte die Glieder.

»Ich danke dir, Lifthrasil«, sagte Eugel ernst. »Auch wenn wir Feinde sind.«

»Ich habe es nicht für euch getan«, antwortete Lifthrasil.

»Ich weiß«, sagte Eugel. Er lächelte und fragte: »Wie kommen wir jetzt hier heraus? Auf dem Gang stehen Wachen, sagst du?«

Lifthrasil nickte. »In wenigen Stunden geht die Sonne unter«, sagte er. »Surtur wird euch holen lassen, sobald die Dämmerung beginnt. Dann könnt ihr fliehen. Aber ihr werdet kämpfen müssen.« Er sah Baldur an und auf seinen Zügen spiegelte sich Sorge. »Glaubst du, drei oder vier von Surturs Kriegern besiegen zu können?«

Baldur nickte.

»Es ist wichtig«, fuhr Lifthrasil fort. »Ich werde versuchen, die Wachen abzulenken, aber mit denen, die euch holen und zum Richtplatz bringen, musst du selbst fertig werden. Und ihr dürft euch nicht wieder einfangen lassen. Wenn Surtur erfährt, dass ich es war, der euch befreit hat, bekommt Fenris noch mehr Menschenfleisch zu fressen.«

»Das schaffen wir schon«, sagte Eugel. »Wenn wir nur hier herauskommen, dann finden wir schon einen Weg, aus Muspelheim zu entkommen.«

»Das hoffe ich, auch um euretwillen.« Lifthrasil stand auf, zog seine Kapuze wieder tiefer in die Stirn und huschte zur Tür. Aber Lif rief ihn noch einmal zurück.
»Lifthrasil!«
Sein Bruder blieb stehen und drehte sich unwillig um. »Was ist denn noch?«
»Ich danke dir, Bruder«, sagte Lif leise.
»Das brauchst du nicht«, sagte Lifthrasil. »Ich tue nur, was getan werden muss. Ich hätte es auch für einen Fremden getan, wäre er an deiner Stelle.« Er wandte sich ab und wollte die Zelle endgültig verlassen, blieb aber stehen und sah Lif noch einmal an. »Wir werden uns wieder sehen, Bruder«, sagte er. »Und ich rate dir, an meine Worte zu denken. Wenn wir uns das nächste Mal gegenüberstehen, dann mit der Waffe in der Hand. Wir werden Feinde sein. Vergiss das niemals.«

Kurze Zeit darauf wurden sie abgeholt, wie Lifthrasil gesagt hatte. Es waren gleich vier von Surturs Riesen, die sie aus ihrem Kerker führten, nachdem sie Baldurs Füße von den Eisenringen befreit hatten, und Lif sah mit Entsetzen, dass sie alle bis an die Zähne bewaffnet waren.
Sie wurden denselben Gang hinaufgetrieben, den sie gekommen waren. Baldur, der seine Handfesseln wieder übergestreift hatte, bildete die Spitze, flankiert von zweien der schweigenden Giganten, Eugel und Lif gingen dicht hinter ihm und auch neben ihnen schritt je einer der schwarz gekleideten Riesen. Lif fragte sich verzweifelt, wie Baldur mit gleich vier dieser Hünen fertig werden sollte, entkräftet und schwach, wie er war.
Er bekam die Antwort auf diese Frage eher, als er geglaubt hatte.
Sie verließen den Hauptgang und betraten einen schmalen, schneckenhausartig gewundenen Schacht, in dem für Riesenfüße gemachte Steinstufen nach unten führten. Baldur ging schweigend und mit gesenktem Haupt zwischen seinen beiden

Wächtern einher, bis sie die Mitte der Treppe erreicht hatten. Was dann kam, ging so schnell, dass Lif hinterher nicht genau zu sagen wusste, in welcher Reihenfolge sich die Ereignisse abgespielt hatten: Baldur riss mit einer kraftvollen Bewegung beide Arme in die Höhe. Seine Handfesseln, plötzlich zu tödlichen Waffen geworden, krachten blitzschnell auf die Schädel der beiden neben ihm gehenden Riesen herab; gleichzeitig versetzte Eugel dem Wächter an seiner Seite einen Fußtritt, der ihn rücklings die Treppe hinunterstürzen ließ, Baldur hatte schon den vierten gepackt, ehe dieser Gelegenheit fand, einen Schrei auszustoßen, und schlug ihm die Faust unter das Kinn. Der Riese verdrehte die Augen, gab einen seufzenden Laut von sich und rollte zu seinen drei Kameraden hinunter, die reglos auf den Treppenstufen lagen.

Eine Sekunde lang blieb Baldur noch mit kampfbereit erhobenen Fäusten stehen, dann entspannte er sich, warf Eugel einen auffordernden Blick zu und stieg mit einem großen Schritt über die gefällten Riesen hinweg. Auch Eugel lief die Treppe hinunter, blieb aber nach wenigen Schritten stehen, als er merkte, dass sich Lif nicht von der Stelle gerührt hatte.

»Was ist los?«, fragte er ungeduldig. »Worauf wartest du?«

Lif starrte die vier bewegungslosen Gestalten zu seinen Füßen immer noch an. »Sind . . . sind sie tot?«, stammelte er.

Die Frage schien Eugel zu verwirren. Aber nach einer Welle schüttelte er den Kopf. »Nein«, sagte er.

»Und wie lebendig sie sind, werden sie dir beweisen, wenn sie gleich wieder aufstehen und zu schreien beginnen, dass ganz Muspelheim zusammenläuft«, fügte Baldur ungeduldig hinzu. »Jetzt komm schon!«

»Wohin jetzt?«, fragte Eugel.

Baldur zuckte mit den Achseln. »Wir werden sehen«, sagte er. »Wenn es mir gelingt, einen Ruf an Hugin zu senden, sind wir gerettet. Aber das kann ich nicht, solange dieser verdammte schwarze Fels um uns ist!« Er ballte die Faust und musterte die steinernen Wände Muspelheims voll Hass.

»Dann lass uns keine Zeit verlieren«, sagte Eugel. »Kommt!« Sie verließen den Treppenschacht durch dieselbe Tür, durch die sie ihn einst betreten hatten. Ausnahmsweise schien das Glück ihnen diesmal hold zu sein, denn der Gang war leer und Eugel, der geduckt hinaushuschte und Augenblicke später ebenso lautlos wiederkam, berichtete, dass auch aus den angrenzenden Stollen keine Gefahr drohte. Ein Stück gingen sie den Weg zurück, den sie gekommen waren, dann wichen sie in einen schmalen, kaum erhellten Seitengang aus, der so niedrig war, dass Baldur nur gebückt gehen konnte und Lif sich fragte, wie die Riesen, die diese unterirdische Welt bewohnten, sich hier bewegten.

Lif verlor schon bald die Orientierung und auch Baldur, der zwar hinter Eugel ging, aber doch meistens die Richtung bestimmte, wurde immer unsicherer. Muspelheim war ein unterirdisches Labyrinth, ein gigantisches Netz von Stollen, endlosen Treppenfolgen und Gängen, die nur zu oft im Nichts endeten oder in jäh aufklaffenden, scheinbar bodenlosen Schächten mündeten. Wohl eine Stunde irrten sie durch leere, schweigende Gänge, bis endlich weit vor ihnen wieder ein Licht aufglomm, nicht mehr als ein roter Funke in der grauschwarzen Nacht, die sie umgab. Stimmengemurmel durchdrang die Stille.

Baldur hob die Hand und deutete auf eine kaum mannshohe Nische in der Seitenwand.

»Wartet hier«, sagte er. »Ich werde vorausgehen und den Weg erkunden.«

»Lasst mich gehen«, bat Eugel. Baldur schüttelte nur stumm den Kopf und war verschwunden, ehe der Albe noch einmal versuchen konnte, ihn zurückzuhalten. Eugel starrte ihm nach. »Er hätte mich gehen lassen sollen. Er wird sich nur verirren«, sagte er.

»Kennst du dich denn hier aus?«, fragte Lif.

Eugel nickte. »Es war mein Volk, das Muspelheim erbaut hat. Aber das ist lange her.« Er sah sich um und schüttelte den

Kopf. »Alles hat sich verändert. Sie haben aus Muspelheim ein Rattennest gemacht.«

Für endlose Minuten versanken beide in Schweigen, und schließlich ging Eugel, wenn auch mit sichtbarem Widerwillen, zu der Nische, auf die Baldur gewiesen hatte, und setzte sich. Lif folgte ihm. Gebannt lauschte er in die Dunkelheit hinaus und versuchte Baldurs Schritte auszumachen. Es gelang ihm nicht.

»Werden wir hier herauskommen?«, fragte er leise.

Eugel hob die Schultern. »Wenn es das Schicksal so will«, murmelte er. Dann hob er den Kopf, sah Lif an und lächelte plötzlich. »Ja«, sagte er. »Wir werden hier herauskommen und sei es nur, damit du lebst.«

»Wer ist dieser Hugin, von dem Baldur gesprochen hat?«, fragte Lif. »Ein Ase?«

»Nein«, sagte Eugel, »Hugin und Munin sind Odins Raben.«

»Raben?«, wiederholte Lif verstört. »Aber wie sollen uns Raben helfen, wenn . . .«

»Es sind keine gewöhnlichen Tiere«, unterbrach ihn Eugel. »Nicht, wie du denkst. Sie sitzen zu Seiten von Odins Thron und so, wie sie seine Botschaften zu den Menschen Midgards, den Wanen oder den Alben bringen, so berichten sie ihm umgekehrt, was in der Welt vorgeht. Sie werden Baldurs Ruf hören.«

In der Dunkelheit vor ihnen wurden Schritte laut und Lif sah, wie sich Eugels Gestalt spannte.

Es war Baldur.

Der Ase kam mit raschen, nicht sehr leisen Schritten heran, ließ sich vor ihrem Versteck in die Hocke sinken und zog eine Grimasse. »Es sieht nicht gut aus«, sagte er. »Dort vorne wimmelt es von Surturs Kriegern.«

»Sie müssen unsere Flucht längst bemerkt haben«, sagte Eugel.

»Ja«, stimmte Baldur zu. »Und es sieht so aus, als durchkämmten sie ganz Muspelheim. Auf diesem Wege kommen wir jedenfalls nicht mehr heraus. Surtur muss seine ganze Armee aufgeboten haben.« Er blickte Lif an, als mache er ihn dafür verantwortlich. »Lifthrasil hatte versprochen, die Wachen abzulenken.«

Lif verspürte ein rasches, warmes Gefühl der Dankbarkeit.

»Er wird genug damit zu tun haben, seine Unschuld zu beteuern«, sagte Eugel, stand auf, deutete in die Richtung zurück, aus der sie gekommen waren, und machte eine auffordernde Handbewegung. »Ich kenne ein paar Wege, die Surtur vielleicht verborgen geblieben sind«, sagte er. »Versuchen wir es.«

Es blieb bei einem Versuch. Draußen, über den finsteren Lavaklippen Muspelheims, ging erneut die Sonne auf, aber sie irrten noch immer durch die schwarzen Katakomben der Höhlenwelt; erschöpft, müde und mutlos geworden von den vielen verzweifelten und jäh enttäuschten Hoffnungen.

Die geheimen Ausgänge, von denen Eugel gesprochen hatte, erwiesen sich einer nach dem anderen als Enttäuschung, und obgleich sich der Albe alle Mühe gab, weiterhin Zuversicht zu verbreiten, spürte Lif doch deutlich, wie er immer unruhiger wurde. Die meisten Wege, die Eugel kannte, waren nicht mehr gangbar; eingestürzt im Laufe der Jahrtausende, die seit der Erbauung Muspelheims verstrichen waren, manche auch zugemauert oder so verändert, dass sie in eine andere Richtung führten, in neu hinzugekommenen Räumen endeten oder vor massiven, sorgsam verriegelten Eisentüren.

Was Lif auffiel, war, dass sie immer weiter in die lichtlosen Tiefen Muspelheims vordrangen. Die Treppen, über die Eugel sie geleitete, führten fast ausnahmslos nach unten; sie mussten sich tief unter dem Meer befinden, das gegen die schwarzen Klippen donnerte. Und es wurde beständig wärmer.

Mehr als einmal entgingen sie einer Entdeckung nur im letzten Moment, mehr als einmal lagen sie zitternd, mit angehaltenem Atem und klopfendem Herzen, im Schatten einer Nische und lauschten den Schritten, die an ihrem Versteck vorüberpolterten.

Und schließlich kam es, wie es kommen musste. Sie hatten einen weiteren, vor einer unüberwindbaren Barriere aus Schutt und heruntergebrochenen Felsmassen endenden Gang erforscht und befanden sich auf dem Rückweg, als sie ihr Glück verließ. Wie aus dem Boden gewachsen stand ein Riese vor ihnen, und Baldurs Reaktion, so schnell sie auch war, kam den Bruchteil einer Sekunde zu spät. Mit einem wütenden Knurren stieß er Eugel beiseite und schmetterte dem Feind die Faust unter das Kinn. Aber der Riese sah die Bewegung und versuchte auszuweichen; nicht schnell genug, um dem Hieb vollends zu entgehen, aber doch noch so, dass ihn der Schlag nur zu Boden warf und nicht betäubte. Baldur war sofort über ihm, aber noch bevor er zum zweitenmal ausholen konnte, stieß der Riese einen gellenden Hilfeschrei aus, der tausendfach gebrochen durch den Gang hallte.

Kaum eine Sekunde später erscholl vom anderen Ende des Stollens her eine Antwort und auf einmal machte die Stille dröhnenden Schritten und Schreien und dem Klirren von Waffen Platz.

Baldur richtete sich mit einem Fluch auf, bückte sich noch einmal, um dem reglos daliegenden Riesen das Schwert aus dem Gürtel zu ziehen. »Hel!«, fluchte er. »Wohin jetzt, Eugel?«

Der Albe sah sich ratlos um. Die Stimmen und das Waffengeklirr kamen schnell näher und Lif sah, wie Eugel für einen Moment in Panik zu geraten drohte. Dann hatte er sich wieder in der Gewalt und deutete nach rechts.

Sie rannten los. Jetzt, wo sie keine Rücksicht mehr darauf nehmen mussten, leise zu sein, kamen sie schneller voran; die finsteren Wände schienen nur so an ihnen vorüberzufliegen. Aber die Schritte hinter ihnen kamen unbarmherzig näher.

Eugel hetzte eine Treppe hinunter, die in einen runden, vollkommen leeren Saal führte, von dem weitere finstere Gänge abzweigten. Mit fliegenden Fingern deutete er auf einen Tunnel ganz zur Linken, rannte selbst zur entgegengesetzten Seite des Saales und riss einen Fetzen aus seinem Umhang, den

er im Eingang eines Stollens niederlegte. Dann kam er zurückgelaufen.
»Schnell jetzt!«, sagte er schwer atmend. »Vielleicht sind sie dumm genug, darauf hereinzufallen!«
Baldur bückte sich plötzlich und warf sich Lif und den Alben ohne ein weiteres Wort über die Schultern. Lif begann zu protestieren, aber der Ase beachtete sein wütendes Strampeln nicht, sondern rannte weiter, so schnell, dass Lif es fast nicht glauben konnte. Hinter ihnen waren plötzlich gellende Schreie, eine wütende, tiefe Stimme ertönte, die Lif als die Surturs zu erkennen glaubte – und dann war der Stollen voll von Gepolter und dem Klirren von Stahl.
»Es hat nicht geklappt!«, keuchte Eugel. »Schneller, Baldur! Das ist Surtur selbst! Er wird uns umbringen, wenn er uns fängt!«
Baldur beschleunigte seine Schritte noch mehr und schon nach kurzem hatten sie das Ende des Stollens erreicht und standen unvermittelt in einer gewaltigen, von rotem Licht und knisternder Hitze erfüllten Halle.
Lifs Herzschlag drohte auszusetzen, als er die drei Riesen sah, die mit gezückten Schwertern näher kamen, kaum dass Baldur den Felsensaal betreten hatte. Der Ase stieß einen wütenden Kampfschrei aus, setzte Eugel und ihn unsanft zu Boden und hob das erbeutete Schwert. Die schartige Klinge verwandelte sich in einen Blitz, der krachend unter die Riesen fuhr und gleich zwei von ihnen mit einem einzigen Streich fällte. Der dritte wich mit einem furchtsamen Keuchen zurück, aber Baldur setzte ihm nach und schlug ihn mit dem Schwertknauf nieder. Blitzschnell bückte er sich, wälzte den Bewegungslosen auf den Rücken und zog einen Dolch aus seinem Gürtel, den er dem Alben zuwarf. Eugel fing die Waffe geschickt auf. In seinen Händen wirkte der Dolch des Riesen wie ein Schwert.
»Wohin jetzt?«, fragte Baldur gehetzt. »Schnell, um Odins willen!«

Eugel deutete auf einen Gang direkt vor dem Asen. Ein unheimliches, düsteres rotes Licht loderte in seiner Tiefe und Lif glaubte die Hitze, die daraus hervorkroch, wie eine glühende Hand auf dem Gesicht zu fühlen.

Baldur erschrak. »Dorthin?«, keuchte er. »Bist du sicher?«

Eugel nickte. »Es ist der einzige Weg.«

Baldur zögerte noch einen Moment, dann gab er sich einen Ruck, fuhr herum und lief in den Stollen. Lif und der Albe folgten ihm.

Das rote Licht wurde immer heller, je tiefer sie in den felsigen Gang vordrangen. Die Luft knisterte vor Hitze. Der Stein unter Lifs nackten Füßen schien zu glühen und ein dumpfes Zischen und Brodeln begann die stampfenden Schritte ihrer Verfolger zu dämpfen. Die Temperatur stieg ins Unerträgliche. Lif bekam kaum noch Luft.

Der Stollen endete in einer kuppelförmigen Höhle, die von Schwaden roten Lichtes wie von glühendem Nebel erfüllt war. Gewaltige, gezackte Krater gähnten im Boden. Aus manchen von ihnen schossen Flammen, andere waren von geschmolzenem Gestein erfüllt oder entließen giftige Dämpfe in die Luft. Ein unbeschreiblicher, scharfer Gestank nahm Lif den Atem.

Baldur lief bis zur Mitte der Höhle, hob kampfbereit sein Schwert und drehte sich einmal im Kreis, ehe er Eugel und ihn heranwinkte. Lif sah, dass Schweiß die Stirn des Asen bedeckte. An seinem Hals zuckte ein Nerv.

»Er scheint nicht da zu sein«, murmelte er. »Wir haben Glück.«

»Er ist da, Baldur, mein Wort darauf«, antwortete Eugel. »Er wartet.«

»Von wem sprecht ihr?«, fragte Lif.

Baldur antwortete nicht, und Eugel schenkte ihm nur ein ungeduldiges Stirnrunzeln, um sich gleich wieder an den Asen zu wenden. »Wir müssen es riskieren. Es ist unsere letzte Chance.«

»Wovon sprecht ihr?«, fragte Lif, jetzt in wesentlich schärferem Ton. Die Art, in der Baldur und der Albe ihn behandelten, begann ihn allmählich zu ärgern. »Wenn es hier eine Gefahr gibt, dann . . .«

Ein wütender Schrei schnitt ihm das Wort ab. Eugel, Baldur und Lif fuhren im gleichen Augenblick herum.

Die Höhle hinter ihnen war nicht mehr leer. Mehr als ein Dutzend waffenschwingender Riesen war aus dem Gang herausgestürmt, angeführt von einem rothaarigen Giganten, in dessen Hand ein flammendes Schwert lohte. Surtur!

Baldur schob Eugel und Lif hastig beiseite, spreizte die Beine und ergriff sein Schwert mit beiden Händen. Aber seltsamerweise blieben Surtur und seine Riesen dicht vor dem Eingang stehen; keiner von ihnen machte auch nur Anstalten, näher zu kommen. Surturs Gesicht war verzerrt vor Hass und Wut, aber sein Blick irrte unstet durch den gewaltigen Saal. Er scheint etwas zu suchen, dachte Lif.

»Euer Weg ist zu Ende!«, sagte Surtur drohend. »Leg die Waffe weg, Baldur, und ich schenke dir und dem Alben das Leben. Dieser da –« er deutete mit der Spitze seines Flammenschwertes auf Lif » – wird so oder so sterben.«

Baldur knurrte wie ein gereizter Wolf. »Komm her und kämpfe mit mir, wenn du den Mut hast, Surtur«, sagte er.

Surturs Augen flammten vor Zorn, aber er rührte sich noch immer nicht von der Stelle. Es war, als stünde er vor einer unsichtbaren Grenze, die ihn zurückhielt.

»Gib auf, Baldur«, sagte er. »Du weißt, wohin dieser Weg führt. Selbst wenn ihr mir und meinen Kriegern entkommt, seid ihr verloren.«

Baldur antwortete nicht, sondern hob nur sein Schwert. Seine gewaltigen Muskeln spannten sich. Und schließlich senkte Surtur mit einem zornigen Fauchen den Kopf, ergriff sein eigenes Schwert mit beiden Händen und trat mit einem entschlossenen Schritt vollends in die Höhle hinein. Lif sah, wie sich Baldur noch mehr spannte und mit gespreizten Beinen festen Stand suchte, um dem Anprall des Feuerriesen gewachsen zu sein.

Aber sie trafen nie aufeinander. Surtur rannte brüllend heran, aber bevor er auch nur die halbe Strecke zurückgelegt hatte, wuchs plötzlich ein mächtiger, grotesker Schatten zwischen den beiden Gegnern auf und Surtur und der Ase prallten zurück.
Auch Lif stieß einen Schrei aus und stolperte ein paar Schritte rückwärts, als er das Ungeheuer sah, das plötzlich zwischen Baldur und dem Feuerriesen stand.
Es war ein Vogel. Ein Hahn, aber größer als ein Mann und seltsam buckelig und missgestaltet. Sein Gefieder glänzte, als wäre es aus Eisen, und war von rußbrauner, unangenehmer Farbe. Ein feuerroter Kamm glänzte wie eine erstarrte Flamme auf seinem hässlichen Schädel und aus seinen Augen starrte unglaubliche Bosheit. Sein Schnabel, der von Auswüchsen und Pusteln übersät war wie der Rücken einer Kröte, schien kräftig genug, selbst einen Mann wie Surtur mit einem einzigen Biss zu töten. Kreischend vor Wut richtete sich das Untier auf und begann mit den Flügeln zu schlagen. Der Luftzug, der Lifs Gesicht traf, war sengend heiß, und unter den schrecklichen Krallen des Hahnes zerbarst der Fels.
»Wer wagt es, meine Ruhe zu stören?«, schrie er mit einer Stimme, deren Klang Lif einen eisigen Schauer über den Rücken laufen ließ. Seine kleinen, bösen Augen blitzten, während sein Kopf mit abgehacktem Rucken hierhin und dorthin pendelte und er Surtur und Baldur anstarrte. Schließlich schlug er abermals mit den Flügeln und trat einen Schritt auf den Feuerriesen zu.
»Du, Surtur?«, krächzte er. Sein Schnabel klapperte. »Du brichst den Vertrag? Willst du, dass ich meine Stimme erhebe?«
Der Feuerriese wich einen weiteren Schritt zurück. »Nicht ich habe den Vertrag gebrochen!«, verteidigte er sich. »Diese da waren es!« Er deutete mit seinem Flammenschwert auf Baldur. »Baldur, der Sohn Odins, und Eugel, der König der Schwarzalben! Gib sie heraus und wir werden wieder gehen!«
Der Hahn drehte sich herum, legte den Kopf auf die Seite und starrte nacheinander erst Baldur, dann den Alben an. Lif

schien er gar nicht zu sehen. Vielleicht schien er ihm auch der Beachtung nicht wert. »Baldur!«, krächzte er. »Was suchst du hier? Und du, Eugel? Wisst ihr nicht, dass es allen Lebenden verboten ist, mein Reich zu betreten, gleich ob Alben oder Asen?«

»Es ist Surturs Schuld«, sagte Baldur trotzig. »Er hat den Frieden gebrochen und wollte uns töten.«

»Trotzdem hättest du nicht kommen dürfen«, fauchte der Hahn. »Du wirst mit dem Leben dafür bezahlen und deine Freunde auch.«

Baldur hob das Schwert, was den Hahn dazu veranlasste, einen Laut auszustoßen, der beinahe wie ein Lachen klang. »Du willst kämpfen?«, krächzte er. Plötzlich trat er einen Schritt vor, hob den Fuß und stieß Baldur zu Boden. Sein fürchterlicher Schnabel klappte auf. »Der Sohn des obersten Asen will mit mir kämpfen?«, schrie er. »Er fordert mich, noch dazu hier, in meinem eigenen Reich? Hat die Furcht Odins zweitältestem Sohn den Verstand verwirrt oder wollen die Asen, dass ich meine Stimme erhebe? Meine Brüder werden noch früh genug erwachen.«

»Es ist nicht seine Schuld!«, sagte Lif hastig.

Der riesige Hahn sah auf. »Wer bist du?«, krächzte er. »Was fällt dir ein, dich einzumischen, wenn die Unsterblichen miteinander reden?«

»Mein . . . mein Name ist Lif«, antwortete Lif zitternd. Plötzlich war seine Kehle wie zugeschnürt. »Diese beiden haben mir nur geholfen, aus Surturs Kerkern zu entkommen.«

»Lif?« Der Hahn richtete sich auf. Sein Kopf ruckte herum. Einen Moment lang starrte er Surtur an, dann Baldur, dann wieder Lif. »So ist das also«, krächzte er, und plötzlich drehte er sich herum und lief wieder auf Surtur zu. Der Feuerriese hob sein Flammenschwert, aber die Geste schien den Hahn nicht im Geringsten zu beeindrucken.

»Belogen hast du mich, Surtur«, rief der Hahn. Sein glänzendes Gefieder sträubte sich und der Felsen zerbröckelte unter seinen Krallen, ohne dass er es zu bemerken schien. »Wolltest das Schicksal ändern, den Lauf der Dinge aufhalten, wie?« Er schlug wütend mit den Flügeln, drehte sich wieder herum und kam mit kleinen, trippelnden Schritten zurück. Der Blick seiner flammenden Augen bohrte sich in die Lifs.

»Und du«, fuhr er fort, »hättest vorsichtiger in der Wahl deiner Freunde sein sollen.« Sein Schnabel deutete auf den jenseitigen Ausgang der Höhle. »Ihr mögt gehen, wenn ihr wirklich wollt, denn du musst leben, damit sich das Schicksal der Welt erfüllt.« Wieder ließ er diesen sonderbaren, an ein Lachen erinnernden Laut hören. »Haben deine Freunde dir nicht gesagt, wohin dieser Weg führt?«, fragte er.

Lif schüttelte den Kopf. Jetzt, nachdem er die Worte des Hahnes gehört hatte, fiel ihm erst auf, wie sonderbar der Ausgang der Höhle aussah. Es war ein regelrechtes Tor, sehr hoch und breit und in den Felsen darüber und zu seinen Seiten waren schreckliche Bilder gemeißelt – Schlangen, die sich zu winden schienen, Menschen mit Gesichtern, die vor Entsetzen und Pein verzerrt waren, gewaltige Drachen, die Flammen auf die Erde herabspien, und andere, furchtbare Dinge, die Lif nicht kannte, die aber allesamt düster und schrecklich wirkten.

»Nein«, flüsterte er. »Was . . . was ist das?«

»Der Eingang zu meinem Reich«, krähte der Hahn. »Noch nie ist ein Wesen lebend wieder dort herausgekommen, gleich ob Mensch oder Ase. Ich stelle dir frei, dich Surtur zu ergeben oder dort hindurchzuschreiten.« Lif schluckte mühsam. Sein Gaumen war plötzlich so trocken, dass er kaum mehr sprechen konnte. »Das ist . . . keine gute Wahl«, sagte er mühsam. »Bei Surtur erwartet uns der sichere Tod.«

»Und dort vielleicht Schlimmeres«, sagte der Hahn. »überlege es dir, kleines Menschenkind. Wenn dir Eugel nicht gesagt hat, wohin dieser Weg führt, dann werde ich es tun.« Er richtete sich zu seiner vollen Größe auf, schlug mit den Schwingen und deutete mit dem Schnabel auf das finstere Tor. »Dies dort«, sagte er, »ist der Weg ins Totenreich. Das Tor zur Göttin Hel.«

Durch das Reich der Hel

Und wieder führte sie ihr Weg in die Tiefe, weiter und weiter hinab in den Leib der Erde, tiefer als die tiefste Schlucht, tiefer als der Grund des Meeres, dorthin, wo geschmolzenes Gestein wie Wasser floss und die Luft rot war vom Glühen brennender Felsen. Sie trafen auf kein lebendes Wesen während ihres Abstieges, aber die Gänge und Stollen waren voller flüsternder Schatten und düsterer roter Lichter, die ihnen manchmal wie kleine Feuerkinder folgten, manchmal in verspielter Bosheit um sie herumhüpften oder an ihrem Haar zerrten. Oft glaubte Lif ein unheimliches Geräusch aus der Tiefe heraufwehen zu hören, einen Laut wie das Schreien und Wehklagen gepeinigter Seelen; aber er hatte nicht den Mut, Baldur oder den Alben darüber zu befragen. Seine beiden Begleiter waren immer schweigsamer geworden. Zunächst schob Lif dies auf den Umstand, dass sie ihre ganze Kraft auf den Abstieg konzentrierten, denn der Weg in die Tiefen des Totenreiches war alles andere als leicht. Der Gang, der dem schrecklichen Tor in der Höhle des rußbraunen Hahnes gefolgt war, zweigte zwar nirgends ab, sodass kaum die Gefahr bestand, dass sie sich verirrten, aber er war sehr steil und nur zu oft mussten sie große Strecken auf Händen und Knien kriechend oder gar kletternd zurücklegen, über Fels, der so heiß war, dass Lif am liebsten unentwegt vor Schmerz geschrien hätte. Aber das war nicht der wahre Grund für Eugels und Baldurs Schweigsamkeit. Auch als sie einmal rasteten, wich Eugel seinem Blick aus und Baldur antwortete nur mit einem unwilligen Knurren auf seine Fragen und beschied ihm grob, seine Kraft lieber für den weiteren Weg aufzusparen.

In diesem Moment begriff Lif, dass Baldur und der Albenkönig Angst hatten.
Der Gedanke wirkte auf sonderbare Weise ernüchternd auf Lif. Natürlich hatte auch er Angst; panische Angst sogar. Aber dass Baldur – ein Ase! – dieses Gefühl überhaupt kennen konnte, dieser Gedanke war ihm bisher nicht gekommen.
Nach einer Weile gingen sie weiter. Der Weg wurde schwieriger, je tiefer sie in den Bauch der Erde vordrangen, und bald konnten sie überhaupt nicht mehr aufrecht gehen, sondern mussten klettern. Ein paar Mal waren es nur Baldurs übermenschliche Kräfte, die es Eugel und Lif ermöglichten, weiterzukommen.
Schließlich weitete sich der Gang zu einer gewaltigen, von waberndem rotem Licht erfüllten Höhle, so hoch, dass ihre Decke nicht mehr sichtbar war. Schutt und gewaltige Felstrümmer bedeckten den Boden, riesige Stützpfeiler aus glänzender Lava trugen den unsichtbaren Himmel und die Hitze war so unerträglich, dass Lif das Gefühl hatte, flüssiges Feuer zu atmen. Das unheimliche Schreien und Wimmern war lauter geworden und unter ihren Füßen erscholl ein dumpfes, an- und abschwellendes Rauschen wie Meeresbrandung, aber viel mächtiger und düsterer
»Was ist das?«, fragte Lif.
Baldur blieb stehen und sah ihn aus roten, entzündeten Augen an. »Dieses Geräusch?«, fragte er.
Lif nickte.
»Der Kessel Hwergelmir«, sagte Baldur.
»Und . . . die Schreie?«, fragte Lif stockend.
»Du wirst es sehen«, knurrte Baldur. »Komm jetzt.«
Sie gingen weiter, obwohl Lif in diesem Moment seinen rechten Arm darum gegeben hätte, nur eine Stunde schlafen zu können. Aber er wagte es nicht, deswegen zu fragen. Irgend etwas sagte ihm, dass es nicht gut wäre, an diesem Ort zu ruhen. Sie dürften nicht einmal hier sein. Schon ihre Anwesenheit in diesen verfluchten Höhlen war eine Lästerung, die nicht un-

gestraft bleiben konnte. Hier zu schlafen würde ihren Tod bedeuten.
Fast eine Stunde wanderten sie durch eine bizarre, Furcht einflößende Landschaft aus zerborstener Lava und zerschmetterten Felstrümmern. Während der ganzen Zeit wurde das Dröhnen und Rauschen lauter. Und endlich wurde es auch kühler. Zuerst nicht mehr als ein Hauch, so flüchtig, dass sich Lif fragte, ob ihn nicht nur seine Nerven narrten; aber schon bald begann die Hitze spürbar nachzulassen, und nach einer Weile waren die Temperaturen – zumindest im Vergleich zu dem, was sie bisher hatten ertragen müssen – beinahe angenehm.
Dann wurde es kalt.
Im ersten Moment merkte es Lif nicht einmal. Während der letzten Stunden hatte er das Gefühl gehabt, durch Feuer gegangen zu sein, sodass er nun nicht sicher war, ob er wirklich fror oder ob er sich einfach an die grausame Hitze der Unterwelt gewöhnt hatte. Aber nach einigen weiteren Minuten begannen seine Finger und Zehen vor Kälte zu kribbeln, und seine Atemzüge wurden als kleine Dampfwölkchen sichtbar.
Dann wurde es noch kälter. Das rote Licht blieb, denn es war Blutlicht, das Licht der Hel, aber der Fels, über den sie schritten, knisterte jetzt nicht mehr vor Hitze, sondern war von einer dünnen Reifschicht wie von einer gesprungenen weißen Haut überzogen. Lif begann am ganzen Leib vor Kälte zu zittern, und auch Eugel wickelte sich fester in seinen Umhang und zog den Kopf zwischen die Schultern.
Baldur blieb plötzlich stehen und deutete schweigend mit der Hand nach vorne, und Lif und der Albe traten neben ihn.
Vor ihnen begann der Boden der Höhle in kühnem Winkel abzufallen, und als Lif den Blick hob und nach rechts und links sah, erkannte er, dass es ein kreisrunder, gewaltiger Schlund war, vor dem sie standen; ein Krater, dessen Durchmesser so gewaltig war, dass sich seine Ränder in rot glühendes Nichts auflösten. Der Fels unter ihren Füßen zitterte, und aus der Tiefe des steinernen Kessels drang das ungeheure Dröhnen und

Rauschen, das sie schon lange gehört hatten. Ein Schwall eisiger, nach Kälte riechender Luft schlug ihnen entgegen und ließ Lifs Gesicht prickeln.
»Was ist das?«, flüsterte Lif. Seine Stimme schien in der ungeheuren Weite des Kessels zu versickern wie ein Wassertropfen in der Wüste.
»Der Kessel Hwergelmir«, antwortete Eugel. Auch er flüsterte. »Der Kessel der Göttin Hel. Sieh genau hin, Lif, denn du bist der erste Sterbliche, der ihn mit eigenen Augen sieht, und du wirst wohl auch der letzte sein.«
Vorsichtig beugte sich Lif vor und blickte in die Tiefe.
Der Fels stürzte lotrecht nach unten, schwarz wie die Wände Muspelheims und zehnmal so hoch wie die Steilküste, an der Lif aufgewachsen war. Die Kälte, die ihm entgegenschlug, tat körperlich weh, und unendlich tief unter sich glaubte er glitzerndes Wasser zu sehen.
»Alle Flüsse Midgards entspringen hier«, fuhr Eugel fort. »Jeder Bach, jeder Quell, ja selbst das Weltenmeer, das ihr Menschen den Kalten Ozean nennt, hat seinen Ursprung im Kessel der Hel und alles Wasser kehrt eines Tages hierher zurück. Wie alles Leben«, fügte er hinzu. Lif richtete sich schaudernd auf. Der Kessel Hwergelmir war wie die Urquelle selbst – etwas, an das Menschen nicht rühren durften. Und auch die Götter nicht.
»Wir müssen . . . dort hinunter?«, fragte er stockend.
Eugel nickte. »Es ist der einzige Weg.«
»Und dann?«, fragte Lif.
Eugel sah ihn nicht an, als er antwortete, sondern starrte an ihm vorbei ins Leere. »Dann werden wir sehen, ob uns Hel wohlgesonnen ist«, sagte er leise. »Es gibt einen Fluss, der in der Welt der Lebenden mündet, und ein Tor, das hinaus in die kalten Nebel Niflheims führt. Von dort bis Schwarzalbenheim ist es nicht mehr weit.« Er schwieg einen Moment, sah Lif an und deutete mit einer Kopfbewegung in den gigantischen Kessel hinab. »Doch zuerst müssen wir dort hinunter.

Glaubst du, dass du das schaffst? Baldur wird dir nicht mehr helfen können, denn die Kraft eines Asen gilt hier nicht mehr als die eines Menschen.«

Es dauerte lange, bis Lif nickte. »Wenn ich . . . ein wenig ausruhen kann«, sagte er stockend.

Eugel nickte, lächelte plötzlich und schüttelte dann den Kopf. »Das hätte wenig Sinn«, sagte er bedauernd. »Es gibt hier unten keinen Schlaf, Lif, und die Ruhe bringt dir keine neue Kraft.«

Baldur, der die ganze Zeit geschwiegen hatte, knurrte seine Zustimmung und drehte sich um. Lif blickte ihm verstört nach, als er sich ohne ein weiteres Wort entfernte und dicht am Rande des gewaltigen steinernen Kessels entlangzugehen begann, den Blick starr in die Tiefe gerichtet und offenbar auf der Suche nach einer Stelle, an der sie den Abstieg beginnen konnten.

»Was hat er?«, fragte Lif, als sie ihm folgten. Er glaubte zu spüren, dass Baldurs Bedrückung nicht allein auf die überstandenen Mühen zurückzuführen war.

Eugel schüttelte traurig den Kopf. »Er denkt wohl, dass er bald sterben muss«, sagte er. »Eine alte Seherin hat ihm geweissagt, dass er der erste der Asen sein wird, den die kalte Umarmung der Hel umfängt, lange vor den anderen, lange vor Ragnarök und dem letzten Tag.«

Es dauerte einen Moment, bis Lif begriff. »Baldur hat gewusst, dass er die Hel nicht lebend verlassen wird?«

Eugel nickte, ohne ihn anzusehen.

»Und trotzdem ist er mitgekommen!«, fuhr Lif entsetzt fort. »Warum, Eugel?«

Eugel schwieg, aber Lif wusste die Antwort auf seine Frage.

»Er hat es meinetwegen getan«, murmelte er. »Er wusste, dass er sterben wird und ist trotzdem mitgekommen.«

»Du musst leben«, sagte Eugel grob. »Ragnarök würde scheitern, bevor es beginnt, zögen die Asen ohne dich in die Schlacht. Er hat es nicht deinetwegen getan, sondern für sich und sein Volk.«

Aber das hörte Lif kaum. Er versuchte vergeblich zu begreifen, was der Tod für einen Unsterblichen bedeutete. Er bemühte sich vorzustellen, welches Entsetzen das Sterben für einen Asen mit sich bringen musste, dessen Leben nach Jahrtausenden zählte, für den ein Jahr nicht mehr war als eine Stunde, ein Jahrhundert nicht mehr als ein Tag.
Die Frage beschäftigte Lif noch lange. Aber er fand keine Antwort darauf.

Der Abstieg dauerte endlos. Baldur fand eine Stelle, an der die Wand des Kessels nicht ganz so glatt und lotrecht in die Tiefe stürzte; die schwarz, schimmernde Lava war aufgeraut und hie und da ragte sogar etwas wie versteinertes dunkles Holz aus dem Fels, sodass ihre Finger und Zehen notdürftig Halt fanden. Anfangs kam der Abstieg Lif manchmal leicht vor, aber es war ein Weg, der kein Ende nahm. Der eiskalte Wind, der ihnen aus der Tiefe des Kessels entgegenfauchte wie der Atem eines unsichtbaren Eisgottes, begann Lifs Finger und Zehen zu lähmen und sein Körper, der noch vor kurzer Zeit in der Höllenglut der Unterwelt gelitten hatte, schien sich jetzt von innen her in einen Eisklotz zu verwandeln. Stunde um Stunde stiegen sie in die Tiefe, ohne dass die schwarz glitzernde Oberfläche des Wassers sichtbar näher kam. Nur die Kälte nahm zu und der Chor unheimlicher Stimmen, der mit dem Rauschen des Wassers zu ihnen emporwehte.
Lif wusste hinterher nicht mehr zu sagen, wie er den Fuß der gewaltigen Klippe erreicht hatte. Irgendwann, nach Ewigkeiten, fühlte er rauen Fels und rieselnden Schutt unter den Füßen, und plötzlich ergriff ihn eine starke Hand bei der Schulter und führte ihn ein Stück von der Wand fort. Lif begriff, dass die Qual vorbei war und sie den Grund des Kessels Hwergelmir erreicht hatten. Er war müde, erschöpft, er sah Eugels Gesicht vor sich auftauchen, sah seine Lippen sich bewegen und hörte die Worte, die der Albe zu ihm sprach, aber er verstand sie nicht. Die Kälte hatte die Grenzen des Vorstellbaren über-

stiegen. Jede einzelne Bewegung verursachte ihm Pein und als Eugel ihn an der Hand ergriff und mit sich zog, hatte Lif das Gefühl, durch zu Glas gefrorene Luft zu gehen, die mit scharfen Scherben in seine Haut schnitt. Der Boden fühlte sich an wie aufgebrochenes Eis und als Lif den Blick senkte, sah er eine unübersehbare Masse mit hauchdünnem Eis überzogene Lavasplitter, über die sie schritten.

Endlich erreichten sie das Wasser und Eugel ließ seine Hand los. Mit einem erschöpften Keuchen sank Lif nach vorne, beugte sich hinab und trank mit großen, gierigen Schlucken. Das Wasser war warm und es schmeckte sonderbar bitter, aber nicht schlecht.

Auch Eugel und Baldur stillten ihren Durst und Eugels Worten zum Trotz gestatteten sie sich alle drei anschließend eine Stunde der Ruhe. Lifs Erschöpfung wich einer dumpfen, lähmenden Müdigkeit. Hier, in unmittelbarer Nähe des Wassers, war die Kälte nicht mehr ganz so grausam, sodass das Leben Stück für Stück in seinen Körper zurückzukriechen begann. Er versuchte zu schlafen, aber es ging nicht. Es musste wohl so sein, wie der Albe gesagt hatte – die Gesetze der Welt galten hier unten nicht mehr. Die Tür zu den kraftspendenden Quellen des Schlafes war ihm verschlossen. Zumindest aber sank er in einen sanften Dämmerzustand und die Szene um ihn herum verblasste zu düsteren Schatten und murmelnden Lauten, die ihm nichts bedeuteten.

Dann hörte er ein Geräusch, das anders war. Mühsam hob er den Kopf, fuhr sich mit der Linken über die Augen und versuchte die grauen Schleier wegzublinzeln, die vor seinem Blick waren.

Auch Baldur und Eugel hatten sich erhoben. Beide standen in seltsam verkrampfter Haltung da und starrten auf einen Punkt direkt hinter Lif. Und als Lif den Ausdruck auf Baldurs Zügen erkannte, da wusste er, wer hinter ihm stand.

Die Gestalt war sehr groß, viel zu groß für eine Frau und von Kopf bis Fuß in einen schwarzen, von feinen rotsilbernen Fäden durchwobenen Mantel gehüllt. Lif hatte nie eine klare Vor-

stellung von Hel gehabt – natürlich nicht –, aber irgendwie hatte er erwartet, dass die Göttin der Unterwelt klein und bucklig und gebeugt sein müsse, eine alte Frau, vielleicht auf einen Stock gestützt, die mit zitternder Greisenstimme sprach. Aber sie war nichts von alledem. Hel war groß, beinahe so groß wie Baldur, und alles an ihr wirkte düster, wenn auch auf eine Art, die nicht bedrohlich war. Im Gegenteil: Die Dunkelheit, die sie wie eine unsichtbare Aura umgab, hatte etwas Beschützendes, Warmes. Ihr Gesicht war nur als dunkelgrauer Fleck unter dem schwarzen Schatten ihrer Kapuze zu erkennen, und Lif erschrak nicht einmal, als sie sich bewegte und er für einen Moment ihre Hände sehen konnte. Es waren nicht die Hände eines lebenden Menschen, sondern die bleichen, weißen Knochen eines Skeletts. Und dennoch hatte er nicht die geringste Angst.
Lange Zeit standen sie einander gegenüber und Lif spürte den Blick von Hels umschatteten Augen wie die Berührung einer tastenden, forschenden Hand, die ihn mit einem nie gekannten Gefühl des Friedens erfüllte.
»So ist es also wahr, was mir mein treuer Wächter berichtete«, sagte Hel schließlich. Ihre Stimme war weich und warm. »Ich konnte es nicht glauben und kam selbst, um mich zu überzeugen. Der Knabe Lif, der König der Schwarzalben und Baldur, Odins Sohn, in meinem Reich! Was hat euch hierher gebracht? Mut oder Verzweiflung?«
»Bist du gekommen, um mich zu holen?«, fragte Baldur. Seine Stimme klang fest.
»Dich holen?« Das Gesicht unter der schwarzen Kapuze wandte sich dem Asen zu. »Deine Zeit ist bald gekommen, Baldur«, fuhr Hel nach kurzem Zögern fort. »Du kamst, um diesem Knaben zu helfen, und deshalb sei dir die Möglichkeit gewährt, das, was ihr Leben nennt, noch für eine Weile zu genießen. Wie dir, Eugel, und dir, Lif.«
Lif schauderte. Er war sich nicht ganz sicher, ob er verstand, was die Göttin sagte. Wie ihr Äußeres waren auch ihre Worte gleichzeitig düster und beruhigend und wie der unsichtba-

re Schatten, der sie umgab, war ihre wahre Bedeutung nicht zu greifen.
»Dann gestattest du uns, dein Reich zu durchqueren, um diesen Knaben in Sicherheit zu bringen?«, fragte Eugel leise.
»Kein Lebender darf mein Reich betreten und keinem schlagenden Herzen ist es erlaubt, die Tore der Unterwelt hinter sich zu lassen«, sagte Hel. »Doch Surtur, der Herr der Feuerriesen, hat die alten Gesetze gebrochen und versucht, den vorbestimmten Lauf des Schicksals zu ändern. Ihr mögt gehen, denn alles muss kommen, wie es bestimmt worden ist. So sei euch gestattet, diesen Ort lebend zu verlassen. Doch ich warne euch: Auch ich kann die alten Gesetze nicht brechen, ohne die Ordnung der Dinge zu gefährden. Ihr mögt gehen, doch die Gefahren, die auf dem Wege zur Gjöllbrücke auf euch lauern, sind groß und ich kann euch nicht beschützen.« Hel zögerte einen Moment und plötzlich trat sie auf Lif zu, hob eine ihrer bleichen Knochenhände unter dem Mantel hervor und berührte ihn sanft an der Wange.
»Ich spüre Furcht in dir, kleines Menschenkind«, sagte sie weich. »Doch diese Furcht ist unbegründet, denn ich bin nicht eure Feindin. Ich bin die Mutter alles Lebenden und in meiner Umarmung ist nichts Böses. Aber ich spüre auch einen Willen, der stärker ist als der der Götter selbst. Das ist gut, denn in deiner Hand wird dereinst das Schicksal eurer und der Welt der Asen liegen. Und vielleicht auch das meine.« Sie zog die Hand zurück und etwas Sonderbares geschah: Lifs Erschöpfung und Mattigkeit schwanden und plötzlich fühlte er sich von neuer Kraft und Zuversicht durchströmt, einer Kraft, die nicht aus ihm selbst kam, sondern ihren Ursprung in der Berührung von Hels bleichen Fingern hatte.
»Und nun geht«, sagte Hel. »Folgt dem Weg, den euch die Wurzel der Yggdrasil weist, und weicht nicht von ihm ab, bis ihr den Slidur gefunden habt. Dies ist die einzige Hilfe, die ich euch geben darf.«
Sie sprach nicht weiter, sondern blieb stumm stehen, ein düsterer Schatten, der sich kaum vom glänzenden Schwarz des

Kessels abhob. Und nach einer Weile, ohne ein weiteres Wort, drehten sich Lif, Eugel und Baldur um und gingen los.

Stunde um Stunde wanderten sie am Ufer des Hwergelmir entlang, eingehüllt in Kälte und begleitet vom unablässigen Donnern und Rauschen des Wassers, durch das immer wieder entfernte Schreie drangen, ohne dass sie auch nur ein einziges lebendes Wesen zu Gesicht bekommen hätten. Und trotzdem hatten sie nur einen Bruchteil des gewaltigen brodelnden Kessels umrundet, als in der schimmernden Lavawand wieder der Eingang einer Höhle aufklaffte: ein schwarzer, von Schatten erfüllter Schlund, aus dem drückende Wärme und das allgegenwärtige Jammern und Schreien hervordrangen.
Lif blieb stehen, als sie sich vom See fortgewandt hatten und den gewölbten Tunnel betraten. Seine Wände bestanden nur zum Teil aus Fels, das erkannte er, nachdem sich seine Augen an das flackernde düstere Licht gewöhnt hatten, zum anderen aus dem gleichen versteinerten Holz, das auch die Lavawände Hwergelmirs durchbrochen und ihnen den Abstieg erleichtert hatte.
»Es ist die Wurzel der Weltesche Yggdrasil«, erklärte Eugel auf seinen fragenden Blick hin. »Die, von der Hel gesprochen hat. Sie wird uns hinunterführen zu dem Punkt, an dem der schwarze Fluss Slidur entspringt.«
»Die Wurzel?«, wiederholte Lif zweifelnd.
»Yggdrasil ist die Weltesche«, sagte Eugel. »Ihre Krone erstreckt sich hoch über die Götterburg Asgards und ihre Wurzeln umfassen ganz Midgard. Wo immer sich Leben regt, wo immer aus dem Chaos der Urschöpfung Ordnung entstand, wirst du einen Teil von Yggdrasil finden. Selbst hier, in den tiefsten Tiefen der Unterwelt.«
Schweigend gingen sie weiter. Der Fels, der am Anfang noch unter ihren Füßen gewesen war, wich mehr und mehr hartem, borkigem Holz, bis sie schließlich nicht mehr durch Stein und Lava, sondern durch einen schräg abfallenden Tunnel gingen,

der ganz aus Holz und verwachsenem Wurzelwerk bestand. Lif versuchte vergeblich, sich einen Baum vorzustellen, der gewaltig genug war, eine solche Wurzel zu entwickeln.
Baldur blieb plötzlich stehen und hob die Hand. Auch Lif verharrte mitten im Schritt, schloss die Augen und lauschte und nach einem Moment hörte er es auch: ein neues Geräusch hatte sich in das unablässige Grollen und Wimmern gemischt. Es war ein dunkles, schweres Atmen, ein rasselnder, schauderbarer Laut.
»Was ist das?«, flüsterte Lif.
»Der Drache Nidhögger«, antwortete Eugel ebenso leise. »Still jetzt. Wenn er uns hört, sind wir verloren!«
Sie schlichen weiter. Der Gang weitete sich bald wieder zu einer Höhle, nicht so groß wie die, die sie auf dem Wege zum Hwergelmir durchquert hatten, aber noch immer so gewaltig, dass ihre Decke wie ein steinerner Himmel in rotem Licht verschwamm.
Der Anblick nahm Lif den Atem. Wo oben, in Hwergelmirs Höhle, zerborstener Fels und feuergeschwärzte Lava den Boden bedeckt hatten, erstreckte sich hier ein wahrer Dschungel aus gewaltigen Strünken, braunem und schwarzem Wurzelwerk und ineinander verflochtenem Geäst, weit höher als die Klippen der Küste, an der Lif aufgewachsen war. Nach Eugels und Baldurs Worten hatte Lif eine Wurzel erwartet, einen einzigen ungeheuren Strang wie den, der sie hierher geleitet hatte, aber was er sah, war vollkommen anders. So weit sein Blick reichte, erhob sich ein schier undurchdringliches Gewirr von Holz und Gestrüpp, braun und grau und wiederum braun und nirgends zeigte sich das geringste Grün, nirgends eine Spur von echtem Leben.
Was nicht hieß, dass der bizarre Wurzelwald vor ihnen tot war. Überall zwischen den Wurzeln und Strängen kroch und krabbelte es; weiße, widerliche Maden, sich windende Würmer, lang wie Schlangen und so stark wie der Arm eines Mannes, große, haarige Spinnen, deren Netze wie erstarrter Nebel zwi-

schen den Wurzelstrünken glänzten, hundsgroße Käfer, die blind herumliefen, und schwarze, krötenähnliche Ungeheuer, deren warzige Rücken breit genug gewesen wären, einen Menschen zu tragen. Die gewaltige Höhle hallte wider von einem Chor kreischender, zischender und geifernder Stimmen und über allem lag der Atem des Drachen wie rasselnder Pulsschlag.

Dann sah Lif etwas, was ihn vor Entsetzen aufschreien ließ. Weit entfernt hetzte eine menschliche Gestalt durch den Albtraumdschungel, schreiend vor Angst und verfolgt von einer ganzen Meute schrecklicher Kreaturen. Immer wieder stürzte sie und immer wieder schrie sie vor Pein auf, wenn sich Zähne und Klauen in ihr Fleisch gruben, und immer wieder sprang sie auf und taumelte weiter. Und jetzt hörte Lif auch wieder die anderen Stimmen, das unaufhörliche Jammern und Schreien, das so zum Totenreich gehörte, dass er es in den letzten Stunden schon kaum mehr zur Kenntnis genommen hatte. Plötzlich begriff er, was dieser fürchterliche Chor bedeutete.

»Eugel«, flüsterte er. »Baldur! Wir . . . wir müssen ihnen helfen!«

Baldur blickte auf ihn herab und ein sonderbar trauriger Ausdruck trat in seine Augen. »Das geht nicht, kleiner Lif«, sagte er leise. »Die Höhle des Drachen ist die unterste und schlimmste Stufe der Hel. Hierher kommen nur die, die in ihrem Leben große Schuld auf sich geladen haben. Die Diebe und Verräter, Lügner, Betrüger und Mörder. Jeder, den du hier siehst, hat in seinem Leben das getan, was ihm jetzt tausendfach angetan wird. Ich verstehe, dass dich mit Entsetzen erfüllt, was du siehst, doch es ist nichts als die gerechte Strafe.«

»Gerecht ?«, keuchte Lif. »Das ist nicht gerecht, Baldur! Das . . . das ist unmenschlich!«

»Das mag sein«, sagte Baldur ernst. »Aber die Unterwelt ist auch nicht das Reich der Menschen, vergiss das nicht.«

»Und es ist nicht überall so wie hier«, fügte Eugel hinzu. »Die Strafe derer, denen keine so großen Vergehen vorgeworfen werden, ist weniger schlimm, und die, die Gutes getan haben in ihrem Leben, werden belohnt. Die Göttin ist grausam, aber gerecht.«

»Und es ist nicht für ewig«, schloss Baldur. »Einst, wenn der letzte Tag gekommen ist, werden sich die Tore des Totenreiches öffnen und die, die wahre Reue gezeigt haben, werden vor Hels Auge Gnade finden und eine zweite Gelegenheit bekommen, sich zu bewähren.«

»Und die anderen ?«, fragte Lif leise.

»Werden für immer vergehen, wenn sich die Ordnung der Dinge neu bildet«, sagte Baldur. »Sie werden vergessen sein wie die Welt, in der sie lebten.« Er seufzte, und plötzlich sprach er in verändertem, fast scherzhaftem Tonfall weiter: »Aber ich fürchte, wir werden diesen Tag miterleben, wenn wir noch lange hier herumstehen. Die Quelle des Flusses Slidur liegt jenseits dieser Höhle und unsere Zeit läuft ab. Kommt. Und keinen Laut mehr.«

Es waren nur wenige Schritte bis zum Rand des bizarren Wurzelwaldes und doch schienen es die schwersten in Lifs Leben zu sein. Alles in ihm sträubte sich dagegen, diesem fürchterlichen finsteren Geflecht auch nur nahe zu kommen und der Gedanke, es zu durchqueren und sich allen Schrecken zu stellen, die es verbarg, schien über seine Kräfte zu gehen. Er merkte nicht, dass Baldur jetzt zum ersten Mal nicht vor ihm, sondern wie durch Zufall hinter ihm ging, und zwar so, dass er ihn sofort packen und festhalten konnte, sollte er etwa auf die Idee kommen, davonzulaufen.

Eine unheimliche Stille nahm sie auf, als sie den Wurzelwald betraten. Die Atemzüge des Drachen und die Schreie der gepeinigten Seelen drangen weiter an ihr Ohr, aber in ihrer unmittelbaren Nähe erstarb jeder Laut, jede Bewegung. Das Kribbeln und Kriechen und Wogen, das Lif noch vor Augenblicken mit Abscheu und Entsetzen erfüllt hatte, war verschwunden. Der Wald lag wie tot vor ihnen. Selbst die riesigen Spinnweben, die überall zwischen den baumdicken Strünken glänzten,

hingen jetzt schlaff da und waren von ihren schrecklichen Bewohnern verlassen.
»Sie fliehen unsere Nähe«, murmelte Eugel, wie im Selbstgespräch. »Sie fürchten das Leben wie wir den Tod.«
»Nidhögger wird diese Furcht nicht haben«, sagte Baldur finster. Eugel setzte zu einer Antwort an, beließ es aber dann bei einem Achselzucken. Aber er schwieg fortan.
Der Wald wurde immer dichter, sodass Baldur bald wieder vorausgehen musste, um mit seinen kräftigen Armen einen Weg für sie zu bahnen. Trotzdem kamen sie immer weniger gut voran. Wurzeln und schwarzbraune, wie Draht ineinander verdrehte Strünke verwehrten ihnen den Weg, gewaltige graue Spinnweben griffen klebrig nach ihren Gesichtern und Haaren und dürres Geäst kratzte über ihre Haut. Und dass sie keinen einzigen Bewohner dieses schrecklichen Waldes sahen, machte es eher noch schlimmer.

Nidhögger

Der Wurzelwald schien kein Ende zu nehmen. Immer dichter und dichter wurde das schwarzbraune Geflecht und immer öfter musste Baldur eine Lücke in die verfilzte Masse brechen, damit sie überhaupt von der Stelle kamen. Und schließlich erreichten sie das Herz des Waldes. Das Atmen des Drachen und das Wehklagen der Verlorenen waren immer lauter geworden und plötzlich blieb Baldur stehen, hob warnend die Hand und deutete nach vorne. Lif trat neben ihn, stellte sich auf die Zehenspitzen und schob stacheliges Geäst zur Seite, um an dem Asen vorbeisehen zu können.

Vor ihnen lag eine riesige, kreisförmige Lichtung. Sie war nicht auf natürliche Weise entstanden; Wurzeln und Holz waren niedergetrampelt und herausgerissen worden. Ein einziger, gewaltiger Wurzelstrang Yggdrasils hatte die Verheerung überstanden und ragte wie ein knorriger Arm aus der zermalmten Masse. Und auf seinem Rücken hockte das Ungeheuer.

Lif spürte den kalten Griff der Furcht um sein Herz, als er Nidhögger erblickte. Der Drache war groß, ungeheuer groß, eine Bestie aus schwarz und grün schillernden Panzerplatten, wie ein zum Leben erwachter Berg, hornköpfig und geflügelt. Er musste größer sein als die Midgardschlange, dachte Lif schaudernd, und hundertmal böser, ein Geschöpf der Finsternis, geschaffen aus Tod und Gestalt gewordenem Grauen. Seine Schwingen waren die Nacht und wo seine Klauen an den Wurzeln Yggdrasils wetzten, war das Holz zerrissen, heller Pflanzensaft tropfte wie wässriges Blut zu Boden. Die riesigen Kiefer des Drachen mahlten unablässig, rissen mannsgroße Brocken aus dem Strang der Wurzeln und schufen so eine gewaltige Wunde. Lif sah auch, dass die Wurzel immer wieder nachwuchs, beinahe so rasch, wie Nidhöggers Zähne sie aufriss, aber eben nur beinahe.

Surturs Worte fielen ihm ein: Bald wird Nidhögger die erste Wurzel der Yggdrasil durchnagt haben . . . Er wusste nicht, was geschehen würde, wenn es dem Drachen gelang, zu vollenden, woran er schon seit Tausenden von Jahren arbeitete. Aber was immer es war, es würde schrecklich sein.

»Er hat uns nicht bemerkt«, flüsterte Baldur. Seine Stimme klang gehetzt. »Kommt weiter. Es ist nicht mehr weit!«

Lif wollte sich umwenden, aber in diesem Moment sah er ein flüchtiges Blitzen unter den Hinterbeinen des Drachen, das Funkeln von Metall, auf dem sich ein verirrter Lichtstrahl brach. Er blieb stehen, trat sogar einen Schritt weiter zum Rande der Lichtung hin und strengte seine Augen an, um zu erkennen, was da unter dem Drachen funkelte.

»Was tust du?«, flüsterte Baldur entsetzt. »Bist du von Sinnen?«

Aber Lif hörte seine Worte gar nicht. Langsam richtete er sich auf, schob die letzten Äste zur Seite und trat auf die Lichtung hinaus. Zertrampeltes Wurzelwerk und fauliges Holz schwappte bis zu seinen Knöcheln hinauf, aber er ging weiter, ohne Angst, ja ohne den Drachen auch nur zu beachten.

»Komm zurück!«, schrie Baldur. »Der Drache wird dich töten!«

Aber Lif ging weiter. Es war, als würde er von einer unhörbaren, aber machtvollen Stimme gerufen. Er hörte Baldurs Worte, aber er war unfähig, ihnen zu gehorchen. Er konnte es nicht und vor allem: er wollte es nicht. Langsam, aber ohne auch nur einmal im Schritt zu stocken, trat er auf die Lichtung hinaus und bewegte sich auf den Drachen zu.

Nidhögger schien ihn nicht einmal zu bemerken, obgleich Lif das einzige lebende Wesen im weiten Umkreis war. Aber der Drache fraß weiter an der Wurzel Yggdrasils, als wäre Lif gar nicht da.

»Lif, ich beschwöre dich, komm zurück!«, rief Baldur. Plötzlich hörte Lif den Alben schreien, ein einziges, schrilles, angsterfülltes Wort, das Lif nicht verstand, helles Splittern und Bersten ertönte, als der Ase rücksichtslos durch das abgestorbene Wurzelgeäst brach, und dann schien die Lichtung unter den trampelnden Schritten Baldurs zu erzittern.
Im gleichen Moment flog Nidhöggers hässlicher Schädel mit einem Ruck in die Höhe. Seine Riesenaugen, jedes einzelne größer als Lifs ganzer Kopf, blinzelten zornig über die Lichtung. Seine Kiefer hörten auf zu mahlen und Brocken aus der Wurzel der Esche zu reißen, vielleicht zum ersten Mal seit einem Jahrtausend oder länger.
Baldur erreichte Lif im gleichen Moment, in dem der Drache sie erblickte. Der Ase riss ihn mit einem so derben Ruck an der Schulter herum, dass Lif das Gleichgewicht verlor und der Länge nach in den schwarzen Morast stürzte, aber Baldurs Worte gingen in einem ungeheuerlichen Brüllen unter, als sich Nidhögger von seinem Platz erhob, die gewaltigen Schwingen entfaltete und ein zweites Mal brüllte, so laut, dass die Grundfesten der Unterwelt selbst zu erbeben schienen.
Baldurs Hand griff nach Lif, packte seinen Arm und riss ihn in die Höhe.
Und dann war es, als ginge die Welt unter, denn Nidhögger erhob sich endgültig von seinem Platz, zog mit einem unheilverkündenden Brüllen die Krallen aus dem blutenden Holz und bäumte sich auf. Seine gigantischen Schwingen öffneten und schlossen sich und nur ihre Größe ließ diese Bewegung langsam erscheinen.
Der Sturmwind, den die gepanzerten Flügel des Ungeheuers entfesselten, riss sie beide von den Füßen. Lif stürzte wieder, bekam Mund, Augen und Nase voller Morast und war für einen Augenblick blind und taub. Mühsam wälzte er sich herum, wischte sich den Schlamm aus dem Gesicht und rang nach Atem.
Rings um ihn herum brodelte der Schlamm wie Wasser, aufgepeitscht durch das Toben des Ungeheuers. Neben ihm versuch-

te Baldur auf die Füße zu kommen, wurde aber sofort von einer neuen Sturmböe gepackt und zum zweiten Mal der Länge nach in den Morast geschleudert, und irgendwo zwischen den Wurzelstrünken glaubte er eine kleine Gestalt zu erkennen, die sich mit verzweifelter Kraft festklammerte, um nicht von den heulenden Böen davongeschleudert zu werden.
Mühsam, beide Arme über den Kopf geschlagen, wandte sich Lif um und sah zu Nidhögger zurück.
Der Anblick ließ seinen Atem stocken. Der Drache hockte noch immer auf der Wurzel der Weltesche, hatte sich aber auf die Hinterbeine erhoben und die gewaltigen Schwingen zu ihrer vollen Größe entfaltet, sodass sie sich wie ein finsterer schwarzer Himmel über die ganze Lichtung zu spannen schienen. Ein tiefes Grollen drang aus der Brust der entsetzlichen Kreatur. Seine flammenden Augen starrten auf Lif und den Asen herab.
Plötzlich blitzte es abermals unter den Hinterbeinen des Drachen auf, ein rasches, silberweißes Funkeln, genau zwischen seinen armlangen Krallen und was Lif schon einmal erlebt hatte, wiederholte sich: Fast ohne sein eigenes Zutun stand er auf, wandte sich vollends um und taumelte durch den brodelnden Schlamm auf den Drachen zu.
»Lif! Bist du wahnsinnig!«, schrie Baldur hinter ihm. »Komm zurück! Ich befehle es dir!«
Aber wieder war da irgendetwas in Lif, das stärker war als sein eigener Wille, ja selbst stärker als der des Gottes hinter ihm. Er ging weiter, obwohl sein Herz so schnell schlug, dass es zu zerspringen schien, und ihn der Anblick des Drachen mit einer entsetzlichen Angst erfüllte.
Der Drache bewegte den Kopf hin und her wie eine Schlange, die ihr Opfer mustert. Sein Blick folgte misstrauisch jedem einzelnen von Lifs Schritten. Aus seinem halb geöffneten Maul drang ein Schwall heißer, faulig stinkender Luft, der Lif beinahe den Atem nahm.
»Lif – bleib stehen!«, rief Baldur zum dritten Mal. Lif hörte, wie sich der Ase erhob und durch den knietiefen Schlamm hin-

ter ihm her stolperte, aber er sah nicht einmal zu ihm zurück, sondern beschleunigte seine Schritte noch. Nidhögger schrie, warf den Kopf in den Nacken und schlug mit den Flügeln. Lif versuchte sich mit aller Kraft in den Boden zu stemmen, aber er wurde wieder von der Sturmböe der Drachenflügel erfasst, ein Stück in die Höhe gehoben und etwas weiter weg in den Morast geschleudert. Er blieb einen Moment wie betäubt liegen, ehe er sich hochstemmte und wieder zu Nidhögger aufsah. Der Drache hatte sich endgültig in die Luft erhoben, mit einer Leichtigkeit, die bei einem Wesen seiner ungeheuerlichen Größe unmöglich schien. Wie eine riesige Fledermaus schwang er sich höher und höher in die Höhle hinauf, kreiste einige Augenblicke lang über der Lichtung – und schoss mit einem fürchterlichen Brüllen kerzengerade auf Lif herab!

Lif hörte auf zu denken. Er sprang auf, rannte im Zickzack über die Lichtung und warf sich blindlings zur Seite, als er das Rauschen des herabstürzenden Ungeheuers über sich hörte.

Nidhöggers Krallen gruben sich dicht neben ihm in den Boden, rissen einen gewaltigen Krater in den Morast und überschütteten Lif mit einem Regen von Schlamm und fauligem Wasser, als sich das Ungeheuer erneut in die Luft erhob, um zum zweiten Mal anzugreifen.

Lif sprang auf, rannte weiter und sah wieder ein rasches silbernes Blitzen im Wurzelstrang Yggdrasils, dort, wo die Klauen des Drachen gewesen waren. Keuchend lief er weiter, erreichte die Wurzel und begann mit hastigen Bewegungen daran emporzuklettern, mit einer Kraft und Schnelligkeit, die ihm einzig die Furcht verlieh.

Nidhögger griff zum zweiten Mal an, aber diesmal war es Baldur, den er sich als Opfer ausgesucht hatte. Lif hielt einen Moment im Klettern inne, als er die schrillen Schreie der Bestie hörte, und sah zurück. Baldur hatte sich ebenfalls aus dem saugenden Schlamm erhoben und rannte über die Lichtung, aber nicht hinter Lif her, sondern zurück zum Wurzelwald. Plötzlich erschien ein ungeheuerlicher Schatten über ihm, riesenhafte Flügel holten Schwung zu einem letzten, gewaltigen Schlagen, und Nidhöggers Krallen schnappten nach dem Asen. Aber Baldur warf sich im letzten Moment zur Seite, kugelte durch den Schlamm und kam mit einer kraftvollen Bewegung wieder auf die Füße, im selben Moment, in dem Nidhögger wie ein lebendes Geschoss neben ihm in den Schlamm krachte. Für einen Moment verschwanden Drache und Ase hinter einem Vorhang aus hochspritzendem Morast und wirbelndem Schwarz, dann hörte Lif einen zornigen, enttäuschten Schrei und einen Atemzug später sah er Baldur vor dem Drachen davonrennen.

Lif kletterte weiter, sah aber immer wieder zu Nidhögger zurück, der am Boden so plump war wie in der Luft elegant. Die gewaltigen Schwingen hinter sich herziehend, hoppelte er mit riesigen Sprüngen hinter Baldur her und erreichte den Rand des Wurzelwaldes knapp nach dem Asen.

Baldur tat das Einzige, was ihn noch retten konnte: Er versuchte zwischen dem dichten Wurzelgestrüpp unterzutauchen, um so dem Blickfeld des Drachen zu entkommen. Doch Nidhögger machte sich erst gar nicht die Mühe, nach dem Asen zu suchen, sondern richtete sich ein wenig auf und begann mit seinen Flügeln den Wurzelwald wie dürres Gras niederzumähen. Das Splittern und Bersten übertönte jeden anderen Laut.

Mit verzweifelter Kraft kletterte Lif weiter. Er brauchte nur noch Augenblicke, die Wurzel vollends zu ersteigen, aber es waren die längsten Momente seines Lebens und als er endlich oben angelangt war, war er so erschöpft, dass ihn schwindelte. Dann sah er wieder das Blitzen. Und diesmal war es kein flüchtiges Funkeln mehr, sondern ein strahlender, beinahe schmerzhaft heller Glanz, der Widerschein von Licht, das sich auf silbernem Metall brach. Der Anblick gab ihm noch einmal Kraft. Zitternd richtete er sich auf, taumelte über die zerschundene Oberfläche der Wurzel – und fiel der Länge nach in eines der fast mannstiefen Löcher, die Nidhöggers Krallen hineingegraben hatten.

Das Holz war hart wie Stahl und der Aufprall betäubte ihn. Einen Moment lang blieb er benommen liegen und kämpfte gegen die schwarzen Schleier, die sein Bewusstsein verschlingen wollten. Er schüttelte die verlockende Umarmung der Bewusstlosigkeit ab, richtete sich auf und versuchte sich aus dem spitz zulaufenden Loch herauszuziehen.

Er schaffte es nicht.

Sein Körper schien Tonnen zu wiegen. In seinen Armen war einfach keine Kraft mehr. Zwei-, dreimal hintereinander versuchte Lif, sich in die Höhe zu ziehen; dann sank er mit einem erschöpften Wimmern zurück.

Er musste hinauf auf die Wurzel und zu dem silbernen Etwas, was immer es war. Er wusste nicht, warum, aber er musste. Er öffnete die Augen und versuchte noch einmal Kraft für einen letzten Versuch zu sammeln.

Lif bemerkte erst jetzt, dass er fast bis zu den Knöcheln in wasserklarem Wurzelsaft hockte, der aus dem zerborstenen Stamm gequollen war. Langsam – und ohne recht zu wissen, warum – beugte er sich herab, schöpfte eine Hand voll der Flüssigkeit und benetzte sich damit das Gesicht. Der Saft war kalt und prickelte herrlich auf der Haut und für eine Sekunde vertrieb er sogar die brennende Müdigkeit aus seinen Augen. Ein Tropfen des Wurzelsaftes benetzte Lifs Lippen.

Und in diesem Augenblick geschah etwas Unglaubliches. Lifs Schwäche war wie weggeblasen. Es hielt nur kurz an, nicht viel länger als die Dauer eines Herzschlages spürte er eine warme, wohltuende Woge von Wärme und Kraft durch seinen Körper strömen. Verblüfft starrte er auf die Pfütze herab, in der er stand. Sollte etwa der Saft Yggdrasils . . . ?

Er dachte nicht länger darüber nach, sondern probierte es aus. Was hatte er zu verlieren?

Hastig bückte er sich, schöpfte eine weitere Hand voll des klaren Saftes und begann mit gierigen Schlucken zu trinken.

Als er sich aufrichtete, fühlte er sich kräftig und ausgeruht. Mattigkeit und Schwäche waren vergessen. Mit einer entschlossenen Bewegung griff er nach oben, grub die Finger in die borkige Rinde der Wurzel und zog sich fast ohne Mühe aus dem Loch heraus. Für ihn schien eine Ewigkeit vergangen zu sein, die aber in Wahrheit nur wenige Augenblicke gedauert haben konnte, denn der Drache tobte noch immer am jenseitigen Ende der Lichtung. Das Blitzen von Metall war jetzt nur noch wenige Schritte entfernt. Lif übersprang ein weiteres tiefes Loch in der Wurzel und stand endlich vor dem, was ihn hierher gelockt hatte.

Vor ihm, halb in das stahlharte Holz der Wurzel eingegraben, steckte etwas, das wie eine Mischung aus einem Hammer und einer Axt aussah. Es bestand ganz aus Silber oder wenigstens einem Metall, das wie Silber schimmerte, und wenn es auch nur halb so schwer war, wie es aussah, würde Lif alle Mühe haben, es auch nur anzuheben, geschweige denn aus dem Holz zu ziehen.

Aber er spürte, dass es ihm gelingen würde. Fast gegen seinen Willen bewegte sich seine Hand, legte sich um den schimmernden Griff des Hammers und zog daran.

Ohne spürbaren Widerstand glitt die Waffe aus dem Holz heraus. Trotz ihrer gewaltigen Größe – allein der Stiel war so lang wie Lifs ganzer Arm! – war sie erstaunlich leicht.

Aber Lif blieb keine Zeit, über diesen sonderbaren Umstand nachzudenken, denn kaum hatte er den Hammer berührt, da stieß Nidhögger ein schauerliches Gebrüll aus. Lif fuhr herum und sah, wie der Drache herumwirbelte und ihn aus hasserfüllten Augen anstarrte. Dann bäumte sich das Monstrum auf und spreizte die Schwingen. Diesmal machte er sich nicht erst die Mühe, sich hoch in die Luft zu schwingen, sondern schoss wenige Manneslängen über dem Boden auf Lif zu, mit der Schnelligkeit eines Pfeiles und mit gierig aufgerissenem Maul. Seine fürchterlichen Krallen waren gespreizt und vorgestreckt, um Lif zu packen und zu zerreißen.

Im letzten Moment warf sich Lif zur Seite, aber der Sturmwind des heranfauchenden Drachen ließ ihn straucheln. Er fiel,

versuchte mit der freien Hand irgendwo Halt zu finden und rutschte hilflos von der Wurzel herunter.
Dieses Missgeschick rettete ihm das Leben. Eine halbe Sekunde später krachte Nidhögger mit solcher Wucht gegen den Wurzelstrang, dass die ganze Höhle in ihren Grundfesten erzitterte. Mannsgroße Brocken wurden aus dem Holz gerissen, wo sich Nidhöggers Krallen mit irrer Wut hineingruben. Lif hatte gerade Zeit, sich zu erheben und auf Händen und Knien davonzukriechen, da peitschte der gewaltige Schweif des Ungeheuers dort nieder, wo er gerade noch gelegen hatte.
Trotz der Kraft, die ihm Yggdrasils Saft verliehen hatte, gelang es ihm nur mit äußerster Mühe, sich zu erheben und weiterzutaumeln. Seine Rechte umklammerte den Hammer. Die gleiche unheimliche Stimme, die ihn hierher gerufen hatte, sagte ihm nun, dass er ihn nicht loslassen durfte, ganz gleich, was geschah.
Er rannte über die Lichtung und auf den verwüsteten Waldrand zu. Aber kaum hatte er die halbe Strecke geschafft, als sich Nidhögger wieder in die Höhe schwang und mit einem zornigen Brüllen zu einem neuerlichen Angriff ansetzte.
Plötzlich erschien eine Gestalt zwischen den niedergebrochenen Büschen. Baldur! Lif schrie erleichtert auf, aber der Ase machte keine Anstalten, ihm entgegenzueilen, sondern stand einfach da und starrte ihn an. Trotz der großen Entfernung konnte Lif sehen, dass auf seinen Zügen ein Ausdruck ungläubigen Staunens lag.
Nidhögger schrie, schwang sich mit einem ungeheuerlichen Schlag der riesigen Schwingen herum und stürzte mit weit aufgerissenem Maul und gierig gespreizten Klauen auf die Lichtung herab. Diesmal, das spürte Lif, würde er ihn nicht verfehlen.
»Mjöllnir!«, schrie Baldur. »Hilf ihm!«
Etwas Unheimliches geschah: Der silberne Hammer in Lifs Hand begann wie unter einem kalten, inneren Feuer zu erglühen, ganz kurz nur, dann zitterte er wie ein lebendes We-

sen. Plötzlich wurde Lifs Arm in die Höhe gerissen. Der Hammer entschlüpfte seinen Fingern, sauste wie ein silberner Blitz in die Höhe und krachte mit vernichtender Wucht genau zwischen Nidhöggers Augen!

Es war, als träfe ein Hammer von der Größe eines Berges auf einen ebenso großen Amboss. Der Drache wurde mitten in seinem Sturz herum- und in die Höhe gerissen, überschlug sich mit hilflos flappenden Schwingen einige Male in der Luft und krachte auf der anderen Seite der Lichtung in den Wald. Mjöllnir flog zurück, stürzte auf Lif herab und wurde im allerletzten Moment langsamer. Leicht wie eine Feder senkte er sich in seine Hand.

Lif starrte auf den silbernen Hammer in seiner Hand. Er merkte nicht, wie Baldur und Eugel nach einer Weile zu ihm kamen und neben ihm stehen blieben. Erst als Eugel ihn sanft an der Schulter berührte, erwachte er aus der Lähmung, die von seinem Körper und seinen Gedanken Besitz ergriffen hatte.

»Baldur«, murmelte er. »Eugel. Ihr . . . ihr seid unverletzt?«

Der Albe nickte und lächelte, aber Baldurs Blick blieb ernst. Langsam ließ er sich vor Lif in die Hocke sinken, streckte die Hand nach dem gewaltigen Hammer aus, führte die Bewegung aber nicht zu Ende, sondern sah abwechselnd Lif und Mjöllnir an und schüttelte immer wieder den Kopf.

»Du bist ein Narr, Lif, nicht auf meine Befehle zu hören. Um ein Haar wären wir alle getötet worden. Aber was du da hältst, ist Mjöllnir. Den Beweis hast du gerade mit eigenen Augen gesehen.«

Lif starrte noch immer auf den gewaltigen Streithammer in seinen Händen herab. »Mjöllnir?«, flüsterte er.

»Ja«, sagte Baldur. »Du hast Thors Hammer wieder gefunden, Lif. Mjöllnir, den Zermalmer.«

Die Jungfrau Modgruder

Sie rasteten etwas länger als eine Stunde, ehe Baldur wieder zum Aufbruch drängte. Beide, der Ase und auch Eugel, waren schweigsam. Keiner von ihnen sprach mehr als ein Dutzend Worte zu Lif, während sie die Wurzel umrundeten und nach einer geschützten Stelle suchten, an der sie lagern konnten. Lif berichtete von seiner Entdeckung, dass der Saft der Esche wie ein Zaubertrunk wirkte und alle Schmerzen und Müdigkeit überwinden half, aber Baldur antwortete nur knapp, dass ihm dies wohl bekannt sei, und ging dann zusammen mit Eugel fort, um sich an dem Pflanzensaft zu laben. Doch selbst als sie zurückkamen, waren sie nicht gesprächiger als zuvor. Lif sah, dass Baldurs Blick immer wieder zu Mjöllnir wanderte, wenn er glaubte, Lif bemerke es nicht. Jetzt, im Nachhinein erst, fiel ihm auch auf, dass der Ase nicht ein einziges Mal versucht hatte, den Hammer auch nur zu berühren, geschweige denn ihn von Lif zu fordern, was sein gutes Recht gewesen wäre. Aber die finstere Miene Baldurs hielt ihn davon ab, den Asen nach dem Grund zu fragen.

Er war fast froh, als Baldur nach einer Weile aufstand und in scharfem Ton sagte, dass er nach Nidhögger sehen würde und sie sich nicht von der Stelle rühren sollten, bis er zurück war.

»Warum seid ihr so bedrückt. fragte Lif, nachdem sich Baldur mit raschen Schritten entfernt hatte. »Es ist doch alles gut. Nidhögger ist besiegt und die Wurzel der Weltesche wird sich erholen, jetzt, wo der Drache nicht mehr daran nagt. Wir haben allen Grund zum Triumph.«

»Ja«, sagte Eugel. »Die schrecklichste Kreatur der Unterwelt ist überwunden und ich glaube nicht, dass jetzt noch große Gefahr besteht. Aber verspürst du denn Triumph?«
Lif zögerte. Die Worte des Alben hatten ihm mit erschreckender Deutlichkeit klargemacht, wie niedergeschlagen und entmutigt er sich fühlte. Nein, auch er spürte keinen Triumph. Er war nur müde, auf eine sonderbare Art, die nichts mit körperlicher Mattigkeit zu tun hatte und vor der ihn nicht einmal der Wurzelsaft Yggdrasils schützen konnte.
»Es ist der Atem der Hel, den du spürst«, sagte Eugel, als hätte er Lifs Gedanken gelesen. »Hier unten ist nichts Lebendes und hier darf nichts Lebendes sein. Es ist das Reich der Toten und kein schlagendes Herz erträgt es auf Dauer, ihrem Atem ausgesetzt zu werden. Blieben wir länger, so würden wir sterben. Wir würden immer trauriger werden, dann immer müder und schließlich würden wir einfach sterben, ohne Grund, nur weil wir hier sind.«
»Dann sollten wir uns beeilen, den Ausgang zu finden«, sagte Lif.
Eugel lächelte. »So rasch wird es nicht gehen«, sagte er. »Eine Stunde mehr oder weniger macht keinen Unterschied. Wir werden den Ausgang finden, lange ehe wir wirklich in Gefahr geraten. Es ist nicht mehr sehr weit.«
»Wenn wir nicht in Gefahr sind, warum ist Baldur dann so voll Sorge?«, fragte Lif. »Hat er Angst, Eugel?«
Der Albe antwortete nicht gleich. Er wich Lifs Blick aus, als wäre ihm das, wonach er gefragt hatte, unangenehm. Aber schließlich sah er doch auf und deutete auf Mjöllnir, den Lif noch immer in der Hand trug.
»Du hast ihn wieder gefunden«, sagte er. »Aber du weißt nicht, was es bedeutet.«
»Es bedeutet, dass wir überlebt haben«, sagte Lif. Er war zornig, ohne zu wissen, warum. »Ohne ihn hätte uns der Drache zerrissen.«
»Du kennst die alten Prophezeiungen nicht, die sich um Mjöllnir, den Zermalmer, ranken«, sagte Eugel, als hätte er seine

Worte nicht gehört. »Dies ist Thors Hammer, und niemand, auch die anderen Götter nicht, können ihn führen oder auch nur berühren, Lif. Du konntest es.«
»Willst du behaupten, dass ich auch so ein Ase bin?«, fragte Lif unsicher. Er versuchte vergeblich zu lachen.
Eugel schüttelte den Kopf. »Natürlich nicht. Aber es heißt, dass Ragnarök nicht mehr fern ist, wenn der Zermalmer, den verräterische Riesen gestohlen und in die tiefsten Tiefen der Unterwelt geworfen haben, zu seinem Herrn zurückkehrt.«
Lif schwieg. Er starrte auf den mächtigen Kriegshammer herab, der wie ohne Gewicht in seiner rechten Hand lag.
»Unsinn«, sagte er leise, aber nicht sehr überzeugt. »Es war doch reiner Zufall, dass wir Mjöllnir gefunden haben.«
»War es das?«, fragte Eugel. »Es heißt, Lif, dass der Hammer einst das Nahen Ragnaröks spüren und einen Weg finden wird, zu seinem Herrn zurückzukehren.«
Lif schauderte. Er musste daran denken, wie er Mjöllnir entdeckt hatte. War es nicht wirklich so gewesen, als würde er gerufen? »Aber . . . aber alles sieht doch so gut aus«, sagte er hilflos. »Nidhögger ist tot und die Wurzel wird sich wieder erholen.«
»Oh, du dummes, unwissendes Kind«, sagte Eugel. »Tot? Wie kann etwas sterben, das niemals gelebt hat? Nidhögger wird wieder auferstehen, so schlimm und schrecklich wie zuvor, und es wird nicht sehr lange dauern. Aber keine Sorge«, fügte er hastig hinzu, als er Lifs Erschrecken bemerkte. »Bis es so weit ist, sind wir längst in Sicherheit. Und du hast schon Recht. Yggdrasils Wurzel erholt sich und Nidhögger wird lange brauchen, den gleichen Schaden noch einmal anzurichten. Zumindest haben wir etwas Zeit gewonnen.«
Aber die letzten Worte klangen traurig und irgendetwas in seiner Stimme griff wie eine große schwere Hand nach Lifs Herzen. Und so schwieg auch er, bis Baldur zurückkam und ihnen deutete, aufzustehen.
»Nun?«, fragte Eugel.

Baldur gab einen Laut von sich, der wie ein Lachen klang, aber auch etwas ganz anderes sein mochte. »Mjöllnir hat ganze Arbeit geleistet«, sagte er. »Nidhöggers Schädel ist gebrochen. Es wird lange dauern, bis er wieder gesundet. Trotzdem haben wir keine Zeit zu verlieren«, fügte er hinzu. »Lasst uns gehen. Es ist noch ein weiter Weg bis zur Gjöllbrücke.«
Weder Lif noch Eugel widersprachen. Lif war froh, diesen schrecklichen Ort so schnell wie nur möglich verlassen zu können, ganz gleich, wohin sie gingen und ganz gleich, welche Gefahren sie noch auf dem Weg aus der Unterwelt heraus erwarten sollten.
Eine Stunde später erreichten sie das Ende der Drachenhöhle, eine schwarze, lotrecht aufsteigende Wand aus Lava, aus der versteinerte Wurzelstränge kreuz und quer herauswuchsen. Baldur deutete schweigend auf einen gewaltigen Tunnel und Lif folgte der Geste, ohne zu fragen, woher der Ase den Weg so genau kannte. Für eine Ewigkeit, wie es Lif vorkam, irrten sie durch ein finsteres Labyrinth aus Stollen und schräg nach oben führenden Gängen. Der Weg aus der Unterwelt heraus war so schwierig wie der hinein; nur dass sie die Strecken, die sie vorher bergab geklettert und geschlittert waren, Zoll für Zoll wieder emporsteigen mussten. Sie hatten einen Vorrat des Pflanzensaftes mitgenommen, an dem sie sich von Zeit zu Zeit stärkten. Aber als das letzte bisschen Saft verbraucht war, war der Weg noch lange nicht zu Ende.
Irgendwann rasteten sie und Lif hatte die Illusion von Schlaf, aus der ihn Baldur weckte und unwirsch zum Weitergehen aufforderte.
Lif hörte auf, die Schritte zu zählen, die sie bergauf gingen. Die unsichtbare Last des Totenreiches, die auf seine Seele drückte, wurde schwerer und schwerer und er ertappte sich immer öfter dabei, sich zu fragen, warum er dies alles auf sich nahm und ob es nicht einfacher wäre, sich dort niederzulegen, wo er gerade war, um auf den Tod zu warten. Wenn Baldur und Eugel mit ihren düsteren Prophezeiungen Recht hatten, dann quäl-

ten sie sich ja doch nur weiter, um in ein neues, noch schrecklicheres Unglück zu laufen, und über den Tonnen schwarzen Lavagesteins warteten nicht nur das Licht der Sonne und der freie Himmel auf sie, sondern auch Ragnarök, die Götterdämmerung und das Ende der Welt.

Schließlich weitete sich der Gang vor ihnen zu einer großen, halbrunden Höhle und durch das ewige Wimmern und Heulen des Totenreiches drang das Geräusch eines schnell fließenden Flusses.

»Der Slidur!«, keuchte Eugel. »Bei allen Göttern, Baldur, wir haben es geschafft!«

Baldur antwortete nicht, aber seine Züge zeigten deutliche Erleichterung. Plötzlich schritten er und der Albe so rasch aus, dass Lif alle Mühe hatte, mit ihnen Schritt zu halten. Das Rauschen und Zischen des Wassers wurde lauter und nach einer kurzen Weile begann sich auch die Dunkelheit ein wenig aufzuhellen und bald darauf erkannte Lif das Ufer eines gewaltigen, schwarzen Flusses vor sich.

Der Anblick gab ihm noch einmal neue Kraft. Er lief los, stürmte an Eugel und Baldur vorbei und hätte sich kopfüber in die Fluten gestürzt, hätte ihn Baldur nicht mit einem erschrockenen Ausruf an der Schulter gepackt und zurückgerissen.

»Was ist denn?«, fragte Lif erschöpft. »Ich habe doch nur Durst!«

Statt einer Antwort ließ Baldur seine Schulter los, hob einen Stein vom Boden auf und warf ihn dicht vor dem Ufer ins Wasser. Im ersten Moment geschah nichts, aber dann, als sich Lif mit einer neuerlichen Frage an den Asen wenden wollte, begann das Wasser überall zu brodeln und zu zischen und plötzlich schoss der hässliche Kopf einer riesigen Schlange aus den schwarzen Fluten, gefolgt von einem zweiten, dritten, vierten ...

Lif wich ein Stück vom Ufer zurück, als sich der Slidur in einen brodelnden Hexenkessel zu verwandeln schien. Hunderte, wenn nicht Tausende der widerlichen Reptilien steckten ihre hässlichen Häupter aus den Fluten.

»Aber wie sollen wir hinüberkommen?«, fragte er entsetzt.
»Gar nicht«, sagte Baldur. »Eine Weile marschieren wir am Ufer entlang. Dann sehen wir weiter.« Er lachte, als er Lifs entsetzten Blick bemerkte. »Niemand hat behauptet, dass es leicht ist, Lif. Man kommt rascher in die Unterwelt hinein als wieder heraus. Und jetzt kommt. Wir haben schon mehr als genug Zeit vertrödelt.«
Es wurde immer schwieriger, voranzukommen. Die schwarzen Felsen, die den Slidur weiter oben gesäumt hatten, wichen allmählich zurück, aber dafür knirschte und knisterte der Boden unter ihren Füßen, als wäre er mit zermahlenem Glas bedeckt, und immer wieder stieß etwas Spitzes, Hartes durch Lifs Schuhsohlen, sodass er schon bald kaum mehr gehen konnte. Nach einer Weile hielt er es nicht mehr aus und ließ sich zu Boden sinken, und zu seinem Erstaunen protestierten auch Baldur und Eugel nicht dagegen, sondern kamen zu ihm zurück, um ebenfalls auszuruhen.
»Was ist das?«, fragte Lif und deutete auf die scharfkantigen weißen Splitter, die das Ufer beiderseits des Slidur bedeckten.
»Knochen«, antwortete Baldur. »Menschenknochen, Lif. Die Gebeine derer, die so dumm waren, den Slidur durchwaten zu wollen, um aus dem Totenreich herauszukommen. Die Schlangen haben sie verschlungen und ihre Gebeine ans Ufer gespien.«
Lif sah sich mit Entsetzen um. Knochen! All diese unzähligen weißen und grauen Splitter, die das Ufer Meilen und Meilen säumten, sollten menschliche Gebeine sein? »Aber es sind so viele«, keuchte er ungläubig.
Baldur lachte rau. »Es gibt eine Menge Menschen, Lif«, sagte er. »Aber nur ein Totenreich. Und sei froh, dass diese Gebeine hier sind, denn sonst kämen wir nie aus der Tiefe heraus.«
Lif fragte nicht, wie die Worte des Asen gemeint waren. Trotzdem bekam er bald die Antwort. Baldur stand auf, ging am Ufer entlang und begann besonders große Knochen aufzuheben und sie auf einen Haufen zu werfen. Auch Eugel betei-

ligte sich an der schrecklichen Suche, und obwohl er und der Ase kein Wort sagten, erhob sich schließlich auch Lif und half den beiden, obgleich ihm dabei vor Grauen beinahe schlecht wurde. Nach einer Weile hatten sie einen gewaltigen Haufen gebleichter Gebeine zusammengetragen und Baldur bedeutete ihm und Eugel, dass es genug sei.

»Was . . . was habt ihr vor?«, fragte Lif schaudernd. »Wir müssen ein Floß bauen«, antwortete Baldur.

»Ein Floß?«, rief Lif. »Aus Knochen?«

»Siehst du irgendetwas anderes?«, fragte Baldur. »Hier gibt es nichts außer Felsen und dem da.« Er deutete auf den fast mannshohen Knochenberg. »Wir müssen über den Fluss und dafür brauchen wir ein Floß. Und du wirst mir dabei helfen.«

»Ich?«

»Ich brauche den Hammer«, bestätigte Baldur. »Ich würde es nicht von dir verlangen, aber Mjöllnir gehorcht mir nicht, also musst du es tun.«

Lif schauderte. Allein der Gedanke, auf einem Floß aus menschlichen Knochen über diesen schlangenverseuchten Fluss zu fahren, trieb ihm den Angstschweiß auf die Stirn. Aber er widersprach nicht und nach einer Weile hob er gehorsam den gewaltigen Hammer und trat auf Baldur zu.

Gemeinsam begannen sie ihr furchtbares Werk. Lifs Anteil daran beschränkte sich auf reine Handlangerdienste – und die schwierige Aufgabe, mit dem Mjöllnir kleine Knochensplitter wie Nägel durch die größeren Teile zu treiben. Lange über eine Stunde arbeiteten sie, bis Baldur ihm eine viel zu kurze Pause gewährte, dann ging es weiter, noch eine Stunde und noch eine und noch eine. Lif war bald so müde, dass er den Hammer kaum noch zu heben vermochte, aber Baldur gönnte ihm keine Erholung, sondern trieb ihn unbarmherzig an, bis Eugel schließlich in scharfem Ton bemerkte, dass nicht jeder die Kraft und Unermüdlichkeit eines Asen habe. Schließlich war es vollendet und am Ufer des Slidur lag ein grauweißes Floß aus Bein, das etwa fünf Schritte im Quadrat maß.

Lif war so müde, dass er nicht einmal das leiseste Entsetzen empfand, als Baldur das Floß ins Wasser stieß und ihn aufforderte, es zu betreten. Mit letzter Kraft wankte er auf das Gefährt, legte sich in seiner Mitte auf den Boden und war eingeschlafen, noch bevor Eugel und der Ase ihm gefolgt waren.

Eine Nacht, einen Tag und eine weitere halbe Nacht schossen sie auf den brausenden Fluten des Slidur dahin, ehe Lif wieder erwachte; jedenfalls hatte ihm Eugel das gesagt. Er hatte tief geschlafen, einen schweren, traumlosen Schlaf vollkommener Erschöpfung, aber als er erwachte, fühlte er sich kaum frischer als zuvor.

Baldur war noch schweigsamer geworden und sah nicht einmal auf, als Lif sich aufsetzte und versuchte, sich den Schlaf aus den Augen zu reiben. Auch der Albe kümmerte sich nicht um ihn, sondern beobachtete unruhig die beiden Ufer des Slidur, die als verschwommene Linien ineinander fließender grauer und schwarzer Farbflecken rechts und links vorüberjagten. Lif fragte sich, wie lange der Slidur sein mochte; sie mussten zahllose Meilen zurückgelegt haben, während er schlief, so schnell, wie das Floß dahinschoss. Aber vor ihnen wurde es immer noch nicht hell. Das graue, aus dem Nichts kommende Licht blieb und wieder schlichen sich nagende Zweifel in Lifs Herz, ob sie die Sonne wohl jemals wieder sehen würden.

Dann und wann huschten Höhlen wie mächtige Trichter aus geronnener Finsternis vorbei, Abzweigungen in andere Teile des Reichs der Hel, und manchmal, wenn das Floß einen dieser Tunnel passierte, steigerte sich der Chor aus wehklagenden Stimmen so sehr, dass er selbst das Brüllen des Wassers übertönte.

Meile um Meile und Stunde um Stunde ging die rasende Fahrt. Auch der zweite Tag musste sich bald seinem Ende zuneigen, als sich das wilde Tempo der Strömung ganz allmählich zu verlangsamen begann, so sacht, dass Lif es zuerst nicht bemerkte. Aber dann wurde es heller und zum ersten Mal seit unendlicher Zeit sahen sie das Licht des Tages wieder vor sich.

Lif sprang mit einem so heftigen Ruck auf, dass das Floß zu schaukeln begann. »Licht!«, schrie er. »Dort vorne ist Licht, Eugel! Wir haben es geschafft! Wir haben den Ausgang erreicht!«

»Noch nicht«, sagte Baldur düster und Lifs Freude verging so rasch, wie sie gekommen war. Er empfand wieder Furcht, schlimmer als je zuvor.

Langsam wuchs der helle Fleck vor ihnen heran, bis sie das Ende des gewaltigen unterirdischen Stollens erkennen konnten, durch den der Slidur flog. Die Strömung nahm ab. Aus dem rasenden Dahinschießen des Floßes wurde eine rasche Fahrt, dann ein langsames, fast gemächliches Dahingleiten und schließlich stieß das Floß mit einem sanften Ruck gegen das sandige Ufer und lag still. Lif sprang auf und wollte sofort ans Ufer gehen, aber Baldur hielt ihn mit einer raschen, warnenden Handbewegung zurück, lauschte einen Moment mit geschlossenen Augen und lief ein paar Schritte voraus, ehe er Eugel und ihm erlaubte, nachzukommen. Dann hieß er sie wieder anhalten und huschte geduckt davon, bis er zwischen den Schatten vor dem Ausgang verschwunden war. Schon nach wenigen Augenblicken kam er zurück. »Wir haben Glück«, flüsterte er. »Er rechnet nicht damit, dass jemand aus dieser Richtung kommen könnte.«

Eugel nickte. Auch er wirkte besorgt. Noch bevor Lif eine Frage an Baldur stellen konnte, wandte sich der Ase um und verschwand wieder zwischen den Felsen.

»Wovon spricht Baldur?«, fragte Lif verwirrt. »Von wem redet er?«

»Garm«, antwortete Eugel. »Er spricht von Garm, Lif, dem Wächter der Unterwelt. Hast du nie von ihm gehört?«

Lif schüttelte den Kopf. »Nein«, gestand er. »Wer ist das?«

»Das wirst du gleich sehen«, antwortete Eugel. »Komm. Und sei ja leise!«

Auf Zehenspitzen schlichen sie weiter. Lifs Herz begann mit jedem Schritt, mit dem sie sich dem Höhlenausgang näherten, heftiger zu schlagen.

Sie erreichten das Ende des steinernen Tunnels, und Eugel deutete ihm, vorsichtig über die Felsen zu schauen. Lif gehorchte. Was er sah, ließ ihn schaudern. Die bizarre Landschaft, die sich vor ihnen ausbreitete, war kaum weniger schrecklich als der finstere Tunnel hinter ihnen; ein Gewirr aus scharfkantigen schwarzen Felsen und weißem Sand, in dem Knochensplitter wie kleine gefährliche Messer glänzten. Links von ihnen wälzte sich der Slidur dahin, langsam, aber noch immer Furcht einflößend, denn seine Fluten glänzten auch unter dem freien Himmel schwarz wie geschmolzenes kaltes Pech. Nebel hing in grauen Schwaden über dem Land wie Spinnweben, ein unheimlicher, regloser Nebel, der alles, was weiter als fünfzehn oder zwanzig Schritte entfernt war, zu wesenlosen grauen Schemen verblassen ließ.

Und nur ein kurzes Stück vor ihnen lag Garm, der Höllenhund.

Lif konnte jetzt Eugels und Baldurs Besorgnis nur zu gut verstehen. Garm war ein Ungeheuer, ebenso groß wie der Fenriswolf. Aber wo der König der Wölfe trotz allem die Schönheit eines Raubtieres gehabt hatte, war Garm nur hässlich: ein Ungeheuer mit räudigem Fell, von Warzen und Pusteln entstellt und mit Augen, die wie glühende Kohlen aus einem monströsen Schädel leuchteten. Eine gewaltige, schwarze Kette band ihn an einen Felsen, aber Lif bemerkte, dass sie lang genug war, das Monstrum das gesamte Ufer beherrschen zu lassen. Es gab keinen Weg an Garm vorbei.

Baldur kam zurück und scheuchte sie mit einer ungeduldigen Handbewegung ein Stück tiefer in die Höhle hinein. »Du wirst den Hammer noch einmal benutzen müssen«, sagte er ernst. »Glaubst du, dass du es kannst?«

Lif nickte, wenn auch zögernd. Aus einem Grund, der ihm selbst nicht ganz klar war, widerstrebte ihm die Vorstellung,

Mjöllnir noch einmal zu schleudern, und sei es gegen ein so abscheuliches Wesen wie Garm.

»Und wenn wir warten?«, fragte er. »Vielleicht können wir uns an ihm vorbeischleichen, wenn er schläft.«

»Garm schläft niemals«, antwortete Baldur. »Er ist der Wächter der Unterwelt. Er wird uns töten, wenn wir in die Reichweite seiner Kette gelangen. Das ist seine Aufgabe.«

Lif widersprach nicht mehr. Aber es war ihm schwer ums Herz, als er nickte, den Hammer fest umschloss und an Baldur vorbei aus der Höhle trat.

Garm sprang im selben Moment auf, in dem Lif den ersten Schritt ins Sonnenlicht hinaustat. Im ersten Augenblick stand er nur da und starrte Lif an, offensichtlich verwirrt, ein lebendes Wesen aus einem Tor kommen zu sehen, das nichts Lebendes durchschreiten konnte. Aber dann drang ein tiefes, drohendes Knurren aus seiner Kehle. Die gewaltigen Muskeln unter seinem räudigen Fell spannten sich, und plötzlich sprang er mit einem schrillen, fast an einen menschlichen Wutschrei erinnernden Heulen auf Lif zu.

»Flieg, Mjöllnir!«, schrie Lif.

Und Mjöllnir flog. Wie ein silberner Pfeil zuckte der Hammer nach oben, entglitt Lifs Hand, prallte mit einem dumpfen Knirschen gegen Garms hässlichen Schädel und kehrte gehorsam wieder zurück. Der Höllenhund fiel auf die Seite, stieß ein letztes, wimmerndes Jaulen aus und starb. Lif schloss entsetzt die Augen. Er wusste, dass sie gar keine andere Wahl gehabt hatten, als Garm zu erschlagen, und vermutlich hatte das Ungeheuer den Tod tausendfach verdient. Trotzdem kam er sich besudelt und schmutzig vor. Er wandte den Blick ab, als Baldur ihn bei der Schulter ergriff und mit raschen Schritten an Garms Kadaver vorbeischob.

Fast eine Stunde lang wanderten sie am Ufer des Slidur entlang. Manchmal riss der Nebel für kurze Augenblicke auf, sodass Lif ihre Umgebung erkennen konnte, aber das, was er sah, stimmte ihn nicht fröhlicher. Sie wanderten durch eine Landschaft aus erstarrter Lava und schwarzem Fels, in der nichts Lebendes zu existieren schien. Manchmal glaubte er eine Bewegung zwischen den Felsen wahrzunehmen, aber immer, wenn er genauer hinsah, war sie wieder fort, oder es waren nur Nebelfetzen, die seine Augen narrten. Der Slidur wälzte sich durch ein gewaltiges, tiefes Tal, dessen Wände unbesteigbar sein mussten, und so wie der unterirdische Tunnel zuvor, schien auch dieses Tal kein Ende zu nehmen. Es war beinahe noch schrecklicher als der finstere Stollen unter der Erde.

»Was ist das hier?«, fragte Lif schließlich. Wie üblich war es Eugel, der ihm antwortete.

»Der Helweg, Lif. Der Pfad, den die verdammten Seelen auf ihrem Wege zur Unterwelt nehmen müssen. Noch niemals ist er in dieser Richtung beschritten worden.«

»Wieso sieht man niemanden?«, fragte Lif verwirrt.

»Weil wir leben«, antwortete Eugel. »Dies ist der Pfad der Toten. Wir können sie nicht sehen, so wenig wie sie uns.«

»Seid still«, fauchte Baldur. Er bedachte Lif und Eugel mit einem zornigen Blick und ging ein wenig schneller, bis er ihnen acht oder zehn Schritte voraus war.

Lif sah ihm nach. »Was hat er?«, murmelte er. »Wir sind doch in Sicherheit. Oder . . . oder gibt es noch mehr Gefahren auf dem Weg hinaus?«

Eugel runzelte die Stirn. Auch ihm schien das Verhalten des Asen nicht zu gefallen. »Auf dem Helweg lauern zahllose Gefahren«, antwortete er schließlich. »Und vor uns liegt noch die Gjöllbrücke, auf der die Jungfrau Modgruder Wache hält. Gegen sie wird uns auch der Zermalmer nichts nützen. Aber das ist es nicht, Lif. Wir sind so weit gekommen, wir werden auch das letzte Stück des Weges noch bewältigen.«

»Was ist es dann?«, fragte Lif verstört.

»Es wäre zuviel, dir jetzt alles zu erklären«, sagte Eugel leise. »Und ich könnte es auch gar nicht, denn auch mir sind nicht alle Geheimnisse bekannt, musst du wissen. Ich glaube, er macht sich Sorgen, weil wir Garm erschlagen haben.«

»Garm?«, wunderte sich Lif. »Baldur sorgt sich wegen dieses Scheusals?«

»Du hast wohl Recht«, sagte Eugel. »Garm war ein Ungeheuer, wie es sich schlimmer nicht einmal die Alten Götter ersinnen konnten. Aber er war auch der Wächter der Unterwelt. Und nicht nur in einer Richtung.«

»Was soll das heißen?«, fragte Lif erschrocken.

Eugel deutete über die Schulter zurück in die Richtung, aus der sie gekommen waren. »Die Unterwelt hat viele und schreckliche Bewohner«, antwortete er. »Bisher wagte es keiner von ihnen, sie zu verlassen, denn es war Garms Aufgabe, alles zu töten, was in seine Reichweite kam, und er hat seine Pflicht treu erfüllt. Jetzt gibt es niemanden mehr, der die Tore des Totenreiches bewacht.«

»Du meinst, Garm hat die Unterwelt nicht vor der Welt der Lebenden, sondern –«

»Sondern unsere Welt vor den Kreaturen der Hel beschützt«, führte Eugel den Satz zu Ende. »Ja, Lif. So ist es. Das ist eines der großen Geheimnisse des Lebens. Es gibt kein Ding, das nur gut wäre oder nur böse.«

Lif begriff nur langsam, was Eugels Worte wirklich bedeuteten. »Dann ... dann werden sie hervorbrechen?«

»Vielleicht«, antwortete Eugel, ohne ihn anzusehen. »Vielleicht auch nicht. Niemand weiß, was geschehen wird. Auch die Götter nicht. Und ich schon gar nicht«, fügte er in verändertem, ärgerlichem Ton hinzu. Einem Ton, der Lif sehr deutlich sagte, dass er nicht mehr über dieses Thema sprechen wollte.

Vor Lifs geistigem Auge erstand ein furchtbares Bild: Er sah Menschen vor entsetzlichen Ungeheuern fliehen, sah Häuser brennen und Kreaturen wie Garm und Nidhögger und andere, schlimmere Bestien über die Länder der Menschen hereinbrechen und sie verwüsten, eine Spur aus Blut und Tod hinterlassend.

»Hast du das gewusst?«, fragte er schließlich. Eugel nickte.
»Ja. Und Baldur auch.«
»Und ihr . . . ihr habt es zugelassen?«, sagte Lif ungläubig. »Nur um mich zu retten?«
»Nicht dich«, verbesserte Eugel unwillig. Er deutete auf Mjöllnir. »Den Zermalmer. Er muss zurück zu seinem Besitzer, wenn Ragnarök nicht verloren sein soll, ehe es begonnen hat.«
»Und ich muss zu den Asen, damit sie diesen Krieg beginnen können, nicht?«, sagte Lif bitter.
Aber sein Zorn prallte von Eugel ab. Der Albe nickte. »Ja, kleines Menschenkind«, sagte er. »Genauso ist es. Du musst nach Asgard, damit sich das Schicksal erfüllen kann. Deines, das der Götter und das der Menschen. Und nun schweig. Wir sind da. Dort ist die Gjöllbrücke.« Als Lifs Blick seiner Geste folgte, sah er einen schwarzen Bogen aus Lava über dem Fluss auftauchen. Er war enttäuscht. Nach all dem Unglaublichen, das sie erlebt hatten, hatte er etwas Gewaltiges erwartet, aber die Gjöllbrücke war das genaue Gegenteil von alledem: Nicht mehr als ein kaum zwei Fuß breiter, schwarz glitzernder Strang aus erstarrter Lava, der sich über dem schäumenden Wasserfall spannte, in den sich der Fluss hier verwandelt hatte.
In der Mitte der Brücke, genau auf dem höchsten Punkt ihrer Krümmung, stand eine Gestalt. Über den tosenden schwarzen Fluten des Slidur sah sie klein und verwundbar aus und doch spürte Lif die unglaubliche Macht, die die weiß gekleidete Frauengestalt umgab wie ein unsichtbarer Mantel. Es war ein Gefühl, ganz ähnlich dem, das er in der Gegenwart Hels gehabt hatte – er fühlte ihre Macht und er begriff, wie winzig er und Eugel und selbst der Göttersohn Baldur gegen diese schmale Mädchengestalt doch waren, und gleichzeitig fühlte er, dass es eine behütende, sanfte Kraft war, dass Modgruders Macht nichts Böses darstellte. Er hatte überhaupt keine Angst, als er hinter Eugel auf den schmalen Pfad hinaustrat.
Modgruder wandte sich um, als sie wenige Schritte hinter ihr waren, und Lif schauderte, als sein Blick in ihr Gesicht fiel.

Sie war so zart und zerbrechlich, wie er geglaubt hatte, und doch . . .
Es war, als wären es zwei Gesichter, verbunden in einem einzigen, ohne dass das eine das andere störte. Modgruder war schön, ein bleiches, sehr sanftes Mädchen mit edel geschnittenen Zügen und Augen, die weich und voller Sanftmut waren. Und gleichzeitig blickte er in ein Antlitz, das schlimmer war als die Teufelsfratze Nidhöggers, grausamer als die Fratze Garms und härter und unerbittlicher als Surturs Riesengesicht. Und im selben Augenblick begriff er, warum die Jungfrau Modgruder hier stand.
Für Sekunden, die sich zu Ewigkeiten dehnten, sah Modgruder sie an, einen nach dem anderen. Ihre grundlosen Augen blickten bis auf den Grund der Seele. Es blieb ihnen kein noch so kleines Geheimnis verborgen, sie sahen und erkannten Dinge, die niemand sonst jemals entdeckt hatte. Lif fühlte sich leer und ausgelaugt, als ihr Blick den seinen endlich entließ.
»Baldur, der Sohn Odins«, begann die Jungfrau. »Eugel, der König der Alben. Und Lif, der Knabe, in dessen Hand das Schicksal Ragnaröks liegt. Ihr hier und aus dieser Richtung?« Sie schüttelte verwundert den Kopf. »Was wollt ihr?«
Baldur antwortete nicht gleich. Lif konnte nur zu gut verstehen, warum der Ase zögerte. Modgruders Stimme war wie ihr Gesicht; zwiespältig. Es war die Stimme eines jungen Mädchens, so sanft und wohlklingend wie der Schall einer göttlichen Laute und gleichzeitig war das unheimliche düstere Wispern des Totenreiches in ihr.
»Lass uns vorbei«, sagte Baldur schließlich. »Wir sind auf dem Weg nach Niflheim und von dort aus weiter.«
»Ihr kommt aus dem Reich der Toten und wollt ins Reich der Lebenden«, sagte Modgruder. »Doch dieser Weg führt nicht in eure Welt, Baldur. Ich darf euch nicht gehen lassen. Noch nie wurde die Gjöllbrücke in dieser Richtung überschritten. Es ist verboten.«

»Aber wir müssen zurück!«, protestierte Baldur. »Hel selbst, die Göttin der Unterwelt und deine Mutter, gab uns das Leben und die Freiheit!«
»Hels Reich ist das Totenreich«, antwortete Modgruder sanft. »Der Slidur und die Gjöllbrücke gehören mir. Es ist meine Aufgabe, hier zu wachen.«
»Es ist deine Aufgabe, die Seelen der Toten zu scheiden«, sagte Baldur in einer Mischung aus Zorn und mühsam zurückgehaltener Furcht. »Du bist hier, zu bestimmen, wer den Weg in die Hel antreten muss und wer nicht. Du bestimmst das Schicksal der Toten. Lässt du uns nicht gehen, mischst du dich in das der Lebenden, Modgruder.«
Modgruder lächelte. »Klug gesprochen, Ase. Und doch vergebens. Mich kann man nicht umstimmen, das solltest du wissen. Und das Schicksal der Lebenden unterscheidet sich nicht so sehr von dem der Toten, wie du glaubst. Auch die Asen müssen sich meinem Willen unterwerfen, wenn sie vor mir stehen.«
»Aus dieser Richtung kommend, ja«, antwortete Baldur mit einer zornigen Geste auf das jenseitige Ufer. »Wir haben das Totenreich durchquert. Wir haben den Drachen Nidhögger überlistet und den Höllenhund Garm erschlagen und du willst uns nun den Durchlass verwehren?« Er deutete auf Lif. »Du weißt, wie viel davon abhängt, dass dieser Knabe nach Asgard gebracht wird. Es steht geschrieben, dass er dort sein muss, bevor Ragnarök kommt. Und es kommt bald.«
Modgruder lächelte. »Dann täte ich euch und der Welt der Menschen einen großen Gefallen, würde ich ihn daran hindern, zu den Asen zu gehen«, sagte sie. Baldur wollte auffahren, aber Modgruder brachte ihn mit einer raschen, befehlenden Geste zum Schweigen, trat an ihm vorbei und blieb einen halben Schritt vor Lif stehen. Sie war nicht größer als er. Ihr Gesicht kam Lif mit einemmal viel sanfter vor als noch vor Augenblicken. Das Böse, der Hauch der Unterwelt, den er darin gesehen hatte, war verschwunden.

»Und du, kleiner Menschenjunge?«, fragte sie sanft. »Du hast gehört, was dieser zornige junge Ase gesagt hat. Ist es auch deine Meinung, dass es im Buch des Schicksals geschrieben steht, dass du neben ihm reiten wirst, wenn Ragnarök kommt? Ist das dein Wunsch?«

»Ja«, antwortete Lif ernst. »Ich glaube es. Aber es ist nicht mein Wunsch.«

»Du denkst, das Schicksal überlisten zu können?«, fragte Modgruder verwundert. »Du, ein Mensch, willst vollbringen, was selbst die Götter nicht wagen?«

»Vielleicht steht es wirklich irgendwo geschrieben, dass das mein Schicksal ist«, antwortete Lif. »Und vielleicht kommt es so. Aber ich will es nicht. Und ich werde alles tun, was ich nur kann, es zu verhindern.«

»Auch wenn du weißt, dass es sinnlos ist?«

»Das weiß ich nicht, ehe ich es nicht versucht habe«, antwortete Lif.

Modgruder lachte, ein sehr leiser, angenehmer Laut, der auch noch den letzten Rest von Furcht und Beklemmung vertrieb, den Lif verspürte. Einen Moment lang blickte sie ihn noch an, dann wandte sie sich wieder zu Baldur um. »Dieser Knabe spricht weiser und überlegter als du, Odins Sohn. Er glaubt, das Schicksal selbst herausfordern zu können, und dabei ist er nicht einmal ein Ase wie du. Es wäre wohl nicht richtig von mir, ihm diese Chance zu verwehren.«

»Dann . . . können wir gehen?«, fragte Baldur zögernd.

Modgruder nickte. »Für dieses Mal, ja«, sagte sie. »Doch wir werden uns wieder sehen, Baldur. Und es wird nicht mehr sehr lange dauern. Es wäre gut, du hättest dann klügere Worte für mich, denn das nächste Mal werde ich entscheiden, in welche Richtung du zu gehen hast. Und es wird kein Knabe namens Lif dabei sein, der zu deinen Gunsten spricht.«

Einen Moment lang starrte Baldur sie an, dann fuhr er herum und stürmte über die Gjöllbrücke davon. Lif und der Albe beeilten sich, ihm zu folgen. Selbst als sie die andere Seite erreicht hatten, blieben sie nicht stehen, sondern rannten weiter. Erst nach einer Weile verlangsamte Eugel seinen Schritt und Lif passte sein Tempo dem des Alben an. Er warf einen Blick über die Schulter zurück. Nebel hüllte sie ein und so sehr er sich auch anstrengte, es war keine Spur mehr von der Gjöllbrücke zu entdecken. Selbst der Slidur war verschwunden. Nicht einmal das Rauschen seiner gewaltigen Wassermassen war zu hören. Es war, als gäbe es den Fluss gar nicht mehr.

Der Nebel wich, aber nur sehr langsam, und fast als wollte das Schicksal sich auf grausame Weise über sie lustig machen, wurde es immer kälter, je mehr die unheimlichen grauen Schwaden wichen. Lif war nicht sicher, ob er froh darüber sein sollte, mehr von der sonderbaren Landschaft zu erkennen, durch die sie wanderten: Wenn der Nebel aufriss, sah er kahle, vor Feuchtigkeit glitzernde Felsen, sumpfigen Grund, in dem die einzige Bewegung das träge Aufsteigen und Zerplatzen großer, mit übelriechendem Gas gefüllter Blasen war, unfruchtbare Ebenen und jäh aufsteigende Felswände, glatt wie poliertes Glas. Sie wanderten, bis Dunkelheit den Himmel zu überziehen begann, dann schlugen sie ein Lager im Schutz überhängender Felsen auf. Eugel verschwand und kehrte kurz darauf mit einem Arm voll dürren Reisigs zurück, mit dem sie ein kleines Feuer entzündeten, kaum hell genug, die näher kriechenden Schatten der Nacht zu vertreiben, und längst nicht warm genug, gegen die Kälte anzukommen, die in ihre Glieder gekrochen war. Lif hatte Hunger, aber er wagte es nicht, den Alben nach Essen zu fragen. Sie hatten nichts und in den öden Weiten Niflheims würde es auch nichts geben, was sie jagen konnten. Eine Weile saßen sie schweigend um das kleine Feuer herum, jeder in seine eigenen, düsteren Gedanken versunken, dann stand Baldur wortlos auf und entfernte sich. Nebel und Nacht verschluckten seine Gestalt. Nach einer Weile hörte Lif ihn rufen; Worte in einer sonderbar düsteren Sprache, die er nicht verstand. Aber ihr Klang ließ ihn schaudern.

»Was tut er?«, fragte er.
Eugel sah auf. »Baldur? Er versucht Hilfe herbeizurufen. Aber es ist weit bis Asgard, Lif. Sie werden ihn nicht hören.« Er seufzte. »Du musst keine Angst mehr haben. Auch die Kreaturen Utgards scheuen die Kälte von Niflheims Nebeln. Wir werden Schwarzalbenheim unbehelligt erreichen.«
»Und dann?«
Eugel lächelte. »Und dann?«, wiederholte er. »Das ist das Schlimme bei euch Menschen. Immer wollt ihr wissen, was kommt. Wir werden Schwarzalbenheim erreichen und ein wenig ausruhen und was dann kommt, wird sich ergeben. Aber ich fürchte, es wird nichts Gutes sein.«
Lif schwieg. Auch der Albe hatte sich auf sonderbare Weise verändert, seit sie die Unterwelt verlassen hatten. Vielleicht hatten sich aber in Wahrheit weder Eugel noch Baldur verändert, vielleicht lernte Lif jetzt nur eine Seite von ihnen kennen, die ihm zuvor fremd gewesen war. Er schloss die Augen, aber er fand keinen Schlaf. Zu viel war geschehen, als dass sich seine Gedanken beruhigen konnten. Als Baldur zurückkehrte, setzte er sich auf und sah dem Asen entgegen.
»Nun?«, fragte Eugel.
Baldur schnaubte. »Du hattest Recht, Eugel. Es ist zu weit nach Asgard. Selbst wenn Hugin und Munin meinen Ruf gehört haben, sind wir rascher bei deinen Alben.«
»Dann sollten wir gleich aufbrechen«, schlug Lif vor.
Baldur schien überrascht. »Bist du denn nicht müde?«, fragte er.
»Doch.« Lif nickte. »Ich gäbe meinen rechten Arm darum, schlafen zu können. Aber noch viel lieber möchte ich aus diesem schrecklichen Land heraus. Ist es noch weit bis Schwarzalbenheim?«
»Ja«, antwortete Eugel. »Diese Nacht und noch den ganzen nächsten Tag. Wenn wir schnell genug gehen und nicht aufgehalten werden. Denkst du, dass du das schaffst?«
Lif nickte mit einer Überzeugung, die er ganz und gar nicht empfand.

Die Falle

Lif sollte Schwarzalbenheim niemals sehen. Das Glück, das ihnen so lange hold gewesen war, schien sich endgültig von ihnen abzuwenden. Es wurde mit jedem Schritt, den sie weiter nach Norden gingen, kälter, jedenfalls glaubte Lif, dass die Richtung, in die sie sich quälten, Norden war, aber nicht einmal mehr dessen war er sich sicher. Er bereute seinen Entschluss, ohne längere Rast weiterzumarschieren, schon bald wieder, denn Hunger und Durst wurden quälend und an seinen Gliedern zerrten unsichtbare Lasten. Baldur, dem seine Schwäche nicht entging, bot ihm schließlich an, ihn ein Stück zu tragen, damit er zu Kräften kommen könne. Aber Lif lehnte ab, auch diese Ablehnung bereute er schon nach wenigen Augenblicken bitterlich.

Gegen Mitternacht hörten sie den ersten Wolf.

Es war ein Laut, der mit dem Wind heranwehte und den Lif zuerst gar nicht erkannte. Aber Baldur und der Zwerg blieben plötzlich stehen. Noch ehe Lif eine Frage stellen konnte, wiederholte sich das Heulen und jetzt erkannte auch er, dass es nicht das Wimmern der Sturmböen war, sondern der Laut, den er von allen Geräuschen auf der Welt am meisten zu fürchten – und zu hassen – gelernt hatte: das unheimliche, an- und abschwellende Heulen eines Wolfes.

»Odins Fluch soll Surtur und seine Mörderbande treffen!«, rief Baldur. »Sollen wir denn niemals Ruhe finden!«

»Vielleicht ... ist es nur ein ganz normaler Wolf«, flüsterte Lif, in einem ebenso tapferen wie sinnlosen Versuch, sich selbst und Baldur zu belügen. »Es ist Winter, und sie kommen oft aus den Bergen, um zu jagen.«

»Unsinn!«, sagte Baldur. »Das war Fenris oder einer seiner räudigen Häscher, darauf verwette ich meinen Arm.« Er ballte die Faust. »Dieses Ungeheuer hat ganz genau gewusst, dass wir wieder aus der Unterwelt herauskommen würden. Es muss auf uns gewartet haben.« Er blickte Eugel an. »Was ist mit deinen Alben, Eugel? Können sie uns helfen?«
Eugel schüttelte den Kopf. »Wir sind viel zu weit von Schwarzalbenheim, Baldur. Selbst wenn ich sie zu Hilfe rufen könnte, wäre es zu spät.«
Wie um seine Worte zu bestätigen, erscholl in diesem Moment zum dritten Mal das furchtbare Wolfsheulen und es schien deutlich näher gekommen zu sein.
»Dann müssen wir rennen«, sagte Baldur. »Rennen wie nie zuvor in unserem Leben. Wenn ich wenigstens mein Schwert hätte statt dieses Spielzeugs und du deinen Bogen Treffgut!« Er zog die von den Riesen erbeutete Klinge aus dem Gürtel und hieb damit in die Luft.
»Ein Kampf wäre zu riskant«, sagte Eugel. »Und wir hätten auch gar nicht die Zeit dazu. Fenris ist sicher nicht allein gekommen. Wo er ist, sind auch Surturs Feuerriesen nicht weit.« Er blickte sich um, als befürchte er, die Riesen schon im nächsten Moment aus dem Nebel auftauchen zu sehen. »Vielleicht finden wir eine Höhle weiter oben in den Bergen, wo wir uns verstecken können. Möglich, dass ich auch einen Weg finde, meine Alben zu benachrichtigen. Aber nicht hier.«
»Und dein Zauber?«, fragte Lif erschrocken. »Du kennst doch Wege durch den Fels, auf denen uns die Riesen nicht folgen können.«
Eugel schüttelte den Kopf. »Nicht hier, kleiner Lif«, sagte er. »Wir sind noch zu nahe am Totenreich und die kalten Nebel Niflheims würden mich verwirren. Ich täte es gern, aber wahrscheinlich ist es genau das, mit dem Surtur rechnet. Auch der Feuerriese ist ein mächtiger Zauberer, vergiss das nicht. Diesmal helfen uns weder Zauberei noch Glück, sondern nur die Schnelligkeit unserer Beine.«

»Und das hier?« Lif hob den Hammer Mjöllnir. »Er hat Garm erschlagen und uns vor Nidhögger geschützt. Warum warten wir nicht einfach auf Fenris und töten ihn wie den Höllenhund?«
Eugel setzte zu einer Antwort an, aber er kam nicht dazu, denn Baldur machte eine zornige Bewegung und streckte die Hand aus, als wollte er Lif den Hammer kurzerhand wegnehmen, berührte ihn aber dann doch nicht. »Unsinn!«, sagte er in scharfem Ton. »Du musst nicht denken, dass eine starke Waffe dich schon unbesiegbar macht. Den Mjöllnir unnötig zu benutzen, bringt Unglück.«
»Aber Garm . . .«, begann Lif, wurde aber sofort wieder von Baldur unterbrochen.
»Bei Garm war es anders«, sagte der Ase wütend. »Uns blieb keine Wahl und es war auch nicht schade um diese elende Kreatur Utgards. Du wirst den Zermalmer nicht benutzen, hörst du? Unter gar keinen Umständen! Er gehört Thor und nur er allein darf ihn führen. Und nun kommt weiter. Und keinen Laut mehr!« Damit wandte er sich um und ging so rasch los, dass Eugel und Lif sich sputen mussten, um mit ihm mitzuhalten.
»Du darfst Baldur nicht böse sein«, sagte Eugel, während sie nebeneinander durch Nebel und Nacht stürmten. »Er hat so scharf gesprochen, weil er in Sorge ist. Um dich.«
»Mir wird nichts geschehen, Eugel«, keuchte Lif. »Mjöllnir ist nicht mein Feind. Das fühle ich.«
»Wer spricht von Mjöllnir?«, sagte Eugel unwillig. »Es ist Fenris, der Baldur Sorgen bereitet . . .« Er schüttelte den Kopf. »Aber du kannst ja nicht wissen, was geschah, als Baldur und der Fenriswolf das letzte Mal zusammentrafen.«
»Ich war dabei«, sagte Lif ruhig.
Der Albe stolperte vor Überraschung und wäre um ein Haar gestürzt. »Du warst . . . dabei?«, wiederholte er ungläubig. »Das hast du mir nie erzählt!«
»Ich hielt es nicht für wichtig«, sagte Lif und fügte nach einem kurzen Augenblick entschuldigend hinzu: »Und ich habe es auch ganz vergessen.«

»Vergessen!«, keuchte Eugel. »Er sieht zu, wie sich Odins Sohn und der Fenriswolf bekämpfen, und er vergisst es. O ihr Götter, was habe ich nur getan, so gestraft zu werden?«
»Was ist denn so schlimm daran, etwas zu vergessen?«, verteidigte sich Lif.
»Oh, nichts«, sagte Eugel spöttisch. »Nur, dass du wissen müsstest, was dem geschieht, der mit Fenris kämpft.«
Was wollte der Albe sagen? Lif versuchte sich an den entsetzlichen Kampf zwischen Baldur und der riesigen Bestie zu erinnern, aber es fiel ihm schwer: Alles war damals so neu und erschreckend für ihn gewesen und er hatte vor lauter Furcht kaum begriffen, was überhaupt vor ihm geschah.
»Ich sehe, du hast es wirklich vergessen«, sagte Eugel ärgerlich. »Dann werde ich es dir sagen: Fenris ist nicht irgendein Geschöpf Utgards wie Garm oder ein Drache. Er ist ein Götterwolf, so wie die Asen Göttermenschen sind, und ein Fluch beschützt ihn. Es heißt, dass der, der ihn tötet, dies mit dem eigenen Leben bezahlen muss, ganz gleich, ob er nun Mensch oder Ase oder Albe oder Riese ist.«
Natürlich, dachte Lif entsetzt. Genau das war es gewesen, was er gesehen hatte! Hatte nicht Baldur für jeden Stich, den er Fenris versetzte, eine ebenso tiefe, schlimme Wunde erhalten, hatte der Götterwolf dem Asen nicht jeden Hieb mit einem schmerzhaften Biss vergolten? Und hatte er nicht selbst, als er Zeuge des schrecklichen Kampfes geworden war, an nichts anderes gedacht, als dass die beiden ungleichen Gegner sich gegenseitig umbringen würden?
»Das ist es, was Baldur meinte«, sagte Eugel böse, als hätte er seine Gedanken gelesen. »Und das ist es, was ihm solche Sorge bereitet. Jetzt frag ihn noch einmal, ob du den Mjöllnir nehmen und Fenris damit erschlagen sollst, du kleiner Narr!«
Sie sprachen nicht weiter, sondern beeilten sich, Baldur einzuholen, der bereits einen tüchtigen Vorsprung hatte. Aber kaum waren sie an der Seite des Asen angelangt, da beschleunigte Baldur seine Schritte wieder.

Lif war schon bald so außer Atem, dass er bei jedem zweiten Schritt stolperte, und schließlich übersah er einen Stein, der unter einer trügerischen dünnen Schneedecke verborgen war, sein Fuß verfing sich und er fiel der Länge nach hin. Baldur knurrte unwillig, hob ihn auf und warf ihn sich wie einen Sack über die Schulter, ohne im Lauf innezuhalten. Diesmal protestierte Lif nicht. Trotz des zusätzlichen Gewichtes lief der Ase bald noch schneller, sodass die kahlen Felsen Niflheims nur so an ihnen vorüberzufliegen schienen.

Doch das Wolfsheulen kam immer näher.

Es war längst nicht mehr nur das Heulen eines Wolfes, sondern eines ganzen Rudels, drohend und bösartig. Manchmal glaubte er ein rasches, weiches Tappen zu hören, dann ein helles Hecheln, das ihn fast mehr erschauern ließ als das an- und abschwellende Heulen.

Und dann sahen sie den ersten, Wolf.

Baldur blieb so jäh stehen, dass Lif um ein Haar heruntergefallen wäre. Erschrocken klammerte er sich an den Schultern des blonden Riesen fest und sah auf.

Was er erblickte, ließ sein Herz wie rasend hämmern.

Der Nebel war aufgerissen und vor ihnen lag der Kamm eines Hügels, in der Finsternis der Nacht nur als schwarze, wie mit einer Schnur gezogene Linie zu erkennen. Und darauf, gigantisch und finster vor der tief stehenden Scheibe des Mondes, erhob sich die Silhouette eines Wolfes.

»Fenris!«, murmelte Baldur.

Es war der Götterwolf. Er war nur als Schatten zu erkennen und sicher eine Meile oder mehr entfernt und trotzdem zweifelte Lif keine Sekunde daran.

Baldurs Hand griff zum Schwert, obgleich er wissen musste, wie wenig ihm eine Waffe aus von Sterblichen geschmiedetem Stahl gegen dieses Ungeheuer nutzen konnte. Und er zog die Klinge auch nicht, sondern nahm die Hand mit einer hastigen Geste wieder zurück, fuhr sich damit über das Kinn und sah nach beiden Seiten. Schließlich deutete er nach Westen, wo

hinter treibenden Nebelschwaden die Umrisse weiterer Hügel sichtbar waren. »Dorthin«, befahl er. »Zwischen den Felsen können wir uns besser verteidigen.«
»Und wenn es eine Falle ist?«, fragte Eugel zweifelnd.
Baldur schnaubte. »Dann werden wir es früh genug merken«, sagte er grimmig. »Und dieses Wolfspack wird spüren, was es heißt, einen Asen herauszufordern.« Und damit stürmte er schon los.
Es war eine Falle.
Sie waren kaum halb den Hügel hinunter, da erwachte einer der vermeintlich leblosen Schatten neben ihnen mit einem schrillen Heulen zum Leben. Lif hatte gerade noch Zeit, etwas Riesiges, Finsteres auf sich zufliegen zu sehen, da ging Baldur auch schon mit einem gellenden Schrei zu Boden und er selbst wurde in hohem Bogen von den Schultern des Asen geschleudert und landete so unsanft auf dem Rücken, dass er ein paar Augenblicke lang benommen liegenblieb.
Als sich die schwarzen Nebel von seinen Augen hoben, hörte er Schreie und sah Baldur sich am Boden wälzen, in ein wütendes Handgemenge mit einem struppigen Schatten verstrickt. Neben ihm führte Eugel einen sonderbaren Tanz auf, der komisch ausgesehen hätte, wäre sein Zweck nicht gewesen, den schnappenden Kiefern eines gewaltigen Wolfes zu entgehen, der mit wütendem Knurren auf ihn eindrang. Und aus dem Nebel heraus drang das Gewinsel weiterer Wölfe, die herangehetzt kamen, ihren beiden Kameraden zu Hilfe zu eilen. Lif sprang auf und schwang den Mjöllnir, alle Mahnungen Baldurs und Eugels vergessend.
Aber das wütende Knurren des Wolfes verwandelte sich in ein schrilles Jaulen und brach plötzlich ab, und Baldur sprang mit einem Schrei auf die Füße, das blutige Schwert in der Rechten. Mit einer Bewegung, die so schnell war, dass Lifs Augen ihr kaum zu folgen vermochten, fuhr er herum und an Eugels Seite. Seine Klinge blitzte auf, und wieder wurde das Knurren zum Todesgeheul.

Und doch wurde ihnen keine Atempause gegönnt, denn der letzte Wolf war noch nicht in den Schnee gestürzt, als ein ganzes Rudel der Ungeheuer aus dem Nebel herausbrach.
Auch Lif sah einen Schatten auf sich zustürzen, duckte sich und bekam einen Schlag gegen den Rücken, der ihn wieder zu Boden schleuderte. Er rollte herum, sah ein verzerrtes graues Gesicht mit tödlichen Zähnen und lodernden Augen vor sich und schlug zu, ohne zu denken. Der Wolf starb lautlos, von einem Hieb Mjöllnirs gefällt, der seinen Schädel zertrümmerte. Mit einem verzweifelten Sprung war er neben Baldur und dem Alben, stellte sich Rücken an Rücken mit Eugel und schwang den Hammer. Ein weiterer Wolf drang mit schnappenden Kiefern auf ihn ein und starb, aber sofort war wieder einer zur Stelle und noch einer.
Lif kämpfte wie in einem Rausch. Was er erlebte, hatte nichts mehr mit der Wirklichkeit zu tun, das spürte er, sondern war ein Traum, ein Stück aus einem entsetzlichen Albtraum, der aus Nebel und Geheul und dem Gestank von Blut und aus mächtigen struppigen Körpern bestand, die aus dem Nichts auf ihn eindrangen. Der Mjöllnir in seiner Hand schien fast ohne sein Zutun hierhin und dorthin zu zucken, als wäre er selbst ein stählernes Ungeheuer, das nach dem Blut seiner Opfer lechzte. Es schien kein Ende zu nehmen. Der Schnee war bald mit Blut und toten Wölfen übersät, aber immer noch spie der Nebel mehr und mehr der schrecklichen Dämonen aus und immer wieder bäumte sich der Mjöllnir in seiner Hand auf und fand ein neues Opfer.
Und dann hörte der Angriff so plötzlich auf, wie er begonnen hatte. Der letzte Wolf starb, gefällt von einem Schwerthieb Baldurs, der ihn nahezu in zwei Hälften gespalten hatte, und dann schlossen sich die Nebel wieder. Mit einem Mal wurde es unheimlich still.
Lif schwindelte. Erschöpfung und Angst schlugen wie eine Woge über ihm zusammen; er taumelte, ließ den Mjöllnir fallen und wäre gestürzt, wenn Baldurs starke Hand ihn nicht im letz-

ten Moment aufgefangen hätte. Das Gesicht des Asen schien vor seinem Blick zu verschwimmen wie ein Spiegelbild in klarem Wasser. Es glänzte vor Schweiß und auf seiner Stirn war eine hässliche, heftig blutende Wunde. Baldurs Atem ging schnell. »Du darfst jetzt nicht aufgeben, Lif«, keuchte der Ase. »Es ist noch nicht vorbei! Wir müssen weiter!« Behutsam ließ er Lifs Arm los, blieb jedoch bereit, ihn aufzufangen, falls seine Kräfte wieder versagen sollten. »Glaubst du, dass du gehen kannst?« Lif nickte, obwohl er Mühe hatte, sich aus eigener Kraft auf den Füßen zu halten.

»Gut«, sagte Baldur. »Heb den Mjöllnir auf. Und denk daran, Lif«, fügte er in beschwörendem Tonfall hinzu, »du darfst ihn nicht werfen, ganz gleich, was geschieht, und schon gar nicht gegen Fenris. Solange du ihn führst wie jetzt, ist er nichts als eine Waffe. Aber wirfst du ihn, entfesselst du seinen Zauber! Hast du verstanden?«

Lif nickte abermals, bückte sich nach dem Hammer und nahm ihn auf. Obgleich die Waffe im Schnee gelegen hatte, war sie warm, und für einen schrecklichen Moment hatte er das Gefühl, kein Stück Eisen, sondern etwas Lebendes in der Hand zu halten.

»Weiter, Baldur!«, drängte Eugel. »Das war bestimmt nicht der letzte Angriff!«

Der Ase nickte, warf Lif noch einen besorgten Blick zu und richtete sich auf. Sie liefen weiter.

Der Nebel schien immer dichter zu werden, je weiter sie stürmten, und als wäre dies alles nicht genug, begann der Boden steil anzusteigen und mit spitzen schwarzen Lavaklingen nach ihren Füßen zu schnappen. Einmal erreichten sie eine jäh aufragende, unübersteigbare Wand, die sich nach beiden Seiten so weit erstreckte, bis sie sich im Nebel verlor, und mussten umkehren und ein anderes Mal klaffte ein Abgrund vor ihnen auf, den nicht einmal Baldur zu überspringen wagte.

Und die ganze Zeit waren die Wölfe hinter ihnen. Ihr Heulen erklang jetzt ununterbrochen und das harte Tappen ihrer

Pforten dröhnte wie der Hufschlag eines ganzen Heeres. Baldur, Eugel und er mussten weit über ein Dutzend der Tiere erschlagen haben und doch konnte dies nur ein Bruchteil des gewaltigen Rudels sein, das sie verfolgte. Und sie kamen näher. Aber aus irgendeinem Grund, der ihnen unklar war, griffen die Bestien sie noch nicht an.

Plötzlich blieb Eugel stehen und deutete mit einem Schrei auf eine schwarze Felsklippe, die vor ihnen aus der Nacht aufgetaucht war. »Schwarzalbenheim!« rief er. »Das ist die Grenzmarkierung von Schwarzalbenheim, Baldur! Wir sind gerettet!«

Wie zur Antwort erscholl hinter ihnen ein wütendes Heulen aus unzähligen Kehlen, aber diesmal erschreckte der Laut den Albenkönig nicht, im Gegenteil: Eugel lachte hell, nahm einen Stein auf und schleuderte ihn zurück in den Nebel, dann legte er mit wenigen, weit ausholenden Schritten das letzte Stück Weg bis zu dem Grenzstein zurück, wo er abermals stehen blieb. »Kommt«, rief er. »Kommt schnell! Hier sind wir in Sicherheit! Nicht einmal Fenris und seine Bande würden es wagen, unsere Grenzen zu überschreiten!«

Baldurs Gesichtsausdruck nach zu urteilen schien er nicht so überzeugt davon zu sein wie Eugel. Aber er lief gehorsam an seine Seite und auch Lif beeilte sich, die letzten Schritte durch den Schnee zu stolpern, um den Alben einzuholen.

»Wir sind gerettet«, murmelte Eugel erschöpft. »Bei Hel, wir hätten keine fünf Minuten länger brauchen dürfen. Ich sah mich schon in Fenris' Rachen.«

Baldur nickte, starrte aber weiter aus eng zusammengepressten Augen in den Nebel zurück. Die Sorge auf seinen Zügen war um nichts geringer geworden. Aus den grauen Schwaden drang noch immer das wütende Heulen und Hecheln der Wölfe, dazu ein schweres Tappen und Huschen und manchmal ein wütender Laut, der wie ein Bellen klang. Sie sahen keinen einzigen Wolf, nicht einmal einen Schatten und das machte es noch schlimmer.

»Wir sind in Sicherheit, Baldur!«, sagte Eugel noch einmal. »Fenris wagt es nicht, mich in meinem eigenen Königreich anzugreifen!«

»Mir wäre trotzdem lieber, wenn wir noch ein Stück weitergingen«, sagte Baldur. »Ich traue dieser Kreatur nicht.« Eugel schien widersprechen zu wollen, beließ es dann aber bei einem Achselzucken und wandte sich um. »Wie du willst«, sagte er. »Aber es ist unnötig, glaube mir. Wir sind hier so sicher wie in Asgard.« Trotzdem warf er Lif ein aufmunterndes Lächeln zu, ging an Baldur vorbei, um den Felsen herum – und erstarrte.

Vor ihnen stand ein Wolf.

Es war ein gewaltiges, nachtschwarzes Tier, so groß und finster, dass Lif im ersten Moment glaubte, Fenris gegenüberzustehen. Dann erkannte er, dass es nicht der Götterwolf war. Aber der Unterschied machte nicht viel aus, es war fast ebenso groß und massig wie Fenris selbst. Der Wolf fletschte die Zähne und seine Augen leuchteten in der Dunkelheit wie kleine glühende Kohlen. Wo seine Pranken den Schnee aufwühlten, schien der Boden zu dampfen.

»Surtur!«, entfuhr es Baldur. »Das ist Surturs Garde!«

»Surturs Mörderwölfe!«, bestätigte Eugel. Seine Stimme zitterte vor Entsetzen. »Aber das . . . das ist unmöglich. Wir sind hier in Schwarzalbenheim. Das . . . das bedeutet Krieg!«

»Du Narr, den haben wir längst!«, antwortete Baldur zornig. »Und so, wie es aussieht, werden wir kaum Gelegenheit haben, Surtur –«

Er kam niemals dazu, Lif und Eugel zu sagen, wozu sie nicht mehr kommen würden, denn in diesem Moment griff der Riesenwolf mit einem tiefen, grollenden Knurren an. Wie eine jäh entspannte Stahlfeder schoss er plötzlich auf Baldur zu.

Der Ase schrie auf, stemmte sich mit weit gespreizten Beinen in den Boden und hob sein Schwert, die Spitze genau auf die Brust des riesigen Untiers gerichtet. Aber der Wolf warf sich mitten im Sprung herum, sodass die Klinge nur seine Flanke ritzte, riss Baldur von den Füßen und warf sich heulend auf ihn. Seine gewaltigen Kiefer, die Lif an eine übergroße Bärenfalle erinnerten, öffneten sich, und dann brüllte Baldur plötzlich vor Schmerz und schlug blindlings mit dem Schwertknauf zu. Die Waffe traf mit einem dumpfen Geräusch auf die Schläfe des Wolfes, aber obwohl Baldur mit seiner ganzen Kraft zugeschlagen hatte, ließ das Ungeheuer seine Schulter nicht los, sondern biss noch fester zu.

Endlich überwand Lif die Lähmung, die ihn bei dem furchtbaren Anblick überkommen hatte. Mit einem Schrei war er bei Baldur und dem Wolf, schwang seinen Hammer und ließ die Waffe zwischen die Augen des Scheusals krachen. Er spürte die Wucht des Schlages bis in die eigenen Schultern hinauf, aber nicht einmal der Hieb Mjöllnirs vermochte das Ungeheuer zu fällen. Der Schlag trieb seine Zähne noch tiefer in Baldurs Schulter, sodass der Ase abermals aufschrie.

Lif taumelte zurück. Er erinnerte sich Baldurs Worte: »Wenn du ihn wirfst, entfesselst du seine Zauberkraft.« Er erinnerte sich auch der Furcht, die in den Worten des Asen gelegen hatte, aber er war nicht mehr in der Lage, klar zu denken. Mit der letzten Kraft, die er noch aufzubringen vermochte, hob er den rechten Arm und flüsterte: »Flieg, Mjölln –«

Ein harter Schlag traf ihn und schmetterte ihm die Waffe aus der Hand. Er fühlte sich gepackt und wild geschüttelt. »Nein, Lif!«, brüllte Eugel. »Tu es nicht! Nicht hier!«

Mühsam versuchte Lif, Eugels Hände von sich abzuschütteln, doch er war viel zu schwach dazu. »Aber Baldur stirbt!«, keuchte er. »Lass mich, Eugel. Ich muss Baldur helfen. Er stirbt doch!«

Aber Eugel ließ ihn nicht los, sondern versetzte ihm einen derben Stoß, der ihn zurücktaumeln und ein Stück entfernt von Mjöllnir in den Schnee fallen ließ. »Nein, das tut er nicht!« schrie der Albe. »Sieh doch!«

Aus tränenerfüllten Augen blickte Lif zu Baldur und dem riesigen Wolf hinüber. Das Tier stand noch immer über dem Asen, alle vier Läufe in den Schnee gestemmt und die furchtbaren Zähne in seine Schulter gegraben. Aber Baldurs – und auch Lifs – Hieb hatten ihn erschüttert. Blut tropfte aus seiner Schnauze und das unheimliche Lodern und Glühen in seinen Augen war längst nicht mehr so heftig wie zuvor.

Dafür schienen die Kräfte des Asen mit jedem Augenblick mehr und mehr zurückzukehren. Das Schwert war seiner Hand entfallen, aber er hatte den freien Arm zwischen seine Schulter und den mächtigen Schädel des Wolfes gezwängt und begann das Tier Stück für Stück von sich fortzuschieben.

Der Wolf knurrte, grub die Pfoten noch tiefer in den Schnee und spannte seine Muskeln. Aber den Kräften des Asen war er nicht gewachsen. Baldur drängte ihn langsam, aber unbarmherzig von sich fort, zwängte seine Kiefer auseinander und erhob sich gleichzeitig auf die Knie, dann auf eines seiner Beine, schließlich auf beide, bis die beiden gewaltigen Gegner wie in einer schrecklichen Umarmung dastanden. Noch einmal strengte Baldur sich mit aller Macht an und plötzlich wimmerte der Wolf schrill, wand sich einen Augenblick in des Asen tödlicher Umarmung und fiel mit gebrochenem Rückgrat in den Schnee. Baldur wandte sich keuchend um. Er taumelte. Sein Gesicht war grau geworden und Blut lief in breiten Strömen über seine Schulter. Aber Lif sah auch etwas, was ihn an seinem Verstand zweifeln ließ. Die schreckliche Wunde in Baldurs Schulter begann sich zu schließen! Der Blutstrom ließ nach, versiegte schließlich ganz, und als Baldur zu Eugel und ihm zurückkehrte, war von der vermeintlich tödlichen Wunde nicht mehr als eine dünne, dunkelrote Linie zurückgeblieben, die kurz darauf ganz verblasste. Und auch Baldurs Atem beruhigte sich innerhalb weniger Augenblicke wieder. Er lächelte sogar, wenn auch nur für einen Moment, bückte sich nach seinem Schwert und schob es in den Gürtel.

»Du. . . du bist . . . du bist unverletzt?«, stammelte Lif.

Baldur lächelte flüchtig. »Du hast niemals einen Asen kämpfen sehen, wie? Dies hier ist nicht die Unterwelt, Lif.«

»Hört auf zu schwatzen!«, unterbrach ihn Eugel. »Wir müssen weiter! Es würde mich nicht wundern, wenn noch mehr dieser Bestien hier sind. Ach, hätte ich nur meinen Bogen!«

»Ich fürchte, der würde dir auch nichts nutzen, mein Freund«, sagte Baldur leise.

Es dauerte einen Moment, bis Lif und Eugel begriffen, wie die Worte des Asen gemeint waren und was der sonderbare Klang in seiner Stimme bedeutete. Und dann dauerte es noch einen Augenblick, ehe Lif den Mut aufbrachte, sich umzudrehen und in die Richtung zu schauen, in die Baldurs Blick ging.

Hinter ihnen, nur wenige Schritte vor der wogenden grauen Nebelwand, standen drei schwarze Wölfe, ein jeder ein genaues Ebenbild des Ungeheuers, das Baldur soeben mit äußerster Anstrengung besiegt hatte. Und noch ehe Lif das gesamte Ausmaß des Geschehens begriff, schrie Eugel ein zweites Mal auf und deutete in die andere Richtung, dorthin, wo der erste Wolf aufgetaucht war. Auch dort waren drei der entsetzlichen Mordbestien erschienen.

»Bei Odin, das ist das Ende!«, flüsterte Baldur. »Gleich sechs. Die Hälfte von Surturs Garde!«

Als hätten die Ungeheuer die Worte verstanden, rückten sie einen Schritt auf Lif, Baldur und den Alben zu, und ohne dass sich Lif auch nur umdrehen musste, wusste er, dass die Wölfe in ihrem Rücken dasselbe taten. Sein Blick suchte den Mjöllnir. Der Hammer lag nur wenige Schritte vor ihm und doch unerreichbar weit fort. Die Wölfe würden ihn in Stücke reißen, wenn er auch nur den Versuch machte, den Zermalmer aufzuheben.

Baldur atmete hörbar ein, stellte sich mit gespreizten Beinen vor Lif und Eugel und ballte die Fäuste. »So kommt, ihr Ungeheuer«, flüsterte er. »Bringen wir es zu Ende. Aber denkt es euch nicht zu leicht. Ein paar von euch werde ich mitnehmen!«

Einer der Wölfe stieß ein schrilles Heulen aus. Es klang fast wie Lachen in Lifs Ohren. Ein böses, spöttisches Lachen, das auf Baldurs Drohung antwortete. Schritt für Schritt kamen

die Ungeheuer näher, langsam, die lodernden roten Augen starr auf Baldur und seine beiden Begleiter gerichtet, mit peitschenden Ruten und unruhig zuckenden Ohren. Ihre Zähne waren gebleckt.
Plötzlich blieben sie stehen, alle auf einmal und wie auf ein geheimes Kommando hin. Ihre Köpfe flogen mit einem Ruck in den Nacken. Die Ohren stellten sich auf. In diesem Moment hörte es auch Lif: einen dünnen, sehr leisen Ton, der trotzdem durchdringend klang, hoch und lang und mehrmals widerhallend.
»Das Horn!«, keuchte Eugel. »Baldur, Lif – hört doch! Das ist das Gjallarhorn! Bei Hel, Baldur, das ist es. Die Einherier kommen!« Plötzlich schrie der Albe auf, begann abwechselnd auf dem einen und dem anderen Bein zu hüpfen und schrie immer wieder: »Die Einherier, Baldur. Die Einherier kommen!«
Wieder erscholl der Klang des Hornes, sehr viel näher und lauter diesmal, und nun stimmten die Wölfe ein schauerliches Geheul an, liefen einen Moment in blinder Panik im Kreis herum – und stürzten sich wie auf ein geheimes Zeichen auf ihre drei Opfer.
Keines der Ungeheuer kam ihnen auch nur nahe. Ein ganzer Hagel dünner schwarzer Pfeile ergoss sich aus der Dunkelheit auf sie und tötete sie auf der Stelle. Plötzlich erzitterte der Boden unter dem Hufschlag rasend schnell herangaloppierender Pferde. Und dann teilten sie die schwarze Nacht: gewaltige gepanzerte Männer in weiß und golden blitzendem Stahl, einer, zwei, fünf, dann ein Dutzend und noch eines, und Baldur fuhr mit einem freudigen Schrei herum, riss die Arme in die Höhe und lief den Männern entgegen. »Dort drüben, Heimdall!«, schrie er. »Im Nebel! Dort sind noch mehr!«
Einer der weiß gekleideten Reiter hob den Arm und deutete auf die Nebelbank und gut die Hälfte seiner Begleiter riss die Tiere in vollem Galopp herum und sprengte in die angegebene Richtung. Der Nebel verschluckte sie, aber in das dumpfe Hämmern der Hufe mischte sich wieder das Sirren von Bo-

gensehnen und aus dem drohenden Heulen der Wölfe wurde ein Chor schriller Todesschreie. Lif aber nahm von alledem kaum etwas wahr. Sein Blick war wie gebannt auf die vier weiß gekleideten Reiter gerichtet, die die kleine Armee anführten, und ganz besonders auf den größten und stolzesten von ihnen, der, den Baldur mit Heimdall angesprochen hatte. Er rührte sich nicht, auch nicht, als sich Baldur – nachdem er einige Worte mit den Reitern gewechselt hatte – umdrehte und ihnen hastig winkte, ihm zu folgen. Und auch nicht, als die gewaltigen Schlachtrösser der Krieger weniger als einen Schritt vor ihm zum Stehen kamen und die vier Männer ernst, aber durchaus freundlich auf ihn herabsahen.

»Ist er das?«, fragte der große Reiter schließlich.

Baldur nickte. »Ja«, sagte er. »Das ist er. Das ist Lif, Bruder.«

Lif starrte den riesigen, blondhaarigen Krieger aus weit aufgerissenen Augen an. Seine Gedanken schlugen Purzelbäume. »Heim ... dall?«, stammelte er verwirrt. »Sagtest du Heimdall, Baldur?«

Baldur lächelte. »Ja, Lif«, sagte er. »Das ist mein Bruder Heimdall. Und das ...« Er hob die Hand und deutete der Reihe nach auf die drei anderen weiß gekleideten Reiter. »... sind Tyr, Forseti und Loki.«

Hinterher, wenn die Rede darauf kam und die anderen ihre rauen Scherze mit ihm trieben, behauptete Lif stets, es wäre die Erschöpfung gewesen.

Aber die Wahrheit war, dass er vor Ehrfurcht in Ohnmacht fiel.

»Du bist also Lif«, sagte Heimdall kopfschüttelnd. »Ich muss gestehen, ich habe dich mir . . . anders vorgestellt.« Er lächelte. Es war ein freundliches, warmes Lächeln, freundlicher noch als das Baldurs, das der Ase irgendwo in den finsteren Abgründen des Totenreiches verloren und bis jetzt nicht wieder gefunden hatte. Es war sehr viel später; noch nicht Morgen, aber auch nicht mehr Nacht. Das lichtschluckende Schwarz des Himmels war einem tiefen, samtenen Blau gewichen, und als flohen alle finsteren Mächte des Schicksals die Nähe der Asen, war selbst der Nebel auseinander getrieben, sodass Lif jetzt das Tal überblicken konnte, durch das sie hierher gekommen waren. Der Schnee war rot vom Blut der erschlagenen Ungeheuer und zwischen den kantigen Lavabrocken lagen große, struppige Körper. Sehr viele. Heimdalls Einherier hatten gnadenlos unter Fenris' Mördern gewütet. Lif glaubte nicht, dass ihnen mehr als eine Hand voll Bestien entkommen war.

Er verscheuchte den Gedanken und wandte sich wieder dem Asen zu, um seine Frage mit einem hastigen Nicken zu beantworten. »Ich bin leider, wie ich bin, Herr«, antwortete er. »Mir wäre auch lieber, ich wäre so stark wie Ihr. Vielleicht wäre dann vieles nicht geschehen.«

»Was, zum Beispiel?«, erkundigte sich Tyr mit einem raschen, spöttischen Lächeln.

»Nun, ich . . . ich hätte Baldur und Eugel besser helfen können«, antwortete Lif, wobei er schon wieder ins Stocken kam. Es war nicht jedermanns Sache, gleich fünf leibhaftigen Asen gegenüberzusitzen und ihnen Rede und Antwort zu stehen.

Zwar war er nun lange genug mit einem von ihnen zusammen gewesen, um zu begreifen, dass der Unterschied zwischen Mensch und Gott vielleicht nicht ganz so groß war, wie die meisten Bewohner Midgards glauben mochten, und doch . . . mit Baldur war es etwas anderes. Was sie gemeinsam erlebt und erlitten hatten, hatte sie zusammengeschmiedet und für eine Weile, besonders während der endlosen Stunden ihrer Flucht durch die Unterwelt, in der Baldur seiner göttlichen Kräfte beraubt gewesen war, hatte er fast vergessen, an wessen Seite er sich befand. Aber Baldurs unglaublicher Kampf mit dem Wolf hatte ihn wieder in die Wirklichkeit zurückgeholt. Und der Anblick der fünf hünenhaften Gestalten auf der anderen Seite des Feuers ließ ihn vor Respekt die richtigen Worte nicht finden.

Tyr wollte eine weitere Frage stellen, aber in diesem Moment mischte sich Loki ein und machte eine ungeduldige Handbewegung. »Genug jetzt«, sagte er bestimmt. »Später ist noch Zeit genug, mit diesem Knaben zu sprechen. Im Moment gibt es wohl Wichtigeres.« Er deutete auf das halbe Dutzend erschlagener Riesenwölfe. »Wenn Baldur Recht hat und dies wirklich Surturs Dämonenwölfe sind –«

»Sie sind es«, unterbrach ihn Baldur scharf. Lif sah auf und für einen Moment gewahrte er ein zorniges Blitzen in den Augen des Asen und auch Loki blickte Baldur weniger freundlich an, als er erwartet hatte. Auch unter den Asen scheint nicht immer eitel Sonnenschein zu herrschen, dachte er erstaunt.

Loki nickte. »Gut, wenn du es sagst, dann wird es wohl stimmen. Aber du solltest dir deiner Sache sehr sicher sein, Baldur. Du weißt, was es bedeutet, wenn wir mit dieser Nachricht nach Asgard zurückkehren.«

»Krieg!«, sagte Eugel heftig. »Surtur hat die alten Verträge gebrochen. Es gibt nur eine einzige Antwort auf diese Tat!«

»Nicht so eilig, Eugel«, sagte Tyr besänftigend. Eugel wollte auffahren, aber der Kriegsgott der Asen hob rasch die Hand. »Ich kann deinen Zorn verstehen, Eugel, doch das Wort Krieg

geht rasch von der Zunge, manchmal zu rasch, und er ist schneller angefangen als beendet. Wir müssen sehr sorgfältig überlegen, was wir Allvater berichten.«
»Was gibt es da zu überlegen?«, ereiferte sich der Albe. Mit einer wütenden Handbewegung deutete er auf die schwarze Felsklippe, die sich wenige Schritte hinter ihnen gegen den Nachthimmel erhob. »Dies ist der Grenzstein Schwarzalbenheims«, fuhr er erregt fort. »Und Surturs Kreaturen griffen uns diesseits der Markierung an. Ihre Leichen liegen noch da. Ihr habt sie selbst getötet.«
»Es sind nur wenige Schritte«, sagte Tyr. »Surtur wird behaupten, dass es ein Versehen war, und sich entschuldigen.«
»Ob wenige Schritte oder viele Meilen, was macht das schon?«, fauchte Eugel. »Und selbst wenn sie Schwarzalbenheims Boden niemals betreten hätten, wäre es gleich. Fenris und seine Mörderbande wollten uns töten. Mich und diesen Knaben und euren eigenen Bruder! Wollt ihr diese Beleidigung hinnehmen?«
»Nein«, antwortete Tyr ernst. »Doch es gibt andere Antworten auf eine Beleidigung als Krieg, mein Freund.«
Eugel starrte ihn feindselig an. »Und diese Worte ausgerechnet aus deinem Mund, Tyr?«, sagte er böse. »Von Loki hätte ich sie erwartet, auch von Forseti noch – aber du?«
Sonderbarerweise lächelte Tyr. »Gerade aus meinem Munde, mein Freund«, sagte er sanft. »Denn ich weiß von euch allen am besten, wovon ich spreche.«
»Genug jetzt«, sagte Baldur unwillig. »Seid ihr von Sinnen, Tyr und Eugel? Gerade sind wir mit knapper Not dem Tode entronnen und schon streitet ihr euch, ob ihr Krieg beginnen sollt oder nicht?« Er schüttelte den Kopf, warf Eugel einen strafenden Blick zu und wandte sich wieder an Heimdall. »Berichte lieber, wie ihr hierher gekommen seid, Bruder«, fuhr er fort. »Haben Hugin und Munin meinen Ruf doch gehört?«
»Odins Raben?« Heimdall schüttelte bedauernd den Kopf, rutschte ein Stück näher an das Feuer heran und hielt die Hände über die prasselnden Flammen. »Nein. Allvater selbst

schickt uns. Wir sind seit Wochen unterwegs, auf der Suche nach dir und Eugel und diesem Knaben. Niflheim ist groß.«

»Seit Wochen?«, entfuhr es Lif. »Aber wie kann das sein? Wir waren doch nur . . .« Er sprach nicht weiter, als er das spöttische Blitzen in Heimdalls Augen sah, und obwohl es gutmütiger Spott war, ärgerte es ihn. »Oh, ich verstehe«, murmelte er. »Ihr Asen könnt die Zukunft voraussehen.«

»Nein«, antwortete Heimdall sanft. »Könnten wir es, hätten wir euch sicherlich gewarnt und dich in Sicherheit gebracht, Lif. Doch wir hörten von eurer Gefangennahme, und Allvater Odin ritt zu Mimir und erfuhr, dass ihr entkommen konntet. So sandte er uns aus, nach euch zu suchen. Wie sich gezeigt hat«, fügte er hinzu, »ein sehr weiser Entschluss.«

»Und so kamt ihr hierher?«, erkundigte sich Lif misstrauisch. Er hatte das sichere Gefühl, dass ihm die Asen nicht die volle Wahrheit sagten. »Nur so, durch Zufall?«

Lokis Stirn umwölkte sich bei diesen Worten und auch Forseti und Tyr sahen ihn erschrocken an, aber Heimdall begann schallend zu lachen, schlug sich klatschend auf die Oberschenkel und konnte sich gerade noch beherrschen, Lif nicht einen freundschaftlichen Klaps auf die Schultern zu geben, der ihm vermutlich ein paar Knochen gebrochen hätte. »Du gefällst mir, Bursche!«, sagte er. »Nein, natürlich ist es kein Zufall, dass wir gerade jetzt gekommen sind. Zum einen, musst du wissen, spüren wir Asen die Nähe eines der unseren. Und zum anderen trafen wir vor Tagen schon auf die Spuren Fenris' und seiner Meute. Wir folgten ihnen. So einfach war das.«

»Fenris?« Baldur setzte sich gerade auf. »Ihr habt Fenris gesehen?«

»Leider nicht«, bekannte Heimdall. »Doch wir sind diesmal gut vorbereitet. Wenn er uns über den Weg läuft, ist es um ihn geschehen.«

»Aber ihr dürft ihn doch nicht töten!«, entfuhr es Lif.

Heimdall lächelte. »Wer spricht von töten, kleines Menschenkind? Es gibt andere Mittel und Wege, ihn unschädlich zu ma-

chen. Odin gab uns Läding und Droma mit«, fügte er hinzu, zu Baldur gewandt. »Wir wollen sehen, ob Fenris' Kraft reicht, diese Bande zu zerreißen.«
»Möglicherweise nicht«, sagte Loki. »Doch ich möchte gerne wissen, wie ihr sie ihm anlegen wollt.«
Keiner der vier anderen Asen antwortete auf Lokis Worte.
»Und wenn sie nicht halten sollten, haben wir noch etwas anderes, mit diesem räudigen Schakal fertig zu werden«, sagte Baldur plötzlich.
Loki sah auf, in seinen Augen blitzte es. »So?«, fragte er lauernd.
»Zeig es ihnen, Lif«, sagte Baldur.
Lif zögerte einen Moment, aber dann griff er gehorsam unter sein Gewand und zog den Mjöllnir hervor, den er bisher darunter verborgen gehalten hatte.
Hätte er eine giftige Natter zwischen die Asen geworfen, hätte die Wirkung kaum größer sein können. Mit einem einzigen gellenden Schrei sprangen die vier Männer auf. Einige der Einherier, die sich in weitem Abstand als lebender Schutzwall um ihre Herren niedergelassen hatten, rannten mit gezückten Waffen näher.
Der einzige, der sich nicht rührte, war Baldur. »Ihr seht recht«, sagte er triumphierend. »Es ist der Zermalmer.«
»Mjöllnir!«, rief Heimdall. Seine Augen waren groß und weit vor Unglauben. »Aber wie ist das möglich! Es hieß doch, die Riesen hätten ihn . . .«
»In die tiefsten Tiefen der Unterwelt geworfen, ja«, führte Baldur den Satz zu Ende, als Heimdall nicht weitersprach. »Das haben sie, bei Odin, das haben sie! Er lag in der Höhle Nidhöggers, genau zwischen den hässlichen Krallen des Drachen. Doch dieser Knabe hat ihn gefunden und zurückgeholt und er hat Nidhögger damit beinahe erschlagen und so der Wurzel Yggdrasils Zeit gegeben, sich zu erholen.« Er lachte leise. »Ihr seht also, so schlecht stehen die Dinge gar nicht. Wenn es uns jetzt auch noch gelingt, Fenris zu stellen und zu binden, dann ist die Waage des Schicksals wieder ausgeglichen.«

»Das ist nicht möglich!«, protestierte Loki. »Das kann nicht der Zermalmer sein. Er gehorcht niemand anderem als Thor!«
»Willst du damit sagen, dass ich lüge, Loki?«, fragte Baldur lauernd.
Loki sah auf, blickte den Asen einen Moment voller mühsam zurückgehaltener Feindseligkeit an und presste die Lippen aufeinander. Dann schüttelte er den Kopf, schwach und so langsam, als kostete ihn diese kleine Bewegung all seine Kraft. Lif sah, wie sich Baldur spannte. »Ich warte auf eine Antwort, Loki. Glaubst du, dieser Knabe und ich lügen?«
»Natürlich nicht«, antwortete Loki gepresst. »Aber das kann nicht Mjöllnir sein. Ihr . . . ihr müsst auf einen Betrug Surturs hereingefallen sein. Ein böser Zauber der Hel. Du weißt, dass sie die Sinne derer verwirrt, die in ihren Einfluss geraten.«
»Es ist der Zermalmer«, sagte Heimdall leise. »Ich erkenne ihn. Wir alle erkennen ihn, Loki. Auch du.«
»Niemals!«, schrie Loki. »Das ist nicht möglich!« Und damit beugte er sich herab, stieß Heimdall grob beiseite und riss Lif den Hammer aus der Hand.
Zumindest versuchte er es.
Aber kaum hatte er den blitzenden Metallstiel des Kriegshammers auch nur berührt, da ertönte ein hässliches Zischen, und eine grellweiße, funkensprühende Flamme brach zwischen seinen Fingern hervor. Loki schrie vor Schmerz und Zorn, taumelte zurück und presste die Hand gegen die Brust. Das weiße Leder seines Handschuhes war verkohlt, die Hand darunter schwarz geworden. Lif starrte verblüfft auf den Hammer herab. Seine Finger umklammerten den Griff Mjöllnirs noch immer. Er war nicht einmal warm geworden!
»Nun, Loki?«, fragte Baldur leise. Er hatte Mühe, den spöttischen Ton in seiner Stimme zu unterdrücken. »Glaubst du immer noch, dass wir einem Betrug aufgesessen sind?«
Loki knurrte und fuhr herum. Sein Handschuh schwelte noch, aber Lif sah, dass die verbrannte Haut darunter bereits zu heilen begann. Lokis Augen flammten vor Zorn. »Das reicht!«,

sagte Heimdall scharf, ehe die beiden Asen vollends aneinander geraten konnten. »Es gibt keinen Zweifel daran, dass dies wirklich Thors Hammer ist. Wieso er diesem Knaben dient, das zu ergründen ist jetzt nicht der Ort und die Zeit. Vielleicht weiß Thor die Antwort oder Allvater Odin. Was zählt, ist, dass wir ihn wiederhaben. Und nun lasst uns aufbrechen. Es ist ein weiter Weg nach Asgard.«

»Und Fenris?«, fragte Baldur.

»Lass diese elende Kreatur laufen«, sagte Tyr abfällig – was ihm einen weiteren zornigen Blick Lokis eintrug, den er aber nicht beachtete. »Jetzt, da der Zermalmer wieder unter uns weilt, können wir ihm und Surturs ganzer Horde die Stirn bieten. Heimdall hat Recht: Auch ich sehne mich nach den weißen Hallen Asgards zurück.« Er drehte sich um und hob die Arme. »Sitzt auf, Einherier!«, rief er mit erhobener Stimme. »Es geht nach Hause!«

Die Krieger, die ihn und die anderen Asen begleiteten, gehorchten schweigend. Schon nach wenigen Augenblicken wurden auch ihre Pferde herbeigeführt, zusammen mit zwei kleineren, aber sehr kräftigen Tieren für Lif und Eugel. Lif fragte erst gar nicht, woher die Asen gewusst hatten, dass sie zwei weitere Pferde nötig haben würden, noch dazu in dieser Größe. Aber sie ritten noch nicht los, selbst als sich die Einherier wieder zu einem großen, dicht geschlossenen Kreis um die Asen und Lif und den Alben versammelt hatten, denn Baldur wandte sich mit einem fragenden Blick an Eugel und deutete nach Norden. »Ich hoffe, du begleitest uns nach Asgard, Freund«, sagte er. »Odin wird begierig sein, unsere Abenteuer aus deinem Mund zu hören. Sei unser Gast, solange du willst.«

Eugel schüttelte den Kopf. »Dieses Angebot ehrt mich, Baldur«, sagte er. »Aber du weißt, dass ich nicht in Asgard leben könnte, so wenig wie du in den Höhlen Schwarzalbenheims. Und die Zeiten sind schlimm. Mein Volk braucht mich. Ich reite nach Hause.«

»Dann begleiten wir dich«, sagte Heimdall.

»Wozu?« Eugel lächelte zuversichtlich. »Mit diesem guten Pferd bin ich in wenigen Stunden bei meinem Volk. Es besteht keine Gefahr mehr.«
»Wir begleiten dich trotzdem«, bestimmte Heimdall. »Ich traue Fenris nicht. Und Surtur noch viel weniger. Ich möchte nicht vor Odin treten und ihm mitteilen müssen, dass der Mann tot ist, der Baldur und Lif gerettet hat, nur weil wir einen Umweg scheuten.«
Eugel widersprach nicht mehr und sie ritten los. Lif sprengte auf seinem Pferd zwischen Baldur und Eugel dahin, genauso, wie sie so viele Meilen und Tage miteinander gewandert waren. Und doch war es jetzt anders, denn zum ersten Mal, seit er den Alben und den Asen getroffen hatte, war die Angst nicht mehr mit ihnen. Die Gefahr war endgültig vorüber. Sie waren in Sicherheit.
Wenigstens dachte er das.

Es wurde hell und fast im gleichen Maße, in dem das samtene Blau des Himmels heller wurde, erschien auch die Umgebung freundlicher. Zwar bestimmten noch immer schwarze Lavablöcke und gewaltige, wie von der Hand eines zornigen Riesen über das Land geschleuderte Felsen das Bild, aber hier und da zeigte sich jetzt Leben: ein Vogel, ein Schatten, der auf weichen Pfoten vor ihnen floh, ein paar grüne Halme, die sich in eine Felsspalte gekrallt hatten, ein kleiner See, dessen Wasser sich kräuselte, als sie daran vorüberjagten.
Die Asen legten ein scharfes Tempo vor. Lif schätzte, dass sie an die zehn Meilen zurückgelegt haben mussten, als die Sonne vollends aufging, aber sie rasteten nicht und ihre Pferde schienen auch keine Müdigkeit zu kennen. Selbst die kleineren Tiere, auf denen Eugel und er ritten, griffen noch immer so kräftig und weit aus wie im ersten Moment und die felsige Landschaft Schwarzalbenheims flog nur so an ihnen vorüber.
Sie hatten einen kleinen Fluss überquert und jagten die Anhöhe eines mit kargem Gras und Moos bewachsenen Hügels

hinauf, als einer der Einherier, die die Spitze bildeten, einen scharfen Ruf ausstieß, der sich wie ein Echo bis in die hinteren Reihen fortsetzte. Lif richtete sich im Sattel auf und versuchte, über die vor ihm Reitenden hinweg zu blicken, erkannte aber nichts außer auf- und abhüpfenden Pferderücken und gepanzerten Schultern. Aber ihr Vormarsch kam ins Stocken; die Pferde wurden langsamer, dann stieß einer der Asen einen schrillen Ruf aus und die ganze Kolonne hielt an.

Jetzt sah auch Lif, weswegen sie stehen geblieben waren. Vor ihnen, auf halber Höhe der Böschung, lag ein Toter. Der Boden rings um ihn herum war aufgewühlt und mit Blut und grauen Fellfetzen übersät. Der Mann trug die gleiche silberweiße Rüstung wie die Reiter, die sie umgaben.

»Bei Hel!«, rief Heimdall erschrocken. »Das ist Ogir, einer der drei Kundschafter, die ich vorausgeschickt habe! Was ist geschehen?«

Baldur sprang aus dem Sattel, kniete neben dem Toten nieder und drehte ihn um. Lif war viel zu weit entfernt, um den Mann genauer sehen zu können, aber er war froh darüber, denn die Einherier stöhnten entsetzt auf, und selbst Baldur wirkte blass, als er sich aufrichtete.

»Wölfe«, murmelte er. »Er ist von einem Wolf getötet worden, Heimdall.«

»Ein Wolf?«, sagte Heimdall. »Hier? Keine zwei Stunden von Schwarzalbenheim entfernt?« Einen Moment lang starrte er auf seinen Bruder und den toten Krieger herab und schüttelte den Kopf, als könnte er nicht glauben, was er sah, dann richtete er sich mit einem entschlossenen Ruck im Sattel auf, zog sein Schwert aus dem Gürtel und machte eine weit ausholende Bewegung mit der Klinge. »Schließt euch zusammen!«, rief er mit lauter Stimme. »Es kann eine Falle sein! Wenn Surtur in der Nähe ist . . .«

Er sprach nicht weiter, denn in diesem Moment erscholl von der Rückseite des Hügels her ein schauerliches Heulen, und einen Augenblick später, wie zur Antwort auf Heimdalls Wor-

te, erschien ein riesiger grauer Schatten auf dem Hügelkamm.
»Fenris«, flüsterte Heimdall. Für eine Sekunde erstarrte er mitten in der Bewegung, dann stieß er einen Schrei aus und deutete mit der freien Hand nach oben und zugleich erhob sich aus den Reihen seiner Krieger ein erschrockenes Raunen. Stahl klirrte, als Dutzende von Schwertern gleichzeitig aus den Scheiden gezogen wurden, ein paar Pferde begannen erschrocken auf der Stelle zu tänzeln, Pfeile wurden aus den Köchern gezogen und aufgelegt, und auch Baldur sprang wieder in den Sattel, zerrte seine Waffe aus dem Gürtel und drängte sein Pferd an die Seite seines Bruders.

Auf dem Hügelkamm, unmittelbar neben dem Götterwolf und selbst gegen ihn ein Riese, war ein Reiter erschienen, ein einzelner, gigantischer Reiter, fast doppelt so groß wie ein normal gewachsener Mann und auf einem Pferd sitzend, gegen das selbst die riesigen Schlachtrösser der Asen schmächtig wirkten. Er war in eine feuerrote, mit Stacheln und Dornen besetzte Rüstung gehüllt, die zwei dünne, schräg gestellte Schlitze für seine Augen freiließ.

Trotzdem erkannte ihn Lif, sowie er ihn sah.

»Nun, Heimdall?«, fragte der Riese. »Was soll sein, wenn Surtur in der Nähe ist?« Er lachte, ein Laut, der dumpf und verzerrt unter dem geschlossenen Visier seines Helmes hervordrang, und als wollte er ihm zustimmen, stieß auch der Wolf ein düsteres, drohendes Knurren aus. »Warum sprichst du nicht weiter? Ich bin begierig zu erfahren, was du tun wirst.«

»Surtur!«, flüsterte Eugel. Plötzlich stieß er seinem Pferd die Absätze in die Flanken, drängte das Tier rücksichtslos durch die Reihen der Einherier und sprengte auf Surtur zu. Seine Hand hielt den Bogen, den ihm einer der Einherier gegeben hatte. Lif war sicher, dass er Surtur angegriffen hätte, wäre er nicht durch Heimdall im letzten Moment zurückgehalten worden.

»Surtur!«, schrie der Albe. »Du wagst es, uns aufzulauern! Hier! In meinem eigenen Reich!«

Surtur lachte. »Mach dich nicht lächerlich, kleiner Mann«, sagte er böse. »Dein Reich ist genau dort, wo ich dir erlaube, dass es ist. So wie mein Reich überall ist, wo es mir gefällt. Und im Moment gefällt es mir hier.«
»Das bedeutet Krieg, Surtur!«, rief Eugel. »Krieg zwischen dir und mir! Du brichst den Vertrag, der seit tausend Generationen Gültigkeit hat!«
»So?«, fragte Surtur. Seine Stimme klang gelangweilt. »Und du und deine Asenfreunde, ihr wollt mich dafür zur Verantwortung ziehen? Komm zu mir, kleiner Mann, wenn du kämpfen willst.« Seine Hand senkte sich auf ein Schwert, das fast so lang war wie Eugel selbst. Fenris knurrte drohend. Seine glühenden Augen richteten sich auf den Albenkönig. Heimdall hielt die Zügel von Eugels Pferd mit starker Hand fest, sonst wäre der Albe auf den Riesen losgestürzt.
»Was willst du, Surtur?«, fragte jetzt Tyr. »Eugel hat Recht – du hast in diesem Teil Midgards nichts verloren. Willst du einen Krieg vom Zaun brechen? Noch ist die Zeit für Ragnarök nicht gekommen!«
»Wer weiß«, antwortete der Feuerriese. »Deine Worte sind wahr, Tyr, aber mir scheint, eine bessere Gelegenheit als jetzt, die Waage des Schicksals ein wenig zu meinen Gunsten zu senken, finde ich so schnell nicht mehr.« Er schwieg einen Moment. Als er weitersprach, klang seine Stimme härter. »Du hast meine Wölfe erschlagen, Tyr.«
»Leider nicht alle«, gab Tyr im gleichen Tonfall zurück. »Ich hätte nicht übel Lust, dich deiner Brut in das Totenreich nachzuschicken, Surtur.«
»Ach, du willst kämpfen?«, fragte Surtur. »Nun, warum nicht? Aber gleich fünf Asen gegen einen Mann allein erscheint mir nicht gerecht. Vielleicht sollten wir für ausgeglichenere Kräfte sorgen.« Er hob die Hand.
Auf dem Hügelkamm über ihm erschienen Reiter. Riesen wie er und Hunderte. Obwohl Lif nicht im Mindesten überrascht war – wohl niemand von ihnen hatte ernsthaft damit gerech-

net, dass Surtur allein gekommen war –, fuhr er doch erschrocken zusammen, als er erkannte, wie viele Krieger den Feuerriesen begleiteten. Die erste Reihe der gepanzerten Riesenreiter begann den Hügel hinabzufluten, um Platz für die Nachdrängenden zu machen, aber immer noch tauchten mehr und mehr der Reiter auf, bis die Hälfte des Hügels vor ihnen schwarz von Kriegern und klirrendem Eisen war. Lif schätzte die Zahl auf fünfhundert, wenn nicht mehr. Und auf der anderen Seite des Hügels mochten sich noch mehr verbergen.

»Nun, Eugel?«, fragte Surtur mit einem hämischen Lachen. »Willst du immer noch gegen mich kämpfen? Oder du, Tyr?«

Der Albenkönig schwieg, aber Tyr drängte sein Pferd an dem Heimdalls vorbei, ritt auf den Feuerriesen zu und hielt erst ganz dicht vor ihm an. Fenris knurrte drohend, aber der Ase übersah ihn. »Du musst große Angst vor uns haben, Surtur«, sagte er , »dass du dein ganzes Heer mitgebracht hast, um gegen fünf von uns bestehen zu können.«

»Oh, das ganze Heer ist es nicht«, antwortete Surtur gelassen. »Aber genug, Tyr. Genug jedenfalls, meinen Wünschen den nötigen Nachdruck zu verleihen. Und wer weiß . . .« Er legte den Kopf schräg und sah den Kriegsgott durch die dünnen Sehschlitze seines Helmes an. »Vielleicht sollte ich die Gelegenheit wirklich nutzen. Gleich fünf von euch. Der Ausgang Ragnaröks wäre sicher, würde ich euch jetzt töten lassen.«

»Dann versuch es doch!«, schrie Baldur. »Komm hierher und miss dich mit mir, wenn du den Mut hast, mir im gerechten Kampf gegenüberzutreten. Ihr mögt zehnmal so viele sein wie wir, aber wir fürchten dich nicht. Ein jeder unserer Einherier wiegt zwanzig deiner Kreaturen auf und ein jeder von uns hundert!«

Heimdall warf seinem Bruder einen mahnenden Blick zu und wandte sich wieder an Surtur. »Was willst du, Surtur?«, fragte er. »Den Kampf? Dann zieh deine Waffe und greife an. Oder sage, was du willst, und verschwinde.«

»Ich will nicht den Kampf, obgleich es mich in den Fingern juckt, dem Schicksal ein wenig nachzuhelfen«, sagte Surtur. »Aber die Zeit des Tötens ist noch nicht gekommen.« Er drängte sein Pferd an Tyr vorbei, ritt auch zwischen Heimdall und Baldur hindurch und deutete mit der Hand auf Lif. »Ich will ihn.«
Wieder durchlief betroffenes Geflüster die Reihen der Asenkrieger. Nur Lif blieb ruhig. Er hatte gewusst, warum Surtur gekommen war. Er wäre überrascht gewesen, hätte der Feuerriese irgendetwas anderes verlangt.
Langsam kam der Riese auf ihn zu, dicht gefolgt von Fenris. Eine unsichtbare Woge trockener, unangenehmer Hitze eilte ihm voraus und trieb die Einherier zur Seite, die ihm den Weg verstellen wollten, und dort, wo sein Pferd entlangritt, begann der Boden zu dampfen. Einzig Lif rührte sich nicht, obgleich sein Pferd unruhig auf der Stelle zu tänzeln begann und auszubrechen versuchte.
Drei Schritte vor ihm hielt der Riese an und starrte auf ihn herab. »Du hast es also geschafft«, sagte er. »Nicht einmal die Tiefen der Unterwelt vermochten dich zu halten. Das Unmögliche ist dir gelungen.«
»So, wie er nach Asgard kommen wird, Surtur!«, rief Baldur zornig. »Wenn du ihn haben willst, dann warte bis Ragnarök! Oder kämpfe mit mir!«
Surtur wandte sich halb im Sattel um, maß den Asen mit einem langen Blick und wandte sich wieder an Lif. »Ist das auch dein Wunsch, Lif?«, fragte er. »Sieh dich um – wir sind fünfhundert gegen nicht einmal vierzig. All diese Männer werden sterben, wenn du dich weigerst, mit mir zu kommen.«
»Schweig!«, schrie Baldur, aber Surtur beachtete ihn gar nicht, sondern blickte weiter wortlos auf Lif herab.
»Hör nicht auf ihn!«, rief Baldur. »Wenn du nicht bei uns bist, ist alles verloren, Lif! Ganz gleich, welchen Preis es kostet, Asgard braucht dich!«
Aber auch Lif hörte seine Worte kaum. Ihn schwindelte. Der Hang, das gewaltige Reiterheer, die Asen und der schreckliche

Feuerriese, alles begann sich um ihn zu drehen. Ragnarök. Immer wieder Ragnarök, als wäre die entsetzliche Schlacht am Ende der Welt alles, wofür Götter und Menschen jemals gelebt hatten. Baldur und die vier anderen Asen waren sogar bereit, ihr Leben und das ihrer Krieger zu opfern, nur damit er eines Tages auf dem Schlachtfeld stehen und die Waffe gegen seinen eigenen Bruder führen konnte! Er wollte das nicht. Er hatte zu viel erlebt, zu viel Tod, zu viel Angst, zu viel Gewalt. Seine Hand kroch unter sein Gewand, fand den kalten Stahl des Mjöllnir und schloss sich fest darum. Er sah, wie sich Heimdalls Augen vor Schreck weiteten, als er die Bewegung gewahrte, aber auch das war ihm gleich. Es war ihm gleich, was mit ihm geschah. Wenn es sein Schicksal war, auf dem Schlachtfeld zu sterben, dann sollte es auf der Stelle geschehen, und vielleicht hatte sich Tyr geirrt, und dies hier, dieser kahle, schneebedeckte Hang in Schwarzalbenheim war Ragnarök.
»Also, Lif, willst du das?«, fragte Surtur, als er immer noch nicht antwortete. »All diese Männer – und sogar fünf Götter! – sind bereit, ihr Leben für dich zu opfern. Willst du das?«
»Nein, Surtur«, sagte er leise. »Das will ich nicht. Aber ich werde dich auch nicht begleiten.« Langsam, als wöge der Hammer plötzlich Zentner, zog er den Mjöllnir unter dem Gewand hervor und hob den Arm. »Ich werde dem Töten ein Ende bereiten«, flüsterte er.
Für die Dauer eines Herzschlages starrte der Feuerriese ihn an, dann hob er den Arm und deutete auf den Hammer. »Das ... das ist unmöglich«, sagte er. »Das kann nicht sein! Der Zermalmer liegt auf dem Grunde der Unterwelt verborgen, für alle Zeiten!«
»Hast du vergessen, dass du selbst es warst, der uns dort hinuntergejagt hat?«, fragte Lif. Fenris stieß ein schrilles Winseln aus, als wollte er seine Worte bestätigen. »Es ist Mjöllnir, Surtur, mein Wort darauf. Und ich werde ihn benutzen, jetzt und hier, gegen dich und all deine Kreaturen, wenn du mich dazu zwingst.«

Surtur lachte, aber es klang unsicher. »Das wagst du nicht«, sagte er. »Es wäre dein Tod.«
»Und wenn mir das gleich ist?«
Surtur schwieg einen Moment. »Du würdest alles zunichte machen«, fuhr er fort. »Ragnarök kann nicht gewonnen werden ohne dich. Du wagst es nicht.«
»Ragnarök«, murmelte Lif. »Ich hasse es. Ich hasse dieses Wort wie nichts auf der Welt. Es ist nicht mein Krieg, den ihr kämpfen wollt. Führt ihn ohne mich. Ich werde dich nicht begleiten. Lieber sterbe ich.«
»Was würde das nutzen, du kleiner Tor?«, grollte Surtur. »Der Zermalmer ist eine schreckliche Waffe, aber auch er kann nicht fünfhundert von uns erschlagen. Deine Asenfreunde würden trotzdem sterben!«
»Und du mit ihnen«, sagte Lif kalt. »Geh, Surtur. Nimm deine Krieger und geh, oder ich schwöre dir, dass du der erste bist, den Mjöllnir erschlägt.« Er fuhr herum und starrte in die glühenden Augen des Fenriswolfes. »Und du, Bestie, kommst gleich danach!«, fügte er hasserfüllt hinzu.
In dieser Sekunde geschah etwas, was weder Mensch noch Unsterblicher je zuvor erlebt hatten: Einen Moment lang hielt der gewaltige Götterwolf Lifs Blick stand, und dann senkte er wie ein geprügelter Hund den Schädel und begann zu winseln. Die Einherier und die Asen atmeten hörbar ein und auch aus Surturs finsterer Horde erhob sich ein ungläubiges Flüstern und Rufen.
»Geh, Surtur«, sagte Lif noch einmal. »Geh und kehre niemals zurück, bevor die Zeit nicht gekommen ist.«
Surtur starrte ihn an, so lange, dass Lif schon zu fürchten begann, er würde trotz allem auf seinem Verlangen bestehen. Aber dann nickte er.
»Ich gehe, Lif Menschensohn«, sagte er. »Aber wir werden uns wieder sehen. Du und ich und dein Bruder. Und es ist nicht mehr lange bis dahin.« Damit riss er sein Pferd herum und sprengte los und auch der Fenriswolf wandte sich um und

wollte seinem finsteren Herrn folgen, aber Lif hob drohend den Hammer und schrie: »Du nicht, Ungeheuer. Du bleibst!«
Tatsächlich verharrte der riesige Wolf mitten im Schritt, und Surtur zügelte sein Pferd noch einmal und blickte zu ihm zurück.
»Du hast genug Schaden angerichtet, Bestie!«, sagte Lif kalt. »Deine Tage sind gezählt. Heimdall! Baldur! Bindet ihn!«
Der Fenriswolf begann zu winseln und warf Surtur einen Blick zu, den man flehend hätte nennen können, wären seine Augen Menschenaugen gewesen. Aber der Feuerriese rührte keinen Finger, seinem finsteren Diener zu Hilfe zu eilen. Reglos sah er zu, wie Heimdall und sein Bruder aus den Sätteln sprangen und den gewaltigen Wolf mit Läding und Droma banden, den beiden unzerreißbaren Ketten, die ihnen Allvater Odin selbst mitgegeben hatte. Fenris heulte und winselte wie ein Hund, der aufs grausamste gequält wird, aber er wagte es nicht, sich zur Wehr zu setzen, denn noch immer hielt Lif den Hammer drohend erhoben. Erst als der Wolf gebunden am Boden lag, senkte er die Waffe wieder. Er fühlte sich erschöpft und matt wie noch nie in seinem Leben.
Heimdall und Baldur traten zurück, um ihr Werk prüfend zu mustern. Sie schienen zufrieden mit dem, was sie sahen, aber kaum hatten sie sich einen Schritt vom Fenriswolf entfernt, da kam Eugel herangaloppiert, sprang aus dem Sattel und zerrte etwas unter seinem Mantel hervor. Mit hoch erhobener Hand stürmte er auf den wehrlos daliegenden Wolf zu. Sein faltiges Gesicht war zu einer Grimasse des Hasses verzerrt.
»Nein, Eugel!«, schrie Loki. »Ich flehe dich an, verschone sein Leben!«
»Eugel, nicht!«, rief auch Heimdall erschrocken. »Es ist dein eigenes Ende, wenn du ihn tötest!« Er packte den Alben, aber Eugel machte sich mit einer erstaunlich kraftvollen Bewegung frei und sprang auf den Wolf zu. Er versetzte ihm einen Tritt, den Fenris kaum spürte. Trotzdem begann er zu heulen, als hätte ihm der Albe einen glühenden Dolch ins Herz gebohrt.

Aber Eugel trug keine Waffe in der Rechten, sondern ein kleines Bündel, so fein und glänzend, wie Lif es noch niemals zuvor erblickt hatte.
»Keine Sorge, Heimdall«, rief der Albe. »Ich will ihn nicht töten. Ich fürchte nur, er wird Läding und Droma zerbrechen, kaum dass wir außer Sichtweite sind. Hiermit wird er mehr Mühe haben!« Er hielt das Knäuel in die Höhe, kniete neben dem Wolf nieder und begann ihn mit dem kaum haardünnen Garn zu binden, so fest, dass Fenris vor Schmerz zu schnauben begann.
»Das Gleipnir!«, sagte Heimdall ungläubig. »Du opferst das Gleipnir, den Wolf zu binden?«
Eugel lachte hässlich. »Ja, Heimdall. Gleipnir, das Unzerreißbare. Es wird ihn sicher halten, bis der Tag gekommen ist, endgültig mit ihm abzurechnen.« Wütend zog er einen Knoten zusammen, sprang mit kleinen Schritten um den Wolf herum und band auch seine Hinterläufe. Fenris heulte zum Herzerbarmen, aber weder Surtur noch einer seiner Krieger rührten einen Finger, um ihm zu helfen.
Und als der Albe endlich fertig und Fenris so fest gebunden war, dass er nicht mehr einen Muskel rühren konnte, wandte Surtur endgültig sein Pferd um und verschwand zusammen mit seinen Kriegern.

Nach Asgard

Lif hatte erwartet, dass auch sie sofort aufbrechen und diesen schrecklichen Ort verlassen würden, aber das taten sie nicht. Das kleine Heer der Einherier und Asen ritt zwar unmittelbar nach dem Verschwinden der Riesen weiter, aber es bewegte sich nur wenige Pfeilschussweiten den Hügel hinauf, gerade weit genug, einen Platz zu erreichen, von dem aus sie ihre Umgebung im Auge behalten konnten und so einen neuerlichen Angriff rechtzeitig bemerken würden. Dann hielten sie wiederum an und auf ein Zeichen Heimdalls hin schwangen sich die Einherier aus den Sätteln, trieben ihre Pferde zusammen und bildeten mit ihren Schilden und Spießen einen weiten, geschlossenen Verteidigungskreis um Lif, Eugel und die fünf Asen herum. Der Himmel begann sich mit schweren Wolken zu überziehen und nicht sehr weit entfernt senkte sich ein grauer Vorhang bis auf die Erde hinab; Schnee, der bald auch hier fallen würde. Der eisige Wind, der ihn begleitete, fauchte schon jetzt über den Hügelkamm. Die Luft roch nach Kälte und Winter.

Lif hätte gerne Baldur gefragt, warum sie nicht weiterritten, aber der Ase warf ihm nur einen raschen Blick zu, winkte Forseti und Tyr zu sich und entfernte sich mit den beiden. Lif sah ihnen nach, bis sie auf der anderen Seite des Hügels verschwunden waren, begleitet von acht oder zehn der Einherier, die sich stumm von ihren Plätzen erhoben und nach ihren Waffen griffen, als die Asen an ihnen vorübergingen.

»Du hast sehr tapfer gehandelt, Lif«, sagte Eugels Stimme hinter ihm. Lif schrak zusammen, so war er in Gedanken versunken gewesen.

»Wir sind dir zu großem Dank verpflichtet«, fuhr Eugel fort. »Ohne dich wären wir jetzt wohl tot und du wärst abermals Surturs Gefangener.«

Lif wollte antworten, aber es fiel ihm nichts Passendes ein. Da hörte er Schritte neben sich und erkannte Heimdall, der die Worte des Alben wohl vernommen hatte. Er sah besorgt drein.

»Das hat er nicht, Eugel«, sagte er ernst. »Was er getan hat, war sehr dumm. Aber es ist nicht seine Schuld«, fügte er zu Lif gewandt hinzu. »Er konnte wohl nicht anders handeln.«

»Dumm?«, ereiferte sich Eugel. »Surtur hätte uns sonst alle niedermachen lassen und immerhin ist es uns auch gelungen, den Fenriswolf zu binden.« Er breitete die Hände aus und trat einen Schritt auf den mehr als doppelt so großen Asen zu. »Überlege doch selbst, Heimdall!«, fuhr er fort. »Noch vor Tagen glaubten wir alle Ragnarök verloren. Jetzt ist Lif bei uns, der Hammer Mjöllnir auf dem Weg zu seinem Herrn und der Fenriswolf geschlagen. Der Gegner hat Niederlagen einstecken müssen.«

»Und doch war es dumm«, beharrte Heimdall. »Und sehr leichtsinnig. Wir hätten alles verlieren können um den Preis eines kleinen Sieges.« Er seufzte, schüttelte den Kopf, als Eugel abermals widersprechen wollte, und machte eine Handbewegung in Lifs Richtung. Lass uns einen Moment allein, Eugel«, sagte er. »Wir haben zu reden.«

Eugel wandte sich gehorsam um und ging, wenn auch nicht, ohne Heimdall noch einen zornigen Blick zugeworfen zu haben. Der Ase wartete, bis der Albe außer Hörweite und sie allein waren.

Heimdall sah ernst auf Lif herab, schüttelte abermals den Kopf und ließ sich umständlich neben ihn in den Schnee sinken. Obwohl Lif stehen blieb und der Ase mit untergeschlagenen Beinen und leicht nach vorn gebeugt dasaß, waren ihre Augen jetzt auf gleicher Höhe.

Trotzdem kam sich Lif klein und verloren vor. Er spürte, dass Heimdall ihm nicht böse war und dass er keine Vorwürfe zu befürchten hatte. Das war nicht die Art der Asen. Aber er fühlte sich klein in seiner Gegenwart. Sterblich. Sein Herz begann schneller zu schlagen.

»Du brauchst keine Angst zu haben«, sagte Heimdall sanft. Die Worte ärgerten Lif. Er spürte, dass der Ase ihn durchschaute, und es war kein angenehmes Gefühl, jemandem gegenüberzustehen, der seine Gedanken lesen konnte; außerdem sprach Heimdall in jenem Ton mit ihm, in dem man mit einem verschüchterten Kind redet, dessen Vertrauen man gewinnen will.

»Ich habe keine Angst«, antwortete er. »Es kann sein, dass ich dumm gehandelt habe. Aber es war mir ernst damit.«

»Ich weiß, Lif«, sagte der Ase mit einem verstehenden Nicken. »Wärest du nicht wirklich entschlossen gewesen, hätte Surtur dir nicht geglaubt. Niemand kann den Feuerriesen belügen. Sowenig wie mich oder Baldur oder irgendeinen von uns.« Er lächelte traurig und legte Lif die Hand auf die Schulter. »Aber gerade das ist es, was mir Sorgen bereitet, Lif«, fuhr er fort. »Du wolltest deinem Leben ein Ende bereiten . . .«

»Das ist nicht wahr«, widersprach Lif. Heiße Tränen füllten seine Augen, aber es waren Tränen des Zorns. »Ich hänge am Leben, genau wie du oder irgendeiner von euch, aber –«

»Aber du warst bereit, es zu opfern, um uns zu retten, und wahrscheinlich auch aus Angst, wieder in Surturs Kerkern zu landen«, unterbrach ihn Heimdall. »Das eine ist verständlich und das andere ehrt dich. Aber tu so etwas nie wieder, Lif, niemals. Du hättest keinem von uns wirklich geholfen, hättest du Surtur erschlagen, denn an seiner Stelle wäre ein anderer gekommen. Und es ist dir auch nicht vorbestimmt, in den Verliesen Muspelheims zu sterben. Es ist dein Schicksal, an unserer Seite auf die Walstatt zu reiten, und niemand kann etwas daran ändern. Auch Surtur nicht. Es ist sinnlos, es überhaupt zu versuchen.«

»Schicksal«, murmelte Lif düster. »Wenn alles so vorausbestimmt und unabänderlich ist, Heimdall, wozu kämpfen wir dann noch? Warum setzt ihr euch nicht hin und legt die Hände in den Schoss und wartet, bis sich euer Schicksal erfüllt?« Obwohl er in heftigem Ton gesprochen hatte, lächelte Heimdall plötzlich. »Weil es unser Schicksal ist, zu kämpfen«, antwortete er ruhig. »Doch über dieses und vieles andere solltest du nicht mit mir reden, sondern mit Odin.« Irgendetwas in seiner Stimme änderte sich. Sie klang noch immer freundlich, aber Lif spürte, dass er nicht mehr antworten würde, wenn er eine Frage stellte. »Ich lasse dich nach Asgard bringen, auf dem schnellsten Weg«, fuhr der Ase fort. »Baldur, Forseti und Tyr sind gegangen, Odins Adler zu rufen, damit er dich, Loki und mich nach Asgard hinaufträgt. Noch ehe die Sonne untergeht, wirst du Allvater Odin gegenüberstehen.«

Der Gedanke war so unwahrscheinlich, dass Lif weder Angst noch Ehrfurcht empfand.

Heimdall schien noch etwas sagen zu wollen, überlegte es sich aber dann und stand mit einer federnden Bewegung auf. »Wir warten hier, bis der Adler kommt«, sagte er. »Der Flug hinauf nach Asgard ist mühsam. Du solltest ein wenig schlafen.«

»Ich bin nicht müde«, widersprach Lif.

»Doch«, sagte Heimdall, »das bist du. Sehr müde sogar.« Und damit berührte er mit Zeige- und Mittelfinger der Rechten Lifs Augen.

Lif schlief auf der Stelle ein.

Der Tag war sehr weit fortgeschritten, als Baldur ihn weckte, und Lif war in einen so tiefen, erschöpften Schlaf gesunken, dass der Ase eine geraume Weile an seiner Schulter rütteln musste, bis er murrend die Augen öffnete und sich gähnend aufsetzte.

»Wach auf, Lif«, sagte Baldur. »Es wird Zeit.«

»Ist er schon da?« murmelte Lif schlaftrunken. Sein Blick tastete über den Himmel, dann den Hügelkamm hinab und auf der anderen Seite des kleinen Tales wieder hinauf. Von einem Adler war keine Spur zu sehen.

»Noch nicht«, antwortete Baldur. »Aber er kommt. Hörst du es nicht?«

Lif lauschte. Er hörte nur ein dumpfes Brausen, das sonderbar unwirklich klang, wie das Heulen eines noch sehr weit entfernten Sturmes.

»Komm mit«, sagte Baldur. »Es wird Zeit.«

Lif sah sich neugierig um, während er dem Asen aus dem Lager heraus den Hügel hinab folgte. Auf der Kuppe der gegenüberliegenden Bodenerhebung gewahrte er Heimdall, Eugel und Loki. Ihre Blicke waren in den Himmel gerichtet und auch Lif sah nach oben, konnte aber immer noch nichts erkennen außer tief hängenden Wolken voller Schnee und grauer Kälte. Schaudernd fragte er sich, wie groß ein Adler sein mochte, der Heimdall und ihn nach Asgard tragen konnte.

Heimdall und der Albe lächelten, als er näher kam, nur Lokis Gesicht blieb unbewegt. Der Blick, mit dem er Lif maß, war nicht feindselig, aber auch längst nicht so freundlich wie der Heimdalls oder gar Baldurs. Er vertrieb den Gedanken.

»Er kommt«, sagte Heimdall, als Baldur und Lif bei ihnen angelangt waren. »Euer Ruf ist gehört worden.«

Lif lauschte, aber wieder vernahm er nichts außer dem dumpfen Brausen des näher kommenden Sturmes.

Plötzlich erschrak er bis ins Mark. Sollte das, was er für einen Sturm hielt, gar kein Sturm sein? War da nicht ein an- und abschwellendes Rauschen wie das Schlagen ungeheuerlicher Schwingen, das lauter und lauter wurde mit jedem Moment?

Und dann sah er ihn: Odins Adler, der geradewegs aus dem Himmel herabschoss, so gewaltig, dass er die Sonne verdunkelte und das Schlagen seiner Flügel die Wolken auseinander trieb wie ein Orkan, ein ungeheuer großes Tier, schwarz und weiß und golden gefärbt, dessen Schatten allein ein Stück der Nacht zurückkommen ließ. Lif schrie vor Schreck auf, aber der Laut ging im Heulen des Sturmes unter, den die Schwingen des Adlers entfesselten. Schnee und Staub und kleine Steine stoben hoch und selbst die dürren Bäume, die auf dem jenseitigen Hügel wuchsen, beugten sich unter den Windböen, als der Vogel mit weit gespreizten Schwingen zur Landung ansetz-

te. Der Boden erzitterte wie unter dem Hufschlag eines ganzen Reiterheeres, als sich der Adler unweit ihres Standortes niederließ.
Der Adler musste so groß wie Nidhögger sein, vielleicht größer, aber wo der Drache das Urbild alles Hässlichen und Abstoßenden gewesen war, war der Adler das Schönste, was Lif jemals zu Gesicht bekommen hatte.
»Rasch jetzt«, drängte Heimdall. »Wir müssen aufsteigen. Er dürfte gar nicht hier sein.«
Lif wäre gerne noch einen Moment verweilt, um den Vogel zu betrachten, aber in Heimdalls Stimme war ein angstvoller Unterton, der ihn eilen ließ, dem Asen zu folgen. Auch Baldur und Eugel liefen auf den Adler zu, blieben aber stehen, während Loki und Heimdall mit geschickten Bewegungen auf eine der Schwingen hinaufkletterten. Loki lief mit weit ausgebreiteten Armen, um sein Gleichgewicht zu halten, weiter hinauf zum Hals des Adlers, Heimdall indessen ließ sich auf Hände und Knie nieder und streckte die Arme aus. Noch ehe Lif verstand, was geschah, fühlte er sich von Baldur um die Hüften gepackt und in die Höhe gehoben, Heimdall ergriff ihn und ließ ihn sanft vor sich in das weiche Federkleid des Riesenvogels sinken.
»Aber . . . aber kommt ihr denn nicht mit?«, fragte Lif.
Baldur schüttelte den Kopf. »Nein. Der Adler kann nur wenige tragen, denn der Weg hinauf nach Asgard ist weit, selbst für ihn. Und jemand muss hier bleiben, die Einherier zurückzugeleiten. Sie wären eine willkommene Beute für Surtur, ließen wir sie allein zurück.«
»Und du?« Lif sah auf Eugel hinab.
»Ich muss zurück nach Schwarzalbenheim«, sagte dieser. Er lächelte, aber es sah traurig aus. »Mein Volk braucht mich, Lif. Aber wir werden uns wieder sehen, keine Sorge.«
Lif wollte noch mehr sagen, doch Heimdall zog ihn auf die Füße und hielt ihn am Arm, damit er auf dem schwankenden weichen Untergrund nicht das Gleichgewicht verlor. »Komm, bit-

te«, sagte Heimdall. »Unsere Zeit ist knapp. Der Adler muss zurück in seinen Hort, denn es ist ihm verboten, in die Welt der Menschen einzudringen. Odin geht eine große Gefahr ein, ihn überhaupt hierher zu schicken.«

Lif stolperte ungeschickt neben dem Asen her. Das Federkleid des Vogels war so flaumig, dass er bei jedem Schritt bis über die Knie einsank; es war, als kämpfe er sich durch weichen Schnee, der noch dazu unter der geringsten Bewegung des riesigen Adlers wankte. Ohne Heimdalls Hilfe wäre er sicherlich gestürzt und vom Rücken des Adlers gefallen und selbst der Ase atmete schwer vor Anstrengung, als sie endlich den Nacken des Riesentieres erreicht hatten. Mit einer wenig sanften Bewegung stellte er Lif zwischen sich und Loki, hob noch einmal die Hand, um den anderen zum Abschied zuzuwinken, und stieß einen sonderbar hellen Ton aus, auf den hin der Adler die Flügel spreizte und sich mit einem gewaltigen Satz in die Luft erhob.

Obwohl Lif darauf vorbereitet gewesen war, schrie er auf und klammerte sich mit aller Macht an die Nackenfedern des Tieres. Der Adler raste so schnell in den Himmel hinauf, dass die Erde unter ihnen wegzustürzen schien; schon nach einer einzigen Sekunde waren Baldur und die Einherier nur noch als winzige helle Punkte auf dem Boden zu erkennen, dann schmolzen auch die Hügel und Felsen dahin und schon einen Augenblick später zerteilten die Schwingen des Riesenadlers die Wolken, dann war ganz Schwarzalbenheim, ja ganz Midgard verschwunden und unter ihnen dehnte sich die endlose Weite der Wolken, ein unendliches, aus grauen und weißen Wattebäuschen zusammengesetztes Meer, über dem sich ein Himmel von nie gekannter Bläue spannte. Noch einmal schlug der Adler mit den Flügeln und noch höher stiegen sie hinauf, bis selbst die Wolkengebirge unter ihnen zu einer formlosen weißen Masse zusammenschrumpften, dann wurde aus dem kraftvollen Schlagen der Riesenflügel ein ruhiges, majestätisches Dahingleiten, bei dem sie aber wie durch Zauberei nicht

an Höhe verloren, sondern im Gegenteil immer weiter und weiter in den Himmel hinaufstiegen.
Lif arbeitete sich mühsam aus den Federn empor, in die er vor Schreck halb versunken war, als der Adler hochsprang. Er richtete sich vollends auf und sein Blick fiel am Hals des Adlers vorbei in die Tiefe. Selbst dort, wo die Wolken von Zeit zu Zeit aufrissen, war die Erde kaum darunter zu erkennen. Die schneebedeckten Weiten Midgards waren zu einer weiß und braun und auch zaghaft grün getupften Ebene zusammengeschrumpft, in der selbst die Flüsse nichts als haardünne gewundene Linien und große Ansiedlungen nur hässliche Schmutzflecke darstellten.
»Gefällt es dir?«, schrie Heimdall über das mächtige Rauschen der Adlerschwingen hinweg. Lif bekam keinen Laut hervor und antwortete nur mit einem Nicken, doch sein Gesicht glühte vor Erregung. Heimdall schien zu spüren, was in ihm vorging, denn plötzlich lächelte er, zog Lif mit einer Hand ein Stück näher an sich heran und legte den Arm um seine Schulter. Heimdalls Nähe tat wohl, sie vermittelte Lif das Gefühl, geborgen zu sein.
Plötzlich hob Heimdall die Hand und deutete zur Seite. Lifs Blick folgte der Geste. Weit entfernt, fast schon am Horizont, waren die Wolken aufgerissen und die gewundene Küstenlinie Midgards war darunter sichtbar geworden. Hinter ihr, wie eine endlose Ebene aus blau und kupferfarben gewelltem Silber, lag das Meer. Ohne dass Heimdall es ihm sagen musste, wusste er, dass er auf den Teil der Küste hinabsah, wo er gefunden worden und aufgewachsen war. Neugierig erhob er sich ein wenig aus dem samtweichen Federkleid des Vogels und beugte sich vor, wobei er sich mit der Linken an Heimdalls Gürtel festhielt. Das Meer war unruhig und über der Küste lag ein kaum wahrnehmbarer, grauer Hauch. Es dauerte einen Moment, bis Lif begriff, dass der Sturm dort unten noch immer tobte. Aber er suchte vergebens in seinem Inneren nach Anzeichen von Sorge um Osrun und die seinen. Alles sah so klein

von hier oben aus. Die Sorgen der Menschen, ja selbst die der Götter schmolzen zu einem Nichts zusammen, wenn man sie nur aus genügend großem Abstand betrachtete.
Plötzlich schlug der Adler abermals mit den Flügeln, änderte seine Richtung und beschrieb einen mächtigen Bogen. Die Küste und das Weltenmeer verschwanden im grauen Dunst und wieder stiegen sie höher, getragen von den gewaltigen Schwingen des Adlers und den noch viel gewaltigeren, unsichtbaren Flügeln des Windes. Es wurde kalt, so kalt, dass Lif bald am ganzen Leibe zitterte, obwohl er tiefer und tiefer in das Federkleid des Adlers hineinkroch und sich dabei fest an Heimdalls Seite drängte. Nach einer Weile hatte er sogar Mühe, zu atmen. Lif hatte Osrun einmal erzählen hören, dass das geschah, wenn man einen hohen Berg bestieg, weil die Luft weiter oben in der Nähe der Götter dünner sei. Wenn das stimmte, mussten sie den Göttern bereits sehr nahe sein. Und noch immer stieg der Adler höher.
Stunden vergingen, in denen sie durch ein graues Nichts schwebten. Dann, endlich, rüttelte Heimdall ihn sanft an der Schulter und gab ihm mit Handzeichen zu verstehen, sich aufzurichten. Lif richtete sich auf und sah sich um. Nichts in ihrer Umgebung hatte sich geändert. Der Adler flog noch immer durch das Nichts. Trotzdem fragte er: »Sind wir da?«
»Bald«, antwortete Heimdall. »Das letzte Stück des Weges müssen wir reiten, denn der Adler selbst darf Asgard nicht betreten. Doch das macht nichts. Ich habe Befehl gegeben, die schnellsten Pferde aus meinem Stall bereitzustellen.«
»Aber lebt er denn nicht in Asgard?«, erkundigte sich Lif verwundert.
»Nein, Lif«, antwortete Heimdall. »Sein Hort liegt im Wipfel der Weltenesche, auf dem allerobersten Zweig Yggdrasils.« Er beugte sich vor und streichelte den Nacken des gewaltigen Vogels, obwohl der Adler von dieser Berührung wohl kaum etwas spüren konnte. »Man nennt ihn den Odinsadler«, fuhr er fort. »Aber dieser Name ist falsch. Er schuldet niemandem

Gehorsam, selbst Allvater nicht. Odin muss wahrlich mit Gotteszungen gesprochen haben, ihn zu diesem Ausflug zu überreden.« Er lachte, als er Lifs fragenden Blick bemerkte. »Schau ihn dir an«, sagte er. »Glaubst du wirklich, es gäbe irgendein Geschöpf zwischen Himmel und Erde, dessen Willen sich dieses stolze Wesen unterwerfen müsste?«

Lif schüttelte den Kopf, obwohl er sich nicht ganz sicher war, ob er wirklich verstanden hatte, was der Ase meinte. Aber auch das war etwas, woran er sich gewöhnen musste; die Asen mochten aussehen wie Menschen, aber sie waren nicht wie sie und vieles von dem, was sie sagten und taten, musste ihm unverständlich bleiben. Vielleicht war es gut so.

»Jetzt hört auf zu reden«, sagte Loki unwillig. »Wir sind da.«

Lif sah beinahe erschrocken auf. Der Ase hatte sich so schweigsam und still verhalten, dass er ihn für lange Zeit vergessen hatte, obwohl er ihm fast ebenso nahe gewesen war wie Heimdall. Loki erwiderte seinen Blick kalt. Lif spürte, dass Loki ihn ungefähr mit dem gleichen Interesse betrachtete, mit dem ein Mensch ein sonderbares, aber harmloses Insekt ansehen mochte. Er schauderte. Lokis Teilnahmslosigkeit erschreckte ihn fast mehr als der Hass, der ihm bei Surtur entgegengeschlagen war.

Vor ihnen begann ein Schatten aus dem grauen Nebel der Unendlichkeit aufzutauchen, verschwommen und blass zuerst, aber rasch näher kommend und bald zu einem Fels, dann einem schwarz glänzenden Berg wachsend. Mit kraftvollen Flügelschlägen hielt der Adler darauf zu, umkreiste ihn und setzte schließlich sanft wie eine Feder auf dem eisverkrusteten Fels auf. Heimdall und Loki sprangen auf, Heimdall hob Lif hoch und setzte ihn auf seine Schultern. Der Adler entfaltete eine seiner Schwingen, sodass die beiden Asen darauf wie über eine Rampe auf den Fels hinabgehen konnten, und kaum hatten sie es getan und Heimdall Lif wieder auf die Füße gestellt, schwang sich das riesige Tier auch schon wieder in die Höhe und jagte davon. Lif wollte ihm nachsehen, um es noch einmal

in seiner ganzen Größe bewundern zu können, aber der Adler schoss mit der Geschwindigkeit eines Pfeiles in den Himmel hinauf und war verschwunden, noch ehe der Luftzug, den seine Flügel entfachten, sie traf.
Schaudernd sah sich Lif um. Sie standen auf der Kuppe eines Berges, aber der Blick reichte nicht sehr weit. Dreißig, vierzig Schritte in jede Richtung und dahinter war nichts, als wären sie von dichtem Nebel umgeben wie unten in Niflheim, nur dass dieser Nebel kein Nebel, sondern Nichts war, die Unendlichkeit, die die Welt der Menschen von der der Götter trennte. Es war sehr kalt, aber das Brennen in Lifs Lungen hatte aufgehört. Er konnte wieder normal atmen und merkwürdigerweise spürte er die Kälte zwar, fror jedoch nicht.
Aber die Wunder waren noch nicht vorbei. Heimdall sah sich einen Moment suchend um, steckte plötzlich zwei Finger in den Mund und stieß einen schrillen, hell von den Felsen widerhallenden Pfiff aus und keine Sekunde später trabten drei große, strahlend weiße Schlachtrösser aus dem Nebel auf sie zu, fertig aufgezäumt und gesattelt. Ohne ein weiteres Wort ergriff Heimdall Lif um die Hüften, setzte ihn auf den weißen Ledersattel des mittleren Pferdes und schwang sich selbst auf den Rücken des rechten, während Loki das linke Ross nahm. Die Pferde trabten los, ohne dass einer von ihnen auch nur nach den Zügeln zu greifen brauchte.
»Wohin reiten wir?«, fragte Lif.
Statt einer Antwort deutete Heimdall nach vorne, direkt in den Nebel hinein. Dort, wo vor einem Augenblick noch graue, unheimlich wogende Schwaden gewesen waren, spannte sich ein gewaltiger Regenbogen. Er wuchs direkt aus dem Boden, der an dieser Stelle in phantastischen Farben aufleuchtete, und er führte geradewegs in die Unendlichkeit hinein, zehnmal so breit wie ein Fluss und in kühnem Bogen nach oben führend. Seine Farben schienen in beständiger Bewegung, wie Wasser, das ineinander floss, aber nichts an ihm veränderte sich wirklich. Sein Glanz war so hell, dass Lif die Tränen in die Augen

schossen. »Was . . . was ist das?«, flüsterte er mit zitternder Stimme.

»Bifröst«, antwortete Heimdall und in seiner Stimme schwang ein unüberhörbarer Stolz. »Die Himmelsbrücke, Lif. Schau sie dir gut an, denn du bist der erste Sterbliche, der sie betreten darf.«

Die Pferde wurden schneller und gerade, als Lif schon glaubte, sie würden durch den Regenbogen hindurchpreschen, lösten sich ihre Hufe vom Boden und mit einem Mal war unter ihnen kein Fels mehr, sondern nur noch das lodernde Farbenmeer der Himmelsbrücke. Lif bemerkte, dass die goldenen Hufe der Rosse Bifröst nicht wirklich berührten, sondern ein Stück darüber in die leere Luft schlugen. Trotzdem jagten sie schneller dahin als der Wind. Schon nach Augenblicken war der Berg mit seinen schwarzen Felsen hinter ihnen verschwunden und immer schneller und schneller griffen die Pferde aus, ohne dass das Ende der Regenbogenbrücke auch nur sichtbar wurde. Erst nach einer Ewigkeit, die genauso gut nur Augenblicke gedauert haben konnte, glaubte Lif erneut einen Schatten zu erkennen, hoch und noch immer unendlich weit von ihnen entfernt, und plötzlich ließ Heimdall einen erleichterten Schrei hören und spornte sein Tier zu noch größerer Eile an, sodass Lifs und Lokis Tiere für einen Moment zurückfielen und sich sputen mussten, um nicht zu weit zurückzubleiben.

Der Schatten am Ende der Bifröst wuchs heran und wurde zu einer Burg, so groß und unglaublich wie alles, was Lif in der letzten Zeit erlebt hatte. Ihre Türme waren wie Berge und die Mauern so hoch und lotrecht wie die Küste, an der Lif aufgewachsen war. Gewaltige Feuer brannten hinter ihren Zinnen, aber als sie näher kamen und die Burg mehr und mehr über ihnen in die Höhe wuchs, schienen sie zu winzigen Funken zu verblassen, und als Lif das Tor erblickte, in das sich die Himmelsbrücke wie ein Wasserfall aus flackernden Farben ergoss, stockte ihm der Atem. Es war hoch wie der Berg, von dem aus sie aufgebrochen waren, und so breit, dass fünfzig Reiter zu-

gleich hätten hindurchreiten können, ohne sich gegenseitig zu behindern.
Heimdall spornte sein Pferd noch einmal an, galoppierte vor ihnen durch das Tor und war schon aus dem Sattel, als Loki und Lif ihm nachfolgten und ihre Pferde ebenfalls zügelten. Vor ihnen erstreckte sich ein Burghof, vom Ausmaß einer größeren Ansiedlung, sauber gepflastert und von Wänden aus schneefarbenem Marmor und Gold gesäumt. Männer und Frauen eilten aus allen Richtungen auf sie zu, alle groß und ähnlich gekleidet wie Heimdall und die anderen Asen: in fließende weiße Gewänder, Leder von der gleichen Farbe und blitzendes Gold, wo Metall nötig war. Ein Chor aufgeregter Stimmen scholl ihnen entgegen und wohin Lif auch sah, blickte er in lachende Gesichter und freundliche Augen. Er war so benommen von all dem Unglaublichen, das sich ihm bot, dass er im ersten Augenblick nicht einmal merkte, wie Heimdall auf ihn zutrat und ihm die Hand entgegenstreckte, um ihm aus dem Sattel zu helfen. Dann schrak er zusammen und sprang vom Rücken des Pferdes. Um ein Haar wäre er dabei auf dem glatten Marmorboden gestürzt, aber Heimdall war taktvoll genug, so zu tun, als bemerkte er es nicht. Lif sah einen alten Mann, der hinter den Asen getreten war und ihn und Lif abwechselnd mit einer Mischung aus Neugier und Ungeduld betrachtete, schenkte ihm aber nur einen einzigen, flüchtigen Blick und wandte sich wieder an Heimdall.
»Sind wir jetzt da?«, fragte er. »Ist das hier Asgard?«
Heimdall lächelte. »Wir sind da, Lif. Willkommen in meiner Burg.«
»Deiner Burg?«, Lif riss ungläubig die Augen auf. Der Gedanke, dass dieses ungeheure Bauwerk nur eine Burg und Asgard selbst somit noch viel, viel gewaltiger sein sollte, nahm ihm beinahe den Atem.
Heimdall nickte. »Ja«, sagte er. »Dies hier ist Himinbjorg, die Feste des Wartmannes und Wächters der Bifröst. Und hier . . .«
Er hob die Hand, trat beiseite und deutete auf den alten Mann,

den Lif schon zuvor bemerkt hatte. ». . . steht jemand, der mindestens so begierig darauf ist, mit dir zu reden, wie du mit ihm.«

Lif sah den alten Mann zum ersten Mal genauer an. Er war längst nicht so groß gewachsen und muskulös wie Heimdall oder Loki, aber er hatte den schweren Körperbau alter Männer, die in ihrer Jugend groß gewesen waren und die Kraft aus dieser Zeit noch immer bewahrten. Das Gesicht über dem weißen Vollbart blickte mit einer Mischung aus Weisheit und Härte, die Lif verwirrte, denn er hatte beides in dieser Ausgeprägtheit noch nicht erlebt.

Und dann begriff er endlich, wem er gegenüberstand.

Es traf ihn wie ein Schlag.

»Odin!«, flüsterte er.

Der alte Mann nickte. »Ja«, sagte er, »ich bin Odin. Und du musst Lif sein. Ich habe lange auf dich gewartet.«

Odin

Zuerst war ihm Odin nur einfach alt erschienen, aber je länger Lif ihn ansah, desto mehr dunkle Linien und Falten gewahrte er in seinem Gesicht, und je länger er seiner tiefen, wohltönenden Stimme zuhörte, desto stärker wurde das Gefühl von Güte und Sicherheit, mit dem ihn die Nähe des Asen erfüllte. Odin schien zu spüren, in welch innerem Aufruhr sich Lif befand, und beschränkte sich darauf, ihn mit ein paar freundlichen Worten willkommen zu heißen und ihm einfache Fragen nach seinem bisherigen Leben zu stellen. Obwohl er als Gott das alles wissen musste, half er Lif damit, seine Sprache wieder zu finden und sich von der Lähmung zu befreien, in die ihn die Tatsache, dem Allvater gegenüberzustehen, versetzt hatte. Dann erst verließen sie den Hof und Heimdall führte sie durch ein wahres Labyrinth von Treppen und Flure in einen marmornen, von zahllosen Fackeln und Kerzen taghell erleuchteten Saal. Odin, Heimdall, Loki und er nahmen an einer riesigen Tafel Platz, auf der die erlesensten Speisen und süßer Met in großen goldenen Krügen bereitstanden. Der Anblick des reich gedeckten Tisches weckte Lifs Hunger und sein Magen, der seit Wochen nicht richtig satt geworden war, meldete sich mit einem Knurren.

»Iss, sagte Odin lächelnd mit einer einladenden Geste auf die vollen Schalen und Schüsseln. »Aber du kannst auch erst schlafen, wenn du möchtest.«

Lif schüttelte heftig den Kopf und griff zu. Eine ganze Weile sahen ihm die drei Asen schweigend zu, dann aber sprach der Allvater:

»Du bist also Lif«, begann Odin, an die Worte anknüpfend, mit denen er Lif draußen auf dem Hof begrüßt hatte, als wäre keine Zeit dazwischen verstrichen. »Der Knabe aus dem Geschlecht der Menschen, von dem man sagt, dass in seiner Hand das Schicksal der Welt liegen wird.«

Der Bissen, an dem Lif gerade kaute, blieb ihm im Halse stecken. Einen Moment lang starrte er den Asen an, dann schluckte er hastig, nickte ein paar Mal und legte die Fleischscheibe auf den Teller zurück. Er war noch immer hungrig, aber jetzt hatte er keinen rechten Appetit mehr. Odin hatte weit mehr getan, als ihm eine Frage zu stellen. Seine Worte hatten Lif jäh in die Wirklichkeit zurückgeholt. Sicherheit und Wärme, die er in der Gesellschaft des Asen bisher verspürt hatte, waren wie weggeblasen.

»Die Münze, die du um den Hals trägst«, fuhr Odin fort. »Zeigst du sie mir?«

Lif wischte sich hastig die Finger an einem Zipfel seines Gewandes sauber, löste den Knoten der dünnen Lederschnur um seinen Hals und reichte Odin den Anhänger. Auf der grauen, wie aus Stein gemeißelten Hand des Asen sah die durchbohrte Münze viel kleiner aus, als er sie in Erinnerung hatte, und nicht halb so beeindruckend. Und trotzdem schien etwas Sonderbares damit zu geschehen, kaum dass Odin sie an sich nahm und betrachtete: Sie war matt und zerschrammt, denn sie hatte länger als ein Jahrzehnt an seinem Hals gehangen, aber kaum berührten sie die Finger des Asen, leuchtete die in ihrer Oberfläche eingeritzte Rune in einem unheimlichen inneren Feuer auf. Odin schwieg eine ganze Weile. Der Ausdruck auf seinem Gesicht änderte sich nicht, aber Lif konnte eine tiefe Sorge in seinem Blick erkennen, die vorher nicht da gewesen war. Schließlich seufzte der Ase, schloss für einen Moment die Faust um die Münze und legte sie dann auf den Tisch, die Seite mit der Rune Hagal nach unten. »Es ist kein Zweifel möglich«, sagte er, mehr zu sich als zu Lif oder den beiden anderen Asen gewandt. »Du bist es.«

»Ihr . . . habt mir . . . nicht geglaubt«, murmelte Lif niedergeschlagen.
Odin lächelte. »O doch, Lif. Dir schon, aber vielleicht dem Schicksal nicht.« Er wurde wieder ernst. »Du hast auch deinen Zwilling gesehen, Lifthrasil.«
Lif nickte.
»Trug er die gleiche Art von Münze um den Hals?« fragte Odin. »Erinnere dich, Lif. Es ist sehr wichtig.«
»Ich . . . weiß es nicht«, flüsterte Lif. »Ich habe ihn ja nur zweimal gesehen und auch da nicht sehr lange. Und er trug eine Rüstung.«
»Warum fragst du, Odin?«, mischte sich Loki ein. »Es gibt keinen Zweifel daran, dass dieser Knabe Lif ist. Warum sollte der andere nicht Lifthrasil sein? Eugel hat ihn erkannt und Baldur auch.«
»Trotzdem müssen wir sichergehen«, sagte Odin. »Die Zeichen des Schicksals sind manchmal verschlüsselt und oft bedeuten sie das genaue Gegenteil dessen, was sie zu sein scheinen. Wir dürfen keinen Fehler machen.«
Lif verstand nichts von dem, was er hörte. Hilflos blickte er von Heimdall zu Odin und wieder zurück. Odin brachte Loki mit einer befehlenden Handbewegung zum Schweigen und wandte sich wieder an ihn. »Du musst verstehen, wenn ich alles ganz genau wissen möchte«, sagte er sanft. »Von deinen Antworten mag sehr viel abhängen.«
»Ich weiß«, flüsterte Lif.
»Aber es gefällt dir nicht«, fügte Odin hinzu. Lif erschrak. Auch Odin durchschaute ihn.
»Du brauchst dich nicht zu schämen«, sagte Odin. »Du verstehst nicht, was geschieht, und das, was du verstehst, erfüllt dich mit Angst. Aber das ist gut und richtig so. Es wäre schlimm, wäre es anders.«
Angst . . . Lif dachte einen Moment über die Worte des Asen nach, aber dann schüttelte er den Kopf. Nein, Angst hatte er eigentlich nicht. Was er spürte – was er immer

gespürt hatte, wenn er mit Eugel oder Baldur über sich und die ihm zugedachte Rolle sprach –, war etwas anderes. Angst, das war etwas, was er kannte, denn sie gehörte zu einem Leben in Midgard wie der Schnee und die Stürme im Winter. Angst war etwas, das man bekämpfen konnte. Was er fühlte, war viel schlimmer. Es war Hilflosigkeit; das Gefühl, machtlos zu sein, und die Wut, die daraus geboren wurde.

»Es ist nicht gerecht«, sagte er leise. Plötzlich füllten Tränen seine Augen, aber es waren Tränen des Zorns, nicht des Schmerzes.

»Nicht gerecht?«, wiederholte Odin. »Das Schicksal ist niemals gerecht, Lif. Die Menschen, bei denen du aufgewachsen bist, mögen dich Dinge wie Treue und Güte und Gerechtigkeit gelehrt haben, aber das sind Werte der Menschen. Es sind Begriffe, die nichts mit Schicksal zu tun haben.« Er hob die Hand und streichelte Lifs Kopf. »Ich kann dich gut verstehen, Lif«, sagte er. »Auch wir Asen haben den Zorn kennen gelernt und seinen schlimmeren Bruder, die Hilflosigkeit.«

»Und ihr habt nie versucht, euch zu wehren?«, fragte Lif. »Gegen das Schicksal?« Odin seufzte. »Natürlich. Wir haben es versucht, immer und immer wieder. Aber du kannst tun, was du willst, und am Ende wirst du erkennen, dass du doch nur getan hast, was du musstest.«

»Ich will es nicht«, flüsterte Lif. Tränen rannen über sein Gesicht, aber er merkte es nicht. »Ich habe gekämpft und getötet ...«

»Wölfe«, warf Heimdall ein. »Nur ein paar Wölfe, Lif.«

»Ich will das alles nicht, Heimdall!«, rief Lif. »Ich will nicht schuld sein an all dieser Gewalt und dem Tod. Ich werde nicht bei euch sein, wenn Ragnarök kommt. Ich bin nur ein Mensch und ich habe nichts mit eurem Krieg zu schaffen!«

»Es ist auch dein Krieg, Mensch«, sagte Loki kalt. Odin bedachte ihn mit einem strengen Blick, stimmte ihm aber mit einem Kopfnicken zu.

»Loki hat Recht, Lif. Wenn die Zeit gekommen ist, wird sich nicht nur das Schicksal der Asen, Riesen und Alben entscheiden, sondern auch das der Menschen.«
Lif ballte in hilflosem Zorn die Fäuste. Warum fiel es ihm nur so schwer, zu sagen, was er fühlte?
»Du bist jung, Lif, und du hast das Recht, dich gegen das Schicksal auflehnen zu wollen«, fuhr Odin fort. »Später wirst du begreifen, was ich meine. Vielleicht sollten wir dir jetzt ein paar Stunden Ruhe gönnen. Eine Lagerstatt ist für dich vorbereitet.«
»Und wir?«, fragte Loki. »Es wäre nicht gut, den Knaben allein hier zurückzulassen. Surtur weiß, wo er ist, und ich traue ihm jede Tücke zu.«
»Er wird es nicht wagen, seine Hand nach Himinbjorg auszustrecken!«, sagte Heimdall, was ihm aber nur einen abfälligen Blick Lokis einbrachte.
Odin hob rasch die Hand. »Ich stimme dir zu, Heimdall«, sagte er. »Aber auch dir, Loki. Deshalb werden wir hier warten, bis Baldur, Tyr und Forseti zurück sind. Heimdall mag indessen einen Boten nach Trudheim schicken, um Thor zu benachrichtigen. Er wird hierher eilen wie auf Flügeln, wenn er hört, welches Geschenk ihm dieser Knabe bringt.«
Lif fuhr zusammen. Nach all dem Unglaublichen und Wunderbaren, das seit ihrem Aufbruch aus Midgard auf ihn eingestürmt war, hatte er Mjöllnir ganz vergessen. Jetzt fuhr seine Hand unter sein Gewand und wollte den Hammer hervorziehen, aber Odin machte eine rasche, abwehrende Bewegung.
»Behalte ihn, Lif«, sagte er. »Du warst es, der ihn aus den kalten Tiefen der Unterwelt barg, und deshalb ist es auch nur billig, wenn du ihn an seinen rechtmäßigen Besitzer zurückgibst. Und nun –«, er stand auf und klatschte in die Hände, »geh und lass dir von den Dienern dein Gemach zeigen. Und sieh zu, dass du bald einschläfst«, fügte er lächelnd hinzu. »Wenn Thor hört, was du ihm bringst, wird er rascher hier sein, als du deinen Namen aussprechen kannst.«

Das war zweifellos übertrieben. Aber – wie Lif wenig später feststellen konnte – nicht sehr . . .

Thor kam sehr früh am nächsten Morgen und er machte seinem Namen alle Ehre.

Lif wachte von Gebrüll und Gepolter auf, das Himinbjorg bis in die Grundfesten erschütterte. Die Tür zu seinem Gemach wurde mit solcher Wucht aufgestoßen, dass sie knallend gegen die Wand flog, und ein rothaariger, bärtiger Riese stürmte herein, mit wild flammenden Augen und aus Leibeskräften brüllend. »Wo ist er? Wo ist dieser Bengel, der behauptet, meinen Mjöllnir zu haben?«

Lif setzte sich auf. »Du meinst . . . mich«, sagte er leise, eingeschüchtert von der Wildheit dieses Asen.

»Dich?« Thor runzelte die Stirn, musterte ihn kurz und schüttelte dann den Kopf. »Nein«, polterte er. »Ich suche einen Helden. Einen gewaltigen Mann, der den Drachen Nidhögger beinahe erschlagen und meinen Zermalmer bei sich haben soll. Weißt du, wo er ist?«

»Ich . . . ich bin derjenige, den du suchst«, bekannte Lif stockend und hätte sich liebend gern unter den Decken vergraben, denn er hatte den Eindruck, dass Thor eher wütend war als dankbar, dass ihm der Mjöllnir zurückgebracht wurde. Trotzdem schlug er die Decke zurück und zog den Streithammer hervor.

Thor schrie auf, warf sich mit einem Sprung vor und riss Lif die Waffe aus der Hand. »Mjöllnir!«, brüllte er. »Er ist es! Kein Zweifel! Mjöllnir ist wieder da! Du hast ihn gebracht!« Er drückte den Streithammer an sich wie einen verloren geglaubten Sohn, der durch ein Wunder wieder zu ihm zurückgekehrt war. Dann fuhr er herum, riss Lif mit einer Hand in die Höhe und drückte ihm einen schmatzenden Kuss auf die Wange. »Du weißt ja nicht, welche Freude du mir damit bereitet hast, Menschenkind!« Und er ließ Lif los, der unsanft auf sein Lager purzelte, hob den Hammer und schwang ihn ein paar Mal spielerisch durch die Luft.

Als sich Lif von seinem Sturz einigermaßen erholt hatte, sah er, dass ihn Thor sorgenvoll und neugierig zugleich anblickte. »Du musst Lif sein, der Bruder Lifthrasils«, sagte er.
Lif nickte, setzte sich auf die Bettkante und stand dann vollends auf. Er reichte Thor fast bis zum Gürtel.
»Und es ist wirklich alles so gewesen, wie Heimdall erzählt hat?«, fuhr Thor mit einem Stirnrunzeln fort.
»Was . . . was hat er denn erzählt?«
»Dass du den Hammer aus der allertiefsten Höhle der Unterwelt herausgeholt hast«, antwortete Thor. »Und zwar direkt zwischen den Krallen des Drachen Nidhögger hervor! Keinem von uns wäre das gelungen. Nicht einmal mir.«
Lif überlegte einen Moment, aber dann konnte er der Versuchung nicht mehr widerstehen und nickte. Schließlich hatte er Mjöllnir wirklich aus dem Wurzelstamm Yggdrasils herausgezogen, und Thor hatte nicht danach gefragt, ob Nidhögger da noch an seinem Platz gesessen hatte . . .
»Dann musst du ein großer Held sein«, murmelte Thor. »Ein Knirps, zweifellos, aber trotzdem ein Held. Weißt du, dass außer mir niemand den Zermalmer auch nur berühren darf? Nicht einmal Odin. Und selbst ich muss einen eisernen Handschuh tragen, wenn ich ihn im Kampf führen will. Und du hast ihn einfach so genommen, hast ihn gegen den Drachen geführt und dann Garm erschlagen!« Er schüttelte immer wieder den Kopf, als könnte er einfach nicht glauben, was er selbst sagte.
»Es war sicher nur Zufall«, sagte Lif verlegen. »Jeder andere hätte dasselbe getan, der in seine Nähe gekommen wäre. Baldur meinte, es wäre der Hammer selbst, der mich gerufen hat.«
»Baldur ist ein liebenswerter Bursche, aber er versteht nichts von solchen Dingen«, belehrte ihn Thor. »Und so etwas wie Zufall gibt es nicht. Nein, nein, es hat schon alles seine Richtigkeit, wie es gekommen ist.« Er lachte dröhnend, schwang den Hammer in einem gewaltigen blitzenden Kreis und trat dabei einen Schritt auf Lif zu, der vorsichtig zurückwich.
»Aber genug geredet jetzt«, fuhr er fort. »Odin schickt mich,

dich zu holen, denn Baldur und die anderen sind zurück und wir wollen uns zusammensetzen und beraten. Später ist noch Zeit genug, dass du mir deine Abenteuer in allen Einzelheiten erzählst. Du bist natürlich Gast auf meiner Burg Bilskirnir, solange du in Asgard weilst, das ist Ehrensache. Es wird dir dort gefallen.«

Lif starrte einen Moment zu dem Asen hinauf. Nach dem ersten Eindruck, den er von Thor gewonnen hatte, war er sich dessen gar nicht so sicher. Aber er zog es vor, nicht darauf zu antworten, sondern drehte sich um und wusch sich in der Schüssel mit Wasser, die fürsorgliche Diener bereitgestellt hatten, das Gesicht und die Hände. Thor beobachtete ihn dabei mit sichtlicher Ungeduld und sein Blick sagte sehr deutlich, dass er Lifs Tun für etwas höchst Überflüssiges hielt.

Himinbjorg hatte sich in den wenigen Stunden, die Lif geschlafen hatte, verändert. Flure und Säle waren voll von Leben und als Lif hinter Thor den Saal betrat, in dem er sich am Abend zuvor von Odin verabschiedet hatte, schlugen ihm lachende Stimmen entgegen, zwischen die sich das Klirren von Pokalen mischte. Der Raum kam ihm kleiner vor als am Vortag und sehr viel freundlicher, was sicher nicht zuletzt daran lag, dass sich jetzt weit über zwei Dutzend Personen darin aufhielten. Lif blieb in der Tür stehen und sah sich einen Moment lang um. Odin selbst war noch nicht gekommen, aber die Hälfte der Männer, die er sah, waren Asen; er erkannte sie sofort an ihrer Größe. Bei den anderen musste es sich um Diener handeln, vielleicht auch andere Edle Asgards – allzu viel wusste er ja noch immer nicht vom Göttergeschlecht.

Jemand rief seinen Namen und als er den Blick wandte, gewahrte er Baldur und Tyr, die auf der anderen Seite der reich gedeckten Tafel saßen, ihm jetzt zuwinkten und sich erhoben, um ihm entgegenzueilen. Baldur schloss ihn in die Arme.

»Lif!«, rief er. »Es scheint, als erwarten uns keine guten Neuigkeiten.«

»Was ist geschehen?«, fragte Lif.

»Odin hat uns alle zusammenrufen lassen, um zu beraten. Ich weiß nicht, worüber, aber es muss etwas Ernstes sein, etwas, das keinen Aufschub duldet, denn Versammlungen dieser Art finden sonst nur in seinem Palast in Gladsheim statt. Sie sind alle gekommen, siehst du?«

»Alle?«, wiederholte Lif. »Du meinst, alle Asen?«

»Der ganze Haufen«, bestätigte Baldur spöttisch. »Mich und Heimdall und Tyr und Loki kennst du ja schon, ebenso Forseti und« – er sah Lif an – »Thor?«

Lif nickte lächelnd und in Baldurs Augen blitzte es belustigt auf. Aber er ging mit keinem Wort darauf ein, sondern deutete der Reihe nach auf die Männer an der Tafel und erklärte Lif, wer sie waren: »Dies dort ist Widar, der Herr der Urwälder und stillen Haine. Neben ihm Bragi, Uller und Wali und dort hinten, gleich auf dem Platz zur Rechten Odins, der blinde Hödur.«

Lif fiel auf, dass Baldur bei seiner Vorstellung zwei der hoch gewachsenen Gestalten ausgelassen hatte und er fragte ihn nach den Namen. »Njörd und Freyr«, erklärte Baldur. »Sie sitzen an unserer Tafel, obgleich sie keine Asen sind. Njörd und sein Sohn sind vom Geschlecht der Wanen – aber das ist eine lange Geschichte. Ich erzähle sie dir ein andermal.« Er schob Lif mit sanfter Gewalt vor sich her zur anderen Seite des Tisches und Lif sah erst jetzt, dass zwischen Baldur und Thor ein leerer Stuhl stand, er war wohl für ihn freigehalten worden. Lif war dankbar dafür. Es hätte ihm nicht sehr gefallen, unmittelbar neben Odin zu sitzen oder gar neben Loki, der als einziger im ganzen Saal mit mürrischem Gesichtsausdruck vor sich hinstarrte.

Baldur bemerkte seinen Blick. »Hast du Angst vor ihm?«, fragte er.

»Loki?«

Baldur nickte. »Ich könnte es verstehen. Auch ich fürchte ihn manchmal.«

Lif überlegte einen Moment, aber dann schüttelte er den Kopf. »Nein«, sagte er. »Angst nicht, aber er ist. . .« Er suchte einen

Moment vergeblich nach den richtigen Worten, blickte zu Loki hinüber und sah schnell weg, als der Ase den Kopf hob. »Er ist so anders als ihr«, sagte er.

»Das ist er«, bestätigte Baldur. »Aber er ist einer der unseren.« Er sagte das in einem Ton, als wäre dies allein Erklärung genug.

Trotzdem gab es eine Frage, die Lif schon seit langer Zeit quälte. »Als wir auf Surtur trafen«, sagte er, »und den Fenriswolf ...«

»Hat er um das Leben des Wolfes gebeten«, führte Baldur den Satz zu Ende, als Lif nicht weitersprach. »Ich weiß. Er musste es, Lif. Der Fenriswolf ist sein Sohn.«

Ein Schlag ins Gesicht hätte Lif kaum mehr überraschen können. »Er ist sein Sohn?«, rief er.

»Ja«, sagte Baldur. »So wie die Midgardschlange seine Tochter ist, Lif.«

Lif starrte erst Loki, dann Baldur und dann wieder Loki an, bis der Ase seinen Blick spürte und zu ihm herübersah. Plötzlich war er sicher, dass Loki jedes Wort hörte, das er und Baldur sprachen. »Das ist . . .«, stammelte er.

»Es ist entsetzlich«, sagte Baldur ernst. »Niemand leidet mehr darunter als Loki selbst und das ist wohl auch der Grund, warum er so still ist und sich feindselig verhält. Auch viele von uns fürchten ihn und so mancher wäre insgeheim froh, wenn er Asgard auf immer verließe. Er ist der Gott allen Unheils und allen Übels in der Welt.«

»Aber warum jagt ihr ihn dann nicht einfach davon?«, entfuhr es Lif. Er erschrak: Die Worte waren ihm fast ohne sein Zutun herausgerutscht. Aber Baldur lächelte nur und schüttelte den Kopf.

»Das können wir nicht, Lif«, sagte er. »Und wir dürften es auch nicht. Manche von uns denken wie du und ginge es nach Thor, so würde er die Kraft Mjöllnirs wohl lieber heute als morgen an Loki ausprobieren. Aber er ist nun einmal einer der unseren. Er gehört zu uns, so wie auch in jedem von euch Menschen Gut und Böse vereint ist.« Lif war beinahe froh, als in diesem Moment die Tür geöffnet wurde, Odin eintrat und Baldur sofort verstummte. Der Oberste aller Asen kam um den Tisch herum und Lif erschrak, als er sah, wie sehr sich Odin verändert hatte. War er ihm am vergangenen Abend wie ein gütiger alter Mann erschienen, so sah er sich nun dem Urbild aller Krieger gegenüber.

Odin hatte sein einfaches weißes Gewand gegen eine prachtvolle Rüstung aus Gold und gehämmertem Eisen getauscht und sein weißes Haar war fast völlig unter einem gewaltigen, von zwei goldenen Adlerschwingen gekrönten Helm verschwunden. Auf Harnisch, Gürtel und Armschienen seines Panzers blitzte ein verschlungenes Symbol, das Lif als kunstvolle Darstellung der Rune Hagal erkannte.

Die Gespräche und Rufe, die den Saal noch vor Augenblicken wie das aufgeregte Summen eines Bienenschwarmes erfüllt hatten, verstummten, noch bevor Odin seinen Platz erreicht und sich gesetzt hatte. Odin blickte schweigend in die Runde, dann beugte er sich ein wenig vor, deutete erst auf Lif, dann auf Baldur und forderte sie auf, von ihren Erlebnissen zu berichten, ohne sich mit einer Begrüßung aufzuhalten.

Was Lif am Tage zuvor erspart geblieben war, nun kam es: Nach Baldur musste er von seinen Abenteuern auf dem Wege hierher erzählen und mehr als nur einmal, denn Odin unterbrach ihn immer wieder mit Zwischenfragen. Und damit nicht genug, begann er anschließend Lif nach seinem Leben zuvor zu befragen: Wo er herkam, wo und bei wem und wie er aufgewachsen war, was ihn die Leute gelehrt hatten, die sich seiner angenommen hatten, ob und was er von seiner wahren Herkunft wisse und tausend andere Dinge mehr, auf die Lif keine Antwort wusste. Er redete mehr als zwei Stunden und auch danach schien Odins Wissbegierde nicht gestillt zu sein. Aber er sah wohl, dass Lif am Ende seiner Kräfte war und beließ es dabei; für heute, wie er ausdrücklich hinzufügte.

Als Odin ihn endlich aus seinem Verhör entließ, fühlte sich Lif so müde, als wäre er während der letzten zwei Stunden ununterbrochen gerannt. Er hätte viel darum gegeben, aufstehen und in seine Kammer gehen zu können. Aber er wagte es nicht, darum zu bitten.

»Ihr habt alle gehört, was dieser Knabe berichtete«, begann Odin nach einer Weile. »Und ich muss keinem von euch sagen, was seine Worte bedeuten. Der Tag der Entscheidung rückt heran. Es wäre töricht, die Zeichen des Schicksals anders als so deuten zu wollen. Wir müssen uns für den Kampf rüsten.«

»Einen Kampf, den wir gewinnen werden«, warf Thor lautstark ein. »Du hast Recht, Odin – Ragnarök ist nicht mehr weit. Doch die Sache steht gut für uns. Der Fenriswolf ist gebunden, Mjöllnir wieder bei uns und der Knabe Lif vor Surturs Nachstellungen sicher. Und durch das, was er getan hat, gewinnen wir Zeit. Zeit, die wir nutzen werden, ihn auf die letzte Schlacht vorzubereiten.«

»Ein Kind!«, sagte Loki abfällig. »Du redest irre, Thor. Er ist ein sterblicher Mensch und ein Knabe dazu, der noch viele Jahre brauchen wird, zum Mann heranzuwachsen. Was soll er uns nutzen in der Schlacht? Surturs Riesen werden ihn zermalmen, wenn er nicht vorher vor lauter Angst stirbt!«

»Unsinn!«, widersprach Thor grob. »Er mag nur ein Kind sein und doch war er stark genug, den Fenriswolf zu besiegen, Loki.«

Loki wurde blass vor Zorn. »Mit einer Zauberwaffe, ja!«, sagte er wütend. »Aber wird er sie in der Schlacht haben? Gib ihm Schwert und Schild und er wird allein unter ihrem Gewicht zusammenbrechen!«

»Tyr und ich werden ihn in die Lehre nehmen«, sagte Thor. »In seinen Adern fließt Heldenblut, das spüre ich. Und was ihm an Alter und Erfahrung fehlt, werden wir wettmachen.«

»Narr«, sagte Loki leise.

Thor wollte auffahren, aber Odin machte eine befehlende Geste und die beiden Kampfhähne verstummten, doch sie fuhren fort, sich gegenseitig mit zornerfüllten Blicken anzustarren.

»Es ist genug«, sagte Odin streng. »Ich habe euch nicht zusammengerufen, damit ihr euch streitet. Du hast Recht, Thor,

wenn du sagst, dass die Dinge sich zu unseren Gunsten zu wenden scheinen. Doch es ist etwas geschehen, was all dies wieder wettmacht, wenn nicht mehr.«
Thor sah auf. Eine steile Falte erschien zwischen seinen Brauen. »Was?«, fragte er misstrauisch.
Odin zögerte und Lif glaubte zu spüren, wie schwer es ihm fiel, zu antworten. »Iduna ist fort«, sagte er schließlich.
Ein erschrockenes Raunen lief durch die Reihen der versammelten Asen.
»Seit wann?«, fragte Baldur. »Was ist geschehen, Odin, und wie lange ist sie schon fort? Wieso hast du uns nichts davon gesagt?«
Odin blickte seinen Sohn ernst an. »Ich wollte ganz sichergehen«, sagte er. »Sie ist fort, seit du aufgebrochen bist, Lifthrasil zu suchen und statt dessen seinen Bruder Lif gefunden hast. Ihr Palast ist verwaist. Niemand hat sie fortgehen sehen, auch ihr Gemahl Bragi nicht. Ich habe Hugin und Munin ausgesandt, meine treuen Raben, sie zu suchen.«
»Haben sie sie gefunden?«, fragte Heimdall.
Odin schüttelte den Kopf. »Nein«, sagte er. »Sie sind geflogen, so weit ihre Flügel sie trugen, an jeden Ort Midgards und bis weit über das Weltenmeer hinaus. Selbst nach Lichtalbenheim und in Surturs finsteres Reich haben sie sich gewagt, doch umsonst. Sie haben Iduna nicht gefunden. Sie ist verschwunden.«
Für einen Moment trat ein entsetztes Schweigen ein und dann redeten und riefen die Asen alle durcheinander. Lif wandte sich an Baldur. »Was bedeutet Idunas Verschwinden?«, fragte er.
Baldur schüttelte den Kopf und starrte einen Moment an ihm vorbei ins Leere. »Es ist das letzte Zeichen«, sagte er. »Es bedeutet, dass die Entscheidung gefallen ist, Lif.«
»Welche Entscheidung?«, fragte Lif stockend.
Es war Thor, der auf seine Frage antwortete, nicht Baldur, und auch aus seiner Stimme war jede Spur von Zuversicht und Wärme gewichen. »Die Entscheidung über den Krieg«, sagte

er. »Es liegt nicht mehr in unserer Macht, ihn zu verhindern. Wir werden kämpfen müssen. Ragnarök ist nun unvermeidlich geworden.«

Für einige Zeit schien es Lif, als löse sich der Rat der Asen und ihrer Freunde in Chaos auf. Baldur hatte ihm nicht erklärt, was am Verschwinden der Göttin Iduna so schlimm sei, dass diese Tatsache allein den Krieg unvermeidlich werden ließ, doch es musste sehr ernst sein, denn auch als Thor nach einer Weile mit erhobener Stimme wieder für Ruhe zu sorgen versuchte, kehrte diese nicht ein. Im Gegenteil: Keiner der Asen schien seine Worte zu hören. Tyr, Heimdall und Uller riefen und sprachen aufgeregt durcheinander, wobei sie wild gestikulierten und manchmal auch aufsprangen, andere flüsterten mit ihren Nachbarn oder starrten in dumpfes Brüten versunken vor sich hin. Es dauerte lange, bis Odin die Hand hob und mit leiser, aber sehr befehlender Stimme um Ruhe bat. Er war der Einzige, dem weder Schrecken noch Zorn anzumerken gewesen war. »Nun wisst ihr, warum ich diesen Rat einberufen habe, in aller Eile und kaum dass die letzten von uns zurückgekehrt sind«, begann er.

Thor sprang auf. Sein Gesicht glühte vor Erregung. »Was sitzen wir hier noch herum?«, rief er. »Mit der frechen Entführung unserer Schwester ist die Entscheidung gefallen! Lasst uns all unsere Freunde zusammenrufen und zu den Waffen greifen! Surtur muss bezahlen für das, was er getan hat!«

Viele der Asen stimmten ihm lautstark zu. Selbst Tyr, der bisher ruhig geblieben war, nickte heftig und legte die Hand auf das Schwert an seiner Seite. Aber zu Lifs Erleichterung blickte Odin Thor nur ernst an und schüttelte den Kopf.

»Ich verstehe dich gut, Thor«, sagte er. »Doch es wäre falsch, jetzt auf die Stimme des Zornes zu hören und gegen Surtur zu ziehen. Noch ist der Tag nicht gekommen, und es würde Schreckliches bringen, in das Rad des Schicksals greifen zu wollen.«

»Odin hat Recht, Thor«, pflichtete ihm Heimdall bei. »Es ist vorausbestimmt, dass die letzte Schlacht auf der Wigrid statt-

finden wird, nicht in Surturs finsterem Reich. Wir würden alle verderben, brächen wir jetzt auf und versuchten, die Entscheidung herbeizuzwingen.«
Thor wandte mit einem zornigen Ruck den Kopf. Seine Augen flammten. »Weise gesprochen, Heimdall«, sagte er in einem Ton, der die Wahl seiner Worte Lügen strafte. »Doch einen größeren Gefallen, als hier zu sitzen und die Hände in den Schoss zu legen, können wir Surtur wohl nicht mehr tun! Was schlägst du also vor? Dass wir tatenlos abwarten und mit jedem Tag schwächer werden, während Surturs Heer mit jedem Moment wächst?«
»Davon spricht niemand«, unterbrach ihn Odin nun in scharfem, tadelndem Ton. »Aber es wäre ein Fehler, sofort zu den Waffen zu greifen und Krieg zu schreien, Thor.«
»Aber was bleibt uns denn anderes übrig?«, brüllte Thor. »Surtur braucht nun nichts anderes zu tun als abzuwarten, bis wir schwach und hilflos wie die Kinder geworden sind!«
Lif wandte sich an Baldur. »Ich verstehe nicht, warum ihr euch schwach nennt, wenn Odin nicht sofort zum Kampf ruft? Vielleicht gibt es eine andere Möglichkeit, Iduna aus Surturs Gewahrsam zu befreien . . .«
Augenblicklich trat Stille ein und Lif wurde mit plötzlichem Schreck bewusst, dass er laut genug gesprochen hatte, jedermann im Saal seine Worte verstehen zu lassen. Alle starrten ihn plötzlich an. Baldur antwortete nicht auf seine Frage, sondern blickte Hilfe suchend zu Odin.
»Sag es ihm, Baldur«, sagte Odin.
Loki sprang auf und deutete anklagend auf Lif.
»Ich bin dagegen!«, rief er. »Du darfst unser größtes Geheimnis nicht verraten. Auch ihm nicht!«
»Du traust diesem Knaben nicht?«, fragte Odin ruhig, »Nach allem, was er für uns getan hat?«
Loki machte eine abfällige Handbewegung. »Das hat nichts damit zu tun. Er hat uns geholfen, aber hat er es freiwillig getan? Nein. Er tat, was er musste, weil er keine andere Wahl

hatte! Weil das Schicksal ihn dazu zwang. Auch du, Odin, musst dich an die Gesetze halten, die von Mächtigeren als dir erlassen wurden! Idunas Geheimnis darf nicht verraten werden. Nicht an einen Sterblichen!«

»Aus dir spricht die Schlechtigkeit deiner verräterischen Seele, Loki«, sagte Baldur ruhig. »Dieser Knabe ist vertrauenswürdig. Vielleicht sogar«, fügte er in verletzendem Tonfall hinzu, »mehr als so mancher aus unserem Kreise selbst.«

Loki wurde blass vor Zorn. Seine Hände ballten sich zu Fäusten und Lif war sicher, dass sich der Ase auf Baldur gestürzt hätte, wäre Thor nicht neben Baldur gestanden und hätte die Hand wie durch Zufall auf den Stiel des Mjöllnir sinken lassen. So aber presste Loki nur wütend die Lippen aufeinander und starrte ihn und Lif voll unverhohlenem Hass an.

»Was wissen wir über ihn?«, fragte er. »Nichts. Wir wissen nicht, was er tun wird, wenn er Lifthrasil gegenübersteht. Was, wenn sich die Bande des Blutes stärker erweisen als seine Treue zu uns?«

»Du sprichst aus Erfahrung, scheint mir«, sagte Baldur. »Wenn mich meine Erinnerung nicht trügt, hast du vor kurzem selbst um Gnade für das Leben eines deiner Kinder gefleht, Loki.«

»Genug!« Odin schlug so heftig mit der Faust auf den Tisch, dass Teller und Becher zu klingen begannen. »Was ist in euch gefahren, ihr beiden?«, rief er zornig. »Ist uns nicht Unglück genug widerfahren, dass ihr euch gegenseitig der Lüge und des Verrats bezichtigen müsst? Was soll dieser Knabe von uns denken, wenn er sieht, dass sich die Götter streiten?«

Einen Moment lang starrte ihn Loki an, seine Augen flammten voll Zorn und Trotz. Aber dann senkte er wie ein geprügelter Hund den Kopf, setzte sich wieder hin und starrte an Baldur und Lif vorbei ins Leere. Sein Gesicht war vollkommen ausdruckslos. Aber seine Hände blieben zu Fäusten geballt.

Odin wandte sich wieder an Lif. »Verzeih Lokis Zorn, Lif«, sagte er, jetzt wieder sanft, aber auch mit großem Ernst. »Du wirst ihn vielleicht verstehen, wenn ich dir sage, dass unser aller Leben enger mit dem Schicksal Idunas verknüpft ist, als die Bewohner Midgards ahnen, denn sie ist es, die uns unsere Unsterblichkeit gab.«

Lif erschrak, obwohl er nicht sicher war, ob er wirklich begriff, was Odins Worte bedeuteten. »Was heißt das?«, stammelte er.

»Das heißt, dass wir nicht länger ewig jung und stark bleiben werden, jetzt, wo Iduna nicht mehr bei uns weilt«, sagte Baldur an Odins Stelle.

»Du meinst, ihr ... ihr werdet ... sterben?«

»Nicht sofort«, sagte Odin. »Doch die Zeit, die bisher in Asgard keine Gültigkeit hatte, hat ihre Hand nun auch nach uns ausgestreckt. Wir werden altern wie die Menschen, bei denen du aufgewachsen bist, Lif. Während Surturs Macht mit jedem Tag wächst, werden wir im gleichen Maße schwächer werden. Das war es, was Baldur meinte, als er sagte, dass der Krieg nun unvermeidlich geworden ist.«

»Aber das ... das ist doch ... unmöglich«, stotterte Lif. »Du meinst, ihr werdet wie Menschen? Ihr werdet ...«

»Alt und schwach und krank und dann sterben wir, ja«, bestätigte Odin. Aber dann lächelte er plötzlich. »Doch bis dahin ist noch viel Zeit. Und so weit wird es nicht kommen.«

»Nicht‹ wenn wir sofort losschlagen«, brummte Thor, der noch immer Gefallen an seiner eigenen Idee hatte. »Surtur rechnet nicht mit einem Angriff. Nicht jetzt. Wenn wir ihn überraschen ...« Er verstummte, als ihn ein Blick Odins traf. »Was sollen wir sonst tun?«, sagte er hilflos. »Hier herumsitzen und warten, bis wir zu zahnlosen Greisen geworden sind, zu schwach, unsere Waffen zu heben?«

»Nein«, sagte Odin. »Noch besteht keine unmittelbare Gefahr. Wir haben Zeit und wir müssen sie nutzen. Wir werden tun, was du selbst vorgeschlagen hast. Du und Tyr, ihr werdet den Knaben Lif in die Lehre nehmen und einen Krieger aus ihm machen, damit er auf dem Schlachtfeld gegen Surturs Kreaturen besteht. Loki und Heimdall wird die Aufgabe zufallen, einen Schutz für Asgard zu ersinnen.«

»Bifröst ist Schutz genug«, grollte Heimdall. »Kein Riese kann seinen Fuß darauf setzen, will er nicht sofort verbrennen.«

»Unterschätze nicht Surturs Verschlagenheit«, sagte Odin. »Es gibt andere Wege, nach Asgard zu kommen, wie du selbst am besten weißt.«

Heimdall schien abermals widersprechen zu wollen, aber Odin machte noch einmal eine knappe, befehlende Geste mit der Hand und der Ase sagte nichts mehr. Und auch Baldur und selbst Thor wandten hastig den Blick ab, als Lif sie Hilfe suchend ansah.

Der Eisriese

Lif blieb länger als ein Jahr in Asgard. Vorerst sprach niemand mehr vom Krieg, zumindest nicht zu ihm und nicht in seiner Gegenwart. Es war eine Zeit der Wunder, die für ihn hereinbrach, ein Jahr, in dem er mehr und geheimnisvollere Dinge von der Welt der Götter – aber auch der der Menschen – erfuhr, als er sich jemals zuvor auch nur hätte träumen lassen. Wie Thor es bei jener schicksalsschweren Beratung an Lifs erstem Morgen in Asgard gesagt hatte, nahmen er und Tyr ihn in die Lehre; was für die ersten Wochen und Monate nichts anderes als eine schier endlose Schinderei bedeutete, denn obgleich sich die beiden Asen als geduldige und umsichtige Lehrmeister erwiesen, waren sie auch erbarmungslos und ließen ihm nicht den geringsten Fehler durchgehen. Sie lehrten ihn etwas, was er ganz und gar nicht lernen wollte: nämlich kämpfen. In der ersten Zeit wehrte er sich dagegen, aber das brachte ihm bloß einen scharfen Verweis Odins und einige lange, nicht besonders erbauliche Gespräche mit Baldur und Thor ein. Nach einer Weile gab er seinen Widerstand auf und nachdem weitere Tage und Wochen vergangen waren, in denen er sich widerstrebend allen Torturen unterwarf, die sich Thor und Tyr nur ausdenken konnten – und das waren nicht gerade wenige –, begann er zaghaftes Interesse an dem zu verspüren, was er lernen sollte. Vielleicht war er trotz allem zu sehr Junge, um sich der Faszination von Waffen und Kampfgebrüll entziehen zu können. Gleichwie – als sich sein erstes Jahr in Asgard dem Ende zuneigte, war er ein eifriger Schüler geworden und er machte Fortschritte, die selbst Tyr in Erstaunen versetzten.

Er hatte gelernt, mit Speer, Schild und Schwert umzugehen, Pfeil und Bogen zu handhaben und gegen Angreifer zu bestehen, die weitaus kräftiger und besser bewaffnet waren als er. Aber es geschah noch mehr in dieser Zeit und die wichtigste und größte Veränderung von allen – obwohl sie ihn selbst betraf – bemerkte er nicht einmal.

Er wurde erwachsen.

Aus dem schmalbrüstigen, immer etwas bleich und erschrocken aussehenden Knaben wurde ein Jüngling, noch immer von fast zarter Statur, aber sehr groß und von jener Schlankheit, die dem kundigen Auge große Zähigkeit und Behändigkeit verriet. Und die Veränderung war nicht nur äußerlich: Lif sprach oft und lange mit Odin in diesem Jahr und er begann vieles anders zu sehen als vor seiner Ankunft in Asgard. Er hasste Krieg und Töten und Gewalt noch immer mit der gleichen Inbrunst wie zuvor, und etwas in ihm weigerte sich noch immer, sich in sein Schicksal zu ergeben, ganz gleich, wie es kommen mochte, aber er begriff auch, dass es Dinge gab, die unausweichlich, und Mächte, die stärker als die Götter waren. Und trotz alledem – tief in sich wusste Lif, dass er nicht einfach aufstehen und mitgehen würde, wenn Heimdall eines Tages in das Gjallarhorn blies und die Asen und ihre Verbündeten zur letzten Schlacht rief.

Aber das sprach er niemals aus und er hatte auch gar keine Gelegenheit dazu, denn niemand sprach in seiner Gegenwart von der Götterdämmerung; jedermann – nicht nur die Asen selbst, sondern auch all ihre Freunde, Verbündeten und Diener, bis hinab zum geringsten Stallburschen – vermied dieses Thema, wenn er in der Nähe war. Ein Verhalten, das Lif nicht verstand – denn wozu war er hier und aus welchem Grund lehrten ihn Tyr und Thor die Schwertkunst, wenn nicht, ihn auf die letzte entscheidende Schlacht vorzubereiten?

Auf den Tag, an dem er seinem Bruder gegenüberstehen würde ...

Lif dachte oft an Lifthrasil. Er tat es mit einer sonderbaren Wärme, die er selbst nicht ganz verstand. Er hatte seinen Zwillingsbruder nur dreimal gesehen und jedes Mal nur ganz kurz und unter Umständen, die alles andere als erfreulich gewesen waren. Lifthrasil war ganz eindeutig sein Feind, ein schlimmerer Feind vielleicht als Surtur und all seine Riesen und trotzdem dachte er an ihn wie an einen geliebten Bruder. Er wagte es nicht, diesen Gedanken laut auszusprechen, denn ihm war durchaus klar, dass er damit gerade das zugegeben hätte, was Loki argwöhnte und was fast zum Streit zwischen ihm und Baldur geführt hätte.

Er sprach zu niemandem davon, nicht einmal zu Baldur, mit dem ihn eine tiefe, auf beiden Seiten gleich stark empfundene Freundschaft verband.

Es war auf den Tag genau vierzehn Monate nach seinem ersten Erwachen in Himinbjorg, als Odin alle Asen zur Beratung zusammenrief; etwas, das nicht selten geschah, besonders in den letzten Monaten, in denen sich die schlechten Nachrichten häuften, die aus Midgard in die Welt der Götter hinaufdrangen.

Und doch war etwas anders an diesem Tag. Heimdall und Loki waren zurück, nach mehr als einem Jahr. Sie hatten die neun Welten durchstreift, um Verbündete für den letzten Kampf zu gewinnen. Nicht nur Lif wartete bereits voller Ungeduld darauf, mit den beiden Heimkehrern zu reden und aus ihrem Munde zu hören, was sie Neues zu berichten hatten. Aber sie waren gleich nach ihrer Ankunft zu Odin befohlen und seither von niemandem mehr gesehen worden.

Lif war zu Gast in Ydalir, Ullers Waldburg, die sich dem Herzen Asgards, dem schimmernden Gladsheim Odins, am nächsten befand, um sich von Uller in der Kunst des Bogenschießens unterweisen zu lassen, als Hugin und Munin von einem ihrer rastlosen Flüge über die Welt zurückkamen. Lif sah die beiden Odinsraben nicht das erste Mal, wie sie, zwei kleinen finsteren Punkten gleich, den goldschimmernden Flanken Gladsheims zu jagten und hinter seinen Zinnen verschwanden und es war auch nicht das erste Mal, dass sie schlechte Nachrichten in die

Welt der Asen brachten. Lif wusste nicht, wieso, aber er spürte es, ob Hugin und Munin mit froher oder trauriger Kunde nach Hause kamen und als sie dieses Mal dicht über den Wipfeln des Eibenwaldes dahinstrichen, da war es, als berührte eine eisige Hand seine Seele.

Mitten in der Bewegung sah er auf und blickte durch das grün gefleckte Blätterdach des Waldes zu den beiden Raben hinauf. Um ein Haar hätte ihn diese Unaufmerksamkeit ein Ohr oder Schlimmeres gekostet. Seit dem frühen Morgen hatte er zusammen mit Tyr und Uller geübt, heranzischende Pfeile wechselweise mit dem Schwert oder der bloßen Hand beiseite zu schlagen, und Uller bemerkte sein Zögern einen Augenblick zu spät und ließ den Pfeil fliegen, den er auf die Sehne gelegt hatte. Das Geschoss zischte so dicht an Lifs Wange vorüber, dass er den scharfen Luftzug spüren konnte.

»Bist du von Sinnen, Lif?«, rief Uller aus. Erschrocken ließ er seinen Bogen fallen, stürmte auf Lif zu und blickte ihn entsetzt an. »Was ist in dich gefahren? Ich hätte dich erschießen können!«

Lif hörte seine Worte wohl, aber er sagte nichts darauf. Noch immer blickte er nach Norden, in die Richtung, in die Hugin und Munin verschwunden waren. Die beiden Raben waren längst nicht mehr zu sehen. Vermutlich hatten sie Gladsheim schon erreicht, denn der Weg bis zu Odins Burg war nicht mehr weit. Trotzdem glaubte er immer noch einen Hauch der Kälte zu fühlen, der sich zwischen den Bäumen eingenistet hatte. Die beiden Raben brachten nichts Gutes, das wusste er.

»Was hast du?«, fragte Uller. Er war herangekommen und hatte den Arm ausgestreckt, wie um Lif an der Schulter zu packen und zu schütteln, aber mit einem Mal war der Zorn aus seiner Stimme gewichen und er sah Lif mit Sorge an.

»Hugin und Munin«, flüsterte Lif. »Sie sind zurück, Uller.«

Der Ase sah auf, blickte sich nach allen Seiten um und sah dann wieder Lif an. »Und?«

»Sie bringen nichts Gutes«, sagte Lif zögernd. »Wir müssen zu Odin, Uller. Rasch!« Er ließ Schild und Schwert fallen und fuhr herum, aber noch ehe er einen Schritt gemacht hatte, ergriff ihn Uller nun wirklich an der Schulter und hielt ihn zurück.

»Nicht so rasch, du junger Heißsporn«, sagte er. »Niemand geht zu Odin, der nicht ausdrücklich dazu aufgefordert worden ist, auch du nicht!«

Lif versuchte Ullers Hand abzuschütteln, aber der Ase war viel zu stark für ihn. »Was ist nur mit dir?«, fragte er scharf. »Die beiden Raben kommen oft nach Gladsheim.«

»Diesmal ist es anders«, sagte Lif. »Sie bringen nichts Gutes, Uller, das spüre ich einfach. Bitte!«

Einen Augenblick lang blickte ihn der Ase voller Zorn an, dann trat ein nachdenklicher Ausdruck in seine Augen. Er ließ seine Schulter los, trat zurück und schüttelte verwirrt den Kopf. »Das ist sonderbar«, murmelte er. »Ich verstehe es selbst nicht, doch ich spüre, dass du die Wahrheit sagst. Aber niemand vermag mit Munin und Hugin zu reden, außer Odin selbst. Du setzt mich immer wieder in Erstaunen, Knabe.« Er schüttelte nochmals den Kopf, trat zurück und stieß einen schrillen Pfiff aus. Ein Diener trat aus dem Haus und sah ihn fragend an. »Sattelt zwei Pferde«, befahl Uller. »Und macht schnell!«

Während der Diener ging, um seinem Befehl nachzukommen, eilten sie ins Haus zurück. Lif wusch sich in aller Hast und tauschte die schwere lederne Rüstung gegen sein Gewand. Den Stallburschen blieb kaum genügend Zeit, die beiden Pferde zu satteln und herzubringen, da traten sie schon wieder auf den schattigen Innenhof der Burg hinaus.

Aber Lifs Unruhe legte sich nicht, sondern wurde immer schlimmer, während sie aus dem weit offen stehenden Tor Ydalirs sprengten und sich nach Norden wandten, dem goldenen Glasirwald und Odins Burg Gladsheim zu. Die Pferde griffen aus und da es Asenpferde waren, flog der Wald nur so an ihnen vorüber; Gladsheim wuchs rasch von einem blitzen-

den Funken am Horizont zu einer goldschimmernden Burg heran, deren Zinnen sich weit über die dicht wogenden Wipfel des Haines erstreckten.
Gladsheim, Odins Heim und die größte der Asenburgen, lag genau im Herzen der Götterwelt, wie eine Nabe aus Gold, um die sich das Weltenrad drehte. Es gab keinen Ort in Asgard, von dem aus sein Blitzen und Funkeln nicht sichtbar gewesen wäre. Selbst nach mehr als einem Jahr, das Lif in der Welt der Asen und Unsterblichen weilte, konnte er sich noch immer nicht satt sehen an der Pracht und Größe, mit der sich die Asen umgaben.
Seine Unruhe war wie ein körperlicher Schmerz. Der Weg schien kein Ende zu nehmen. Irgendetwas, das spürte Lif, war unten in der Welt der Menschen geschehen, etwas Schreckliches, das auch sein Leben verändern würde.
Sie hatten mehr als die Hälfte der Strecke zurückgelegt, da erschien hinter den Zinnen Gladsheims eine winzige Gestalt und einen Augenblick später drang ein heller Laut über das Rauschen des Waldes zu ihnen.
»Heimdall!«, rief Uller erschrocken aus. »Das ist Heimdall! Er bläst das Gjallarhorn. Aber er bläst nicht zum Kampf«, fügte er verwirrt hinzu. Ohne in seinem rasenden Galopp innezuhalten, wandte er sich im Sattel um und sah Lif mit ernstem Blick an. »Du hattest Recht«, sagte er. »Irgendetwas von großer Wichtigkeit muss geschehen sein. Heimdall bläst das Gjallar nur in höchster Not.«
Lif antwortete nicht. Er empfand weder Triumph noch Zufriedenheit über die Tatsache, Recht behalten zu haben; im Gegenteil. Er hätte sich weitaus wohler gefühlt, hätte er sich geirrt. Und Uller sicherlich auch.
In solcher Hast, dass selbst die unermüdlichen Asenpferde vor Anstrengung keuchten und Schweiß in großen weißen Flocken von ihren Flanken troff, jagten sie das letzte Stück des Weges dahin und erreichten Odins Burg. Die gewaltigen bronzenen Tore standen weit offen. Im Innenhof eilten ihnen Diener

entgegen, die ihnen aus den Sätteln halfen und die Tiere wegführten.
Sie stürmten eine Treppe hinauf, durch einen endlosen Gang und eine weitere Treppe empor, bis sie vor einer geschlossenen Tür ankamen, vor der zwei Einherier in schimmernden Rüstungen Wache hielten. Lifs Herz begann vor Erregung schneller zu schlagen, denn er wusste, dass hinter dieser Tür nichts anderes als die Walhalla lag, das Allerheiligste der Asenburg – und der einzige Ort in Asgard, den zu betreten selbst ihm bisher nie erlaubt gewesen war.
Heute hielt ihn niemand auf. Die beiden Krieger traten beiseite und die große zweiflügelige Tür schwang wie von Geisterhand auf. Lif blieb dicht hinter Uller, der mit großen Schritten die Walhalla betrat.
Der Anblick, der sich Lif bot, ließ ihm den Atem stocken. Er hatte viel über die Walhalla gehört und Gewaltiges erwartet. Aber was er jetzt sah, übertraf seine kühnsten Vorstellungen.
Die Walhalla war nicht sehr groß. Er hatte in anderen Burgen Säle gesehen, die diesen an Größe um das Fünffache übertrafen; aber keinen, der ihm an Pracht und Glanz auch nur nahe kam. Bänke und Tische, die in sauber geordneten Reihen dastanden, waren reich mit Gold verziert und die bereitgestellten Becher und Teller blitzten wie aus Diamanten geschliffen. Auf den Bänken lagen Kissen aus Seide, reich verziert mit goldenen und silbernen Stickereien. An den Wänden hingen Schilde und Speere.
All diese Pracht aber verblasste gegen den goldenen Thron, auf dem Odin saß. Er erhob sich auf einer halb mannshohen Empore am jenseitigen Ende der Halle, schimmernd wie ein Diamant und von zwei Dutzend prachtvoll gerüsteter Einherier flankiert, die zu seinen Seiten Aufstellung genommen hatten. Odin saß in leicht nach vorne gebeugter Haltung auf diesem Thron, in dieselbe goldene Rüstung gekleidet, in der Lif ihn schon einmal gesehen hatte, nur dass er nun auch einen gewaltigen Speer in der Rechten hielt, während sich seine andere Hand auf den

Rand eines Schildes stützte. Hugin und Munin, die beiden Raben, deren Rückkehr Lif mit solchem Entsetzen erfüllt hatte, hockten auf seinen Schultern und zu den Füßen des Asenherrschers lagen zwei riesige nachtschwarze Wölfe, reglos, die Köpfe wie schlafend auf die Vorderpfoten gelegt, aber in Wahrheit hellwach, wie ihre geöffneten Augen bewiesen.
Lif erschrak, als er die beiden schwarzen Ungeheuer sah. Natürlich hatte er von Geri und Freki gehört, den beiden Wölfen, die Odin als Welpen gefangen hatte und zum Zeitvertreib hielt, aber ihr Anblick beschwor andere, böse Erinnerungen in ihm und er sah hastig weg.
Uller war auf der Schwelle des Raumes stehen geblieben und flüsterte erschrocken: »Du hattest Recht, Lif! Etwas Schreckliches muss geschehen sein. Sieh doch nur! Odin trägt den Gungnir. Den Speer des Krieges!«
Lif hatte seit mehr als einem Jahr gewusst, dass dieser Augenblick kommen würde. Trotzdem war es, als hätte jemand unversehens einen Eimer mit Eiswasser über seinem Kopf ausgegossen. Er sah sich um. Obgleich Ydalir von allen Asenburgen Gladsheim am nächsten lag, waren Uller und er nicht die ersten, die dem Ruf des Gjallarhornes gefolgt und gekommen waren. Thor war bereits anwesend und am anderen Ende der Halle gewahrte er Bragi und Heimdall, die leise miteinander sprachen, und auch der blinde Hödur war schon da und saß auf einer Bank unweit Odins Thron.
Nach und nach kamen auch die anderen, bis – mit Ausnahme Lokis – alle Asen und auch die beiden Wanen Njörd und Freyr versammelt waren. Und endlich erhob sich Odin von seinem Thron, nahm Schild und Speer auf und trat von seinem erhöhten Sitz herab.
»Ihr seid gekommen«, begann er. Sein Blick glitt über die Gestalten der Götter, verharrte einen Moment auf jedem von ihnen und blieb schließlich auf Lif haften. »Und auch du, Lif, bist dem Ruf des Hornes gefolgt. Das ist gut, denn was ich zu sagen habe, geht von allen hier dich am meisten an.«

Lif schauderte. Obwohl er spürte, dass Odin auf eine Antwort von ihm wartete, brachte er keinen Laut hervor.
»Was ist geschehen, Odin?«, fragte Thor ungeduldig. »Heimdall und Loki sind zurück. Hatten sie Erfolg?«
»Nicht ihretwegen habe ich euch zusammengerufen«, sagte Odin. »Hugin und Munin sind zurück, meine treuen Raben, und sie bringen keine gute Kunde aus Midgard.« Er seufzte, aber als er weitersprach, war seine Stimme so fest und sicher wie immer. »Der Moment, auf den wir schon lange gewartet haben, ist gekommen«, sagte er. »Die Kreaturen der Unterwelt fallen über Midgard her und töten und plündern. Der Fimbulwinter verwüstet das Land und Surtur sammelt seine Riesen zum Kampfe. In wenigen Tagen schon wird sich ihr Heer in Bewegung setzen, Bifröst zu erstürmen.«
»Lass sie kommen!«, rief Heimdall zornig. »Diejenigen, die nicht von der Brücke selbst verschlungen werden, sollen sich die Köpfe an den Mauern meiner Burg blutig rennen!«
»Und auf die, die sie überwinden wollen, wartet mein treuer Mjöllnir!«, rief Thor kampflustig. Er schüttelte den Hammer. »Er hat schon viel zu lange kein Riesenblut mehr zu schmecken bekommen!«
»Die Lage ist sehr ernst, Thor«, sagte Odin. »Surturs Heer ist weit größer, als ich fürchtete, und zahllose Bewohner der Unterwelt haben sich ihm angeschlossen. Nicht genug damit, ist es ihm gelungen, mit Lügen und falschen Versprechungen viele Männer und Frauen Midgards auf seine Seite zu ziehen.«
»Wir fürchten Surtur nicht«, beharrte Thor. »Und auch wir haben Freunde! Alben und Zwerge werden meinem Ruf folgen und mit Freuden nach Asgard eilen, um Surturs Kreaturen zu töten, und jeder unserer Einherier und jede unserer Walküren wiegt zehn von Surturs Kriegern auf.«
»Trotzdem sind wir zu wenige«, sagte Odin müde. »Surturs Heer ist gewaltig und auch wenn Eugels Alben und die Zwerge uns beistehen . . .«

»Die Heerscharen der Wanen nicht zu vergessen«, warf Njörd ein. »Surtur ist auch unser Feind. Fällt Asgard, wird er auch Wanenheim nicht verschonen. Seine Könige wissen dies. Ich werde Boten zu ihnen senden und noch ehe ein Tag vorbei ist, werden tausend unserer besten Krieger nach Asgard eilen.«
Odin lächelte dankbar, aber der Ausdruck von Trauer wich nicht aus seinem Blick. »Dies ist ein Angebot, das dich ehrt, mein Freund«, sagte er. »Und ich nehme es gerne an. Und trotzdem sind wir verzweifelt wenige.« Er schüttelte den Kopf, schwieg einen Moment und starrte zu Boden. Dann sprach er, etwas lauter und mit veränderter Stimme, weiter: »Ich habe deshalb beschlossen, meinen Plan zu ändern. Wir hatten vor, Surtur und sein Heer am Fuße Bifrösts zu empfangen, um sie zu schwächen und so viele von ihnen zu erschlagen, dass uns der Sieg gewiss ist, wenn es zur Entscheidungsschlacht kommt. Doch Surturs Überlegenheit ist zu groß. Ein solches Unterfangen wäre vermessen, denn auf einen von uns kommen fünfzig der seinen.«
»Was sollen wir also tun ?«, fragte Thor misstrauisch. »Uns verkriechen und darauf hoffen, dass er uns verschont?«
Odin schüttelte den Kopf »Nein«, sagte er. »Doch wir werden ihren Ansturm hier erwarten, in Heimdalls Himinbjorg und den anderen Burgen, wo wir den Vorteil der Verteidiger auf unserer Seite haben, und Asgard selbst wird sich gegen die Eindringlinge wenden und sie verderben. Es gibt mehr als einen Weg, einen Krieg zu gewinnen, Thor.«
»Ist das dein Plan?«, fragte Thor ungläubig. »Dass wir uns wie die Feiglinge hinter den Mauern unserer Burgen verschanzen, statt wie Männer in die Schlacht zu reiten? Lieber sterbe ich auf dem Schlachtfeld«, fügte er inbrünstig hinzu, »statt mich zu verkriechen und vor Angst zu zittern.«
Odin sah ihn tadelnd an. »Vor einem Jahr«, sagte er, ohne auf Thors Vorwürfe direkt zu antworten, »sandte ich Heimdall und Loki aus, um nach Hilfe und Sicherheit für Asgard zu suchen. Sie sind zurück, wie ihr wisst.«

»Ja«, grollte Thor. »Mit leeren Händen.«
»Nicht mit leeren Händen«, widersprach Odin. »Heimdall ist zum Zwergenvolk gegangen, auch zu anderen, die uns Freundschaft und Tribut schulden, und er brachte uns viele Versprechen auf Hilfe.«
»Allein aus Jötunheim werden mehr als zweitausend Riesen zu uns stoßen«, sagte Heimdall. »Und Eugel schickt noch einmal die gleiche Anzahl seiner kampferprobten Alben.«
Thor machte eine abfällige Gebärde. »Ein Tropfen, einen Waldbrand zu löschen«, sagte er zornig. »Was ist mit Loki? Was bringt er? Ein Rudel Wölfe?«
Baldur lachte leise, verstummte aber sofort, als ihm Odin einen mahnenden Blick zuwarf.
»Loki soll kommen!«, sagte Odin laut und einer der Krieger wandte sich um und lief mit raschen Schritten aus dem Saal, um den Asen zu holen.
»Was bringt er?«, fragte Thor noch einmal. »Welche List hat er sich nun ausgedacht?«
Odin schwieg einen Moment. »Ich habe gezögert, mit euch über sein Angebot zu sprechen«, begann er dann, »weil es mir zu gewagt erschien. Doch nach dem, was mir Hugin und Munin berichten, bleibt uns wohl keine andere Wahl.«
»Keine andere Wahl als was?«, beharrte Thor.
Aber noch bevor Odin antworten konnte, flogen die Türen der Walhalla auf und Loki trat ein.
Er war nicht allein. Durch die Reihe der Asen lief ungläubiges Geflüster, als sie sahen, wer in seiner Begleitung kam.
Es war ein Riese. Er war so groß, dass er sich selbst unter der gewaltigen Tür der Walhalla bücken musste, um nicht mit dem Schädel anzustoßen. Er war mindestens so groß wie Surtur, aber Surtur, der Feuerriese, war rot und voller brennendem Hass und der ungebändigten Glut seines Volkes und Lokis Begleiter war das genaue Gegenteil. Seine Augen blickten ernst und sein Gesicht war wie aus grobem Stein gemeißelt, seine Hände waren gewaltige Pranken, die in schweren Fell-

handschuhen steckten, so wie er überhaupt ganz in Bären- und Wolfsfell gekleidet war. In seinem Haar und auf den Schultern seines Mantels lag Schnee und in seinen Brauen und dem schwarzen Bart glitzerten Eiskristalle. Eine Welle knisternder Kälte streifte Lif, als der Riese an ihm vorüberging und einen Schritt vor Odin und den anderen Asen stehen blieb.
Wieder war Thor der Erste, der seinen Schrecken überwand und das Wort ergriff. Seine Stimme bebte vor Zorn, als er einen Schritt vortrat und sich – den Riesen bewusst übersehend – an Loki wandte. »Was bedeutet das, Loki?«, sagte er. »Ein Riese? Hier? Auf dem heiligen Boden Walhallas?«
Loki erwiderte seinen Blick kalt. Lif sah, dass sich an der Feindschaft zwischen ihm und Thor nichts geändert hatte, trotz des Jahres, das sie sich nicht gesehen hatten. Aber wieder war es Odin, der die beiden Streithähne trennte, ehe sie vollends aufeinander losgehen konnten.
»Schweig, Thor!«, sagte er scharf. »Er ist mit meiner Erlaubnis hier.«
Thor fuhr herum. »Mit . . .«
»Und auf meinen ausdrücklichen Wunsch«, fuhr Odin in unverändert scharfem Ton fort. Er deutete auf den Riesen. »Dies ist Thrym vom Volk der Eisriesen. Und er ist hier, uns ein Angebot zu unterbreiten, das uns vor Surturs Heer schützen kann.«
»Will er sie alle allein erschlagen?«, fragte Thor zornig.
»Das täte ich gerne, denn Surturs Feuerriesen sind auch die Feinde meines Volkes, kleiner Mann«, sagte Thrym ruhig. »Doch ich bin kein Mann des Krieges wie du und ich bin kein Unsterblicher, der Wunder vollbringen kann wie Odin. Loki kam zu meinem Volk und bat um Hilfe im Kampfe gegen Surtur und die seinen. Jeder weiß, dass wir und die Bewohner Muspelheims so verfeindet sind, wie Feuer und Eis es nur sein können. Doch wir sind wenige und wir sind keine Krieger. Ich bin nur ein einfacher Baumeister. Aber ich stelle meine Kunst gerne in den Dienst Asgards.«

Lif schauderte, als er die Stimme des Eisriesen hörte. Wenn Thrym sprach, dann war es, als fauchte ein eisiger Polarwind durch die Halle.

»Ein Baumeister?«, erkundigte sich Thor misstrauisch. »Was willst du bauen?«

»Thrym hat sich angeboten, eine Mauer um ganz Asgard zu errichten«, sagte Odin. »Eine Wand, die selbst Surturs Riesen nicht zu übersteigen oder zu brechen vermögen.« »Oh«, sagte Thor spöttisch. »Wenn es nicht mehr ist.« Er lachte abfällig, aber es klang nicht ganz überzeugend. »Doch mir scheint, er muss sich sehr beeilen. Es sei denn, es gelänge ihm, Surtur zu überreden, dass er mit seinem Angriff wartet, bis er fertig ist.«

»Ich brauche drei Tage«, sagte der Eisriese unbewegt. »Nicht länger.«

»Drei Tage!«, rief Thor. »Das ist unmöglich!«

»Nicht für mich«, behauptete Thrym. »Ich übernehme das Werk, wenn ihr mir erlaubt, mich der Hilfe meines treuen Pferdes Swadilfar bei der Arbeit zu bedienen. Und wenn ihr meinen Preis bezahlt«, fügte er mit einem Blick auf Odin hinzu.

»Deinen Preis?«, fragte Tyr misstrauisch. »Was soll das sein?«

Der Eisriese antwortete nicht, ja er beachtete den Kriegsgott nicht einmal, sondern blickte nur weiter abwartend auf Odin hinab.

»Sein Preis«, sagte Odin nach einer Weile leise, »ist Freya.«

»Freya?«, Thor war nicht der einzige, der vor Schreck aufschrie. »Du willst sagen, er verlangt die Göttin Freya als Bezahlung?«

»Sie zur Gemahlin«, bestätigte Thrym ungerührt. »Nebst ihren Kindern, der Sonne und dem Mond. Das ist meine Bedingung.«

»Das ist Wahnsinn!«, schrie Thor. »Er ist ein Riese, Odin! Selbst wenn er nicht lügt und tun kann, was er behauptet, ist dieser Preis zu hoch!«

»Wenn mein Werk hält und ihr Surtur besiegt, ist er angemessen«, sagte Thrym, ohne Thor auch nur anzusehen. »Wenn ihr ablehnt, sterbt ihr alle. Auch Freya.«

»Glaub ihm nicht!«, rief Thor. »Das darfst du nicht tun!«
Aber Odins Entscheidung war längst gefallen, das sah Lif im selben Moment, in dem sich der Oberste der Asen umwandte und zu dem Eisriesen aufsah.
»Ich nehme Euer Angebot an, Thrym«, sagte er. »Stellt Ihr Euer Werk in drei Tagen fertig, so sollen Freya und ihre Kinder die Euren sein. Doch braucht Ihr auch nur eine Stunde länger«, fügte er mit drohend erhobener Stimme hinzu, »so geht Ihr leer aus, merkt Euch das!«
Thrym nickte. »Ich bin einverstanden. Drei Tage, von diesem Moment an.«
»Dann beginnt«, sagte Odin.

Der Verrat

Die Beratung dauerte noch lange an, nachdem Thrym gegangen war, um mit seiner Arbeit zu beginnen. Thor – und auch einige der anderen Asen, allen voran natürlich Njörd, Freyas Vater, und ihr Bruder Freyr – protestierten weiter gegen Odins Beschluss, dem Verlangen des Riesen zu entsprechen, und drangen in ihn, sich noch einmal zu bedenken und Thrym zurück in die kalten Eisländer seiner Heimat zu schicken. Odin aber blieb hart und endlich, als es ihm zu viel wurde, löste er die Versammlung mit einem scharfen Befehl auf und schickte die Asen fort. In den nächsten Stunden herrschte in Asgard fieberhafte Betriebsamkeit. Lif, der sich seit zwei Tagen darauf gefreut hatte, Heimdall wieder zu sehen und ihn auszufragen, was es in der Welt der Menschen Neues gäbe, bekam den Asen nur einmal ganz kurz zu Gesicht; Heimdall lächelte ihm zu, rief ein Grußwort und war auch schon verschwunden und auch von den anderen sah er bis zum späten Nachmittag keinen. Jeder hatte plötzlich alle Hände voll zu tun; das Murmeln der kristallklaren Bäche wurde übertönt von Waffengeklirr und in den grünen Schatten des Glasirwaldes blitzte scharfer Stahl.
Lif schien der Einzige, der nichts von dieser Erregung empfand; im Gegenteil. Er fühlte nur eine dumpfe Verzweiflung, die tiefer ging, als er sich erklären konnte. Der Nachmittag fand ihn trübsinnig auf einer Baumwurzel sitzend, unter den dichten Wipfeln des immergrünen Götterhaines, den Blicken zufällig Vorübergehender entzogen. Er wollte allein sein.
So kam es, dass er erschrocken herumfuhr, als er plötzlich Schritte hinter sich hörte. Ein Schatten trat aus dem grünen

Gewirr Glasirs, dann ein zweiter und er erkannte Odin und Baldur, beide in die schimmernden Rüstungen des Krieges gekleidet. Odin trug noch immer seinen gewaltigen Speer und dazu den schneeweißen Schild und auch Baldur hatte sich gerüstet: in Harnisch und Helm und einen schweren, aus goldfarbenen Kettengliedern gefertigten Rock. Auf seiner Brust prangte das gleiche Symbol wie auf der Odins und auf seinem Schild: Hagal, die Rune des Schicksals.

»Hier also bist du«, begann Baldur. »Wir haben dich gesucht. Du warst plötzlich verschwunden.«

Lif antwortete nicht. Sein Blick suchte den Odins und er sah ein Lächeln in seinen Augen, sanft und väterlich.

»Wir sind auf dem Wege zur Himinbjorg«, sagte Baldur. »Begleitest du uns? Es interessiert dich doch sicher, Thrym bei seiner Arbeit zuzusehen.«

Lif schwieg noch immer. Er hatte den Riesen – so unglaublich es klang – in den letzten Stunden einfach vergessen. Zuviel ging ihm seither im Kopf herum.

»Ich glaube, du möchtest lieber reden, nicht?«, sagte Odin. Er kam näher, lehnte Schild und Speer gegen einen Baum und setzte sich neben Lif. Einen Moment zögerte er noch, dann legte er Lif in einer freundschaftlichen Geste den Arm um die Schulter. Lif ließ es geschehen, obgleich er noch vor Augenblicken heftig gegen diese Art der Behandlung protestiert hätte. Aber Odins Umarmung linderte den Schmerz in seinem Inneren wie die Berührung einer kühlenden Hand.

»Du hast Angst, Lif«, sagte Odin.

Lif schwieg.

»Wir alle haben Angst, Lif«, fuhr Odin fort. »Auch Baldur und ich, selbst Thor, obgleich er so tut, als freue er sich auf den Kampf. Aber niemand freut sich wirklich auf diesen Krieg. Die Welt wird nicht mehr sein, was sie war, wenn er vorüber ist. Ganz gleich, wie er ausgeht.«

Lif löste sich mühsam aus Odins Umarmung und sah den Asenvater an.

»Gibt es denn gar keinen Weg mehr, ihn zu vermeiden?«, fragte er. »Ihr seid Asen, Odin! Götter! Ihr habt die Macht . . .«
»Den Lauf des Schicksals zu verändern?« Odin schüttelte den Kopf. »Nein, Lif, diese Macht hat niemand. Über uns stehen Höhere, die den Lauf der Dinge bestimmen, und wir haben uns ihrem Willen zu beugen.«
»Höhere?« Das verwirrte Lif. Waren die Asen denn nicht die allerhöchsten Götter, die Erschaffer des Himmels und der neun Welten? Als ob der Asenvater seine unausgesprochenen Fragen gehört hätte, sagte er: »Nein, Lif. Für euch Menschen, für euch und alle anderen Bewohner Midgards, sind wir das, was du in uns siehst. Doch auch über uns stehen andere. Mächtigere.«
»Wer?«, fragte Lif impulsiv.
Odin zögerte einen Moment. »Wesen, die von uns so weit entfernt sind wie wir von euch«, sagte er schließlich. »Und über ihnen vielleicht wieder andere, wer weiß?«
»Dann . . . dann hat es nie ein Ende?«
Odin lächelte. »Ich sehe, du begreifst schnell. Nein, es hat nie ein Ende. Die Schöpfung ist endlos und sie ist wie ein Rad, in dem eine Speiche der anderen folgt, ganz gleich, wie schnell du es drehst. Es liegt nicht in unserer Macht, irgendetwas daran zu ändern. Wir wollen es nicht, und selbst wenn wir es wollten, könnten wir es nicht.«
»Warum geht ihr dann nicht zu jenen höheren Wesen und bittet sie, dem allen ein Ende zu bereiten?«, fragte Lif.
»Das können wir nicht«, antwortete Odin. »Alles wird kommen, wie es geschrieben steht, so und nicht anders.« Für eine Weile schwiegen sie und Lif dachte über Odins Worte nach. Im ersten Moment hatte ihn seine Behauptung, dass es andere, mächtigere als ihn gäbe und dass diesen anderen das Schicksal der Asen – und das der Menschen – egal wäre, nur mit Unglauben erfüllt. Aber dann dachte er zurück an seine Jugend, an die harten Jahre auf Osruns Hof, an die Winter, in denen der Sturm ums Haus heulte, die kurzen Sommer, in denen Ge-

witter die Ernte verdarben, und an das Meer, das ihre Netze zerrissen und sie mit hungrigen Mägen nach Hause geschickt hatte. Wie oft hatten Osrun und Fjella zu den Göttern gebetet, ihnen zu helfen, zu Göttern, deren Namen er damals nicht einmal gewusst hatte und denen er jetzt gegenüberstand. Und hatten sie es etwa getan?

Aber wenn es so war, dachte Lif und der Gedanke erfüllte ihn mit Entsetzen – wozu gab es dann überhaupt Götter? Aber das fragte er Odin nicht.

»Jetzt lass uns gehen«, sagte Odin. »Unsere Zeit läuft ab und Surturs Heer kommt mit jeder Minute näher.«

»Glaubst du denn, dass Thryms Mauer ihn aufhalten wird?«, fragte Lif zögernd.

»Aufhalten?« Odin seufzte. »Es steht geschrieben, dass die letzte Schlacht auf der Ebene Wigrid stattfinden wird, hier, vor den Toren Gladsheims. Doch sie mag uns helfen, ihn so weit zu schwächen, dass wir ihn schlagen können. Das ist das Einzige, was wir nicht wissen, Lif – wie die Schlacht ausgeht.«

Die Schlacht . . . Das Wort schien in Lifs Kopf widerzuhallen. Er glaubte das Waffenklirren zu hören und das Beben der Erde, über die Tausende von Pferdehufen donnerten, das Sirren der Bögen und die Schreie der Sterbenden und für einen Moment schwoll der Lärm zu solcher Gewalt in seinem Schädel an, dass er sich mit einem Schrei vorbeugte und die Hände gegen die Ohren schlug.

»Wir werden siegen«, sagte Baldur überzeugt. »Denn wir kämpfen für die gerechte Sache, Lif. Das Böse hat noch nie gewonnen.«

»Aber ich will nicht kämpfen«, flüsterte Lif. »Ich hasse es, Baldur! Ich will nicht mit dem Schwert in der Hand anderen gegenüberstehen und –«

»Warum hast du es dann gelernt?«, unterbrach ihn Baldur scharf. »Ein Jahr lang hast du mit uns allen geübt und deine Fertigkeiten vertieft.« Er kam einen Schritt näher, und tausch-

te einen raschen Blick mit Odin. Lif sah, dass der Allvater der Asen leicht nickte.
»Keiner von uns hat es dir gesagt«, fuhr Baldur fort, »schon, damit du nicht übermütig wirst, doch du bist gut. Du führst das Schwert und den Speer wie ein Mann und es gibt wenige, die du zu fürchten hättest. Du kannst Surturs Feuerriesen schlagen und auch all die anderen Kreaturen, die mit ihm kommen mögen.«
»Aber ich will es nicht, Baldur!«, schrie Lif, der nun vollends die Beherrschung verlor. »Das . . . das war etwas anderes. Ich habe kämpfen gelernt, aber es war –«
»Nur ein Spiel«, unterbrach ihn Odin. »O ja, auch das weiß ich, Lif. Es war nur ein Spiel für dich, ein Zeitvertreib, bei dem du deine Kräfte in freundschaftlichem Kampf mit anderen messen konntest. Mehr war es nie für dich und mehr sollte es auch niemals sein.«
»Aber nun wird aus dem Spiel Ernst«, fügte Baldur hinzu. Lif starrte ihn an. Baldur war doch sein Freund! Wie konnte er ihm das antun? Tränen liefen über seine Wangen, aber jetzt waren es Tränen des Zornes, Zorn auf Baldur, der ihn so jäh in die Wirklichkeit zurückgeholt hatte, Zorn auf sich selbst, dass er sich so lange selbst belogen hatte, Zorn auf Surtur, der mit seiner Machtgier und Bosheit an all diesem Entsetzlichen schuld war.
»Da ist noch etwas«, murmelte er. »Ich habe es euch niemals gesagt, aber ich . . . ich weiß es schon, seit wir aus der Unterwelt geflohen sind und gegen Surturs Wölfe gekämpft haben, Baldur.«
»Ja?«, sagte Odin sanft.
Es fiel Lif schwer, weiterzusprechen, denn länger als ein Jahr hatte er versucht, die Erinnerung an jenen schrecklichen Moment zu verdrängen, sich selbst einzureden, dass alles ganz anders gewesen war. Jetzt war es nicht mehr möglich. »Sie . . . sie hatten uns zusammengedrängt, Baldur«, begann er. »Du erinnerst dich? Sie hatten uns gejagt, und Eugel und du und ich kämpften Rücken an Rücken.«

»Ob ich mich erinnere?« Baldur schnaubte.
»Damals ist etwas geschehen, was ich dir bis heute verschwiegen habe«, fuhr Lif fort. Plötzlich fiel es ihm leicht, zu reden. Es war, als bräche ein Damm in ihm. »Es war während des Angriffes. Wir mussten um unser Leben kämpfen und ich erschlug ein paar von Surturs Wölfen.«
»Eine ganze Menge sogar«, bestätigte Baldur. »Du hast es ihnen tüchtig gegeben. Ich war stolz auf dich.«
»Ich habe es genossen«, sagte Lif.
Baldur starrte ihn an.
»Ich . . . ich hatte gar keine Angst, Baldur. Im Gegenteil, ich war beinahe enttäuscht, als sie von uns abließen. Es war wie ein Rausch. Ich war entsetzt, aber gleichzeitig auch gefangen darin und ich konnte mich nicht davon befreien.«
»Und jetzt hast du Angst, dasselbe könnte dir wieder passieren, nicht wahr?«, fragte Odin.
Lif nickte.
»Was du gespürt hast, war nur natürlich«, sagte Odin. »Wenn es das ist, was dich so ängstigt, dann hast du nie verstanden, was Baldur dir zu sagen versuchte, damals, bei unserer ersten Beratung in Heimdalls Burg. Du bist ein Mensch, Lif, und in jedem Menschen wohnen Gut und Böse beieinander, manchmal sehr dicht, manchmal weit voneinander getrennt. Ihr Menschen seid Geschöpfe Midgards und in jedem von euch ist ein bisschen von uns, aber auch ein bisschen von Surtur und der Hel. So wie bei uns Loki lebt und alles Schlechte und allen Verrat in sich vereinigt, gehört ein Teil eurer Seelen auf ewig Surtur. Ich glaube, ich weiß, was du gefühlt hast, und ich glaube auch, ich weiß, wie schrecklich es war, und doch war es ein Teil deiner selbst.«
»Aber ich will es nicht noch einmal erleben«, sagte Lif. »Ich will nicht, dass es noch einmal Gewalt über mich erlangt.«
»Was willst du dann?«, fragte Odin. »Aufstehen und gehen und Asgard und deine eigene Welt ihrem Schicksal überlassen?« Er schüttelte den Kopf. »Das kannst du nicht wirklich wollen, Lif. Was du gespürt hast, war der Atem der Hel, der

in deiner Seele wohnt, und wenn Surtur siegt und Asgard fällt, wird er von jedem Menschen Midgards Besitz ergreifen. Willst du denn, dass alles Leben dort unten fortan so wird? Willst du, dass sich jeder Mensch und jedes Tier in eine reißende Bestie verwandelt? Was du erlebt hast in diesen wenigen Augenblicken, gegen das kämpfen wir. Du kannst gehen, Lif. Niemand wird versuchen, dich mit Gewalt hier zu halten, und wir werden ohne deine Hilfe gegen Surturs Feuerriesen antreten. Möglicherweise gewinnen wir sogar, obwohl das unwahrscheinlich ist. Aber wenn Surtur siegt, wird jeder Mensch, jedes fühlende Wesen Midgards in Zukunft und für alle Zeiten so werden, wie du in diesen wenigen Momenten warst. Das ist es, wogegen wir kämpfen.«

Lif starrte den Asen an und mit einem Mal erlosch der Schmerz in seinem Inneren. Alles, was er noch fühlte, war eine kalte Leere.

Aber er sagte nichts mehr. Wenige Augenblicke später folgte er Odin und Baldur und stieg auf das Pferd, das sie mitgebracht hatten, um hinab zur Himinbjorg zu reiten und dem Eisriesen bei der Arbeit zuzusehen, die zu vollbringen er Odin versprochen hatte.

Auf der anderen Seite der Mauer tobte der Sturm. Das graue Meer der Unendlichkeit war verschwunden. Selbst die lodernden Farben Bifrösts lösten sich in tanzendem Eis und wirbelnden Schneemassen auf und obwohl Lif und die anderen sich in schwere Felle gehüllt hatten, zitterten sie vor Kälte. Schatten bewegten sich wie unstete Sturmgeister in dem grauweißen Chaos. Der Wind war so heftig, dass Lif sich an der Mauerkante festhalten musste, um nicht davongeweht zu werden. Selbst Thor, der wie ein Fels in der Brandung neben ihm stand und aus zusammengepressten Augen in den Sturm hinausblickte, klammerte sich mit einer Hand an einer Zinne fest.

Thrym selbst war nirgends zu erblicken, aber sein Werk war trotz des Schneesturmes unübersehbar. Links von Himinbjorg, wie eine Verlängerung ihrer zyklopischen Wehrmauern, erhob sich eine Wand aus glasklarem weißem Eis, so hoch wie die Mauern der Asenburg und zehnmal so dick. So weit Lif sehen konnte, war in ihr nicht die geringste Unebenheit, nicht die winzigste Spalte.

»Er vollbringt es!«, schrie Thor neben ihm. Er musste sich anstrengen, das Heulen des Sturmes zu überbrüllen. »Bei Nidhöggers fauligen Zähnen, er vollbringt es, Odin! Schon jetzt umspannt diese Wand fast ganz Asgard. Noch ehe die Frist abgelaufen ist, die du ihm gesetzt hast, wird sich der Kreis schließen!« Er deutete mit der freien Hand nach Westen, zur anderen Wachtburg. Dort brach die Wand der Himinbjorg noch wie eine gemauerte Klippe lotrecht ab, aber Lif zweifelte nicht daran, dass Thrym Wort halten und den Ring aus Eis schließen würde, lange ehe die drei Tage um waren, die Odin ihm gegeben hatte. Die glitzernde Mauer wuchs mit einer Geschwindigkeit, die man nur noch mit dem Wort Zauberei beschreiben konnte. Und nichts anderes war es wohl auch.

»Lass uns hineingehen!«, schrie Odin über das Heulen und Brüllen des Orkans hinweg. »Wir müssen beraten!«

Unverzüglich folgten die Asen seinem Ruf und auch Lif beeilte sich, von der sturmumtosten Mauer wegzukommen und hinter den beiden die Treppe hinabzueilen, die durch einen kleinen Turm ins Innere der Burg führte.

Außer Loki waren alle Asen anwesend, als sie den großen Ratssaal im Inneren der Wachtburg betraten. Im Kamin brannte ein mächtiges Feuer, aber die Kälte war durch die Mauer gekrochen und selbst hier war es noch schneidend kalt, sodass Lif seinen Umhang nicht abstreifte wie die anderen, sondern zum Feuer eilte und die steif gewordenen Finger über die prasselnden Flammen hielt.

»Kein Zweifel«, führte Thor die Rede fort, die er oben auf der Mauer begonnen hatte. »Es wird ihm gelingen. Noch bevor sich der Tag neigt, wird die Eismauer fertig sein.«

»Und was wird es nutzen?«, sagte Tyr düster. »Nichts. Nichts und niemand kann Surturs Feuerriesen aufhalten.«

Er sah Odin an. »Du hast Freya umsonst geopfert, Odin.«
»Unsinn«, fuhr ihn Baldur an. »Niemand wurde bisher geopfert. Noch ist die Mauer nicht vollendet und Freya noch bei uns.«
»Und was, wenn er kommt und den Preis für seine Arbeit verlangt?«, antwortete der Kriegsgott zornig. »Willst du ihm entgegentreten und ihm sagen, dass sich die Asen weigern, ihr Wort zu halten?«
»Hört auf zu streiten, ich bitte euch«, sagte Odin. Er stand wie Lif dicht beim Feuer. Seine Kleider dampften vor Kälte. Schnee und glitzernde Eiskristalle hatten sich in seinem Haar und seinem Bart festgesetzt. Ein bisschen, fand Lif, sah er jetzt selbst aus wie Thrym. »Baldur hat Recht – noch wurde niemand geopfert und noch ist Zeit zu beraten, wie wir das Schlimmste abwenden können.«
»Was gibt es da zu beraten?«, fauchte Tyr. Lif hatte den schweigsamen Kriegsgott niemals so zornig gesehen. Aber er glaubte zu begreifen, was in ihm vorging. Odin hatte keine andere Wahl gehabt, als auf die unverschämte Forderung des Riesen einzugehen; er hätte wohl auch sein eigenes Leben verpfändet, hätte Thrym es als Preis für seine Arbeit verlangt. Aber er hatte wohl, wie jedermann hier, gehofft, dass die Frist zu kurz sei und der Eisriese sein Werk in nur drei Tagen nicht vollenden konnte. Aber jetzt waren gerade zwei Tage um und schon trennten nur mehr wenige Meilen die beiden Enden der Eismauer.
»Thrym hat Wort gehalten«, fuhr Tyr fort. Wütend schlug er sich mit der Faust in die geöffnete Linke. »Und auch wir werden es müssen. Es sei denn, man soll in Zukunft über uns sagen, dass die Asen nicht weniger lügen als die Söhne Muspelheims. Wir werden Freya ausliefern müssen.«
»Das werden wir nicht«, sagte Thor grollend. »Eher erschlage ich diesen Eisriesen mit meinem treuen Hammer hier!« Drohend schüttelte er Mjöllnir, aber genau wie Tyr war auch er aus Hilflosigkeit zornig. Sie alle wussten, dass Odin niemals sein gegebenes Wort brechen würde.

»Lasst uns überlegen, was zu tun ist«, sagte Odin düster. »Noch ist die Mauer nicht vollendet und Thrym nicht hier, seinen Preis zu verlangen.«
»Aber er wird sie vollenden«, grollte Tyr.
»Nicht, wenn wir ihn daran hindern«, sagte Heimdall leise.
Aller Augen wandten sich dem Asen zu. »Betrügen?«, entfuhr es Lif. »Du willst Thrym betrügen?« Erschrocken schlug er die Hand vor den Mund, denn ganz gleich, welche Rolle er hier spielte, solche Worte standen ihm nicht zu und der Blick, mit dem ihn Thor und Baldur maßen, sagten dies sehr deutlich.
Aber Heimdall nahm ihm den Ausrutscher nicht übel, sondern schüttelte nur den Kopf. »Es ist kein Betrug«, sagte er ruhig. »Zumindest kein größerer als sein eigener. Auch Thrym hat uns hintergangen.«
»Wieso?«, fragte Thor. »Er erfüllt sein Werk, oder?«
»Mit Zauberei und schwarzer Magie, ja«, erwiderte Heimdall heftig. »Ihr wisst, dass ich Loki nicht traue«, fuhr er fort. »Aus diesem Grund habe ich nach Jötunheim geschickt, wo ich Freunde habe, die das Volk der Eisriesen gut kennen. Thrym ist dort kein Unbekannter.«
»Und was hast du in Erfahrung gebracht?«, fragte Odin.
»Viel«, antwortete Heimdall. »Thrym ist bekannt und berüchtigt für seine Verschlagenheit. Selbst sein eigenes Volk fürchtet ihn und das ist wohl auch der Grund, aus dem Loki sich ausgerechnet seiner Hilfe versicherte, denn die Eisriesen haben ihn davongejagt. Das Pferd Swadilfar, Odin, ist nichts anderes als der Winter, dem er seine Seele verpfändete, um dieses Zauberkunststück zu bewerkstelligen. Wenn er zurückkehrt, dann will er ihm Sonne und Mond opfern, um sie wieder auszulösen.«
»Auf Midgard würde dann ewiger Winter herrschen!« sagte Baldur erschrocken.
»Und ewige Nacht, ja«, fügte Heimdall hinzu. »Davon war nicht die Rede, als du mit ihm handelseinig wurdest, Odin.

Hätten wir gewusst dass schwarze Magie im Spiele ist, hätten wir niemals zugestimmt.«
»Er hat nicht gesagt, wie er die Wand errichten will«, sagte Odin zweifelnd.
»Und wir haben nicht gesagt, dass wir tatenlos dabei zusehen werden«, fiel ihm Thor ins Wort. Er deutete mit einer erregten Geste nach draußen, wo selbst durch die dicken Mauern Himinbjorgs deutlich das Heulen des Sturmes zu hören war. »Er hat dein Wort, Odin, nicht das meine!«
»Was willst du tun?«, fragte Odin. »Hinausgehen und ihn erschlagen und so mein Wort brechen? Das lasse ich nicht zu.«
Thor presste wütend die Lippen aufeinander. Aber dann entspannte er sich und ein boshaftes Lächeln erschien auf seinen Zügen. »Wer spricht davon, ihn zu erschlagen?«, sagte er. »Thrym hat uns getäuscht, das ist bewiesen. Was also spricht dagegen, wenn auch wir uns einer List bedienen?«
»Und welcher?«, fragte Odin.
Thor lachte leise. »Thryms Pferd Swadilfar mag nichts als eine Scheingestalt sein, in die der Winter geschlüpft ist, doch solange er sich dieser Gestalt bedient, ist er auch so verwundbar wie sie.«
»Du willst das Pferd töten?«, sagte Heimdall erschrocken. »Das darfst du nicht. Die Elemente der Natur sind auch für –«
»Töten?«, unterbrach ihn Thor. »O nein, ich habe einen viel besseren Plan. Swadilfar ist ein Hengst, nicht wahr? Und ich habe in meinen Ställen eine Stute von wahrlich prachtvollem Wuchs. Wie es der Zufall will«, fügte er mit einem Lachen hinzu, »ist sie gerade rossig geworden. Ich wollte Tyr eigentlich bitten, mir einen seiner starken Kriegshengste zu leihen, sie zu decken und ein neues Geschlecht von Schlachtrössern zu gründen. Doch nun habe ich eine bessere Verwendung für sie gefunden.«
Die Versammlung brach in schallendes Gelächter aus.
Lif starrte den Asen ungläubig an. Was Thor da vorschlug, war nichts anderes als ein gemeiner Betrug! Von Loki hätte er ein solches Verhalten vielleicht noch erwartet, aber von Thor?

Odin hob die Hand. »So soll es geschehen, Thor«, sagte er. »Eile zurück nach Trudheim und bring die Stute. Doch warte, bis Thryms Werk fast vollendet ist. Wenn eine Lücke in der Mauer bleibt, so darf sie nicht zu groß sein, wenn nicht alles umsonst gewesen sein soll.«

Thor grinste über das ganze Gesicht. »Ich verspreche dir, dass die Öffnung nicht breiter sein wird, dass ich sie nicht allein gegen Surturs ganzes Heer verteidigen könnte«, sagte er.

Und genauso geschah es.

Das Werk des Riesen näherte sich der Vollendung. Der ungeheuerliche Ring aus Eis begann sich zu schließen. Als der Abend kam, erreichte der tobende Sturm auch Himinbjorgs westliche Flanke und von weither kam ein glitzernder Strang heran, so rasch, dass man seinem Wachsen zusehen konnte. Thor war nicht wiedergekommen und auch einige der anderen Asen waren gegangen, wichtige Dinge zu erledigen, denn trotz allem bereitete sich Asgard weiter auf den Krieg vor, sodass Lif mit Odin, Heimdall, den beiden Wanen Njörd und Freyr und dem blinden Hödur allein im Ratssaal Himinbjorgs zurückgeblieben war. Heimdall hatte ihm angeboten, in sein Gemach zu gehen und sich ein wenig auszuruhen; er würde ihn rufen, wenn es irgendetwas Neues gäbe.

Aber Lif hatte abgelehnt und war weiter neben dem Kamin sitzen geblieben. Er hatte Angst davor, allein zu sein. Als der Moment der Entscheidung nahte, kehrten die Asen einer nach dem anderen zurück und diesmal war auch Loki bei ihnen. Seinem und dem Verhalten der anderen nach zu schließen schien er noch immer nichts von dem heimtückischen Plan zu ahnen, den Thor in diesem Moment im Begriff war, auszuführen. Aber er spürte, dass irgendetwas nicht so war, wie es sein sollte und wenn er auch auf seine bohrenden Fragen von keinem eine Antwort bekam, so hätte er schon sehr dumm sein müssen, nicht zu bemerken, dass die Asen etwas im Schilde führten. Aber nach einer Weile gab er es trotzdem auf, Odin mit Fragen zu bestürmen, und setzte sich schweigend und mit finsterem Gesicht an der Tafel nieder.

Das Heulen des Sturmes wurde lauter und allmählich begann die Kälte in den Saal zu kriechen. Die Diener heizten kräftig ein und brachten zusätzlich große schmiedeeiserne Kessel mit glühenden Holzkohlen, aber Swadilfars Wüten war stärker; einer nach dem anderen hüllten sich die Asen in ihre Pelze. Die Kälte wurde so schlimm, dass das Geschirr auf dem Tisch sich mit einer feinen Eisschicht überzog. Der Sturm heulte und brauste unheimlich um Himinbjorgs Zinnen, übertönte mit seinem Brüllen erst das Prasseln der Flammen, dann alle anderen Geräusche in der Burg und schließlich selbst die Gespräche der Asen.

Und dann brach er ab. So plötzlich, dass nicht nur Lif erschrocken hochfuhr und sich umsah.

»Was ist geschehen?«, fragte Loki. Niemand antwortete, und jeder wich seinen Blicken aus, sodass Loki sich erhob und mit einer zornigen Bewegung auf Odin zutrat.

»Was bedeutet das?«, fragte er scharf. »Was hat diese Stille zu sagen und wieso sitzt ihr alle mit Gesichtern herum, als stünde Surtur bereits vor der Tür? Ist Thrym mit seinem Werk fertig?«

»Nicht ganz«, sagte eine Stimme von der Tür her. Loki fuhr herum und starrte Thor an, der hereingekommen war und sich den Schnee aus den Kleidern schüttelte.

»Was soll das heißen?«

»Das soll heißen, dass die Mauer nicht geschlossen ist«, antwortete Thor fröhlich. »Es bricht mir das Herz, Loki, doch dein kalter Freund aus Jötunheim hat die Bedingung nicht erfüllt. Geh hinaus und überzeuge dich selbst. Es ist eine Lücke geblieben, nicht viel breiter als mein Arm, aber immerhin eine Lücke.«

Loki erbleichte. »Das kann nicht sein«, sagte er. »Die Frist ist noch nicht um, und –«

»Oh, natürlich nicht«, unterbrach ihn Thor. Er hatte alle Mühe, ein triumphierendes Lachen zu unterdrücken. »Er hat noch Zeit, sein Flickwerk zu vollenden. Aber ich fürchte, sein Pferd ist ihm abhanden gekommen. Als ich jedenfalls gerade draußen auf der Mauer stand, sah ich Thrym wutschnaubend hinter ihm herlaufen. Aber es kam mir nicht so vor, als würde er es einholen. Swadilfar ist wirklich sehr schnell«, fügte er hinzu.

Loki ballte die Fäuste, aber er kam nicht dazu, Thor zu antworten, denn in diesem Moment erscholl vom Hof her ein gewaltiges Splittern und Krachen, dann Schreie und plötzlich polterten schwere Schritte die Treppen hinauf. Einen Moment später wurde die Tür so heftig aufgestoßen, dass sie gegen die Wand krachte und der Länge nach entzweisprang, und der Eisriese erschien in der Öffnung. Sein Gesicht war zu einer Grimasse des Zornes verzerrt, und ein Schwall eisiger Kälte und wirbelnder Eiskristalle erfüllte den Saal.

»Verrat!«, brüllte er mit einer Stimme, die die ganze Burg erbeben ließ. »Das ist Verrat! Jemand hat mein Pferd fortgelockt!«

»Verrat?«, wiederholte Odin scharf. »Ihr solltet Euch beherrschen, Thrym, bevor Ihr solche Worte in unserer Gegenwart aussprecht. Was ist geschehen? Habt Ihr die Mauer vollendet, wie Ihr versprochen habt?«

Thryms Augen flammten vor Zorn. Wütend trat er einen Schritt auf Odin zu, blieb aber sofort wieder stehen, als – mit Ausnahme Lokis – alle Asen nach ihren Waffen griffen und sich um Odin scharten.

»Das habe ich nicht!«, schrie er. »Und du weißt es ganz genau, du verräterischer Lump!«

»Hüte deine Zunge, Riese«, sagte Thor drohend. »Oder du verlierst sie!«

»Ich verlange meinen Lohn!«, schrie Thrym. »Jetzt! Sofort! Gebt mir Freya heraus und ihre Kinder, wie es ausgemacht war!«

»Ausgemacht war, dass du sie bekommst, wenn dein Werk vollendet ist«, antwortete Odin. »Du hast es nicht vollendet, also gehst du leer aus. Das war unsere Abmachung, nichts anderes.«

»Betrug!«, heulte Thrym. »Ihr habt mich betrogen! Aber so leicht kommt ihr mir nicht davon, ihr Asen! Das habt ihr euch gedacht, meine Dienste in Anspruch zu nehmen und mich hinterher um den Lohn zu prellen! Ich werde euch zeigen, was es heißt, einen Eisriesen zu hintergehen!« Und damit stürmte er vor, packte die gewaltige Tafel mit beiden Händen und warf sie wie ein Spielzeug auf Odin und die anderen. Im letzten Moment wichen die Asen beiseite und der Tisch verfehlte sein Ziel. Aber er zerbarst vor dem Kamin in tausend Stücke und nicht wenige der Splitter trafen die Asen und fügten ihnen schmerzhafte Wunden zu. Auch Odin schrie auf und presste die Hand gegen die Wange.

»Du!«, brüllte Thor. »Du hast es gewagt, die Hand gegen Odin selbst zu erheben! Dafür stirbst du!« Mit diesen Worten riss er den rechten Arm in die Höhe, schwang den gewaltigen Hammer und ließ ihn fliegen.

Thrym schrie vor Entsetzen und Wut auf, schlug die Arme über dem Kopf zusammen und sprang zur Seite, aber Mjöllnir folgte der Bewegung wie ein silberner Blitz und erschlug ihn. Ohne einen weiteren Laut stürzte der Eisriese zu Boden und blieb regungslos liegen, während der Zermalmer wie ein treuer Hund in die Hand seines Herrn zurückkehrte.

Für einen Moment legte sich eine atemlose Stille über den Saal. Alle starrten gebannt auf den toten Riesen. Dann gab Loki einen sonderbaren, schluchzenden Laut von sich und ging mit schleppenden Schritten auf den Erschlagenen zu. Obwohl auch er weit größer als jeder normale Mensch und selbst fast ein Riese war, wirkte er wie ein kleingewachsenes Kind, als er neben Thrym niederkniete und die Hand auf sein Gesicht legte.

»So also haltet ihr euer Wort«, sagte er leise und bitter. »Betrug und Tod sind die Münze, mit denen ihr die bezahlt, die euch zu Hilfe kommen.«

»Schweig!«, sagte Thor grob. »Er hat uns angegriffen, oder? Und er hat Odin verwundet. Sollte ich ihm die Hand dafür schütteln?«

Aber Loki schwieg nicht, ganz im Gegenteil. »Du Mörder!«, schrie er. »Dieser Mann hat mir vertraut. Ich ging zu ihm, den alle verschmäht und verjagt hatten, und bat ihn um Hilfe, doch er sagte, er traue den Asen nicht und ihren falschen Versprechungen. Ich habe ihm mein Ehrenwort verpfändet, dass ihr euer gegebenes Wort haltet, und er kam mit, gegen seine Überzeugung, aber voller Vertrauen zu mir. Zu mir, Thor, und meinem Ehrenwort.«
»Ein Fehler«, sagte Thor ruhig. »Und reichlich dumm dazu. Man muss schon ein einfältiger Riese aus Jötunheim sein, dem Ehrenwort Lokis zu vertrauen, der dafür bekannt ist, zu lügen und zu betrügen.«
Loki schwieg. Einen Moment lang sah er Thor an, dann wandte er sich um und blickte zu Odin hinüber. »Ist es das, was ihr von mir denkt?«, fragte er leise. »Ich weiß, dass ihr mich verachtet, aber ich wusste nicht, dass ihr mich für einen Lügner haltet.«
Odin schwieg.
»Warum sagst du nichts, Odin?«, fuhr Loki lauter fort. »Du schweigst. Muss ich dich daran erinnern, dass wir einst Brüder waren, beide gleich stark und keiner mehr wert als der andere? Und dass wir unser Blut miteinander mischten und schworen, dass es nie anders sein würde?«
»Das ist lange her«, sagte Thor. »Es mag so gewesen sein, vor langer Zeit, doch heute –«
»Heute verachtet ihr mich«, unterbrach ihn Loki. »Das weiß ich wohl, Thor. Ihr redet über mich, wenn ich nicht dabei bin, ihr zeigt mit Fingern auf mich und nennt mich einen Lügner. Aber das bin ich nicht! Ihr hasst mich, weil ich der einzige von euch bin, der die Wahrheit ausspricht. Der einzige, der den Mut hat, zuzugeben, dass auch ihr nicht unfehlbar seid. Was unterscheidet euch denn noch von Surtur und den seinen?«
»Schweig!«, donnerte Thor. »Oder du bist der nächste, der Mjöllnir zu schmecken bekommt!«
»Dann töte mich doch!«, brüllte Loki. »Nimm deinen verfluchten Hammer und erschlage mich! Aber die Wahrheit

wirst du damit nicht aus der Welt schaffen! Du hast den heiligen Boden Asgards entweiht mit dem Blut eines Ermordeten und Ströme um Ströme von Blut werden fließen, diesen Frevel abzuwaschen.«

»Du drohst mir?«, fragte Thor. Seine Hand schloss sich fester um den Griff des Zermalmers, aber Loki schien dies nicht zu bemerken.

»Nicht dir, Thor«, sagte er hasserfüllt. »Euch. Euch allen, die ihr euch Asen nennt und die ihr doch nichts anderes seid als Lügner und Mörder.«

»Dann bist du auch nichts anderes«, sagte Heimdall. »Denn du gehörst zu uns.«

»O nein!«, rief Loki erregt. »Nicht mehr. Ich sage mich von euch los, jetzt, in diesem Moment. Ich will nichts mehr zu schaffen haben mit euch. Ich gehe fort, aber ich werde wiederkommen und was hier geschehen ist, wird gerächt werden. Thrym hatte mein Wort und ihn zu ermorden war nichts anderes, als die Hand gegen mich zu erheben. Verflucht mich ruhig und freut euch an eurer Herrlichkeit und Macht, aber sie wird nicht mehr lange währen. Bald wird mein grimmiger Sohn, der starke Fenris, seine Ketten zerreißen und seine Schwester Jörmungander, die Midgardschlange, wird aus der Tiefe des Meeres hervorbrechen. Surtur, der Flammenherr Muspelheims, wartet nur auf meinen Ruf und alle Riesen mit ihm! Wisst ihr, was das bedeutet?«

»Ja«, sagte Thor leise. »Deinen Tod, Loki.« Und damit warf er zum zweiten Mal den Hammer.

Doch diesmal verfehlte der Zermalmer sein Ziel. Wie zuvor auf Thrym zischte er einem silbernen Blitz gleich auf Loki zu, aber der Ase riss im letzten Moment die Arme hoch und rief mit schriller Stimme ein unverständliches Wort und Mjöllnir prallte zurück, als wäre er gegen eine unsichtbare Wand gefahren, die den Asen beschützte, und kehrte taumelnd in Thors Hand zurück. Thor keuchte vor Überraschung und Unglauben und holte zu einem zweiten, noch wütenderen Hieb aus, doch er kam nicht mehr dazu. Loki war herumgefahren, hatte Odin seinen Speer entrissen und schleuderte ihn mit aller Macht auf Thor.

Doch auch er traf sein Ziel nicht.

Thor warf sich im letzten Moment beiseite, verlor das Gleichgewicht und stürzte und der Speer zischte knapp neben ihm vorbei und traf statt dessen Baldur, der mit einem gellenden Schrei in die Knie brach.

Für einen Augenblick standen alle wie erstarrt. Dann hoben die Asen wie auf einen geheimen Befehl gleichzeitig die Waffen und drangen auf Loki ein. Lif wandte sich nicht um, als hinter ihm das Klirren der Speere ertönte.

Er kniete neben dem gestürzten Baldur nieder und beugte sich über ihn.

»Baldur!«, schrie er. »Was ist mit dir? Sprich doch! Sag doch etwas!«

Aber Baldur antwortete nicht.

Er war tot.

Lifs Flucht

Baldur wurde am darauf folgenden Tage zu Grabe getragen, mit aller Pracht, die einem Asen zukam. Er wurde gesalbt und in die kostbarsten Kleider gehüllt und Odin selbst brachte ihn zusammen mit Tyr, Heimdall und Forseti an Bord seines Schiffes, wo bereits all seine Reichtümer und Waffen sorgsam aufgeschichtet waren, ihn auf seine letzte Reise zu begleiten. Odin war es auch, der die brennende Fackel nahm und das Schiff anzündete, einen Moment, ehe es vom Ufer abgestoßen wurde und langsam auf das Meer hinaustrieb.

Lif stand zwischen den Asen am Ufer, nur einen Schritt von der eisigen Brandung entfernt. Er versuchte vergeblich, sich einzureden, dass es der lodernde Schein der Flammen war, der ihm die Tränen in die Augen trieb. Baldurs Schiff glitt rasch vom Land fort, so schnell, als würde es von unsichtbaren Händen gezogen, aber im gleichen Maße, in dem es sich von der Küste entfernte, schlugen die Flammen höher aus dem Deck und der gleißende Glanz des Feuers nahm zu. Das Meer warf den Feuerschein zurück wie ein riesiger Spiegel. Es sah aus, als wären die Wogen mit Blut getränkt.

Lange standen sie da und blickten dem langsam entschwindenden Schiff nach. Es war still; selbst der Wind hatte in seinem rastlosen Heulen innegehalten und auch das Murmeln der Brandung war verstummt, als erschauere die Schöpfung selbst angesichts des Schrecklichen, das geschehen war. Das Schiff trieb weiter auf das Meer hinaus, schrumpfte zu einem kleinen, aber noch immer sehr hellen Funken zusammen und verschwand schließlich vollkommen. Aber noch immer war

der Horizont in blutrotes Licht getaucht und noch immer hielt die unheimliche Stille weiter an, noch für lange Zeit, bis sich Odin umwandte und damit auch den anderen das Zeichen gab, die letzte Ehrenwache für ihren erschlagenen Bruder zu beenden.
Lif erwachte wie aus einem Traum. Seine Augen waren voller Tränen, aber er schämte sich ihrer nicht, denn Baldur war weit mehr für ihn gewesen als nur ein Ase, der sich seiner angenommen hatte. Er war sein Freund gewesen, mit Ausnahme Eugels vielleicht der einzige Freund, den er jemals gehabt hatte. Und jetzt war er tot.
Schweigend saßen sie auf und ritten zurück zur Himinbjorg, die nun den einzigen Zugang nach Asgard darstellte; ein langer und manchmal auch gefährlicher Weg, denn Thryms Mauer zwang nur zu oft, gefährlich nahe am Rande des Abgrundes entlangzureiten, der Asgard umgab, aber Lif nahm alles nur wie durch einen dichten Vorhang wahr. Er erinnerte sich auch kaum an das, was während der vergangenen Nacht geschehen war; nur dass Loki wohl verwundet, trotzdem aber entkommen war, und dass Thor mit lautschallender Stimme geschworen hatte, Rache zu üben. Als ob sie Baldur wieder lebendig machen würde! Als ob Rache irgendetwas besser machen konnte!
Endlich erreichten sie das flammende Band Bifrösts und wenige Augenblicke später sprengten sie durch das weit geöffnete Tor von Heimdalls Burg und saßen ab. Diener und Einherier eilten herbei, ihnen aus den Sätteln zu helfen und die Pferde wegzuführen, doch diesmal sah Lif keine lachenden Gesichter und hörte keine Hochrufe. Auch über Heimdalls Burg hatte sich eine tiefe Stille ausgebreitet. Ihre Schritte klangen unheimlich, als sie die Treppe zum Haupthaus hinaufeilten, fast als bewegten sie sich im Inneren einer gewaltigen, aus Eis geformten Höhle.
Im Ratssaal erwartete sie eine reich gedeckte Tafel, aber auch eine große Anzahl stumm und mit ernsten Gesichtern daste-

hender Krieger, und auf einem hölzernen Gestell neben der Tür waren Waffen und grobe Reitkleider bereitgelegt, dazu – es war das erste Mal, dass Lif dies sah – eine gewaltige Lanze, von deren Spitze ein goldfarbener Wimpel hing. In blutigem Rot flammte die Rune Hagal darauf.

»Es ist alles bereit«, sagte Heimdall, kaum dass sie sich gesetzt hatten. »Sobald wir uns gestärkt haben, können wir aufbrechen.«

Lif sah auf. Ganz kurz begegnete er Heimdalls Blick, aber der Ase wandte sich sofort an Odin: »Dein Hengst Sleipnir wurde gebracht und hundert meiner besten Krieger stehen bereit, Thor und uns zu begleiten.«

»Du kannst nicht mitkommen, Heimdall«, sagte Odin. »Und auch die Einherier werden hier dringender gebraucht. Thor und ich werden allein gehen.«

»Ihr wollt Loki verfolgen«, mischte sich Lif ein.

Heimdall wandte mit einem wütenden Ruck den Kopf. In seinen Augen blitzte es auf, aber Lif spürte, dass der Zorn wohl eher Odins Entscheidung galt, nicht ihm.

»Ja, wir werden Loki verfolgen«, sagte Odin ruhig. »Der Mord, den er begangen hat, darf nicht ungesühnt bleiben. Wir müssen ihn stellen, ehe er zu Surtur und den Feuerriesen gelangen und sich mit ihnen verbünden kann.«

»Um so wichtiger ist es, dass ihr nicht allein geht!«, sagte Heimdall aufgebracht. »Loki wird wissen, dass ihr ihn jagt. Ihr beide allein könntet in Gefahr geraten. Ich werde mit euch kommen.«

»Du wirst hier dringend gebraucht«, bestimmte Odin streng. »Wer soll Asgard verteidigen, wenn Surturs Heer angreift, während wir fort sind? Ich gehe, weil ich der Oberste der Asen bin und es meine Aufgabe ist, den Verrat zu sühnen, der den heiligen Boden Asgards entweihte. Thor begleitet mich, weil er es war, dem der Speer galt, der Baldur traf. Niemand sonst.«

»Aber es war meine Burg, in der der Mord geschah!«, sagte Heimdall. »Loki hat mich mit seinem Mord nicht minder

beleidigt, denn Baldur vertraute der Gastfreundschaft Himinbjorgs, als er starb!«
»Niemand sonst!«, wiederholte Odin in einem Ton, dass Heimdall es nicht mehr wagte, ihm noch einmal zu widersprechen.
Aber Lif tat es. »Dann lass mich mitkommen, Odin«, sagte er leise, aber mit fester Stimme. »Ich bitte dich.«
»Du?« Odin runzelte die Stirn und auch Thor sah ihn verwirrt an. »Warum?«
»Ich möchte es«, sagte Lif. »Baldur war mein Freund, Odin. Ich werde hier nicht gebraucht wie Heimdall oder seine Krieger und ich verspreche dir, dass ich dir keine Last sein werde unterwegs.«
»Baldur war dein Freund«, wiederholte Odin. »Und nun schreit etwas in dir nach dem Blut seines Mörders, nicht wahr?«
»Nein!«, widersprach Lif erschrocken. »Das ist es nicht.«
»Was dann?«, fragte Odin.
Lif antwortete nicht, weil er selbst die Antwort nicht wusste. Er wusste nur, dass er nicht hier bleiben und tatenlos abwarten konnte, bis die Dinge ihren Lauf nahmen.
»Heimdall hat Recht, Lif«, fuhr Odin fort. »Es kann gefährlich werden. Loki wird versuchen, sich zu Surturs Heer zu retten. Erreicht er das, bevor wir ihn einholen, könnte es sein, dass wir vom Jäger zum Wild werden.«
»Ich habe keine Angst«, sagte Lif. »Aber ich möchte dabei sein. Ich habe ein Recht dazu, mitzukommen! Baldur war mein Freund!«, sagte er noch einmal.
Wieder blickte ihn Odin lange an, dann nickte er.
»Vielleicht hast du Recht, Lif«, sagte er. »Du kannst uns begleiten.«
Heimdall sog scharf die Luft ein und auch einige der anderen Asen setzten zu reden an, aber Odin hob befehlend die Hand und deutete auf einen der bereitstehenden Krieger. »Geh hinunter und gib Befehl, ein drittes Pferd zu satteln«, sagte er. »Und lasst Rüstung und Waffen dieses Knaben bereitlegen. Er wird mit Thor und mir reiten.«

Kurze Zeit später brachen sie auf.

Stunde um Stunde ritten sie dahin und die gewaltigen Hufe der Asenpferde trugen sie pfeilschnell von Asgard fort. Trotzdem schien der Weg kein Ende zu nehmen, denn Bifröst, die Himmelsbrücke, führte sie diesmal nicht auf den kalten Gipfel jenes lavaschwarzen Berges, auf dem der Adler gelandet war, sondern direkt hinunter auf die Welt der Sterblichen, nach Midgard, in einen Teil des Landes, der schon nahe an den von Riesen beherrschten Bergen lag und von den Menschen gemieden wurde. Es war kalt und am Himmel hingen schwarze Wolken wie knotige Felsen, aus denen Schnee und Hagel auf das Land herabstürzten. Weit im Osten, wohl schon über dem Meer, wetterleuchteten die blauen Blitze eines Gewitters, ohne dass indes auch nur das leiseste Donnergrollen zu hören gewesen wäre.
Lif schauderte, als er hinter Odin und Thor von Bifröst herunterritt und zum ersten Mal seit ungezählten Stunden wieder fester Boden unter den goldbeschlagenen Hufen seines Pferdes war. Es musste später Nachmittag sein, fast Abend, denn das Licht war grau und unwirklich geworden. Trotz des unablässig heulenden Sturmes lag eine sonderbare Stille in der Luft, jene Art von wattigem, alle Geräusche aufsaugendem Schweigen, das manchmal nach einem heftigen Schneefall eintrat. Nur dass es hier unheimlicher und bedrohlich wirkte.
Sie hatten angehalten, um ihren Pferden und auch sich selbst nach dem langen Ritt über die Regenbogenbrücke eine kurze Rast zu gönnen. Lif wäre lieber gewesen, wenn sie unverzüglich weitergeritten wären, fort aus diesem sonderbar stillen, finsteren Teil der Welt, in dem nur Kälte und Furcht wohnten. Er begriff, warum die Menschen diesen Teil Midgards mieden. Die Berge, denen sie viel näher waren, als sie Sturm und tanzender Schnee glauben machen wollten, gehörten schon zum Land der Riesen. Er war froh, als Odin nach einer Weile mit einer Geste zu verstehen gab, weiterzureiten.

Wenn Lif im ersten Moment noch geglaubt hatte, dass es nichts Öderes und Abweisenderes gäbe als das schneebedeckte Lavafeld, auf dem sie Bifröst ausgesetzt hatte, so musste er sich rasch eines Besseren belehren lassen. Das Land wurde mit jedem Schritt, den sie weiter nach Osten ritten, härter und kälter. Schon bald kamen die Asenpferde kaum mehr von der Stelle, denn es gab keinen Weg mehr, keinen ebenen Boden und keine Hänge, sondern nur noch spitze Lavabrocken, die jeden Schritt der Pferde zur Qual werden ließen. Selbst dort, wo der Schnee dicker lag, lauerten scharfe Steinmesser unter der trügerischen Decke. Einmal brach Thors Tier mit einem schrillen Wiehern bis über die Knie ein und hätte seinen Reiter um ein Haar abgeworfen. Als die Dämmerung vollends hereinbrach, waren sie keine zwei Meilen weit gekommen, aber die Hufe ihrer Pferde hinterließen blutige Abdrücke im Schnee. Schließlich gab Odin das Zeichen, anzuhalten, und selbst Thor, dessen Kraft und Ausdauer Lif bis zu diesem Moment immer für unerschöpflich gehalten hatte, fiel mehr aus dem Sattel, als er abstieg.

Lange saßen sie nebeneinander im Schnee, zu erschöpft, um auch nur miteinander zu reden. Dann stand Thor wieder auf und sagte, dass er die Pferde versorgen und das Nachtlager richten wolle, denn es sei zu spät, um weiterzureiten, und die Nacht würde kalt werden. Lif sah ihm zu, während er die drei weißen Hengste absattelte und das mitgebrachte Feuerholz im Windschatten eines Felsens aufschichtete. Er war so müde, dass er nur die Augen zu schließen brauchte, um auf der Stelle einzuschlafen, aber er wusste auch, dass dies den Tod bedeuten würde; wenn es schon am Tage hier so kalt war, dass ihm die Tränen auf dem Gesicht festfroren, wie kalt mochte es dann erst nachts werden? Selbst das Feuer, das Thor entzündete, konnte Lifs Furcht vor den endlosen Stunden voller Dunkelheit und heulender Kälte nicht vertreiben.

»Bereust du es schon, mitgekommen zu sein?«, fragte Odin plötzlich.

Lif sah auf und merkte erst jetzt, dass ihn der Allvater der Asen schon eine ganze Weile beobachtet haben musste. Hastig schüttelte er den Kopf.
»Nein. Mir ist nur kalt. Wohin reiten wir?«
»Morgen?«, Odin starrte an Lif vorbei. »Morgen werden wir auf Loki treffen«, sagte er schließlich.
»Die Pferde werden nicht mehr sehr weit laufen können«, meinte Lif.
Odin nickte. »Ich weiß. Aber es ist auch nicht mehr weit. Lokis Haus liegt gleich hinter jener Schlucht dort.« Er deutete in den Sturm hinaus und Lifs Blick folgte der Geste. Aber er konnte in der Dunkelheit nichts erkennen außer tobenden grauweißen Schwaden und gestaltlosen Dingen, die sich wie große finstere Tiere bewegten. Doch wenn Odin sagte, dass dort eine Schlucht war, dann war sie dort. Jetzt erst fiel ihm auf, was Odin gesagt hatte.
»Lokis Haus?«, wiederholte er ungläubig. »Hier?«
Odin nickte wieder. »Ja. Hast du dich denn niemals gefragt, wieso er als einziger keine Burg in Asgard bewohnt?« Er beugte sich vor und hob eine Handvoll Schnee auf, um ihn wie flockigen Staub durch die groben Finger seiner Handschuhe rinnen zu lassen. »Einst wohnte er bei uns, in einem schimmernden Palast nahe meiner eigenen Burg, doch dann entschloss er sich, ein Weib aus dem Geschlecht der Riesen zu nehmen. Und so zog er hierher, ins Niemandsland zwischen der Welt der Menschen und der der Riesen.«
»Aber warum?«, wunderte sich Lif. »Asgard ist doch groß genug!«
Odin lächelte. »Nicht für Riesen«, sagte er. »Du hast erlebt, was geschieht, wenn Asen und Riesen zusammentreffen: Es kann nur einer von ihnen überleben. So war es immer. Es war ein Fehler von mir, Thryms Angebot anzunehmen. Ich hätte wissen müssen, was geschieht. Sie und wir sind wie Feuer und Wasser. Wie du und Lifthrasil. Damals, als Loki zu mir kam und sagte, dass er sein Herz an Sigyn verloren habe, wuss-

te ich es. Hätte ich doch auch diesmal auf die Stimme meines Herzens gehört! Vielleicht wäre Baldur dann noch unter uns.«
»Und wird er sicher hierher kommen?«, fragte Lif. »Er muss doch wissen, dass ihr ihn hier sucht.«
»Trotzdem wird er kommen«, antwortete Odin. »Er mag ein Mörder sein und eine Schande für unser Geschlecht, aber er ist nicht feige. Und er liebt die seinen so wie wir. Sein Weib ist hier und seine beiden Söhne Nari und Narwi und er kennt Thor nur zu gut und muss fürchten, dass sein Zorn sie treffen wird statt seiner selbst.« Er hielt inne und sagte dann noch einmal: »Er wird kommen. Ich spüre es. Ich weiß nur nicht, ob er allein kommen wird.« Es dauerte einen Moment, bis Lif die Bedeutung von Odins letzten Worten begriff. Dann erschrak er. »Surtur?«
Odin nickte. »Der Weg nach Muspelheim ist weit, doch Surturs Augen und Ohren sind überall. Warum, glaubst du, verbergen wir uns wie die Diebe hier in der Nacht? Wir werden wachen müssen, Lif« Er lächelte. »Aber Thor und ich werden uns die Zeit teilen. Du kannst schlafen. Der morgige Tag wird anstrengend genug für dich.«
»Ich übernehme meinen Teil der Wache genau wie ihr«, erwiderte Lif, obwohl er so müde war, dass er selbst bei diesen Worten kaum noch die Augen offen halten konnte. Trotzdem fügte er hinzu: »Ich bin auf meinen eigenen Wunsch hier und gegen deinen Willen, Odin. Lass mich eine Stunde ruhen oder zwei und ich übernehme mein Drittel der Nachtwache.«
Odin sah ihn einen Moment prüfend an und zuckte schließlich mit den Schultern. »Wie du willst. Aber dann solltest du dich jetzt hinlegen und schlafen.« Er deutete mit einer Kopfbewegung auf das Feuer. Das Reisig war feucht gewesen und hatte nicht richtig brennen wollen, aber jetzt wurden die Flammen höher und Lif bildete sich ein, einen Hauch von Wärme auf dem Gesicht zu fühlen. Ohne ein weiteres Wort des Widerspruchs stand er auf, ging zum Feuer hinüber und legte sich daneben auf einen Lavabrocken, von dem er den Schnee weg-

kratzte, so dicht, wie es gerade noch ging, wollte er nicht verbrennen. Thor reichte ihm schweigend eine Decke, in die er sich hüllte.

Lif schlief sofort ein, aber es war kein sehr tiefer Schlaf und er wurde von Albträumen geplagt, von denen er genau wusste, dass es Träume waren, aus denen er sich aber trotzdem nicht befreien konnte. Ein paar Mal wachte er auf, hochgeschreckt von einem schrecklichen Heulen und Wimmern und einmal glaubte er sogar ein Paar rot glühende riesige Augen zu sehen, die ihn aus der Dunkelheit anstarrten. Aber das Heulen war nur der Wind und die rote Glut das Feuer, das allmählich herunterbrannte, und er schlief jedes Mal rasch wieder ein.

Als Thor ihn schließlich weckte, fühlte er sich genauso müde und zerschlagen wie am Abend zuvor, obwohl der Ase ihn viel länger hatte schlafen lassen, als ihm zukam.

Am Horizont kündigte ein blasser Streifen die kommende Dämmerung an.

Mühsam richtete er sich auf, schälte sich aus der steif gewordenen Decke und hielt die Hände über die erlöschende Glut des Feuers. Der mitgebrachte Vorrat an Reisig war zur Gänze aufgebraucht und Lif dachte flüchtig daran, was sie wohl tun würden, wenn sie Loki an diesem Tage nicht stellen konnten und eine weitere Nacht in diesem schrecklichen Land zubringen mussten. Aber der Gedanke entglitt ihm, ehe er eine Antwort darauf fand und nach einiger Zeit stand er auf und setzte sich auf den Felsen, auf dem Thor Wache gehalten hatte. Der Ase sah ihn noch einmal fragend an, aber Lif raffte sich zu einem Lächeln auf und nickte und so lehnte sich Thor neben Odin gegen den Fels und schloss die Augen. Er war augenblicklich eingeschlafen. Wahrscheinlich, dachte Lif, hatte er während der ganzen Nacht kein Auge zugetan, sondern über seinen und Odins Schlaf gewacht.

Zitternd vor Kälte wandte er sich ab, zog den Mantel enger um die Schultern und blickte auf die zerschundene Lavalandschaft hinaus. Der Sturm hatte nachgelassen und in der beginnenden Dämmerung konnte er die Schlucht erkennen, von der Odin gesprochen hatte: ein gewaltiger Riss in der Erde, breit genug, eine größere Ansiedlung darin zu versenken. Er überlegte einen Moment, wie Odin diese riesige Schlucht überwinden wollte, aber wie zuvor entglitt ihm auch dieser Gedanke sofort wieder. Er fühlte sich . . . sonderbar. Er war noch immer müde und gleichzeitig hatte er das Gefühl, aus einem tiefen, traumlosen Schlaf, in dem er mehr als ein Jahr gefangen gewesen war, aufzuwachen. Wieder glitt sein Blick über die schwarzweiße Landschaft aus Lava und Schnee und wieder schauderte er, denn er spürte, wie sehr ihn dieses Land ablehnte, welche Feindseligkeit ihnen allen jeder Fels, jeder Fußbreit Boden entgegenbrachte.

Und doch . . .

Und doch hatte er das Gefühl, nach Hause gekommen zu sein. Wie gefährlich und abweisend die Umgebung auch war, es war ein Teil Midgards, ein Teil der Welt, in die er hineingeboren worden war, seiner Welt. So sehr ihn der Glanz der Asenwelt auch geblendet hatte, er war niemals dort zu Hause gewesen. Er spürte das erst jetzt, als hätte er Asgard verlassen müssen, um sich von seinem Zauber zu trennen – aber er hatte sich dort niemals wirklich wohl gefühlt. Es war, als öffne er das erste Mal seit vielen Monaten die Augen und sehe die Dinge so, wie sie wirklich waren. Auf eine gänzlich andere, aber kaum weniger bedrückende Art waren Asgard und seine Herren ihm ebenso fremd und unheimlich wie die Unterwelt mit ihrer Göttin und ihren schrecklichen Kreaturen.

Weil sie beide anders waren.

Die eine wie die andere war eine Welt, die nicht für die Augen von Sterblichen gedacht war, zwei vollkommen unterschiedliche Teile eines gewaltigen Ganzen, zu dem vielleicht auch Midgard und seine Menschen gehörten. Aber es war so, wie Baldur einmal gesagt hatte: Er, der Ase, hätte auf Dauer nicht in der Welt der Menschen leben können, so wie Lif, der Mensch, nicht auf Dauer in der Welt der Unsterblichen existie-

ren konnte, ohne zu Grunde zu gehen. Wie die Unterwelt mit ihren unvorstellbaren Schrecken war auch die unvorstellbare Schönheit der Asenwelt tödlich.
Aber er hatte sie erst verlassen müssen, um dies zu erkennen. Wenn es wirklich so war, dann . . .
Ja, dachte er erschrocken, dann hatte er hier nichts zu suchen. Dann ging ihn dies alles hier nichts an. Der Krieg, in den er hineingezogen worden war, war ein Krieg der Götter, nicht der Sterblichen, und er war kein Gott, sondern ein Mensch.
Wieder suchte sein Blick die Schlucht und als lese der Nebel seine Gedanken, rissen die grauen Schleier in genau diesem Moment auf, sodass er ungehindert bis an ihr jenseitiges Ende blicken konnte. Ein Haus drängte sich an die schwarze Lavaflanke wie ein Vogelnest, das direkt über einem Abgrund errichtet worden war. Es war Lokis Haus; das Haus, zu dem Odin und Thor schon in wenigen Augenblicken aufbrechen würden, seinen Bewohner zu stellen und wahrscheinlich zu töten.
Noch am Abend zuvor hatte alles in Lif nach Rache geschrien, obwohl er Odin gegenüber das Gegenteil behauptet hatte. Aber es war so gewesen. Er war nicht hier, weil er Gerechtigkeit suchte. Er hatte Rache gewollt. Jetzt war es ihm unmöglich, auch nur Zorn auf Loki zu empfinden.
Sein Hass auf ihn war im gleichen Moment erloschen, in dem er Odin von Lokis Weib hatte erzählen hören. Er war sicher, dass er längst nicht die ganze Geschichte kannte, und es musste mehr geschehen sein, als dass Loki eine Riesin heiraten wollte und doch . . . konnte ein Mann durch und durch schlecht sein, der sein Volk, seine Heimat und den strahlenden Glanz Asgards verließ, um mit der Frau, der sein Herz gehörte, in einer jämmerlichen Felsenhütte zu leben, von allen gemieden und gefürchtet und noch dazu in einem so höllischen Land wie diesem?
Loki hatte Baldur getötet, seinen Freund, aber auch Baldur war ein Ase gewesen, ein Wesen, das so lange lebte, dass die

Freundschaft mit einem Sterblichen nur eine kurze Epoche für ihn bedeuten konnte; jemand, der menschlich aussah, sich wie ein Mensch benahm und auch so lachte und sprach, der aber keiner war. Aber im Grunde ging ihn auch das nichts an. Ebenso wenig wie der Gedanke, dass – wenn man es recht bedachte – Thor und Odin und die anderen Asen mindestens ebensolche Schuld am Tode Baldurs trugen wie Loki. Loki hatte den Speer nicht geworfen, um zu töten, sondern aus Zorn und Unbeherrschtheit; was schlimm genug war, aber eben doch noch ein Unterschied.

Es wurde hell, aber Lif merkte es nicht. Er hätte längst aufstehen und Thor und Odin wecken müssen, aber er saß da, starrte ins Leere und versuchte mit den einander widersprechenden Gefühlen und Gedanken fertig zu werden, die in seinem Inneren herrschten.

Wenn all das, was er jetzt zu begreifen glaubte, die Wahrheit war – und irgendetwas sagte ihm, dass es so war –, dann war auch das Schicksal, von dem die Asen immer wieder sprachen, etwas, das sie für ihn vorausbestimmt hatten, nicht er selbst.

Lif stand auf, ging zum Feuer zurück und blickte einen Moment auf die beiden schlafenden Asen hinab. Odin und Thor hatten sich zum Schutz gegen die Kälte eng aneinander gelehnt; Thors Lippen zuckten dann und wann, als hätte er üble Träume, aber auf Odins Gesicht lag ein friedlicher Ausdruck, der in scharfem Gegensatz zu seinen Waffen stand, die neben ihm am Fels lehnten. Für einen Moment empfand Lif ein Gefühl tiefer, warmer Dankbarkeit und Freundschaft.

Langsam wandte er sich um, ging zu den Pferden, die Thor im Windschatten eines Felsens angebunden hatte, und löste die Fußfesseln eines der Tiere; nicht seines eigenen Pferdes, sondern die Sleipnirs, des gewaltigen Sturmhengstes Odins. Das Tier blickte ihn aus seinen großen klugen Augen an und Lif glaubte deutlich Verständnis und Zustimmung darin zu lesen. Er stieg in den Sattel, lenkte den Hengst mit sanftem Schenkeldruck aus dem Windschutz des Felsens heraus und sah noch einmal zu den beiden schlafenden Asen zurück. »Es tut mir Leid«, flüsterte er, so leise, dass Odin die Worte wahrscheinlich nicht einmal verstanden hätte, wäre er wach gewesen. »Bitte verzeiht mir, wenn ihr könnt.«

Dann wandte er sich mit einem Ruck um und sprengte los.

Und wieder war er auf der Flucht; nicht zum ersten Mal, seit sich sein Leben so jäh geändert hatte. Aber es war das erste Mal, dass er nicht wusste, wovor er floh. Er wusste nur, dass er nicht weiter bei den Asen hatte bleiben können und dass er lieber gestorben wäre, als noch einmal nach Asgard zurückzukehren, in diese wunderbar schöne fremde Welt.
Sleipnirs goldene Hufe trugen ihn mit der Schnelligkeit des Sturmwindes dahin. Das karge Grenzland Jötunheims fiel schon bald hinter ihnen zurück, aber der Sturm begleitete sie und es wurde noch kälter. Die Sonne ging auf, aber sie blieb unsichtbar; es wurde nur heller.
Stunden um Stunden raste der Wunderhengst dahin, und obwohl er schneller als ein Pfeil durch die verschneiten Ebenen Midgards jagte, zeigte er nicht die geringste Spur von Müdigkeit. Lif hingegen hockte wie betäubt im Sattel, starr vor Kälte und Mutlosigkeit. Seine Finger umklammerten Sleipnirs Zügel, aber er lenkte den Hengst nicht, sondern hielt sich nur an seinem Zaumzeug fest, um nicht aus dem Sattel zu sinken.
Erst als sich der Tag wieder seinem Ende entgegenneigte und das erste Grau der Dämmerung mit rauchigen Fingern nach dem Himmel griff, wurde der Hengst langsamer, fiel von seinem Galopp in einen ruhigen Trab und blieb schließlich vollends stehen.
Mit einem leichten Seufzer glitt Lif von seinem Rücken, sank in den Schnee und blieb reglos hocken, bis Kälte und Feuchtigkeit durch seine Kleider zu kriechen begannen. Als er aufstand, zitterte er am ganzen Leibe vor Kälte und Erschöpfung.

Rings um ihn herum erstreckte sich eine gewaltige, von einer geschlossenen Schneedecke bedeckte Ebene, trostlos und kahl. Der Wind heulte noch immer mit der gleichen Kraft und ließ hier und da kleine vergängliche Gebilde aus staubfeinem Schnee über den Boden tanzen. Die Kälte war wie Glas: hart und schneidend. Da und dort ragte ein Felsen oder ein verkrüppelter Baum mit blattlosen Ästen aus dem weißen Leichentuch, das den Boden bedeckte.
Lif erschrak. War das aus Midgard geworden? Er hatte viele Winter erlebt auf Osruns Hof an der Küste und viele waren hart gewesen, aber dies hier war . . .
Ja, als wäre mit diesem Winter der Tod gekommen, dachte er schaudernd. Trotz des unablässig wütenden Sturmes war es unheimlich still, aber es war nicht die Stille des Winters. Es war, als wäre das Land gestorben. Das einzige Leben, das es auf der ganzen Welt noch zu geben schien, war Sleipnir. Er sah zu dem Hengst auf.
Sleipnir stand neben ihm und blickte aus seinen großen, klugen Augen auf ihn herab. Sein Fell dampfte in der Kälte und vor seinen Nüstern verwehten kleine graue Dampfwölkchen, aber sein Atem ging so ruhig und gleichmäßig, als hätte er den Tag in einem warmen Stall verbracht, nicht mit einem rasenden Galopp über zahllose Meilen. Lif wusste nicht, was es war, das er in Sleipnirs riesigen dunklen Augen las, aber es war nicht der Blick eines Tieres und es lag ein stummes Verlangen darin, eine Aufforderung, irgendetwas Bestimmtes zu tun, die auf ihre sanfte wortlose Art vielleicht befehlender war als die Worte Odins.
Lif trat auf den Hengst zu und streckte die Hand aus, um ihn zu berühren, aber Sleipnir wich mit einem halblauten Wiehern zurück und warf den Kopf in den Nacken. Seine Hufe wirbelten den Schnee auf und Lif sah, dass darunter harter, verbrannter Boden zum Vorschein kam.
Als er den nächsten Schritt machte, hörte er das Plätschern von Wasser.

Wie angewurzelt blieb er stehen. Sleipnir war einen weiteren Schritt vor ihm zurückgewichen und hinter ihm sah er das helle Glitzern eines schmalen, aber sehr schnell fließenden Baches, etwa ein halbes Dutzend Schritte entfernt. Und das war etwas, was vollkommen unmöglich war, dachte Lif, denn es war so kalt, dass ihm fast der Atem auf den Lippen gefror. Und außerdem war er sich sicher, dass dieser Bach noch vor einem Augenblick nicht da gewesen war.

Er blieb stehen und sah sich um, fast als erwarte er noch weitere Wunder, dann wandte er sich wieder dem Bach zu und machte einen zögernden Schritt. Der Anblick des klaren Wassers, von dem hauchfeine Nebelwölkchen aufstiegen, ließ ihn spüren, wie durstig er war. Nach abermaligem kurzem Zögern legte er das letzte Stück bis zu seinem Ufer zurück, kniete im weichen Schnee nieder und zerrte mit den Zähnen die Handschuhe von den Fingern. Seine Hände zitterten, als er sie ins Wasser tauchte. Aber nur für einen Augenblick, dann zog er sie mit einem überraschten Ruf zurück und starrte wieder auf das Wasser:

Der Bach war so warm, dass seine hab erfrorenen Hände schmerzten.

Sekundenlang hockte Lif da und starrte auf den Bach. Dann begann er zu lachen. Was war er doch für ein Narr! Er dachte an Wunder und Zauberei und dabei war die Lösung dieses vermeintlichen Geheimnisses so einfach! Der Bach entsprang einer der heißen Quellen, wie sie in Midgard auf Schritt und Tritt anzutreffen waren und die Schlamm oder beinahe kochendes Wasser spien, manche davon so gewaltig, dass man noch in fünfzig Schritt Abstand Obacht geben musste, um sich nicht zu verbrühen.

Er schüttelte den Kopf über seine eigene Dummheit, dann tauchte er vorsichtig beide Hände bis über die Gelenke in das dampfende Wasser. Im ersten Moment tat es weh, aber Lif biss die Zähne zusammen und wartete, bis eine Woge prickelnder Wärme durch seine Arme bis in die Schultern hinaufkroch. Er

blieb lange bei dem Bach sitzen und er trank sehr viel von dem heißen Wasser, obwohl es alles andere als wohlschmeckend war.
Als er sich aufrichtete, sah er, dass Sleipnir ein Stück bachabwärts gelaufen war und den Kopf ins Wasser gesenkt hatte, um zu saufen. Lif rief ihn, aber statt zu ihm zu kommen, entfernte sich der Hengst ein weiteres Stück von ihm und blieb wieder stehen.
Lif rief seinen Namen, aber der Hengst lief ein kleines Stück weiter, statt zurückzukommen. In seinen dunklen Augen blitzte es fast spöttisch auf, als er zu ihm zurücksah.
Wenn dies ein Spiel sein sollte, dachte Lif ärgerlich, dann hatte sich der Hengst einen höchst unpassenden Zeitpunkt dazu ausgesucht.
Aber er schluckte seinen Ärger – zusammen mit der Verwünschung, die ihm auf der Zunge lag – hinunter und stampfte durch den knietiefen Schnee hinter dem weißen Hengst her. Sleipnir trabte weiter.
Lif blieb stehen und schrie Sleipnirs Namen, so laut er nur konnte. Der Hengst senkte ungerührt den Kopf zum Bach hinunter und trank einen weiteren Schluck. Allerdings nur bis zu dem Moment, in dem Lif wieder hinter ihm herlief. Dann fuhr er mit einem Wiehern hoch, das beinahe wie ein Lachen klang, warf den Kopf in den Nacken, dass seine weiße Mähne nur so flog, und trabte ein weiteres Stück davon.
Und so ging es weiter, immer am Ufer des kleinen Baches entlang. Lifs Ärger schlug in Zorn um; er schrie wiederholt Sleipnirs Namen und rannte hinter dem Hengst her, so schnell er nur konnte. Sleipnir eilte immer im gleichen Tempo vor ihm her, blieb manchmal, wenn sein Vorsprung so groß zu werden drohte, dass Lif den Mut verlieren und vielleicht aufgeben mochte, stehen und sah zu ihm zurück, lief aber stets weiter, bevor Lif ihn vollends eingeholt hatte.
Sie mussten eine Meile durch die trostlose Einöde aus Schnee und Kälte gerannt sein, als Nebel aufkam; zuerst so sacht,

dass Lif es kaum bemerkte. Aber schon nach ein paar weiteren Schritten wurden die grauen Schleier zu dicken, nassen Vorhängen, die wie eisige Hände in sein Gesicht klatschten, und Sleipnirs weißer Umriss verblasste zu einem tanzenden Gespenst, gerade noch an der Grenze des Sichtbaren.
Lif blieb stehen. Sein Herz begann zu pochen. Plötzlich hatte er Angst. Mit dem Nebel war Wärme aufgekommen und es waren Geräusche um ihn herum, unheimliche, fremde und trotzdem vertraute Laute: das Plätschern von Wasser, ein leises Murmeln und Rauschen wie Wind, der in Baumwipfeln spielt, das Singen von Vögeln . . . Lif schauderte. Der Nebel wurde immer dichter und mit den Geräuschen drangen nun auch die Gerüche des Sommers zu ihm, aber er sah noch immer nichts. Die nassen grauen Schwaden wogten wie in einem irren Tanz rings um ihn, Schatten und unheimliche düstere Dinge, die wahrscheinlich gar nicht wirklich waren, bewegten sich darin und irgendetwas berührte ganz leicht und weich sein Gesicht und war wieder verschwunden, ehe er danach greifen konnte.
Mit pochendem Herzen machte Lif einen Schritt und blieb dann stehen. Unter seinen Stiefeln war kein Schnee mehr, sondern weiches Gras. Er hörte ganz deutlich den schrillen Ruf einer Eule, gefolgt von einem schweren, sehr nahen Flügelschlagen; ein Schatten huschte durch den Nebel.
Und dann rissen die wattigen Schwaden auf, so plötzlich, als risse der Sturm sie auseinander.
Helles Sonnenlicht blendete Lif. Er blinzelte, hob die Hand vor die Augen – und hielt vor lauter Staunen den Atem an.
Der brodelnde graue Himmel, die schneebedeckte Ebene, die Kälte und der Sturm und die schwarzen Lavaklippen, das alles war verschwunden. Sleipnir stand wenige Schritte vor ihm und labte sich an den saftigen grünen Halmen einer blühenden Sommerwiese, die die Stelle der eisverkrusteten Hochebene eingenommen hatte. Es war warm. Von weit her drang das fröhliche Zwitschern eines Vogels an sein Ohr und der damp-

fende, von glitzernden Eiszähnen gesäumte Bach floss jetzt breiter und ruhiger dahin, ein kristallklares glitzerndes Band, das sich in verspielten Windungen und Schleifen durch das Gras schlängelte.

Verblüfft wandte sich Lif um. Der Nebel, durch den er vor Augenblicken noch blind und zitternd vor Angst gestolpert war, war nicht mehr da. Auch hinter ihm erstreckte sich eine blühende Sommerlandschaft. In dreißig, vierzig Schritt Entfernung glitzerte ein See im Licht der Sonne wie ein großer runder Spiegel und lag beinahe ebenso unbewegt da. Nur an seinem jenseitigen Ufer sprudelte und wogte es, denn dort ergoss sich ein zweiter Wasserlauf über Felsgestein in den See wie ein kleiner Wasserfall. Blühende Büsche und dicht wachsende Bäume säumten das Ufer des Gewässers.

Aber das alles nahm Lif nur undeutlich wahr, denn sein Blick war auf den Baum gerichtet.

Er erhob sich am jenseitigen Ufer des Sees. Lif hatte niemals etwas Größeres oder etwas Schöneres gesehen. Es musste der Urvater aller Bäume sein, ein Riese, schwarz und knorrig und so massig wie ein Berg. Lifs Blick verlor sich, als er nach oben sah. Das strahlende Grün seines Wipfels bedeckte den Himmel, so weit er nur sehen konnte. Was er für das Rauschen eines ganzen Waldes gehalten hatte, war nur das Rauschen dieses einen einzigen Baumes. Er war sicher so alt wie die Welt und vielleicht älter als die Götter. Er hatte schon hier gestanden, als Midgard noch eine öde Wüste war, und er würde noch hier stehen, wenn das Menschengeschlecht längst vergangen und selbst die Erinnerung daran im Strom der Zeit verschollen war.

»Yggdrasil«, murmelte Lif. Es gab keinen Zweifel. Sleipnir hatte ihn geradewegs hierher geführt, hierher, zu dem einzigen Ort, an dem er vielleicht Antwort auf die Fragen finden konnte, die ihn quälten.

Zu Yggdrasil, der Weltesche . . .

Lif brauchte lange, um den See zu umrunden, denn er war weitaus größer, als er geglaubt hatte. Die Wärme, die ihm im ersten Moment so wohltuend vorgekommen war, begann ihm bald zuzusetzen, sodass er erst seinen Fellumhang, dann auch den Mantel abstreifte und zurückließ. Trotzdem war er in Schweiß gebadet, als er das jenseitige Ufer erreichte. Er hatte schon wieder Durst und der bittere Geschmack des warmen Wassers war noch immer wie ein pelziger Belag auf seiner Zunge, sodass er sich zum See hinabbeugte, um zu trinken. Aber er tat es nicht. Irgend etwas hielt ihn zurück, eine lautlose mahnende Stimme, die ihm zuflüsterte, dass dieses Wasser nicht zum Trinken gedacht sei.
Verwirrt richtete er sich wieder auf und ging weiter, ohne zu wissen, wohin, aber getrieben von einer immer stärker werdenden Unruhe. Er war nicht durch Zufall hier, sondern aus einem ganz bestimmten Grund. Er wusste nur noch nicht, aus welchem.
Nach einer Weile glaubte er Stimmen zu hören, ein Lachen, und dann vernahm er ein helles Surren und Klappern, das er zu kennen glaubte. Er sah sich um, ging nun geradewegs auf den Baum zu und kletterte über eine seiner gewaltigen Wurzeln, die hart und schwer wie Felsen und so hoch wie ein Haus waren.
Als er sie überwunden hatte, sah er die Höhle.
Sie war sehr groß und aus einem mächtigen Wurzelstrang der Weltesche gebildet. Ein murmelnder Bach floss vorbei und innerhalb der Höhle war ein riesiges hölzernes Spinnrad aufgebaut, von dem das Klappern und Surren kam, das er gehört hatte. Davor, auf verknoteten Wurzelausläufern, saßen drei Frauen. Obwohl Lif noch sehr weit von ihnen entfernt war, konnte er doch erkennen, wie alt und gebrechlich sie waren; viel zu alt, um eine solche schwere Arbeit zu verrichten, denn die Fäden, die sie verspannen, waren grob wie Taue und endlos lang. Sie hingen von der Krone der Weltesche herab, sodass es aussah, als fielen sie geradewegs aus dem Himmel, liefen

durch das Wurzelgeflecht der Höhle und von dort aus durch die geschäftigen Hände der drei Frauen bis auf das Spinnrad. Lif war sicher, dass er kein Geräusch gemacht oder sich sonst irgendwie verraten hatte. Trotzdem mussten die drei Frauen ihn bemerkt haben, denn für einen Moment hielten sie mit dem Spinnen inne und dann wandte eine der drei den Kopf, blickte in seine Richtung und erhob sich mit den langsamen, sehr umständlichen Bewegungen alter Menschen.

»Übernehmt für einen Augenblick meinen Teil der Arbeit, Schwestern«, sagte sie. »Es ist Besuch gekommen, um den ich mich kümmern muss.«

Lif verstand ihre Worte so deutlich, als stünde sie neben ihm, und als sie aus dem Schatten der Höhle heraustrat, erkannte er sie auch.

Es war Skuld, die Norne, die er schon zweimal getroffen hatte. Und dann, dachte er mit ehrfürchtigem Staunen, konnten die beiden anderen Frauen niemand anders sein als ihre Schwestern Urd und Werdani, die zusammen mit ihr tagein, tagaus an den Fäden des Schicksals woben.

Die Norne kam langsam näher und ein Lächeln erschien auf ihren faltigen Zügen.

»Du hast den Weg also gefunden«, sagte sie.

»Ich bin . . . Sleipnir hat . . .« Lif brach ab.

»Sleipnir?« Skuld reckte sich ein wenig, um über seine Schulter hinweg zur anderen Seite des Sees blicken zu können. »Hat Odin ihn dir gegeben?«

Lif antwortete nicht, aber sein Schweigen schien Skuld Antwort genug, denn mit einem Mal wurde ihr Lächeln fast verschmitzt. Sie kam noch näher und legte Lif die Hand auf die Schulter. »Ich verstehe«, fuhr sie fort. »Odin weiß nicht, dass du ihn genommen hast.«

»Ich fürchte, jetzt schon«, sagte Lif.

Die Norne lachte. »Das ist nichts, worüber du dir den Kopf zu zerbrechen brauchst, Menschenkind«, sagte sie. »Du hättest Sleipnir nicht reiten können gegen den ausdrücklichen Willen

des Hengstes. Manchmal sind die Tiere weiser als ihre Herren. Du kommst spät«, fügte sie in plötzlich verändertem Tonfall hinzu. »Lifthrasil war schon vor langer Zeit hier.«
»Lifthrasil?« Lif erschrak. »Er war hier?«
»Natürlich«, antwortete Skuld ruhig. »Was hast du geglaubt? Dies ist der Urdsee und an jenem Spinnrad dort weben meine Schwestern und ich am Schicksal der Menschen und Götter. Wo anders solltet ihr hingehen als in die Schicksalsschmiede, ihr, die ihr das Schicksal der Welt bestimmen werdet?«
Das Schicksal . . . schon wieder dieses Wort. Es war ihm zu oft begegnet in den letzten Monaten und stets war Böses damit verbunden gewesen.
Seine Gedanken mussten sich wohl deutlich auf seinem Gesicht spiegeln, denn Skuld sagte: »Jetzt haderst du mit deinem Schicksal, nicht? Du empfindest es als ungerecht und falsch. Und du willst nicht, dass es sich erfüllt.«
»Nicht so«, flüsterte Lif. »Könnt ihr es nicht ändern?«, fragte er. »Du und deine Schwestern?«
»Wir?« Skuld sprach das Wort aus, als hätte er von ihr verlangt, die Sonne vom Himmel herabzuholen. »Nein, Lif, das steht nicht in unserer Macht.«
»Aber ihr seid es doch, die . . .«
»Die Fäden des Schicksals weben, ja«, sagte Skuld. »Aber nicht nach Gutdünken. Auch wir müssen uns an das Muster halten, das vorgesehen ist. Und auch, wenn es anders wäre – was sollten wir tun? Ragnarök verhindern? Surtur und seine Feuerriesen töten und die Asen wieder zu den unfehlbaren Göttern machen, die sie einst waren? Das Gewebe der Zeit ist empfindlich, Lif, und viel komplizierter, als du ahnst. Greifen wir in sein Muster ein, dann mag es sein, dass wir tausendmal mehr Schaden als Nutzen anrichten.«
»Aber kann es denn schaden, einen Krieg zu verhindern?«, fragte Lif.
»Vielleicht«, sagte Skuld. »Wer weiß – vielleicht siegen Odin und seine Asen und die Welt wird, wie die Menschen sie sich

erträumen, ohne Surturs verderblichen Einfluss. Vielleicht ist diese letzte Schlacht nötig wie das Fieber, das die Krankheit aus deinem Körper brennt. Vielleicht verliert er auch und vielleicht wird alles zerstört. – Möglich«, fuhr sie nach einer Pause fort, als müsse sie überlegen, ob dies etwas sei, das sie Lif sagen konnte, »dass nach den Asen und euch andere kommen, dass der Weltenbrand alles verschlingt und nach euch ein Volk hier leben wird, das alles besser macht. Würden wir eingreifen, würde es vielleicht nie geboren.«

»Vielleicht?«, wiederholte Lif. »Wisst ihr es denn nicht?« Skuld schüttelte den Kopf. »Niemand weiß, was die Zukunft bringt, auch wir nicht. Wir ahnen, was kommen mag und manchmal sehen wir Dinge, die beinahe unausweichlich sind. Aber eben nur beinahe.« Sie wandte sich um und deutete auf das Spinnrad zurück, an dem ihre beiden Schwestern saßen und geduldig und unermüdlich arbeiteten. »Die Zeit ist wie der Flachs, den wir spinnen, Lif. Sie läuft durch unsere Hände und wir sind die ersten, die das Muster sehen, das entsteht. Manchmal können wir eingreifen, wenn ein Faden sich zu verwirren droht oder reißt. Doch auch wir wissen nicht, was kommt.« Sie lächelte sanft. »Du bist hier, weil du verzweifelt bist«, fuhr sie fort. »Du hast alles verloren, was du geliebt hast, und du glaubst, es gäbe keinen Ausweg mehr.«

»Gibt es ihn denn?«

»Es gibt immer einen Ausweg«, antwortete Skuld ernst. »Nichts ist fest und vorausbestimmt. Es liegt in der Hand eines jeden, selbst sein Schicksal zu bestimmen. Einmal mehr, einmal weniger. Wenn es diese Antwort ist, die du haben wolltest, bist du nicht umsonst gekommen. Aber das ist die ganze Hilfe, die ich dir geben kann. Es ist uns verboten, in das Schicksal der Sterblichen einzugreifen.« Lif fragte nicht, von wem. Er wusste, dass Skuld ihm darauf nicht antworten würde.

»Was wirst du jetzt tun?«, fragte Skuld.

»Ich weiß es nicht«, gestand er. »Ich weiß nicht mehr, was richtig ist und was falsch.«

»Die Antwort auf diese Frage kann ich dir nicht geben«, antwortete Skuld. »Du musst sie selbst herausfinden.«

»Aber können sich denn alle so täuschen?«

»Wer?«, fragte Skuld. »Odin und die seinen, die glauben, du und Lifthrasil, ihr würdet über ihr Schicksal entscheiden?« Sie schüttelte den Kopf. »Nein. Es wird so kommen, ganz gleich, was du tust. Du bist ihr Schicksal, Lif, so wie Lifthrasil das der Söhne Muspelheims ist. Aber wie es ausfallen wird, das entscheidet ihr, niemand sonst.«

»War das auch die Antwort, die du Lifthrasil gabst?«

Skuld zögerte. Dann schüttelte sie den Kopf. »Lifthrasil kam mit einer anderen Frage zu mir, Lif.«

»Mit welcher?«

Skuld lächelte. »Das darf ich dir nicht sagen. Komm mit.« Sie wandte sich um und ging und Lif folgte ihr, wenn auch in respektvollem Abstand. Sie gingen an der Wurzelhöhle vorbei und folgten der Krümmung Yggdrasils, bis der See hinter ihnen verschwunden war.

Schließlich erreichten sie eine Stelle, an der ein moosbewachsener Ziehbrunnen stand, so alt wie die drei Nornen selbst. Skuld deutete darauf und blieb stehen.

»Was ist das?«, fragte Lif.

»Der Urdbrunnen«, antwortete Skuld. »Er weiß alle Antworten. Nur die Fragen musst du selbst wissen. Schöpfe sein Wasser und du wirst erfahren, was du wissen willst.« Lif zögerte noch einen Moment, dann ging er auf den Brunnen zu und beugte sich mit klopfendem Herzen über den Rand. Unter ihm waren Dunkelheit und Stille und der angenehme Geruch von Moos und frischem Wasser stieg zu ihm auf.

Mit zitternden Fingern griff er nach der Kurbel und drehte sie. Das grün gewordene Hanfseil spannte sich und schon wenige Augenblicke später schaukelte der Eimer zu ihm herauf, bis unter den Rand mit klarem, leicht golden schimmerndem Wasser gefüllt.

Er wollte die Hände hineintauchen, aber Skuld hielt ihn mit einer Handbewegung zurück.

»Überlege dir gut, was du ihn fragst«, sagte sie. »Er wird dir nur einmal antworten, nur dieses eine Mal. Und deine Zeit verrinnt so schnell, wie das Wasser durch deine Finger läuft.«
Lif nickte, schloss für einen Moment die Augen und schöpfte dann mit beiden Händen das Wasser aus dem Eimer. Es fühlte sich warm an und sonderbar weich, fast wie Fell. Es war ein sehr angenehmes Gefühl.
Frage mich, Menschenkind, und ich werde antworten, glaubte Lif eine Stimme zu vernehmen. »Der Krieg«, begann Lif stockend. »Gibt es keinen Weg mehr, ihn zu verhindern?«
Nein, antwortete der Brunnen. Es ist das Schicksal der Asen. Die Götterdämmerung hat bereits begonnen.
»Deine Frage, Lif?«, sagte Skuld. »Das ist nicht die Frage, die du stellen wolltest.« Lif nickte. Das Wasser lief unaufhörlich durch seine Hände. Er presste die Finger zusammen, so fest er nur konnte, aber er vermochte es nicht zu halten. Es floss weiter, dünn, aber beständig. Seine Zeit lief ab. Aber es fiel ihm schwer, weiterzusprechen. Vielleicht, weil er Angst vor der Antwort hatte.
»Warum?«, fragte er leise. »Warum kämpfen sie?« Es gibt keinen Grund, flüsterte der Brunnen.
»Aber warum tun sie es dann?«, fragte er. »Sie sind Götter! Sie müssen vernünftiger sein als die Menschen!«
Sie sind eure Götter, antwortete der Brunnen. Ihr habt sie erschaffen, nicht sie euch. Wie können sie anders sein als ihr?
Der letzte Wassertropfen war durch Lifs Finger gelaufen und nicht einmal ein wenig Feuchtigkeit war auf seinen Händen zurückgeblieben. Seine Finger waren trocken.
Aber es hätte auch nichts mehr gegeben, was er hätte fragen können. Er hatte alle Antworten bekommen, die er haben wollte.
Als er sich umwandte, war Skuld nicht mehr da, aber statt ihrer stand Sleipnir hinter ihm. Lifs Mantel und der Fellumhang lagen hinter dem Sattel, sorgsam geschnürt.
Lif trat auf den Hengst zu, griff nach den Zügeln und schwang sich in den weißen Ledersattel.

»Lauf, Sleipnir«, sagte er. »Nach Hause. Ich habe hier nichts mehr verloren. Bring mich nach Hause.«

Und Sleipnir tat es.

Der Hof und die Küste lagen unter ihm, nach einem Ritt, der den Rest des Abends, die ganze Nacht und noch weit bis in den darauf folgenden Morgen hinein gedauert hatte. Der Wunderhengst hatte Midgard einmal zur Gänze durchquert, zuerst von Osten nach Westen und jetzt in den Norden hinauf, eine Reise von Monaten in nur wenigen Tagen und selbst er begann jetzt deutliche Anzeichen von Erschöpfung zu zeigen. Sein Atem ging schnell und stoßweise und als sie den letzten Hügel vor dem Fischerhof hinaufgeritten waren, stolperte er und wäre fast gestürzt.

Aber sie hatten es geschafft; unter ihnen lagen die Küste und der kleine, aus drei Hütten bestehende Hof.

Der Hengst ging langsam und Lif trieb ihn auch nicht zu größerer Eile an. Hier hatte alles begonnen. Der Hang, den Sleipnir hinuntertrabte, war der, auf dem ihm die Kuh davongelaufen war, hinter diesem Küstenstreifen hatte er zum ersten Mal das Schiff Nagelfar erblickt, in diesem Wald war er auf Fenris und Baldur getroffen . . . Es war, als erlebte er alles noch einmal, während sich der Hengst dem schmalen, zum Land hin offenen Rechteck aus Häusern näherte: Er floh noch einmal von diesem Hof, wurde von Wölfen und dann von seinem eigenen Bruder gejagt, traf auf den Alben Eugel und die Norne Skuld. Er durchlebte seine Entführung nach Muspelheim und die Flucht durch die kalten Tiefen der Unterwelt, das Jahr bei den Asen und seinen Weg hierher. Der Kreis hatte sich geschlossen.

Während der letzten Stunden, als er auf Sleipnirs Rücken durch ein von Winter und Krieg verwüstetes Land geritten war, hatte er begriffen, was die Stimme des Urdbrunnens gemeint hatte, als sie sagte, der Krieg wäre unvermeidlich. Er hatte bereits begonnen. Midgard lag im Sterben. Der Winter wütete, ließ Wälder und Gras erstarren und verwandelte die breitesten Flüsse in glitzernde Blöcke aus gesprungenem Eis. Vögel waren tot vom Himmel gefallen, im Flug erfroren und steif geworden. Und was der Winter verschont hatte, das zerstörten die Menschen.

Er hatte das Feuer von brennenden Ansiedlungen am Horizont gesehen und Sleipnir hatte ihn über Felder getragen, auf denen der Schnee die Toten noch nicht ganz zugedeckt hatte, Männer und Frauen, Kinder und Greise, die in sinnlosen Schlachten übereinander hergefallen waren und so lange gekämpft hatten, bis keiner mehr am Leben war. Midgard starb einen langsamen, qualvollen Tod. Erst als sie sich dem Hof bis auf ein paar Dutzend Schritte genähert hatten, fiel Lif die Stille auf. Zwar heulte der Wind und tief unter ihm brach sich die Brandung donnernd an dem mannsdicken Eispanzer, mit dem sich die Steilküste überzogen hatte. Aber auf dem Hof selbst war es unheimlich still. Kein Rauch kräuselte sich aus dem Abzug und die Schneedecke, die sich über den Hof gelegt hatte, war unversehrt. Also auch hier, dachte Lif. Bis zum letzten Moment hatte er gehofft, dass alles mit einem Schlag vorbei wäre, wenn er nach Hause kam. Natürlich war es nicht so. Osruns Hof konnte keine Insel des Friedens bleiben, während ringsum die Welt in Flammen aufging. Vielleicht war es schon ein Wunder, dass das Haus und die beiden kleinen Scheunen noch unversehrt waren, und er spürte auch, dass er keine Toten finden würde. Auf diesem Hof hatte es keinen Kampf gegeben, kein Morden und Plündern wie auf so vielen anderen Gehöften, an deren Ruinen er vorbeigeritten war. Wahrscheinlich waren Osrun, Fjella und ihre beiden Söhne fortgegangen, als der Winter nicht endete und das Leben hier immer unerträglicher wurde.

Er saß ab, führte Sleipnir über den Hof zur Scheune und stieß die Tür auf. Das Holz war verquollen und bewegte sich kaum; Lif musste sich mit der Schulter dagegenwerfen, um die Tür so weit zu öffnen, dass er und der Hengst hindurch konnten. Sleipnir wieherte erleichtert. Auch im Inneren der Scheune war

es kalt, aber sie bot zumindest Schutz vor dem schneidenden Wind. In einer Ecke lag sogar noch ein kleines Bündel Heu, über das der Hengst sofort herfiel.
Der Anblick erinnerte Lif daran, wie hungrig er selbst war. Er glaubte zwar nicht, dass er im Haus noch irgendetwas zu essen finden würde, denn wenn Osrun und die anderen wirklich fortgegangen waren, dann hatten sie sicher alles mitgenommen, was sie nur tragen konnten, und auf alle Fälle die Vorräte. Trotzdem verließ er die Scheune nach kurzem Zögern wieder, zog die Tür sorgfältig hinter sich zu und ging auf das kleine Wohnhaus zu.
Sein Anblick erfüllte ihn mit einem sonderbaren Gefühl. Noch nie war ihm zu Bewusstsein gekommen, wie klein es war; kaum mehr als eine Hütte, die Osrun nach und nach zu einem Haus ausgebaut hatte, dem man ansah, dass sein Erbauer weitaus mehr guten Willen als Fachkenntnis sein Eigen nennen konnte.
Ein Schwall abgestandener, trockener Luft schlug ihm entgegen, als er das Haus betrat. Es war dunkel und nicht halb so kalt, wie er erwartet hatte, sodass er seinen Fellumhang abstreifte und über einen Stuhl warf.
Lifs Augen brauchten einen Moment, sich an das dämmrige graue Licht zu gewöhnen, das im Inneren des Hauses herrschte. Was er sah, enttäuschte ihn, obwohl er nichts anderes erwartet hatte.
Das Haus musste schon lange verlassen sein. Überall lag Staub, und in den Ecken und Winkeln hatte sich Eis eingenistet. Die Truhen standen offen, die Regale waren leer, die Decken von den Schlafstellen verschwunden. Er war erleichtert, denn sichtlich waren Osrun und die seinen nicht in Panik geflohen. Er streifte auch seinen Mantel ab, hängte ihn über das Fell und machte sich daran, den zweiten Raum zu untersuchen. Auch da fand er nichts und so stieg er nach oben, unter das Dach. Dieser Raum war nicht leer; auf dem schmalen Bett, mit einem Fell zugedeckt, lag die alte Skalla.

Sie war tot.
Sie lag da, als schliefe sie. Ihre Haut war im Tode gelb geworden und die Kälte hatte einen dünnen glitzernden Hauch darüber gelegt, ihr Gesicht wirkte friedlich.
Skalla war niemals gut zu ihm gewesen – bis auf den letzten Abend. Vielleicht hatte es auf der ganzen Welt niemanden gegeben, zu dem sie gut gewesen war. Aber sie war ein Stück seines Lebens gewesen. Vielleicht war sie ganz friedlich gestorben, an Schwäche, denn sie war uralt gewesen. Doch das spielte keine Rolle. Ihr bleiches, erloschenes Gesicht war für ihn das Sinnbild all dessen, was er so fürchtete: den Winter, die Asen, die Feuerriesen . . . sein Schicksal. Er fühlte sich, als hätte er selbst diese alte Frau erschlagen.
Lif war so sehr in seine Gedanken versunken, dass er nicht einmal hörte, wie hinter ihm Schritte ertönten. Erst im letzten Moment schrak er hoch und fuhr herum.
Hinter ihm stand ein junger, blondhaariger Riese, in ein zerschlissenes Fell gekleidet und einen mächtigen Knüppel in der Rechten. Dem Ausdruck auf seinem Gesicht nach zu schließen, schien er von Lifs Anwesenheit nicht weniger überrascht zu sein als Lif von seinem plötzlichen Auftauchen.
Dann erkannte er ihn.
»Sven?«, rief er überrascht. »Du? Du bist . . . ihr seid noch hier?«
Osruns Sohn fuhr zusammen. Sein Blick glitt über Lifs Gesicht, über seine Rüstung und sein Schwert. Lif sah, dass er ihn erkannte, aber er sah auch, dass er nicht glauben konnte, was er sah.
»Lif?«, sagte Sven. »Bist du das?«
Lif nickte. Er wollte auf Sven zugehen, um ihn in die Arme zu schließen, aber Sven wich zurück und hob den Knüppel.
»Bleib, wo du bist!«, schrie er. »Noch einen Schritt, und ich schlage zu!«
Lif blieb stehen. »Was hast du denn nur?«, fragte er verstört. »Ich bin doch nicht dein Feind! Ich bin es, Lif!« Wieder woll-

te er auf Svel zutreten und wieder wich dieser zurück und hob drohend seinen Knüppel.
»Keinen Schritt näher!«, sagte Sven zornig. »Ich weiß sehr wohl, wer du bist, Lif. Komm mir nicht zu nahe, oder ich hole nach, was ich vor drei Jahren hätte tun sollen, und erschlage dich auf der Stelle.«
Lif blieb stehen. »Was ist nur mit dir?«, fragte er. »Du hast Angst vor mir? Warum?«
»Angst?« Sven lachte. »Nein! Aber ich hasse dich! Wir alle hassen dich! Wärst du doch nur ersoffen damals in deinem verdammten Kahn! Hätte Vater dich doch niemals aus dem Meer geholt, sondern lieber den Fischen zum Fraß überlassen!«
»Ich verstehe nicht«, stammelte Lif. »Was habe ich euch getan?«
»Was du getan hast?«, schrie Sven und deutete auf die tote Skalla. »Schau sie dir an! Bist du zufrieden mit dem, was du siehst? Du hast sie umgebracht, sie und alle anderen.«
»Alle anderen?«, wiederholte Lif. »Du meinst . . .«
»Ich bin der Letzte«, fiel ihm Sven ins Wort. »Mjölln starb im ersten Winter nach deinem Weggang am Fieber und im Jahr darauf verließen wir den Hof, weil wir dachten, irgendwo Unterschlupf und Essen und Wärme zu finden.«
»Aber ihr seid zurückgekommen.«
Sven schüttelte zornig den Kopf. »Nicht wir«, sagte er. »Ich. Vater wurde von Räubern erschlagen, weil sie seinen Mantel und seine Stiefel haben wollten, und Mutter starb wenige Wochen darauf an gebrochenem Herzen, und jetzt gibt es nur noch mich.«
»Tot?«, murmelte Lif. »Sie sind alle tot?«
»Und du hast sie auf dem Gewissen«, sagte Sven hasserfüllt. »Sie und Tausende andere Menschen. Ich bin weit herumgezogen, ehe ich zurückkam, und ich habe viel gesehen. Überall herrscht Krieg und wo der Winter die Ernten nicht erstickt oder der Sturm den Boden davongetragen hat, da bringen sie sich gegenseitig um, eines Stück Brotes oder einer warmen Wolljacke wegen!«

»Aber das ist doch nicht meine Schuld!«, rief Lif.
»Nein?«, fragte Sven böse. »Ist es nicht? Bist du etwa nicht Lif, der Bruder Lifthrasils? Bist du nicht der Junge, der aus dem Nichts kommt und die Asen anführen wird, wenn die Zeit der Götterdämmerung hereinbricht? Bist du etwa nicht der, von dem man sagt, dass er das Schicksal Midgards entscheiden wird? Nun«, fügte er böse hinzu, »mir scheint, du hast es bereits entschieden. Von allen Menschen, die auf Midgard lebten, sind nur noch wenige übrig und diese wenigen verschwenden ihren letzten Atem dazu, dich zu verwünschen, Lif.«
»Das ist nicht wahr!«, stammelte Lif.
»Sie hassen dich«, sagte Sven. »Alles war gut, bevor du kamst. Aber seit du fortgegangen bist, hat der Winter nicht mehr aufgehört. Du hast unsere Welt zerstört, Lif.«
»Aber ich . . .« Lif starrte Sven an. Du hast unsere Welt zerstört, Lif, hallte Svens Stimme hinter seiner Stirn wider. Du hast unsere Welt zerstört. Alles war gut, bevor du kamst.
Aber das bin doch nicht ich gewesen!, dachte er verzweifelt. Es waren doch die Götter, die den Krieg begonnen hatten, nur weil sie glaubten, dass es ihr Schicksal sei! Das war doch nicht ich!
Aber dann hörte er noch eine andere Stimme, die Stimme des Urdbrunnens. Es sind eure Götter. Ihr habt sie erschaffen. Wie können sie besser sein als ihr?
Jetzt, mit der toten Skalla neben sich und Sven gegenüber, da begriff er, was ihm das sprechende Wasser des Nornenbrunnens hatte sagen wollen. Die Götter waren so geworden, wie die Menschen sie geschaffen hatten, die Asen auf der einen wie die Feuerriesen Surturs auf der anderen Seite. Ihre Herzen waren voller Hass und Gewalt, weil die Menschen, die sie mit der Macht ihrer Gedanken und Gebete zum Leben erweckt hatten, auch nicht anders waren.
Und wenn es so war, dachte er, dann war es vielleicht nur richtig, wenn sie auch so endeten wie ihre Götter. Die Asen brachten nur zu Ende, was die Menschen Midgards vor Urzeiten begonnen hatten.

Ohne ein weiteres Wort wandte er sich um, ging an Sven vorbei und lief aus dem Haus und zur Scheune hinüber. Die Tür stand jetzt halb offen und davor waren Spuren im Schnee.
Lif war nicht überrascht, als sich eine Gestalt aus dem Schatten der Scheune löste und ihm entgegentrat und gleich darauf eine zweite, viel größere und finsterere. Er blieb stehen und sah die beiden Asen schweigend an.
»Nun, Lif«, sagte Odin nach einer Weile. »Hast du dich entschieden?«
»Das habe ich«, antwortete er.
Odin nickte, wandte sich um und hob die Hand. Einen Augenblick später verblasste der weiße Glanz des Schnees unter dem hundertmal helleren Strahlen der Bifröst, die sich einem flammenden Regenbogen gleich aus dem Himmel herabsenkte und nur wenige Schritte jenseits des Hofes den Boden berührte.
Einen Augenblick später saßen sie auf und sprengten den Regenbogen empor, zurück nach Asgard, der letzten Schlacht entgegen.

Ragnarök

Das Heer lag wie ein gewaltiges dunkles Tier mit zu vielen Armen unter ihnen; riesig und sich scheinbar träge bewegend, als kröche es – ohne so recht zu wissen, wohin, und ohne Hast – auf den grüngolden gefleckten Waldrand zu. Über dem glitzernden Schuppenpanzer des Riesentieres war ein ganz leichtes Flimmern in der Luft, wie dunstiger Morgennebel, der sich noch nicht ganz aufgelöst hatte, und wenn man genau hinhörte, konnte man ein dumpfes Murmeln und Rauschen vernehmen, das sich in die Geräusche des Waldes gemischt hatte. Aber Lif wusste nur zu gut, wie sehr diese Eindrücke täuschten. Es war nur die große Entfernung, die alles so harmlos aussehen ließ, ja dem anrückenden Heer der Riesen fast Schönheit verlieh: die gleiche Schönheit, die eine Springflut haben mochte, ein Vulkanausbruch oder ein Waldbrand – solange man sie aus sicherer Entfernung betrachten konnte.

In Wahrheit war dieses riesige Schuppentier dort unten ein nach Tausenden und Abertausenden zählendes Heer, das mordend und brennend über die immergrünen Ebenen von Asgard zog, zerstörte Erde und Blut und Tod hinterlassend. Das leise Murmeln, das wie ferne Meeresbrandung klang, war das Getöse der Schlacht, waren die Kriegsrufe aus zahllosen rauen Kehlen, das Klirren von Stahl und Holz und das wütende Wiehern der Pferde. Und doch war all dies nur ein Vorspiel; die wahre, letzte Schlacht hatte noch nicht begonnen.

Lif wandte sich um. Odin, Tyr, Heimdall und Thor standen mit ihm auf dem höchsten Turm Gladsheims.

Der einzigen der zwölf Asenburgen, die noch existierte.

Himinbjorgs Mauern waren bereits unter dem ersten, ungestümen Anprall des Riesenheeres zerborsten. Yidalir war zu einer rauchenden Ruine geworden, ebenso wie Thrudheim, Thors als uneinnehmbar geltende Burg, und die anderen Asenheime, auf die Surturs Heer auf seinem Weg hierher ins Herz Asgards gestoßen war. Es hatte keinen Kampf gegeben. Auf Odins Befehl hin hatten die Asen nach dem Fall der Himinbjorg ihre Bastionen geräumt und waren hierher gekommen, zusammen mit ihren Kriegern und Bediensteten, sodass Gladsheims Mauern jetzt vor Menschen und Tieren zu bersten schienen. Lif ahnte, wie schwer es vor allem Thor gefallen sein musste, sein Heim kampflos aufzugeben, aber Odins Entschluss war der einzig richtige gewesen. Begingen sie den Fehler, sich in kleinen Gruppen dem gewaltigen Heer der Riesen und Dämonen entgegenzustellen, hätten sie von vornherein verloren. Die einzige Möglichkeit, die ihnen noch verblieb, war – und auch diese war erbärmlich klein –, alle Kräfte zusammenzuziehen und Surturs Heerscharen in offener Feldschlacht zu besiegen.
Seit Odin ihn am Vortag zurück nach Asgard gebracht hatte, war in Lif eine Veränderung vorgegangen. Es war, als sei während seines Gespräches mit Sven etwas in ihm gestorben, vielleicht der Teil seiner Seele, der für Dinge wie Wärme und Menschlichkeit, aber auch für Furcht und Schrecken empfänglich gewesen war. Er spürte keine Angst, wenn er an die bevorstehende Schlacht dachte. Alles schien ihm weit entfernt und unwichtig. Die winzigen Punkte dort unten, die sich hin und her bewegten wie Staubkörner, die im Wind tanzten, sollten Surtur und seine Feuerriesen sein? Lächerlich!
Aber eines dieser Staubkörner war Lifthrasil, sein Bruder. Und bald würde er ihm mit dem Schwert in der Hand gegenüberstehen; sie würden versuchen, einander zu töten.
»Wie lange noch?«, fragte Heimdall.
Odin sah nach Osten, ehe er antwortete. Vom höchsten Turme Gladsheims aus konnte man jeden Punkt Asgards überblicken, auch die zertrümmerte Masse aus zyklopischen Eis-

splittern, die von Thryms Wand geblieben war. Die Mauer des Eisriesen war nicht nur aus Eis und Kälte erbaut gewesen, sondern auch aus Vertrauen, und sie war, da ihr die Asen selbst einen Großteil ihrer Festigkeit entzogen hatten, im selben Moment gefallen wie die Himinbjorg. Lif hatte es mit eigenen Augen gesehen, am Abend zuvor, als er hier stand und zusammen mit Odin und Heimdall der Schlacht um die Wachtburg zusah. Die gewaltige Wand war wie Glas zerborsten, kaum dass Surturs Heer damit begonnen hatte, sie zu berennen.

»Nicht mehr lange«, murmelte Odin nach einer Weile. Er hob die Hand und deutete nach Osten. Wenn man genau hinsah, konnte man hinter der Barriere aus Eistrümmern eine Anzahl winziger dunkler Punkte auf dem Meer erkennen. Die zweite Hälfte von Surturs Armee, die mit einer Flotte herangefahren kam, angeführt von dem schwarzen Schiff Nagelfar. Lif beobachtete sie schon eine ganze Weile. Die Schiffe sahen aus wie Schmutzflecke auf dem hellblauen Samt der Meeresoberfläche. Er fragte sich, warum die Asen noch warteten. Hätte er zu bestimmen gehabt, hätte er das Heer dort unten auf der Wigrid angreifen lassen, ehe es sich mit den Kriegern vereinigen konnte, die zu Schiff herangefahren kamen.

Doch auch Odins Geduld schien erschöpft. Er wandte sich mit einer plötzlichen Bewegung um und machte eine stumme Geste in Heimdalls und Thyrs Richtung, woraufhin sich die beiden ebenso wortlos entfernten. Dann befahl er den anderen Asen, ihm zu folgen.

Sie eilten die steile, wie ein steinernes Schneckenhaus gewundene Treppe hinunter und gingen hinab zur Walhalla. Überall begegneten ihnen Krieger – Männer und Frauen in blitzenden Rüstungen, Einherier, Walküren, Alben und Wanen, dazu noch Verbündete anderer Völker, von denen Lif noch niemals gehört hatte und die nicht alle unbedingt wie Menschen aussahen. Auch in der Walhalla selbst herrschte ein unglaubliches Gedränge. Thor musste beinahe mit Gewalt einen Weg für sich und Odin zu dessen Thron bahnen. Lif versuchte vergeb-

lich abzuschätzen, wie viele Bewaffnete sich in Gladsheim aufhielten. Er beeilte sich, an Odins Seite zu kommen und drehte sich um. Es mussten an die tausend Gesichter sein, die ihn und den Asenfürsten anblickten, und in jedem einzelnen las er die gleiche Mischung aus Furcht und Entschlossenheit. Lif war erstaunt, dass er selbst nichts davon verspürte. Weder Angst noch Zorn. Du hast unsere Welt zerstört, hatte Sven gesagt.
Odin hatte sich auf seinem Thron niedergelassen, stand aber jetzt wieder auf und hob die Arme und sofort legte sich tiefes Schweigen über die versammelten Krieger. Aller Blicke richteten sich auf den Allvater – nur Heimdall sah weiterhin Lif an und zwar auf eine Art, die Lif schaudern ließ. Hastig wandte er sich um und blickte ebenfalls zu Odin auf.
»Freunde!«, begann Odin mit nicht sehr lauter, aber klarer Stimme. »Verbündete aus den Völkern der Alben, der Zwerge und Wanen, ihr Einherier und Walküren und alle ihr anderen, die ihr aus den neun Welten herbeigeeilt seid, uns bei unserem letzten Kampf beizustehen! Der Augenblick ist gekommen. Surturs Schiffe nähern sich der Küste und sein Heer aus Riesen und Dämonen hat die Wigrid erreicht. Wir werden kämpfen müssen. Asgards heiliger Boden wurde entweiht mit dem Blut der unschuldig Erschlagenen und noch mehr Blut und Tränen werden fließen, ehe die Schlacht vorüber ist. Nur wenige von uns werden diese Schlacht überleben, aber wir kämpfen nicht nur für uns, sondern für die Zukunft der Welt. Surturs Reich des Schreckens darf nicht errichtet werden und wenn es unser aller Leben kostet!« Er schwieg, dann hob er den weißen Schild mit der Rune Hagal, ergriff mit der anderen Hand seinen Speer Gungnir und stieß ihn mit einer kraftvollen Bewegung in die Höhe.
»Ragnarök ist gekommen!«, rief er. »Heimdall – blase das Gjallarhorn und rufe die Krieger zur letzten Schlacht! Für Asgard!«
Und wie ein Echo aus tausend Kehlen hallte der Ruf zu ihm zurück, als die Krieger ihn aufnahmen und wiederholten. »Für Asgard! Für Asgard! Für Asgard!«

Der Ruf pflanzte sich fort, lief durch die Flure und Hallen Gladsheims und hallte zurück, bis die ganze Asenburg unter dem Kampfgeschrei aus Tausenden Kehlen zu erbeben schien.

Odin stieg von seinem Thron herunter, gab Lif einen Wink, ihm zu folgen, und ging zu einer schmalen Seitentür, die von einem Dutzend waffenstarrender Walküren bewacht wurde. Über eine schmale Treppe erreichten sie einen der zahlreichen Innenhöfe Gladsheims, wo Odins Hengst Sleipnir bereitstand, daneben das mächtige Schlachtross Thors und ein etwas kleineres, ganz in weißes Eisen gepanzertes Pferd für Lif. Eine gute Hundertschaft goldfunkelnder Walküren gesellte sich zu ihnen, als sie aufsaßen und durch das Tor ritten. Mehr und mehr Reiter strömten mit ihnen, während sie das Labyrinth von Gladsheim durchquerten. Als sie den Torhof erreicht hatten, waren sie schon fast ein Heer geworden: gut vierhundert Reiter, die sich wie ein undurchdringlicher Wall aus lebenden Schilden um Odin, Thor und Lif geschlossen hatten.

»Das Tor auf!«, befahl Odin.

Die gewaltigen bronzenen Torflügel schwangen auf und sie verließen Gladsheim. Aber nicht nur sie. Vor der Burg stand ein riesiges Heer bereit und auch hinter ihnen riss der Strom von Reitern nicht ab, der sich wie ein stählerner Wasserfall aus dem Tor ergoss. Es waren Tausende, die vor der Burg auf sie gewartet hatten, und Tausende drangen jetzt aus Gladsheim hervor, ein Heer, das vielleicht größer war als das schwarze Schuppentier, das auf der Wigrid auf sie wartete. Jeder einzelne der Reiter nahm den Ruf auf, der aus Gladsheim hervordrang, bis das machtvolle Dröhnen der unzähligen Pferdehufe unter dem noch machtvolleren Ruf: Für Asgard! verklang. Wie eine Lawine bewegten sie sich nach Osten, unter dem grüngoldenen gefleckten Dach des Glasirwaldes auf das wartende Dämonenheer zu.

Sie ritten nicht sehr schnell. Aus dem rasenden Galopp, in dem sie Odins Gladsheim verlassen hatten, wurde schon bald ein zwar rascher, aber kräftesparender Trab, denn der Weg zur Wigrid war weit und Mensch und Tier würden jedes bisschen Kraft bitter nötig haben, das sie jetzt vielleicht in einem unnötigen Gewaltritt vergeudeten. Trotzdem schien die Stunde, die sie brauchten, den Hain zu durchqueren und freies Gelände zu erreichen, wie im Flug zu vergehen und Lif war beinahe überrascht, als die Bäume plötzlich vor ihnen zur Seite wichen und der sanft abfallende Hang vor ihnen lag, der zur Walstatt hinabführte.

Die Ebene war schwarz von Kriegern. Es waren nicht nur Surturs Riesen, die wie ein finsterer Wald aus Leibern und geschliffenem Eisen vor ihnen aufragten, sondern auch andere Wesen. Alle Schrecken der Unterwelt und alle Ungeheuer Midgards, alle geflügelten, krallenbewehrten, reißzähnigen Ungeheuer der Sagen und Legenden, der düsteren Geschichten, die man sich nur hinter vorgehaltener Hand und selbst dann mit angstvoll pochendem Herzen erzählte, eine groteske Ansammlung hässlicher Gnome und Trolle, riesiger Keulen schwingender Höhlenschratte und gewaltiger Mörderwölfe.

Lif hatte erwartet, dass sie anhalten und Odin wieder Befehle geben würde, aber sie bewegten sich ohne Halt weiter, wenn auch etwas langsamer. In einem endlosen Strom quoll das Asenheer aus dem Wald hervor, fächerte auseinander und zerfiel für einen Moment in ein scheinbar sinnloses Durcheinander aus Hunderten und Aberhunderten kleinerer Gruppen. Aber es war Überlegung hinter diesem scheinbaren Chaos; und Lif sah schon nach wenigen Minuten, wie sich die gewaltige Heeresmasse zu einem riesigen, spitz zulaufenden Keil formierte. Er begriff, dass der Aufmarsch für diesen letzten Waffengang schon seit langem festgestanden haben musste; vielleicht schon von Anbeginn der Zeit an.

Dann bemerkte er etwas, was ihn erst mit Überraschung, dann mit Zorn erfüllte – der Trupp, der Odin und ihn umgab, begann langsam, aber beständig zurückzufallen, bis sie sich fast im Herzen der gewaltigen Armee wieder fanden.

»Was bedeutet dass?«, schrie er über das Stampfen und Dröhnen des Heeres hinweg. »Reiten wir denn nicht in vorderster Linie?«
»Damit Surturs Kreaturen uns in Stücke reißen?«, schrie Thor anstelle Odins zurück.
»Aber das ist –«
»Das ist nur vernünftig!«, unterbrach ihn Thor zornig. »Wenn man dir irgendetwas über Ehre erzählt haben sollte, dann vergiss diesen Unsinn wieder! Wenn Odin fällt oder du getroffen wirst, ehe wir auf Surtur und Lifthrasil gestoßen sind, ist die Schlacht verloren, bevor sie begonnen hat!«
Lif wollte widersprechen, aber in diesem Moment erscholl von der Spitze des Heeres her ein ungeheuerliches Krachen und Splittern. Die Erde bebte, als stießen Berge in rasendem Zorn zusammen, und mit einem Mal hallte das Schlachtfeld wider von Waffengeklirr und Schreien. Die beiden Heere waren aufeinander geprallt. Es erschien Lif unwahrscheinlich, dass sie hier gemächlich nebeneinander ritten, während vor ihnen, nicht einmal eine Meile entfernt, eine Schlacht tobte.
Und trotzdem sollte noch fast eine Stunde vergehen, ehe das Kampfesgetümmel auch sie erreichte. Der Keil des Asenheeres war mit ungeheurer Wucht in die Flanke der Riesen gefahren und hatte ihre Schlachtordnung zersplittert. Aber Surturs Ungeheuer kämpften ohne Furcht vor Tod oder Schmerz und selbst die unglaubliche Kraft dieses Ansturmes erlahmte rasch. Surturs Heer war gespalten, aber es brach nicht ganz auseinander und nach einer Weile lösten sich die beiden Fronten in ein blutiges Gewirr aus zahllosen einzelnen Kämpfen auf. Wohl versuchten Surturs Kreaturen, die Odin und Lif sofort erspäht hatten, immer wieder, bis zu ihnen vorzudringen, aber der lebende Schutzwall aus Walküren und Einheriern hielt und keiner, der den Angriff auf ihn wagte, überlebte ihn. Thor ließ ununterbrochen seinen Hammer fliegen. Wie ein silberner Blitz raste Mjöllnir über die Helme der Walküren hinweg und zerschmetterte Riesen und Trolle, Wölfe und alle anderen Un-

geheuer, die sich ihm in den Weg stellten, und so wie er kämpfte auch Odin mit Gungnir, dem Speer des Krieges, denn auch diese Waffe kehrte stets treu in die Hand ihres Herrn zurück. Schließlich kam ihr Vormarsch vollends zum Stehen. Der riesige Keil des Asenheeres fraß sich regelrecht fest wie ein Pfeil, der in den Leib des Feindes gedrungen war. Allmählich begann auch die Schlachtordnung der Walküren zu zerfallen. Immer wieder drangen Surturs Ungeheuer auf sie ein und obwohl zehn von ihnen für eine Walküre oder einen Einherier fielen, begannen sich auch deren Reihen zu lichten.

Plötzlich schrie Thor auf und deutete nach Süden.

Nicht sehr weit von ihnen entfernt hatte sich die Phalanx der Dämonen geteilt und ein kleiner Trupp von Reitern sprengte durch das auseinanderstiebende Heer, angeführt von einer gewaltigen Gestalt in schwarzem Eisen, die ein wahres Ungeheuer von Pferd ritt.

»Surtur!«, schrie Thor. »Und Loki!«

Und tatsächlich – neben dem Feuerriesen ritt der Ase heran, bewaffnet mit Schild und Speer und Schwert und gellende Kampfrufe ausstoßend. Eine ganze Heerschar riesiger struppiger Grauwölfe begleitete die beiden Verbündeten, angeführt von einer pferdegroßen Bestie mit lodernden Flammenaugen – Fenris!

Und als wäre dies alles noch nicht genug, schlängelte sich hinter ihnen ein groteskes Riesenreptil heran: Jörmungander, die Midgardschlange, die gekommen war, ihrem Bruder und ihrem Vater beim letzten Kampf gegen den verhassten Erzfeind beizustehen. Aber wo war Lifthrasil? dachte Lif. Sie waren alle da – Herz und Hirn und Faust des feindlichen Heeres, aber ihre mächtigste Waffe, sein Bruder Lifthrasil, fehlte.

Lifs Hand glitt zum Schwert, legte sich fest um den kühlen Griff und verharrte darauf. Odin hatte gesagt, er würde es nicht erlauben, dass sich Lif an der Schlacht beteiligte, ehe er Lifthrasil gegenüberstand, und Lif zweifelte nicht daran, dass der Asenfürst auch Gewalt anwenden würde, dies zu erzwingen.

Dann sah er ihn – eine kleine Gestalt, die zwischen den beiden großen Schlachtrossen Surturs und Lokis einhersprengte, gekleidet in eine Rüstung aus flammend rotem Eisen und mit Schild und Schwert bewaffnet wie er selbst. Und obwohl die Entfernung viel zu groß war, spürte er, dass auch Lifthrasil ihn erkannte, im selben Moment wie er seinen Bruder.
Sie griffen beide im gleichen Augenblick zu ihren Waffen. Lifs Schwert fuhr aus der Scheide und plötzlich war es ihm gleich, was rings um ihn herum geschah. Er sah Odin und Thor nicht mehr, beachtete die Warnrufe der Walküren und Einherier nicht, sondern gab seinem Pferd die Sporen und sprengte los, das Schwert in die Luft erhoben und einen schrillen Schrei auf den Lippen. Männer und Tiere wichen vor ihm zur Seite und selbst Fenris' Mörderwölfe sprangen aus dem Weg, als Lif herangestürmt kam, geradewegs auf seinen Bruder zu.
Er erreichte ihn nicht. Einen Augenblick, ehe Lifthrasil und er sich begegneten, prallten die beiden Heere wieder aufeinander und plötzlich schien die ganze Welt unter einem Hammerschlag der Götter zu zerbersten. Mit einem Mal war überall Chaos und Blut, die Luft war voller Staub und Schreie und von einer Sekunde auf die andere fand sich Lif in einem unentwirrbaren Durcheinander von Körpern wieder, Asen und Riesen, Walküren und Unheuer, Einherier und Trolle waren in erbarmungslosem Zweikampf miteinander verstrickt. Ein buckliger Troll wuchs vor ihm hoch und schlug nach ihm; Lif bückte sich, wich dem Keulenhieb aus und schlug gleichzeitig mit dem Schwert zurück. Er traf und der Troll stürzte zu Boden, aber als Lif aufsah, war Lifthrasil in dem Durcheinander von Pferde-, Menschen- und Monsterleibern verschwunden und tauchte auch nicht wieder auf und für die nächsten Minuten hatte Lif alle Hände voll damit zu tun, sich so gut er konnte seiner Haut zu wehren.
Ohne die Hilfe von Odins Walküren wäre es um ihn geschehen gewesen. Gut ein Dutzend der goldgepanzerten Frauen tauchte rings um ihn auf und versuchte ihn abzuschirmen, aber Surtur

musste ihn erkannt haben und schickte seine gefährlichsten Kämpfer gegen ihn. Lif wehrte sich mit Schild- und Schwertstößen, stach und hieb und trat um sich und streckte mehr als nur eines von Surturs Ungeheuern nieder, aber für jeden Wolf, den er erschlug, tauchten zwei neue auf, für jeden Troll, dessen Hiebe er abwehrte, ein anderer, für jeden Riesen, den die Walküren niedermachten, drei neue Angreifer. Sie wurden zurück- und zusammengedrängt und ihre Zahl nahm unbarmherzig ab, während die der Angreifer immer schneller wuchs. Plötzlich traf ein Pfeil Lifs Pferd. Das Tier bäumte sich mit einem schrillen Wiehern auf und brach zusammen. Lif wurde aus dem Sattel geschleudert, riss die Arme über den Kopf und rollte sich zur Seite, um nicht unter den stampfenden Hufen der Walkürenrosse zu Tode getrampelt zu werden. Ein Riese sprang auf ihn zu, hob sein Schwert und kippte mit einem gellenden Schrei nach hinten, als eine Walküre ihren Speer warf und ihn im letzten Moment tötete. Lif sprang auf, setzte über den erschlagenen Riesen hinweg und sah sich gleich zwei Höhlenschratten gegenüber, die waffenlos, dafür aber mit um so größerer Wut kämpften. Er wehrte die Klauenhiebe des einen mit dem Schild ab, stieß dem anderen das Schwert in die Schulter und ging gleich darauf mit einem Schmerzenslaut zu Boden, als der erste Schratt – er war nicht größer als Lif, dafür aber so breit wie hoch und entsprechend stark – seinen Schild mit einem wütenden Hieb zerschmetterte. Mühsam stemmte er sich wieder hoch, warf dem Schratt die zerborstene Hälfte des Schildes ins Gesicht und führte einen Schwerthieb nach seiner Kehle, als sich die Kreatur duckte.

Aber der Kampf war keineswegs vorüber; im Gegenteil. Er begann erst. Was Lif in den nächsten Minuten erlebte, hatte nichts mit dem zu tun, was er von Tyr und Heimdall und Thor gelernt hatte. Es gab keinen Zweikampf Mann gegen Mann, kein Kräftemessen zwischen gleich starken Gegnern, sondern nur ein rasendes, entsetzliches Gemetzel, ein Gewühl von Leibern und Stahl, in dem nicht Feind gegen Feind, sondern jeder gegen jeden kämpfte, in dem er sich nicht dem Angriff eines oder zweier, sondern Dutzender von Gegnern erwehrte, trat und schlug, traf und getroffen wurde. Es war kein Kampf mehr, nicht einmal mehr Krieg, sondern nur noch ein entsetzliches Toben sinnloser, rasender Gewalt. Er wurde getroffen, und irgendetwas durchbohrte seinen Schulterpanzer, aber er fühlte den Schmerz kaum, schlug blindlings zurück, rannte einem Riesen die Klinge in den Leib und erschlug einen von Fenris' Grauwölfen mit der bloßen Faust, ehe er das Schwert wieder hob und, die Klinge mit beiden Händen führend, wild um sich schlug.

Dann, so rasch, wie es begonnen hatte, war es vorbei. Neben ihm sank eine Walküre zu Boden, blutüberströmt, aber noch im Sterben die Klinge durch den Panzer ihres Mörders bohrend, und dann war niemand mehr da, gegen den er hätte kämpfen können; die Hand voll von Surturs Kriegern, die das Gemetzel überstanden hatte, zog sich zurück, erschöpft und verletzt und wieder schloss sich ein Kreis aus Walküren und Einheriern um Lif, mit ihren Leibern einen Schutzwall für ihn bildend.

Jemand ergriff ihn an der unverletzten Schulter und riss ihn herum. Ein Pferd wurde herbeigeführt und starke Hände halfen ihm in den Sattel. Ein Einherier reichte ihm einen unversehrten Schild, ein anderer riss ihm die schartig gewordene Waffe aus der Hand und ersetzte sie durch eine neue Klinge.

Lif sah sich um. Nur ein Stück von ihm entfernt tobte die Schlacht mit ungebrochener Wut weiter, aber soweit er erkennen konnte, hatte sich das Asenheer tiefer in die Flanke des Feindes hineingefressen und Surturs Armee beinahe gespalten. Die Übermacht des Feindes war erdrückend, zumal sich die beiden Heeresteile mittlerweile vereinigt hatten, doch es musste wirklich so sein, wie Heimdall behauptet hatte: ein einziger der Ihren war das Mehrfache eines von Surturs Kriegern wert. Wohin er auch blickte, es lagen tote oder verwundete Asenkrieger auf der Walstatt, doch die Zahl der erschlagenen Riesen und Ungeheuer war ungleich größer; für eine einzige der goldenen Gestalten, die erschlagen aus dem Sattel sank, fielen vier oder fünf der Angreifer. Für einen kurzen Moment begann Lif sogar Hoffnung zu schöpfen, dass sie vielleicht doch siegen würden, der zahlenmäßigen Überlegenheit des Riesenheeres zum Trotz.

Doch wo war Lifthrasil? Wenn er ihn nicht stellte – und besiegte –, dann war alles umsonst.

Lif richtete sich im Sattel auf, um nach seinem Bruder Ausschau zu halten. Er sah ihn nirgends, aber dafür entdeckte er Odin, nicht sehr weit entfernt und ganz allein inmitten einer gewaltigen Schar von Riesen und Wölfen, unter denen er entsetzlich wütete.

»Dort ist Odin!«, schrie er und deutete mit dem Schwert auf die einsame Gestalt mit dem Goldhelm. »Helft ihm!« Unverzüglich setzten sich seine Bewacher in Bewegung und auch Lif ließ sein Pferd vorschnellen. Aus den wütenden Angriffen der Riesen wurde eine verzweifelte Flucht, als die Asenkrieger unter sie fuhren, und plötzlich war Odin, der gerade noch um sein Leben gekämpft hatte, wieder frei. Er hob seinen goldenen Speer und schleuderte ihn unter die flüchtenden Riesen.

Lif drängte sein Pferd neben das seine, erschlug einen Wolf, der Odin anspringen wollte, und wehrte mit dem Schild einen Pfeil ab, der herangesirrt kam. »Wo ist Thor?«, schrie er über den Schlachtenlärm hinweg.

»Tot!«, antwortete Odin. »Die Midgardschlange hat ihn erwürgt!«

»Tot?« Lif erstarrte mitten in der Bewegung.

»Ja«, bestätigte Odin düster. »Aber er hat sie noch erschlagen, mit der Kraft seines letzten Atemzuges.«

Lif begann zu stammeln. »Aber ... aber er kann nicht ...«

»Er kann was nicht?«, unterbrach ihn Odin. »Sterben? O doch, Lif, da irrst du dich. Dies ist Ragnarök, die letzte Schlacht, in der auch die Götter fallen können. Und nun nimm dein

Schwert und suche nach Lifthrasil, wenn nicht alles umsonst gewesen sein soll!«

Wieder bebte die Erde und als Lif aufsah, erblickte er einen neuen Schrecken. Diesmal waren es nicht Surturs Krieger, sondern Wölfe, Dutzende, wenn nicht gar Hunderte von gewaltigen, grauen Wölfen, die mit markerschütterndem Geheul und Gekläff auf sie zugesprungen kamen, geifernd vor Gier und Wut. An ihrer Spitze, wie ein Dämon, der aus den tiefsten Tiefen der Unterwelt entsprungen war, Fenris selbst, Lokis schrecklicher Sohn!

Odin riss Gungnir in die Höhe und ließ den goldenen Speer fliegen, direkt auf das riesige schwarze Ungeheuer zu.

Aber diesmal verfehlte Gungnir sein Ziel. Im letzten Moment, schon im Sprung, warf sich Fenris herum und die armlange Klinge riss nur seine Seite auf. Mit einem Geheul aus Schmerz und Wut prallte der Wolf gegen Odin, riss ihn und sein Pferd zugleich zu Boden und schnappte zu.

Irgendetwas schien in Lif zu zerbrechen, als er sah, wie der Asenfürst starb. Er schrie auf, so gellend und laut, dass der Schrei seine Kehle zu zerreißen schien, fuhr herum und ließ sich zur Seite fallen, aus dem Sattel heraus und geradewegs auf Fenris herab, das Schwert in beiden Händen und abwärts gerichtet, als führte er einen Dolch.

Die Klinge bohrte sich bis zum Heft in Fenris' Nacken und tötete ihn. Der Wolf bäumte sich auf und stieß ein letztes, schreckliches Heulen aus. Dann sank er leblos über seinem Opfer zusammen und war tot.

Lif starrte lange auf Odin und den gewaltigen Wolf herab. Fenris war über Odin zusammengesunken und es sah fast aus, als umarmten sich die beiden unversöhnlichen Gegner noch im Tode.

Oder als kämpften sie noch immer.

Eine Hand berührte ihn an der Schulter.

Neben ihm war Heimdall, blutend und verletzt und mit zerfetzten Kleidern.

»Komm, Lif«, sagte der Ase. »Es ist noch nicht vorbei.«
Sie sprengten los. Odin war tot, aber die Schlacht ging weiter, noch wütender und verbissener als zuvor. Lif wusste nicht, wie lange es dauerte; Minuten, Stunden oder Ewigkeiten. Das Entsetzen hatte einen Grad erreicht, bei dem eine Steigerung unmöglich war. Die beiden Heere hatten sich ineinander verbissen wie tollwütige Hunde und gleich ihnen kämpfte jeder einzelne Krieger auf beiden Seiten ohne Gnade, ohne Rücksicht auf den Gegner oder sich selbst. Es gab keine Gefangenen, kein Ergeben und keine ehrenvolle Niederlage, sondern nur Sieg oder Tod, denn dies war die letzte Schlacht, die Götterdämmerung. Lif wusste bald nicht mehr, wie oft er sein Schwert geführt hatte, wie viele Male er getroffen hatte und selbst getroffen wurde. Flammen regneten vom Himmel, als der Glasirwald Feuer fing, und Gladsheims Mauern erstrahlten im blutig roten Widerschein, als auch die letzte Bastion der Asen zu brennen begann. Der Himmel überzog sich mit schweren Wolken, deren Unterseiten im Widerschein der Flammen düster rot glühten, als wären sie mit Blut gefüllt. Lif sah Surtur, der mit Freyr kämpfte und ihn mit seinem schrecklichen Flammenschwert erschlug, hörte Heimdall aufschreien, als sein Sohn Uller von einem gewaltigen Steinwurf tödlich getroffen zu Boden sank. Tyr fiel, dann Widar, Bragi und schließlich Njörd und noch immer tobte die Schlacht mit ungestümer Wut weiter. Der Kampf war nicht mehr nur auf die Wigrid beschränkt, sondern tobte überall, auf jedem Fußbreit Boden Asgards. Der Glasirwald brannte, Gladsheim stand in Flammen, das Idafeld erbebte unter dem Stampfen der Kämpfenden und die goldenen Flüsse der Asenwelt färbten sich rot. Und noch immer schrie Lif den Namen seines Bruders. Er focht, fast ohne es selbst zu merken, und gleich, wie viele Riesen und Wölfe und Ungeheuer er erschlug, er hielt nach Lifthrasil Ausschau und schrie immer und immer wieder seinen Namen.
Dann trafen sie auf Loki.

Heimdall trieb seinem Pferd die Sporen in die Seite und sprengte in wildem Galopp auf den Asen zu und auch Loki ließ augenblicklich von dem Gegner ab, mit dem er gerade kämpfte, und stellte sich Heimdall.

Von allem, was Lif bisher gesehen hatte, war dies vielleicht das entsetzlichste, denn die beiden Asen töteten sich gegenseitig im Moment des Zusammentreffens. Es gab keinen Kampf, kein Schwertergeklirr, sondern nur ein einziges, ungeheuerliches Zusammenprallen zweier Götter, das keiner von ihnen überlebte. Lokis Speer durchbohrte Heimdall, aber der Ase sprengte weiter, sein Ross prallte gegen das seines Erzfeindes und sein Schwert durchbohrte Lokis Schild, seinen Arm und seine Brust. Die Waffen in den Händen, sanken die beiden Asen aus den Sätteln, noch im Tode aneinander geklammert, als kenne ihr gegenseitiger Hass nicht einmal diese letzte Grenze.

Lif sprengte weiter, unfähig, noch irgendetwas zu empfinden.

Es sind eure Götter. Ihr habt sie erschaffen. Wie können sie anders sein als ihr?

Die Stimme des Urdbrunnens klang wie ein böser Hohn. Sie erfüllte Lif nicht mehr mit Schrecken, sondern nur noch mit Entschlossenheit. »Lifthrasil«, flüsterte er. »Wo bist du?«

Plötzlich sah er Surtur, sein schreckliches Flammenschwert schwingend und die Reihen der Walküren und Einherier niedermähend wie Gras, und hinter ihm, wie ein zu klein geratener, flammend roter Schatten – Lifthrasil!

Mit einem Schrei riss Lif sein Pferd herum und sprengte auf seinen Bruder zu. Lifthrasil sah ihn und hob seine Waffe, aber auch diesmal erreichte Lif ihn nicht, denn jetzt war es Surtur selbst, der sich ihm in den Weg stellte.

Lif griff ihn an, ohne auch nur zu denken. Surturs feuriges Schwert krachte auf seinen Schild und ließ ihn in Flammen aufgehen, aber Lif beachtete den Schmerz gar nicht, sondern stach im gleichen Moment nach dem Feuerriesen. Sein Schwert drang durch eine Lücke in seiner Panzerung und füg-

te ihm einen tiefen Stich in der Seite zu. Surtur schrie auf und fiel aus dem Sattel, aber noch im Sturz klammerte er sich an das Zaumzeug von Lifs Pferd und riss das Tier in die Knie. Lif wurde von seinem Rücken geschleudert, fiel und kam mit einem Sprung wieder auf die Füße, doch im gleichen Moment war auch Surtur wieder da, waffenlos, aber nicht minder gefährlich. Seine gewaltigen Pranken schlossen sich um Lifs Leib; die Luft wurde ihm aus den Lungen gepresst, als der Riese zudrückte und ihn wie ein Spielzeug in die Höhe riss.
»Jetzt stirbst du!«, keuchte Surtur. »Und damit ist es entschieden! Der Sieg ist unser!«
Der Druck seiner fürchterlichen Hände verstärkte sich. Lif wollte schreien, aber er konnte es nicht. Hilflos strampelte er mit den Beinen, wand sich verzweifelt in Surturs Griff und schlug mit dem Schwertknauf auf den Helm des Riesen ein, aber Surtur lachte nur und drückte noch fester zu. Rote Ringe tanzten vor Lifs Augen. Er spürte, wie seine Kräfte nachließen. Etwas Dunkles, verlockend Warmes und Sanftes griff nach seinen Gedanken und begann allen Schmerz und alle Furcht auszulöschen. Wie von weit, weit her hörte er Surturs höhnische Stimme:
»Es ist entschieden, Lif Menschensohn! Der Sieg ist unser! Ragnarök gehört uns!« Und dann erlosch der grausame Druck um seine Brust. Surturs Hände öffneten sich; Lif fiel schwer zu Boden und blieb einen Moment liegen, keuchend nach Atem ringend und noch benommen vor Schmerz und Schwäche.
Als sich die roten Schleier von seinem Blick hoben, brach Surtur vor ihm in die Knie. Auf seinen groben Zügen lag ein Ausdruck ungläubigen Staunens und seine Hände umklammerten den Schaft des Speeres, der aus seiner Seite ragte.
Des Speeres, den Lifthrasil geschleudert hatte.
»Du . . .?«, flüsterte Surtur. »Du hast . . . mich getötet . . .«, flüsterte er. Dann fiel er zur Seite und starb.
Lif setzte sich schwankend auf. Alles drehte sich um ihn herum und in seiner Brust war ein Schmerz, der immer schlimmer

wurde. Lifthrasil war bis auf zwei Schritte an ihn herangekommen und hatte sein Schwert halb erhoben. »Warum hast du das getan?«, fragte Lif.
»Weil er dich nicht töten durfte«, antwortete Lifthrasil.
Lif nickte. »Ich verstehe. Es hätte nicht in die Pläne des Schicksals gepasst.«
Lifthrasil antwortete nicht, aber er regte sich auch nicht, als Lif langsam aufstand, sich nach seinem Schwert bückte und die Waffe hob.
»Dann komm, Bruder«, sagte Lif. »Bringen wir es zu Ende.«
Lifthrasil rührte sich noch immer nicht, sondern sah ihn nur weiter an und mit einem Mal fiel Lif auf, wie sonderbar der Ausdruck in seinen Augen war. Da war nichts von dem Hass, den er erwartet hatte. Nichts von der kalten Entschlossenheit, seinen eigenen Bruder zu töten, die er selbst verspürte. Nur so etwas wie . . . ja, dachte er erstaunt, Mitleid.
Mit einem Schrei hob er sein Schwert und drang auf seinen Bruder ein, aber Lifthrasil wehrte den Hieb nicht ab, griff auch nicht an, sondern wich Lif nur mit einer behenden Bewegung aus.
»Hör auf«, sagte er ruhig.
Lifs Antwort bestand aus einem zornigen Schrei und einem zweiten, noch wütenderen Hieb, dem Lifthrasil mit der gleichen spielerischen Leichtigkeit auswich. Lif knurrte wie ein gereizter Wolf, packte die Klinge mit beiden Händen und schlug nach seinem Bruder, doch diesmal wich Lifthrasil nicht vor ihm zurück, sondern fing den Hieb im letzten Moment mit seiner eigenen Klinge ab, trat blitzschnell einen Schritt zur Seite und vor und ließ Lif über seinen vorgestreckten Fuß stolpern.
Lif fiel, wälzte sich blitzschnell auf den Rücken – und erstarrte.
Lifthrasils Klinge saß an seiner Kehle.
»Du Narr«, sagte sein Bruder kalt. »Ich könnte dich töten. Ich hätte es ein Dutzend Mal tun können, wenn ich es gewollt hätte.«
Lif schlug Lifthrasils Schwert mit der bloßen Hand beiseite und sprang mit einem Satz auf die Füße. Roter Zorn verne-

belte seinen Blick. »Dann tu es doch!«, brüllte er. »Erschlage mich endlich und alles hat ein Ende!«
Lifthrasil lachte. »Hast du denn gar nichts verstanden, Bruder?«, sagte er. »War denn alles umsonst?«
Lif zögerte. Etwas in der Stimme Lifthrasils berührte ihn eigenartig.
»Was willst du?«, rief er. »Reden oder kämpfen?« Wieder hob er sein Schwert und wieder wich Lifthrasil mit einem raschen Schritt zurück, ehe er zuschlagen konnte.
»Kämpfen?«, fragte Lifthrasil. »Du bist ein Narr, Lif. Ich habe kämpfen gelernt, dort, wo ich aufgewachsen bin. Zehnmal besser als du. Wenn es dein Tod wäre, den ich im Sinn habe, dann hättest du nicht einmal die ersten Minuten dieser Schlacht überlebt.« Er schwieg einen Moment. »Willst du das wirklich, Lif?«, fragte er. »Willst du wirklich das Schwert gegen deinen eigenen Bruder erheben?«
Plötzlich fiel Lif die Stille auf. Das Blut rauschte in seinen Ohren, sein Herz pochte, der Wind heulte und die Flammen des brennenden Waldes wälzten sich prasselnd in den Himmel empor, aber sonst war es still. Er sah sich um.
Die Schlacht war vorüber. Die Wigrid war schwarz vor Erschlagenen und hier und da regte sich noch Leben, wo ein reiterloses Pferd nach seinem Herrn suchte oder sich ein verwundeter Wolf davonschleppte. Aber die beiden Heere waren nicht mehr da. Sie standen auf einer gewaltigen, blutgetränkten Ebene voller Toter. Es gab nur noch sie, Lif und Lifthrasil. Er blickte seinen Bruder an, dann das Schwert in seiner Hand.
»Aber du bist doch mein Feind!«, stammelte er.
Lifthrasil lachte, aber seine Augen blieben ernst. »Bin ich das?«, sagte er. »Du bist mein Bruder, Lif. Wie kann ich dein Feind sein?«
»Aber du . . . Odin und all die anderen und . . . und die Nornen«, stammelte Lif. »Das . . . das Schicksal . . .«
»Liegt in unserer Hand«, sagte Lifthrasil ruhig. »Weißt du nicht, was der Urdbrunnen gemeint hat?« Er kam näher, die

Waffe noch immer in der Rechten, aber jetzt gesenkt, nicht mehr zum Schlag bereit. »Es sind eure Götter«, sagte er. »Ihr habt sie erschaffen, nicht sie euch. Wie können sie anders sein als ihr?«

Und jetzt begriff Lif.

»Es waren die Götter Midgards«, sagte Lifthrasil. »Götter aus Hass und Bosheit und Gewalt, die sich die Menschen Midgards nach ihrem Vorbild geschaffen haben. So wie Midgard unterging, weil Neid und Furcht zu tief in den Herzen seiner Menschen saß, mussten auch sie sterben.«

Lif starrte seinen Bruder an. »Aber das Schicksal . . .«

»Das Schicksal sind wir!«, sagte Lifthrasil. »Auch ich habe lange gebraucht, es zu erkennen, und Surtur und Odin haben es wohl niemals begriffen, aber wir waren nur ihr Schicksal. Wir waren das, zu dem sie selbst uns gemacht haben, Lif. Es war ihr Schicksal, unterzugehen. Nicht das unsere.«

»Und wir?«, fragte Lif.

»Wir sind vielleicht der zweite Beginn, an den der Weltenschöpfer die Menschen stellt«, antwortete Lifthrasil ernst. »Wirf dein Schwert fort Bruder. Midgard musste untergehen, weil dort ein Bruder die Hand gegen den anderen erhoben hat, zu oft und zu lange. Begehe nicht den gleichen Fehler noch einmal.«

»Aber wenn alle tot sind . . .« Lif brach ab, drehte sich um und starrte aus tränenerfüllten Augen auf das Bild des Schreckens, das sich ihm bot. »Niemand lebt mehr«, flüsterte er. »Es ist alles dahin. Asgard. Die Asen. Unsere Welt. Die Menschen.«

»Die alte Zeit ist dahin«, antwortete Lifthrasil. »Aber wir leben. Wirf deine Waffe fort, Bruder.«

Lif wandte sich um, starrte Lifthrasil an und öffnete die Hand. Sein Schwert fiel klirrend zu Boden.

Auch Lifthrasil legte seine Waffe aus der Hand und öffnete den Kinnriemen seines Helmes. Er lächelte. Mit einer raschen Bewegung streifte er den Helm ab und schleuderte ihn weit von sich.

Lif starrte auf Lifthrasils schulterlanges, gelocktes Haar. Plötzlich fiel ihm auch auf, dass Lifthrasil zwar ebenso groß war wie er, aber selbst unter dem schweren Lederharnisch zeichnete sich deutlich ab, dass er um vieles schlanker war.

»Du . . . du bist ein Mädchen!«, stammelte er.

Lifthrasil lachte. »Habe ich jemals behauptet, etwas anderes zu sein?«, fragte sie.

Plötzlich lachte auch Lif, sprang mit einem Satz auf sie zu und schloss sie in die Arme.

Sie standen lange so da, reglos und ohne ein Wort zu sprechen. Als es bereits zu dämmern begann, wandten sich Lif und seine Schwester Lifthrasil um und gingen, ohne noch ein einziges Mal auf die letzte Walstatt der Götter zurückzublicken.

Was hinter ihnen lag, das war das Schicksal der Asen und das der Menschen Midgards, die ihr Ende selbst heraufbeschworen hatten. Sie blickten nicht zurück, denn ihr eigenes Leben hatte in diesem Moment erst begonnen, ihre und vielleicht die Zukunft aller Menschen. Gleich, was sie bringen würde, dachte Lif, während Asgard langsam hinter ihnen zurückfiel und im Nebel der Zeit zu verblassen begann, gleich, was das Schicksal der Welt noch bereithielt, sie waren es, die es bestimmen würden.

In der Fantasy-Reihe der
Süddeutsche Zeitung **Junge Bibliothek**
sind ebenfalls erschienen:

256 Seiten
ISBN 978-3-86615-734-7

In der Fantasy-Reihe der

Süddeutsche Zeitung Junge Bibliothek

sind ebenfalls erschienen:

416 Seiten
ISBN 978-3-86615-731-6

224 Seiten
ISBN 978-3-86615-737-8

320 Seiten
ISBN 978-3-86615-738-5

352 Seiten
ISBN 978-3-86615-735-4

In der Fantasy-Reihe der
Süddeutsche Zeitung Junge Bibliothek
sind ebenfalls erschienen:

240 Seiten
ISBN 978-3-86615-733-0

160 Seiten
ISBN 978-3-86615-732-3

272 Seiten
ISBN 978-3-86615-739-2

592 Seiten
ISBN 978-3-86615-736-1

Wolfgang und Heike Hohlbein

MÄRCHENMOND

Eine fantastische Geschichte

Boraas, der Herr des Schattenreiches, hält die Seele von Kims Schwester im Lande Märchenmond gefangen. Der Junge ist der Einzige, der sie befreien kann. Es wird ein gefährlicher Weg, der ihn über die Pässe des Schattengebirges zum König der Regenbogen am Ende der Welt führt, um von ihm Hilfe zu erbitten. Und die Zeit drängt, denn Boraas' Heer steht bereits vor den Toren der gläsernen Burg Gorywynn . . .

Erster Preis des vom Verlag Ueberreuter veranstalteten Wettbewerbs zum Thema Science Fiction und Phantasie 1982

Phantastik-Preis der Stadt Wetzlar 1983

Preis der Leseratten 1983

Empfehlungsliste der Kinderzeitschrift »Der Bunte Hund« 1984

Ueberreuter

Wolfgang und Heike Hohlbein

ELFENTANZ

Eine fantastische Geschichte

Schon immer ist es Timos sehnlichster Wunsch gewesen, die Hohe Feste und ihre Bewohner kennen zu lernen. Aber jetzt kann er beim Anblick der marmornen Pracht keine Freude mehr empfinden. Zu viel ist geschehen, seit er mit seinen Eltern die heimatlichen Berge verlassen hat. Ahriman, der Dunkle Herrscher, ist aus seinem unterirdischen Reich gekommen und versucht, die Herrschaft an sich zu reißen. Als die Tagnacht anbricht, beginnt der Kampf um das Schicksal der Welt. Und in Timos Händen liegt die Entscheidung . . .

UEBERREUTER

Wolfgang und Heike Hohlbein

DRACHENFEUER

Eine fantastische Geschichte

Durch das Tor im Fels war Chris in das Land der Feen und Elfen gelangt. Doch diese schöne fremde Welt ist in großer Gefahr. Hoch oben im Norden, in einem Land jenseits der Eisigen See, lauert der Drache. Seit Jahrtausenden schläft er, doch ist er einmal geweckt, dann können ihn selbst die mächtigsten Zauberer nicht mehr bändigen . . .

UEBERREUTER